一场轰轰烈烈的恋爱

陆棣——著

上海文化出版社

爱的最深处包含着最深沉的永恒的绝望，

而从中跃现希望和慰藉。

——乌纳穆诺

目 录

我被全社会孤立时，她是我唯一的知音。我们在相识、相知到恋爱的过程中，我被笼罩在“强奸”“诱奸”“猥亵妇女”等危险的现实阴影下。我要么进监狱，要么放弃她的爱，这是个两难选择。

于是，她成了我一生的宿命。

那年，她十八岁。她真的很美。

第一章　从初识到相知

一

下午四时十分左右，要换农活，我们回村换农具后，到村口集中。

村里多出个陌生姑娘。队长金兴说她叫闵蕙，是新来的知青。

我住十来平方的农村柴间，被灶头、床、方桌、方凳、马桶和农具占用了大部分面积。

收工回来，我提吊桶到村里水井吊水。桶柄系着井绳。把吊桶放下井后，她匆匆前来。我后退一步，说你先打吧。她没客气，把吊桶扔下井，甩了两下，提起水，对我笑笑，算致谢意，提桶离开。

我把吊桶拉出井时，感觉太轻了。是她把桶扔下井时砸坏了我的桶提手。我沮丧。向住在井边的老队长借了吊桶，提水回屋。

我烧饭时，她提着打满水的吊桶进屋，说刚知道刚才性急，把你的吊桶提手砸坏了。这是我的桶，插队时发的，你先用。你的桶我拿去修理后还你。我说我的桶提手本来快坏了。她竭力要我收下，不要不行，说砸坏应该赔。

我有防备之心。她母亲是居委干部。而我父亲进监狱，母亲是坏分子，是南翔镇派出所和居委干部诬陷的。因黄翔诬陷，我成了坏知青。而她家和黄翔家关系好，应是一丘之貉。

她说，想用井水淘米洗菜，但是井水浑浊。我说，井离小河五六公尺不到，因此井水颜色味道与河水相差无几。村民吃用和洗涮马桶在同一河段，很不卫生。到下雨天，井水漫起来，井水中有大量咖啡色细软浮游物，但没办法，大忙季节不允许考究，除饮用外，其他只能用河水。

她把水倒进水缸，桶放一边。“你在烧饭？”掀开灶头上锅盖，“你吃山芋啊？山芋能当中饭？你吃啥菜？啊，没有菜？”

“吃山芋不用菜。”

她走到床边米瓮边，打开稻草编织的瓮圆盖。“瓮里没米了。怪不得吃山芋。我有饭，我去拿。”

“不要不要。”

她跑出屋，很快取来一碗米饭，放在灶面上。“我吃不了，多出来的，你吃了吧。”

我说不要不要。她说一定要，说算我把桶砸坏的补偿。我不知所措。

“我的吊桶放你这里，你先用起来，等我把桶修好后来换。”

“那你吊水怎么办？”

“我会向吴红借用。”她拎起砸坏的水桶离开。

我从没和姑娘面对面说这么多话。我明明从她身上看出危险两字，为什么话这么多？

二

她把水桶送来了。说，打听修桶时，村民说去找富农，富农木匠活精致，村里木匠活都请他做。富农对她说桶提手不能修了，只能新做。她问多少钱。富农说不收知青的钱。

她问，你家住南翔什么地方？我说民主东街，靠古猗园北面一条街，很冷清。她说她家在解放街民主街路口，边上有邮政局。我问路口是不是有个报栏？她说对，她家在报栏南，靠街有个小门，进去是小弄堂，再进去是院子，住好多人家。她家在这院子里。

“许多年前，我常见有个十来岁小姑娘站在小门前的街沿石阶上。她是啥人？”

“她是我阿姨，我妈妈的妹妹。你注意到我阿姨了？”她轻轻叫起来。

“你阿姨看上去清清爽爽，穿着打扮精致。经常站在门前，一动不动，引人注目。”

“你在民主东街，怎么会注意起我阿姨？”

“靠你家墙边有邮局报栏。我家订《新民晚报》，后来不订了。但是看报成了习惯。每天傍晚，我和二哥、四哥、五哥会去看报。有时报纸还没从市区送下来，我们等在报栏边。报纸一来，邮局会夹出来。报夹是双面的。看报人多，挤不下要排队等候。等候时经常看到你阿姨。她有双长睫毛大眼睛，脸白嫩得像婴儿皮肤，两根粗黑的大辫子，辫梢扎着一对耀眼的大蝴蝶结。头发乌黑发亮。你阿姨大多时候穿紫红色灯芯绒上衣，下面深色裤子。”

“是的是的，是我阿姨。你常到报栏看报，我以前肯定见过你，可能不注意罢了。”

“你阿姨在哪里读书？”

“阿姨是瞎子，不读书。我外公是眼科医生，生了两个女儿。阿姨是小女儿。眼科医生女儿是瞎子，是不是奇怪？我们全家宠阿姨。外公叫她学盲文，她学不好，宠坏了。”

黄翔突然出现。“闵蕙，我明天回南翔，你要不要带什么？”

“我后天回南翔，不带啥。”

黄翔说好的，离开。

张村有五个知青。我和简平是朋友。还有黄翔和吴红，我们互不搭理。闵蕙到张村，黄翔最高兴，说他和闵蕙是老邻居，住镇中心，相距不到五十米，两家关系好。说她父亲是工人阶级，母亲在小姑娘时就到居委工作，和派出所镇领导打交道，是镇里名人，荣誉很多，据说是人民代表。他们回南翔时，会互托带东西或传话。

“和你聊天蛮开心的。”她说。

我想起一件事，有个安徽老太来要饭。张村因是穷村，都不理睬老太。她把老太请进屋，盛饭给老太吃，把一小碗米倒进老太布袋，竟陪老太一家家要起饭，说老太这么大年纪出来要饭，给一点吧。有的村民看在她面上，给个小山芋什么的。她赔着笑连声谢谢！谢谢！当天出工前，村民纷纷议论，说是闵蕙要饭还是老太要饭？说要饭的经常来村里，能每次陪吗？说闵蕙你管这闲事干嘛？她听了有丝小慌张，讪笑着。我问："上次你陪要饭老太，到我门前时慌张逃避。你当时已晓得我是个坏知青？"

她说下乡前，爸妈打听过，张村知青陆弟是公社最坏知青，陆弟母亲是镇上出了名的"美丽牌"，母子都是坏人。说村里还有个投亲靠友知青叫简平，和陆弟关系好，不是好料。爸妈警告她下乡后不准搭理陆弟和简平。

"听说你家和黄翔家关系很好。"

"我妈在居委，为产妇、小孩和孤寡病残老人看护、打针配药。黄翔爸长年卧病在床，我妈经常上门。不瞒你说，我下乡不久就有疑问，你这么坏，为啥村里青年人围着你转？黄翔说村民被你的资产阶级思想毒害欺骗了。说你跑出张村，到大队到公社调查一下，就晓得陆弟是个坏人。我问吴红，吴红说陆弟不像坏人，简平有点油滑，黄翔看上去很老实。吴红说她下乡时，爸妈也关照不准和男青年接触，要努力劳动，争取早日上调。吴红说她和村里的男知青路上相遇，低头走过只当不见。

"你和公社最坏知青说话，很危险啊。"

"我没觉得危险。说你坏的人可能不了解你。"

她离开后，我开心了一阵子。她特地做过调查，不觉得我是危险人物，没嫌弃我。什么话都向我实说。我感激。她尊重我。

回想她帮助要饭老太的事，觉得她不但美丽而且善良。

三

她说，我来了，进屋，随手打开桌上饭罩，是空碗和筷子。桌上有两瓶非那根止咳糖浆。

“你感冒了？”

“没有。我四哥同事薛庆配的。薛庆好像住在你家附近？”

“是工标厂薛庆吗？我认识。住我家对面阿木林弄堂里。薛庆爸早死了。薛庆从小由妈妈带大。他妈妈专做死人活。镇上死了人，通知他妈妈，他妈妈为死者擦身，人家把死人衣服送她。我们在一个水龙头上洗菜洗衣。他妈妈常洗一大盆死人衣服，大家都讳忌。”

“薛庆说里面有糖浆，蛮好吃，配了很多，送了我几瓶。”

“你没病吃这个干嘛？”

“甜得很。薛庆发现可以当糖浆吃。他到南翔医院配，可以报销，配了送朋友。”

她看到屋中吊环，用手晃摇了下。“你一高一低装两个吊环派啥用场？上次来，看到吊环很奇怪。有时经过你门口，看到吊环上人影会吓一跳，以为出啥事。”

“屋子太矮了，我不能练倒立。低吊环是我练倒立用的。”

“你在吊环上能倒立？”

“我会十字支撑、直角支撑等动作。”

“怪不得村里青年人都在练吊环，原来是你鼓动的？”

“金兴、简平、海龙等五六人装了吊环。父母都反对，说吊环装在梁木上，练身体时会损坏房屋结构。”

“听说你在学校时身体不好，怎么会有这么好身体？”

“黄翔对你说的吧，说我被人叫‘痨病’‘煨灶猫’，常被人欺侮？”

她笑而不答。

“我从小学到中学受尽欺侮。我五哥说胸大肌达到三指或四指，穿着紧身黑背心镇上走一圈，会引来无数目光，就会得到尊重。我五哥会爬杆、摔跤。五哥厂里几个出身不好的同事身体强壮，被青工们前呼后拥。我出身不好，练身体会不受欺侮得到尊重。”

“你为啥选吊环呢？”

“我在电视中看到西哈努克亲王观看体操比赛，觉得体操美，简单方便，一对铁环弄两根绳吊在梁上就成了。我会很多吊环静止动作。五哥说会这些动作能报名参加全运会。”

“你报名了吗？”

“我报名了。”

“比赛了没有？”

“我写信给《新体育》杂志社和全运会，说我在吊环上会十字支撑、直角、前水平等动作，要求参加吊环比赛，为毛主席的革命体育路线争光。回信说体操只能全能比赛，没有单项吊环比赛。吊环比赛泡汤了，现在就剩下练身体。”

“你的身体像个体操运动员，都是肌肉。”

听到她夸赞，我开心。“我胸肌二指多。我五哥更厉害。”

“你也蛮厉害的。”

天热，我光着上身。听她赞赏，腹肌用了力，八块腹肌凸出。我把胸肌挺起，用右手食指中指并列，贴在胸大肌下。“我教你看胸肌凸出部位有几指深。我二指多一点，我五哥胸肌三指。南翔人民街宝康里有个练举重的职工胸肌四指，镇上青年都去看，我也去看过。五哥说，这人患肝肿也是几指。说练好腹肌能帮助消化，使吃下去的东西全部化为能量吸收，不会变肝肿。”

“听说你开沟速度在全大队第一，没人能比？”

“我可以把第二名抛出一大截。”

“和你聊天很开心。我要回去了。我还会来，你不会赶我吧？”

四

她对大队食堂师傅说知青烧饭麻烦。师傅同意她蒸饭。早上淘好米带饭盒到食堂。中午取饭盒前把晚饭饭盒带去。几天后，师傅同意她为其他知青蒸饭。

她说你不用客气，不是你一人。黄翔吴红的饭盒我也带。简平村里亲戚多，用不着带。她进入小屋找到饭盒，再找米。啊，米没有了？我有米。晚饭你不要烧，我带来。

她送来了晚饭，还带来小铝锅。打开锅盖，“是我烧的。我们边吃边聊。”

我心里温暖。“蘑菇咸菜，是大队食堂买的吗？”

“大队蘑菇棚加工出口到日本的蘑菇时，修整下来的蘑菇杆子，不要钱。咸菜是食堂师傅送的。我用煤炉灶烧了带到你这里一起吃。”

我们一起吃饭？我觉得不妥，吞吞吐吐地说：“我是坏知青，出身不好，会影响你。”

“许多人说你是危险的人。我和你接触下来都是瞎说。我们不谈这个，快吃饭吧。”

她很兴奋，都是她在说。我偶尔插上一二句。

晚饭后，她忙碌收拾。说以后送饭，我吃啥你吃啥。屋边有一小堆从自留地收下的蚕豆，她说，我帮你剥蚕豆。她把方凳横放下，取了钢筋锅子放地上，坐在方凳横档上，剥起豆。

我愣在一边，不知说什么好。

“你一起来剥吧。我们面对面，聊聊天。”

我迟疑了下，坐在她面前。

“我生在苏州乡下，我很小时，我爸把我带到南翔。”

“苏州有个太湖你去过吗？”

“去过。我太婆在太湖边捕鱼为生。”

“太湖中有个洞庭东山岛，岛上有口井叫柳毅井。你听说柳毅井吗？”

“没听说。”

“关于这口柳毅井，有个故事很美，叫《柳毅传书》。”

“你说来听听。”

我说《柳毅传书》。她望着我，我心慌意乱。故事讲完后，她说真好听，说你怎么知道这故事的？我说听我大哥讲的。她问你去过太湖吗？我说连嘉定县都没出去过。

天黑下来，我恐惧，担心被旁人误会，鼓起勇气说：“天黑了，你可以回去了。”

黄翔出现在门前：“陆弟，你在外面乱说我啥？”

“我没有说你啥。”

黄翔在我面前很自负。“说你家里是四类分子，是我妹妹他们来村里说的，不管我的事。你在外面不要乱说我啥。”

她说：“黄翔，陆弟不会说你。你老实，没有啥可被他说的。”

黄翔态度缓和下来。“闵蕙，我明天回家，你有啥事托我吗？”

“我过几天也要回家。黄翔，我和陆弟接触的事，不要对我家里人说啊。”

“我不说。”

她走了。我总觉以前见过她。突想起，小学时看过《阿诗玛》彩图书。阿诗玛画得和她很像。

五

“陆弟，你以后不要烧菜了，我烧了会送来。”

“我从不烧菜。我吃饭菜以酱大头菜为主。”

“这样吃营养不良。我喜欢听你讲故事。你懂得很多。饭菜我负责。我每月有十元补贴，有爸妈支持。这次我油煎了年糕片，我看出你很喜欢吃。”

她忙着烧饭烧菜。

我讲《聊斋志异》《一千零一夜》《高老头》等。她没闲着，或洗衣服或打毛线。时间过得飞快。

六

“闵蕙，我看书不多，没故事了。你也讲个故事。”

“我讲不来。”

“你是高中毕业生，我初中生，并且是南翔最差的民办中学。”

“我这个高中毕业只读了三年书，都在学校闲荡。”

“你肯定看过一些书。”

“我读过莫泊桑的小说。”

“哪个莫泊桑？”

“是个法国作家。”

“哇，你读过法国小说？”《高老头》是我唯一看过的外国书，连看了几遍。我不认识莫泊桑。我仅看过一本法国小说就向她讲述，还自豪。

“我看过莫泊桑的《项链》《羊脂球》，还有《人生》。”

我惊讶。她一下子爆出这么多法国小说。深藏不露啊。我原以为她什么也不懂。

“《人生》借来时破破烂烂，结尾都撕了。”

“闵蕙，轮到你讲了。”

“我讲得不好。”

“没关系，讲吧。”

“那我真讲了？”

接下来的日子，她讲《羊脂球》，讲《人生》。她说《人生》中心理描写很多，她却只会讲故事情节。我们议论《人生》和《项链》，感慨不已。

我说我大哥认为世界上写得最好的小说是法国小说。大哥把一纸板箱书从宿舍搬到家里。大哥不在时，我把纸板箱从床底下拖出，大都是《萌芽》杂志。她说你大哥在一九五六年还是个少年，一个小镇出生的少年怎么会爱读书？我说大哥在信诚厂工作。厂长是年轻人，出过国，喜欢看书，大哥受他影响，常到厂图书馆看书，觉得《萌芽》好看，订了一份。

“我爸也在上海信诚化工厂。我爸肯定认识你大哥。”

“我大哥已调到市区，现在在上海珊瑚化工厂。”

七

我们吃在一起，每天聊到深夜。

我陶醉在二人世界中，忽略我周围众多的眼睛。

危险在酝酿中。

八

盛夏中午。天太热。村民在午睡。

我为山芋浇淡粪水。她听村民说我种山芋种土豆方式和别人不一样，要跟去看看。我说天太热。她一定要去。

发酵过的粪便是分配的。粪坑上了锁。管理粪坑的褚妈妈来开锁并记账。

我挑粪。她跟在后面。

村后有个叫井圈的小岛，四面环河，有条小路相通。我的自留地有二排高土垄。土垄上，竹竿搭起一人多高的三脚架，如同为丝瓜长豇豆等藤蔓植物搭的竹架。

“村里人暗中都在看你如何种山芋，说没听说种山芋要搭架。”

“下乡后，我想好好种地。买了许多书，如何种土豆、如何看云识天气等。我对《怎样种山芋》很感兴趣。本地农民种山芋，种下后啥都不管等收获。认为山芋忌浇水输肥。我根据山芋习性，试种二十四棵山芋苗。苗之间相隔半公尺，堆起一尺多高垄峰。高垄中埋有大量钾肥的稻草灰。山芋藤长大后，我为山芋搭藤棚，以增加光合作用。我都依科学道理。我还每天做山芋成长管理的笔记呢。”

我浇水施肥，她帮忙。粪桶在河边，旁边放一对空粪桶。她按比例兑水。我说曾试验种土豆，冬天育土豆苗，用灯泡悬吊在草窝内加温，以延长土豆生长期。可惜土豆没等成熟，被好奇的村民偷挖出来。即便这样，我种的土豆仍然特大，吃口好。

我们干得汗流直淌。

九

大忙季节，女人在莳秧。她插秧时，直起身，寻觅我身影。目光对接时就会意一笑。

我肩挑秧担，早看到她。赤脚走在泥泞不堪的田埂上，又滑又烂。田埂上有不少蚯蚓。渠沟水放进收割后的干田，蚯蚓小虫会争相避水爬上田埂。脚底踏在蚯蚓身上，蚯蚓的蠕动挣扎使脚底有痒痒的微颤。踩到硬壳小虫时，脚底有刺痛感，尽可能避开。

简平挑担兴冲冲追上，悄悄说："陆弟，你晓得吗，有的女人裤袋边纽扣不晓得扣上，里面不穿衬裤，莳秧弯腰时，你走近装作拾秧，望进去，妈的，全看见！"眼睛笑得眯成一条缝。

我早听海龙他们说起，偷窥过，望进去一团暗，根本看不清。

"陆弟，秧呢？秧呢？扔些秧来！"闵蕙直起身，向我叫喊。她在田中央，被几个插秧快手夹在弄堂里。

"来啰——"我拉长嗓音喜滋滋地回音。秧担前后荡两下顺势跨进水田，尽量离她近些。挑着秧停下步，左手掌担，右手拎起两束秧远远抛去，落在她身后。溅起的泥水把她裤子湿个半透明。

一个叫新娘子的矮脚女人直起身，笑着说："陆弟，你故意的吧？"

"我想抛得离闵蕙近一些，能让她随手拾到。"我解释。

闵蕙望着我。"没事，太阳好，一会儿自己会干。"

秧田水被太阳晒烫，溅起的泥水飞到脸上热乎乎的。因为她的缘故，我心情愉悦，秧担在肩轻飘得像换了糖担。

阳光好，数只黑白相间的鸟儿，快速在波光粼粼的水田里掠出一道道的交叉弧线，轻轻点触一下水面，迅疾离开。

十

“我插秧常被其他女人关弄堂。她们插秧都很快。”

“在农村，干农活要强过别人。你腰痛腿麻，别人也一样。举例说，我刚到大场挑猪粪时，一百四十多斤粪担上了肩，中途不停挑几里路，第一担挑下来就吃不消。但是每次都挑完十多担。不是因为吃不消就少挑；我刚开沟时，速度也慢。当我看到他们都喘着粗气，突然明白，啥人都一样。我很快夺得第一，接着，把第二名远抛身后。他们都服了我。闵蕙，干活要多动脑筋，减少多余动作，保持匀速，中途不休息，少说话。开始可能喘不过气，腰酸背痛难受，坚持下来会适应。适应后再加速度。你很快会插秧第一，拨秧第一，啥都第一。你活快，你休息，人家仍在干。到年终，你拿最高工分。其实你并没多干活，想想很不公平。”

“黄善又矮又丑，为啥村里人都说她好看，叫她新娘子？”

“我刚下乡时，村民说新娘子好看。我看到后，吃一惊，大脸盘，不超过一米四身高，臀部很大，腿粗壮，有点像侏儒。我也不明白。金兴说，新娘子嫁来时，插秧拨秧都是村里第一。说农村穷，女人能挣工分就是好看，所以都叫她新娘子。”

她离开时，寻找我的脏衣带回去洗。我不让她洗，她偏要洗。我推托说，你拿去，我明天没有换了。她说，一夜会干。她明天早晨送来。

天黑了，我要送她。她说路不远自己会走。

我送到门口，目送她离开。

十一

熄灯后，似有轻若游丝的呼吸在耳边轻微撩拨，我愉悦沉醉。似乎她来了，在轻手轻脚吻我，小心翼翼又羞羞答答。我的胸口有轻微压力。我仿佛看到她溶入远离尘世的光晕中，如同飘飘悠悠的仙女。我憋不住低低呼唤她，向她扑去，欲拥抱她。她迅速躲开，悄然无声。我愕然。

我的脸上拂过蓬松的东西，是她的发梢吗？

我手上一阵刺痛，醒了。拉亮灯，是一只小老鼠。我的手臂留有它的红红齿印，幸亏没破皮。蚊帐有好几个洞，老鼠咬坏的。小老鼠在蚊帐里慌乱逃窜，找到蚊帐顶一角破洞钻了出去。

“毕毕剥剥”声音，是老鼠在欢快咬东西。猝然响起忙乱的“吱吱”鼠叫声。

十二

夜里，孤男寡女一起有危险。

我开着门，把前后小窗窗帘拉开，证明我们正大光明。门外常有人走过，等于公共场所。我们的行为已受到了公共监督。

她说天冷，要关门，被我阻止住。

她抬头望我，目光相触，两颊浮起淡淡红潮。

我的心怦跳起来。

十三

金兴、简平和阿坤等好友以前喜欢来胡聊，为什么陆续不来了？

莫名不安。心里矛盾。

我希望她来，又希望她不要来。

我隐隐觉得和她这样下去会出事，有时突然感觉危险在快速临近，心怦然大跳。

喘气很粗。我马上要出事了！

无性年代（上）

附录“无性年代”分上和下，记录流氓狗的悲剧。

附录章与主线恋爱故事不太相关，人物有关联。您阅读时可以跳过，以求恋爱故事的连贯性。

性与生俱有。当性爱压抑时会扭曲变态，会找渠道宣泄。

我曾觉得作品中插进流氓狗章节是玷污《恋爱》。然而，反观当下社会，生活富裕，温饱思淫欲，与当年的性观念走了两个极端。我决定跳出个人情感和荣辱得失，牢记我是在记录一段历史，我是见证人，我努力展示无性年代对性的态度，真实反映我的所见所闻。只有站在历史高处，才能全方位描述真实历史。

这是无性年代中的荒诞场景。这是对无性年代的嘲讽和深刻批判。

一

仁仁来信说回沪探亲。除仁仁外，我没有其他交往的同学。他和我五哥是同学，后来留级，成了我的同班同学。

仁仁家离闵蕙家近，我很想打听有关她的更多情况。

我穿过仙槎桥北一个院子时，路中央，一条叫小强的黑白相间的狗仰面朝天，摊开四肢躺在地上。几个学生围着狗，手在狗的阴部抚摸着，看狗血红的阴茎粗大起来，哄笑着，纷说下流话。

仁仁家邻居俊俊也在，看到我，和我打招呼后骂学生，说狗流氓人也流氓，一群小流氓。我不会管闲事，说我去仁仁家，先走了。

仁仁家在生产街东侧，两间破旧小瓦房紧靠横沥河。周围僻静，没其他人家。他家有条狗叫大黄，认识我。围着我转，热情舔我手。

仁仁说认识闵蕙，说她家睡觉地方和他侄子是邻居。平时遇到点个头算招呼。说她家在镇上人缘特别好。他问，你和闵蕙在恋爱？我说没有。他疑惑看我。我说真没有。

他说，如果你爱她，就是悲剧。

我默然。不再打听下去。

他谈音乐。他歌唱得好，还会笛子二胡三弦等许多乐器。

张国宝匆匆进门，说他养的小强被剪了那东西。你们知道谁剪的吗？他来南翔十多年，看伤卖膏药，会打拳会武术，南翔人叫他“大力士”。我们都说不知道。他匆匆走了。

我说，仁仁，当心你家大黄也被剪了那东西。仁仁说大黄不外出，他不允许别人摸大黄那东西，说狗和人一样，万一被摸出冲动，咬人就烦了。

大黄卧在一边地上静静听着。

俊俊像影子悄无声息进屋，把我们吓一跳。多年前，在仁仁家，俊俊想学骑自行车，给我一块面饼。在中心小学操场上，我扶了他一下午车，我和俊俊相识了。

傻傻说他把小强流氓东西剪了，又把我们吓一跳。他说小强被小流氓“流氓”，不恼怒也不反抗，竟还舒服地哼哼着，狗怎么能这样流氓？越想越气，跑回家，拿了剪刀，冲来，拨开小流氓，剪掉了小强那东西。

我们关心被剪掉阴茎后小强的反应。

傻傻说，小强叫着，跳起跑了。小流氓也一哄而散。

大黄卧在我们身边地上，认真听我们说话，从不打扰，是好听众。

张国宝没查出谁剪了小强那东西，不查了。他长住南翔，对人客气。说小强和人一样被剪了那东西，有生不如死的感觉。他有理由杀小强吃狗肉，说总算没白养。

二

母亲在准备中饭，说屋小，叫我不要碍手碍脚。我走出屋子。

一群人兴冲冲向杨家弄树林跑去。树林在古猗园北面，在我家斜对面数十米远。我猜想树林中可能挖出什么宝贝才热闹起来。以前有人拾到不少铜钱。

我闲着没事，随人流跑去。

杨家弄当年是条野鸡弄堂，皮肉生意兴隆。后来日本飞机到南翔狂轰滥炸，把杨家弄炸成一片废墟。许多年后，空地上长出一片树林。有人说因地底下埋了数十条野鸡嫖客的尸体，死后阴魂不散，所以树林常年雾气浓重阴气森森。

走进树林，树木稀疏。传来飘忽不定的铜铃声，是阿吐家小汪脖上的铜铃所发出。坑坑洼洼高低不平的碎砖瓦砾，踏在上面“喀嗒喀嗒”响。

“快看流氓连狗鞭喽！小汪被流氓狗连狗鞭了！”有人兴奋地大声喊。

小汪脖项有颗铜铃，开口处像咧开的笑嘴。小汪不停耸着肩，转过头，带着油滑嘲笑的神色。它身上趴着一只黄狗。黄狗两条前腿紧紧夹住小汪后背又常脱空。它拖着小汪，撑在瓦砾上的后腿忙乱着。

我竟发现，流氓狗竟是仁仁家的大黄！

福根拾起一块碎瓦“啪！”地扔去，砸到大黄身上，大黄全身一振，转过头，激昂慷慨叫了声，身子一阵晃动，从小汪身上溜滑下来，两只狗屁股对屁股、两端两狗头地连狗鞭了。

“大黄！”我失声唤叫。

“流氓狗连上了！”“奸夫淫妇连上了！连上了！连上了！”年轻人起哄欢呼，手舞足蹈。

更多的人拾瓦砾向狗扔去。狗龇牙咧嘴疾呼抗议。

“杠棒来了！杠棒来了！”“让开让开！”

狗发现后，理直气壮向围观者汪叫，躲避撤退。

人群紧追不舍。人与狗的急促脚步声。有人拿来杠棒。杠棒油亮蜡黄，插进两条狗屁股之间缝隙中。狗忿怒极了。“来，一、二、三！”“抬起来啦——”大家惊奇地看到两条狗悬挂在杠棒两边，屁股朝天头朝地，八条狗腿互相对拨，精力充沛。令人叫绝的是连着它们全部体重的仅是一条狗鞭。

“大黄！大黄！”我唤叫。“是仁仁家的大黄！”

大黄没理睬我，关注着它的性伴侣，躲避人群。拖着小汪撤退，不停向人威吓吼叫。

“呵……”一阵低低赞叹，“厉害，流氓狗连狗鞭果然厉害！”

"'狗鞭像砣像锉，狗花像火像锁'嘛！"福根插上一句。

"一、二、三！"又一声喊，杠棒猛向旁一甩，两条狗翻了个跟斗，"扑腾"一声砸在地上。它们连着的身子就地打个滚，迅速跳起。

我的脑袋嗡嗡响。仁仁抱来大黄时是条小狗，他回黑龙江后，有大黄在，他母亲不会孤单。平时特别老实的大黄，今天怎么被小汪勾引上变成了流氓狗？怎么回事？

大黄今天会不会死……

那时，社会禁止一切和性相关的行为和事物。性被清了零，《新华字典》找不到娼、妓等字。谈性色变。性和流氓是同义词。女性不能穿花衣、裙子、高跟鞋，不能留长发卷发；文化生活凋零，每天重播着八个样板戏，主角或配角都是单身。《沙家浜》中，偶有几句台词提到夫妻：阿庆嫂丈夫叫阿庆，在上海跑单帮。夫妻长期分居。没听说阿庆嫂有子女；在南翔派出所门前公告栏中，除现行反革命外，大多是流氓犯；古猗园内应时而出现抓流氓纠察队。情侣进园，被暗中跟踪，有牵手亲吻拥抱等流氓行为，马上被抓起来。

然而，性与生俱有。当性受压抑时会扭曲变态，会找渠道宣泄。

这是无性年代中的一个荒诞场景：直播它们激情交配，赤裸裸展示性器官，没有遮羞布，使人产生感官刺激与性幻想，是一次难得的性教育和对性的深度解读学习。

耳边响着众人的呼喊："用火烧！""对，用火烧奸夫淫妇屁股，看它们还连不连！""连的，人家早试过了！"有人大声说。"我去拿柴！"

“谁也不准动！”阿吐突然出现，手拿铁锹，铁锹耀着寒光。“这条流氓狗是我家小汪引来的！”

阿吐家与我家相隔一条街，互能相望。阿吐喜欢打拳，说会少林拳太极拳，常向人展示他的马步冲拳等动作。他出身好，原来看不起我家。后来，我和四哥五哥会吊环会举重，在爬杆上会“扯旗”等高难度动作，胸大肌达二三指后，阿吐对我家有了尊重。当五哥向邻居青年谈摔跤时，阿吐会挤进来认真听。

欢呼声刚起又停住，在惊喜等待阿吐的铁锹下手。

千百年来，牛羊猪等畜牲被控制在牛棚猪圈羊圈内，在人的规划中交配繁殖，向人提供肉食。作为人类朋友的狗，大都野外交配。在无性年代，狗不知羞耻，竟大庭广众下交配，放荡下流，只能严惩。明知性是罪恶，还观看狗现场交配，会产生深深罪恶感。只有杀死流氓狗，吃流氓狗肉，人才会心安理得。

“阿吐，这是我同学家养的狗……”声音低得连我也听不见。理不直气不壮。大黄犯流氓，我黑出身，阿吐不会听我话。

大黄看到铁锹，吃一惊，跑得愈快了。小汪来不及退，跌倒在地，被大黄固执地拖带，背和肚子在瓦砾上起伏揩擦，涂满了泥浆水。小汪好像泄了气，焦躁不安。大黄拖着小汪，沉重得身子前倾，头低俯，四肢杂乱，嘴大张喘着粗气，嘴里通红一片，眼睛兴奋发光。

阿吐追上两步，握住锹柄，高举起，对准大黄狠狠铲去。

“好！”人群整齐地呐喊，短促而激动。“狠狠砸烂流氓狗的狗头！”

大黄机灵避过第一锹。阿吐第二锹又铲下。只听它一声低哼，铁锹铲掉了它一条前脚骨。脚骨落在地上惊跳起，滚进小水坑，溅起浑浊的水花。脚骨毛向上滑去，露出灰白的骨头和粉红的骨髓。

小汪口里发出一连串犹哭犹笑的呻吟，似乎嫌大黄蠢笨。愈跑愈快。大黄被拖着，脚骨伤处不断涌出血沫，一路上画着弯曲粗细的红线条。

阿吐追上两步，举起铁锹。大黄激动地呵斥，眼睛熠熠发光。“嘿！”阿吐一声短促喊声，锹下去，大黄迅速侧过头，锹咬住它半个头。大黄眼睛黯淡了，眸子阴冷地盯着阿吐。阿吐慌张，向旁边躲过两步。大黄喉咙里一连串轰隆隆的沉闷声。

“连狗脱了！”“连狗脱了！连狗脱了！”人群欢悦又惋惜地喊叫。

流氓狗脱开了，仍恋恋不舍。

小汪的尾巴藏进两腿之间，掩住湿腻腻的狗花，“吭哩吭哩”唤叫着，跑了。

“小汪跑了！”“流氓狗要敲死才好吃，可惜这只狗出了血……”

地上，大黄带着不屈不挠的坚韧神态，挣扎着从绚丽多彩的血和脑浆中爬出，疲惫不堪。它在抽搐。一段暗红色精巧的狗鞭还没有回缩。

“妈的，力用大了，坏了我的锹！”阿吐举起锹。锹刃缺了一块。

一阵风过来，水雾吹得支离破碎。大黄的狗鞭带着无可奈何的欢喜，瘫痪在柔软的丛毛中。

大黄死了！

我呆立着。仁仁母亲身边从此空空荡荡，陪她多年的大黄被杀死了！

三

性是罪恶。消灭犯罪的流氓狗，最好办法是吃掉它。

大黄被悬吊在门上方锈蚀的铁钩上。阿吐手握尖刀，熟练地剥狗皮。鲜血淋淋。围观了许多年轻人。阿吐为群众带来感官刺激，他享受这环境，不停回答问话。阿吐说狗皮可以不剥，有皮狗肉好吃。会有人来收狗皮，卖狗皮换钱，又有狗肉吃。可惜这只流氓狗伤了皮，卖不出价。

阿吐，连狗时，把狗鞭割了，狗会不会死？

两只狗都会死。流氓狗鞭割了要死。小贱货的狗花里嵌了段狗鞭，日子一长，狗鞭发臭烂了也会死。

阿吐，假如小贱货和几只流氓狗轮着连狗鞭，生下的狗是哪只流氓狗的？

就是那几只流氓狗的花色脾气，不会混同。

阿吐，什么是“狗二猫三猪四羊五”？

“狗二”指狗怀孕期两个月，人十个月。

阿吐，小贱货跑了还会回来吗？

小汪看到姘头被杀死，吓坏了，不知跑什么地方去了。会回来的，小汪的窝在这里。

四

阿吐在家门前街沿边端出小方桌，坐在靠背竹椅上。狗肉盛放在砸瘪的铝制面盆里。阿吐家拥挤，吃饭要端出小方桌到门前，他先吃。老婆儿子怕阿吐，等阿吐吃完再上桌。

狗肉香阵阵飘出，行人经过，时有“啧啧”赞叹。真香啊！

好像放过茴香。

阿吐是我家邻居。我们喜欢听阿吐讲抓流氓故事。

古猗园是上海市区和郊区农村情侣相亲约会的场所，抓流氓纠察队的队员出身好，对抓流氓有兴趣。有古猗园工作人员，也有镇上人。他们分散躲藏在花木丛中，观察跟踪情侣们的举动，发现亲吻拥抱等流氓行为时，会冲出去抓现行。男的被抓起来后，女的大都听话跟在后面。把男女押到小房间。关门一顿打，再写交代，做过什么流氓事，以前做过的都要写，要详细。最后，电话通知犯流氓的男女单位，由单位领导拿介绍信，把流氓领回处理。

阿吐是古猗园工作人员，兼职抓流氓。

阿吐说有对男女亲嘴时被抓住，说结婚证没带身边。他们要把流氓男女押回小屋审讯。男的是体育老师，身强力壮，吵起来，后来对打。体育老师一人难挡七八个纠察队员围着打，被打得鼻青眼肿服输叫饶。单位领人时，证实他们是新婚夫妻，在等单位分房；阿吐说前几天中午，在熊山山坡绿化带中，有男女脱了裤子搞腐化，被当场抓住。他们交代看到四周没人，忍不住搞流氓。阿吐笑着说，他们一进园就被暗中跟踪。女的被剪发，男的被捆绑起来，审问一关必不可少。因为他们带了结婚证，没打。在外搞腐化也是流氓。通知单位拿介绍信领回处理。

阿吐悠悠吃狗肉，将狗鞭塞口里，说，狗鞭糯又香，实在好吃。

阿吐儿子想吃。阿吐说小孩不能吃狗鞭！吃了发育早，发育早会变流氓。

五

小汪天黑前回来了。

阿吐用狗链把小汪锁起来。每到小汪发情期，阿吐利用小汪引诱流氓狗时会解开链子。流氓狗大都是附近村的看家狗。阿吐说杀狗太多，会惹狗主人寻上门。偶有狗主人寻上门，吵起来，阿吐说流氓狗跑来强奸诱奸小汪在先，阿吐的话先占了理。

阿吐在家时，小汪锁在家门前街石阶边，它静静看来往行人。附近小孩怕阿吐，不敢惹它。阿吐上班去，把小汪锁进他家小天井走廊里。小天井住好几户人家。

六

仁仁对大黄安全很放心，说大黄之前外出过几天，后来都回来了。

我想提大黄因犯流氓被处死的消息，却没说。我说了又不能挽回大黄的命。

仁仁说他所在的农场文工团有许多姑娘。我问，有追你的吗。他笑而不答。我说你从中学起，就有女同学给你递纸条。他一脸得意。

他说跟一个唱京戏的老太学唱功技巧后，现在任何高难度的歌都会唱。他唱《乌苏里船歌》，唱《赞歌》。我说他唱得好听。他说这两首歌开头需要高难度的唱功技巧。

他说赵丰靠一把小提琴摆样子骗到林。他和赵丰是情敌。当年，他们都看上林。他输在小提琴上。说赵有把小提琴，他没有。说当赵丰把小提琴搁肩上下巴时，音乐家样子出来了，后来，赵丰和林的恋爱遭双方父母反对。为摆脱父母，他们报名去了新疆建设兵团。

七

夜里，我梦见了大黄。

我和仁仁在聊天。大黄卧躺在一边，长久冲我笑，笑得像哭。我们停止聊天。仁仁诧异，大黄怎么啦？我也奇怪，大黄怎么啦？

八

仁仁打听到大黄被小汪勾引，引来了杀身之祸。

听说仁仁父亲是国民党军官，母亲是小老婆。因父亲早逝，他家才没有划入黑五类。他有姐姐哥哥，成家了，不常回家。可能他和哥姐是同父异母。他忌谈父亲。他毕业分配时，咬破手指写血书，被光荣地分到黑龙江建设兵团。

“仁仁，大黄犯了流氓，阿吐红五类出身，你打听到又能怎么样？”

仁仁沉默良久，说过几天回黑龙江了。

九

阿吐说昨天三个年轻人鬼鬼祟祟在附近游荡，找准机会向小汪扔出毒馒头，被他发现。年轻人跑了，损失了两个肉馒头和几包磷化锌老鼠药。

我怀疑是仁仁来报复。报复显然失败了，小汪仍活着。

小汪认识我。我摸小汪的头。小汪抬头望我，可怜的眼神。

十

阿吐，你家小汪怎么不见了？

他说到处找不到，估计被人毒死装进布袋带走了。我说镇上许多人想吃狗肉。小汪是狗肉。他说下班后，小汪不见了，剩下条狗链，被弄断了。陆弟，你知道，我家通向外面走廊的小门因为共用，经常开着。外人什么时候进来，也不知道。

阿吐，你会武功，又警觉。小汪能活这么久，已很不容易。

阿吐狠狠地骂，不知哪个赤佬干的。查出来我会弄死他。

十一

仁仁回黑龙江时，我说阿吐家小汪被人偷走了。

陆弟，你不要怀疑我，不是我干的。

十二

母亲叫我倒垃圾。

水泥垃圾箱与我家隔马路，紧靠公共厕所，半人多高，上有倒垃圾入口，下有清洁工人出垃圾的门洞。一只刚出生的小狗，在垃圾箱门前，很脏。我倒垃圾时，它一往情深望着我。我怜悯，抱起它。它舔我的手，全身不停颤抖。

我养不起它，把它放回原地。

阿吐正好来倒垃圾，拎起小狗，说原来是流氓狗，怪不得没人要。说他喜欢狗，迟疑了下，抱走了。

十三

阿吐为小狗起名小小汪。说流氓狗早晚会被小骚狗勾搭，被人吃了。他要把小小汪变正人君子，不发情不流氓。他把小小汪翻过身，肚皮朝天。用矮凳的两条凳腿卡在小小汪前胸，坐在矮凳上，一手抓住小小汪舞动着的两后肢，另一手捏着刮胡子刀片，在它生殖器边划开一公分左右口子，扔下刀片，用食指和拇指一按，摸到小小汪一个蛋蛋，用指头捏着蛋蛋慢慢旋转，一圈又一圈。

小小汪声嘶力竭哭叫。

阿吐冷笑着，旋下第一颗蛋蛋，又旋下第二颗蛋蛋。

蛋蛋如豆瓣大，乳白色，布满细细血筋。

阿吐儿子五六岁，在一边看阿吐阉小小汪。

阿吐站起来一脚踢翻矮凳。小小汪一骨碌翻过身悲悲戚戚哼叫跑远了。

地上，小小汪两颗椭圆形蛋蛋散发着柔和光彩。

阿吐儿子狠狠一脚踏去，把蛋蛋踏得稀烂。

阿吐拾刀片，骂，你只会捣蛋，看我把你阉了。儿子拔腿就跑。

周围人都说阿吐阉割技术好。小小汪的伤口干净得没一滴血。

阿吐下班回家，响起喜冲冲的铜铃响。

小小汪温柔多情向阿吐靠拢，撒着娇，吻舔阿吐的手。望阿吐时，棕色的眼睛闪耀天真欢快的光芒。

十四

仁仁母亲病倒了，他请假从黑龙江回家。

仁仁家门开着，外间没人，我进里间。老太卧病在床，仁仁正给母亲喂药。

仁仁说，大黄死后，他和母亲很伤心，想不到母亲病倒了。说大黄从不出门。他每次回家，到离家百米外的泰康桥，人还没有拐弯露面，大黄就嗅到气味，一路欢快跑来迎接他。说外人给它吃馒头，它从来不吃。他和母亲说什么，大黄都懂。说大黄从小抱来没想要阉它。等到大黄发情时它已长大，不舍得阉，用绳牵着。总认为大黄老实听话，不会出事，谁料到，还是被勾引了。

房间里多出条小黄狗，卧在床边地上，同以前大黄一样，安静听我们聊天。仁仁说这是他抱来的小狗，叫小黄。他不在时，小黄能陪母亲。说小黄是条雌狗，不会变流氓。

我说以前你探亲回家，俊俊都会来。这次怎么没来？仁仁说我们去他家看看。

我们到俊俊家。俊俊瘦得厉害，脸苍白。我们叫他，他没回音，似和我们不相识。偶抬头看我们时，目光飘移，心不在焉。

俊俊爸说，几个月前开始，俊俊一天天瘦下去，脸越来越白，天黑就想上床。他怀疑儿子有事瞒着。俊俊不肯说。他打了他，俊俊说每天夜里一关灯迷迷糊糊睡着时，有个姑娘进来，梳着两条粗黑大辫子，笑嘻嘻陪他睡。姑娘离开时，俊俊像昏过去一样，裤裆里黏糊糊的。说俊俊碰到了女鬼，和女鬼睡觉最伤阳气。女鬼一旦得手，不把俊俊阳气吸空不会放手。

说遇到这种事要说出来，让所有人知道，一起骂女鬼“下作”“勿要面孔”，女鬼怕难为情才勿敢来。

我们跟着俊俊爸一起喊口号，骂女鬼下作不要脸。

俊俊一声不吭。他爸说什么，我们喊口号，都似和他无关，情绪没丝毫变化，把我们当成空气。

十五

杨家弄口的树林边，围着许多人。靠街边的一棵树边，阿吐用白棉纱绳扣套进小小汪脖子，悬吊起来。小小汪定定凝视主人，溢出的大颗泪水被柔软的绒毛很快吸干。在一阵阵蠕动抽搐中发出婉转的呻吟。嘴里挂下几条黄色的黏液，舌头悄悄探出来。四肢乱蹬乱踢，“刷啦啦”撒了尿，身毛蓦地黯淡下来。

我忍不住问，阿吐，为啥要吊死小小汪啊？

小小汪咬死了好几只小鸡。

有人插话，阿吐，听说狗咬小鸡用鸡毛烧成灰，吹到它鼻孔里让它打几个喷嚏，它会厌恶鸡，按它头颈咬鸡也不肯。

阿吐说试过，没用。说养流氓狗真没意思，把它蛋蛋弄掉了，以为不流氓了，却干其他流氓事，去咬死小鸡，只能判它死刑。

阿吐又有狗肉吃了。

小小汪在汤锅里蜷缩着身子，汤水白得像女人的奶汁。

十六

仁仁母亲去世了。他回来办理母亲丧事。

我关心俊俊和女鬼的事。我们去俊俊家。

俊俊爸说俊俊不见好。说他曾叮嘱俊俊，说女鬼一来就叫。他睡儿子身边。半夜，儿子惊叫："来了！来了！"

他忙开灯，儿子面孔雪白，额角密密的汗珠。他用手一捋，汗冷冰冰的像雪水。俊俊又被女鬼吸去了阳。他急啊。他是木匠，在枕头下放了把木匠斧头，床架上挂了木匠锯子。说斧头、锯子、榔头压邪，女鬼看到勿敢来。夜里，他勿敢睡，黑暗中注意房门。半夜，听俊俊惊叫："来了！来了！"他忙开灯，拔出斧头向床边砍去，只听，"砰！"的一声，床边八仙桌被砍掉个角，桌面裂开几条缝。一摸俊俊裤裆，又被女鬼吸去了阳。

俊俊爸说，俊俊从此不说话，像哑巴。俊俊每夜会出阳，证明女鬼每夜找他。我们建议送他上医院。俊俊爸说，俊俊宁死勿肯去医院。

俊俊坐边上，脸苍白得发青，瘦得厉害，一声不吭，眼望窗外，眼神发飘，仍把我们当空气。

我们从俊俊家出来，黄毛也来了。

我们说俊俊恋上女鬼，深陷性爱幸福中。我们听过许多女鬼故事。女鬼漂亮。漂亮能引诱男人。漂亮女鬼和人交合就想吸阳，而我们阳多得要发泄，伤点阳气算什么，这是快活付出的代价。我们都希望遇上《聊斋志异》中那种温柔善良的漂亮女鬼，使我们快活，又不把我们弄死。但是，漂亮女鬼可遇不可期啊。

十七

仁仁回黑龙江前，约我见面。说他没有父母，就没有探亲假。路途遥远，车费贵，也请不出假。所以，他和我是永别。他要请我吃饭。

他选在南翔饭店，叫了一笼南翔小笼，一瓶黄酒。他说每月三十多元工资花不了。他同情我干一天才几毛钱。我说我能活下来就不容易。

他说俊俊前几天死了，死的那一夜，阳出得半条衬裤湿透，说俊俊快活到顶了，人瘦得剩下一副骨头架子。说俊俊被女鬼死死缠住，早晚会死。我们羡慕俊俊幸福至死，夜夜能睡最漂亮女人，那漂亮女人还自己送上门。这样死值了。叹惜我们没这福气。

仁仁吃小笼馒头只吃皮，把肉馅吐桌上，说不喜欢肉馅。吃了两个不吃了。说你不把剩下的吃了，他全扔了。我如不吃他会全扔，我只能一人吃和喝。

他说刚到黑龙江建设兵团，过第一个大年夜，他们围坐在小桌边，桌中央一脸盆白煮土豆片，没有其他食物，他们哭成了一片；说附近农场仓库，总是少肉，后来捕到一只大老鼠，像狗那么大。在仓库地板下，又找到一大堆猪肉，半只半只叠放着，都是这大老鼠偷来后藏起来的；说冬天，狗熊和当地猎人相遇的危险经过……

他不停讲。我独享小笼和黄酒。

他说大雪后，野兔出来寻食，雪地上一溜兔的脚印；说森林失火和救火；说他们如何伐木，如何把木头运下山；说他认识的抗美援朝英雄……

我独吃独喝，感觉不好意思，停下来要给他倒酒，他说从不喝酒。

他说母亲去世后，小黄没了家。他哥姐都不要它。说小黄认识你，想托你养。我说，除我插队的张村外，全社会知道我是坏人，不允许我养狗，我也养不起。

他很失望。说他会另想办法。

十八

黄昏，我回张村抄近路，穿过杨家弄树林。

树林变成淡黑色的阴影，用心能听到“噼噼啪啪”声音，像肉与肉撞一起发出的声音。我进入树林，会想起我父母的人生经历。他们的人生噩梦是战火中的逃难经历。

只听到我的脚步声。树林中，变幻的阴影仿佛杂乱的狗鞭与狗花影影绰绰在飞舞碰撞交合沉没又浮起，飘出愉悦甜蜜的气息。

联想到我父母的逃难故事，就仿佛走进墓地，有沉重压抑感。

我父母划入四类分子，虽苦不堪言，他们仍对子女“忆苦思甜”，说现在生活困难，至少还有家。当年家没了，日本飞机天天轰炸，到处是死人。逃难到出生地管家村，村炸光了，只能搭临时棚舍。飞机一来，村民恐慌地躲进庄稼田。母亲抱了刚出生的大哥，大哥乖，不哭不闹，好像知道飞机在头顶上寻目标扔炸弹。父母出生地炸光了，南翔镇炸光了。解放时，镇上有两处特大废墟堆场，一处在救火会边，堆场上后来建起很大的门诊部，占了堆场高墩一部分。另一处在大井边。而诸如杨家弄这样被抹去的弄堂，镇上不计其数。

树林中似有淫荡的生灵，像轻盈的狗毛互相吻舔拥抱，又悠悠分离，蕴含奇特雄壮的生命节奏。听宋老伯说这是野鸡嫖客到了地下，仍不忘吸肚皮寻开心。

隐隐传来的铜铃声：是色彩、希望？或是深渊、绝望？

第二章　战栗与恐惧

一

天黑了，因闵蕙在，门窗大开。

传来罗明芳和他人招呼声。我急把枕边的《当代英雄》《铁流》藏到被单下。

罗明芳进门。“陆弟，我来借书。”

“我现在不看书。我没有书。”

“我爸病了，我回村看我爸。顺便看看你有没有书。”她走到床头，随意翻起枕头，没有。掀开被单一角，被单下两本书，笑了。“也真被我查到了。陆弟，《当代英雄》我借去看看。《铁流》留给你看。”

“你上次借去的《安娜·卡列尼娜》还没有还。我向吴红借来。吴红要了好几次。”

“下次一起还你。”她转换话题，“陆弟，我真的冤枉。我一直在申诉。总有一天会洗刷我冤情的。”

我沉默。不想涉及这种事。

她好像刚发现屋里另有人。“你叫闵蕙，听说你和陆弟蛮好。我没出嫁前，常来借书，和陆弟聊聊很有意思。”

“你借去的书一定要还我啊。”我提醒。

“这个陆弟，不就一本书，这么小气。下次来，我还你。我不打扰你们，我走了。”

“她长得好看，说话老成，像城里人。她多大了？”

“她叫罗明芳，村里人，二十多吧，反正三十不到。”

“她来借书，你为啥把书藏起来？她进来翻床单找书，找到就拿走，很随便。她刚才说‘和陆弟聊聊很有意思’。你和她关系好像不一般？”

“她没出嫁前，常来借书。只借不还。我的书也借来的。如果知道她来，我会把书藏起来。但是，她常突然出现。她借书其实是抢书。我从没在她手里借到过书。”

“她刚才说我很冤枉，她有啥冤？”

“她是阿坤前女友，被阿坤举报后成了现行反革命。”

她惊讶。“啊，怎么回事？”

她是张村唯一老三届高中毕业生，在公社当老师。以前常来，和我谈电影谈读的书。她说找不到能聊的人。她看不惯无知识的人，说简平和黄翔虽是知青，聊过几句也是无知识。阿坤知道她常找我，委托我打探她想法。她说和阿坤是两个层次的人。她有心上人，是方泰中学唐老师，方泰镇上人。镇户口比村户口高出一段。说和阿坤恋爱时没遇到唐老师，那时她在村里，觉得阿坤会电工，能修农机又能开拖拉机，很吃香。说和阿坤谈没多久不谈了，阿坤什么也不懂，没法聊。说唐老师真心爱她，家境好。阿坤父母双亡，从小爷爷带大，两人差远了。那天，阿坤听我说后，脸色难看，转身就走，把我扔在一边。

几天后，一队民兵冲进她家，在她卧室找到了反动日记。她在上课时被抓，被学校开除公职，全公社游村批斗。她戴着纸糊的高帽押到张村批斗那一次，眼神不服气，努力抬头，被民兵按下。民兵队长喊“打倒现行反革命罗明芳”时，没人跟风。她家和村民相处好，谁都不愿意参与。她爸躲在家里没出来。她爸不像农民，清清爽爽，说话慢条斯理。我刚下乡还以为她爸是乡村教师。民兵队长点名老队长。老队长喊口号时因有气无力惹得会场内一片笑声。老队长说都是乡亲乡里，不要让我难做人啊。民兵队长无奈。村团支部书记月仙上台，说罗明芳的日记反党反社会主义，比如“龙游浅水遭虾戏，虎落平阳被犬欺”等，讲的都是公社广播里的批斗内容。

村民认为能写出“龙游浅水遭虾戏，虎落平阳被犬欺”句子，说明罗明芳志向远大，因此不满社会主义。说她现行反革命，都没想到。传是阿坤举报了她，说恋爱期间，阿坤知道她写日记习惯，还偷看过，许多句子好像不满社会。

我问阿坤，阿坤不承认举报。

我知道“龙游浅水遭虾戏，虎落平阳被犬欺”句子是她摘录的。我不敢说。

闵蕙惋惜，问，出事后，唐老师还爱她吗?

“谁都不看好他们。但是，唐老师不顾家里反对和她结了婚。听说现在夫妻感情蛮好。”

“他们是真感情啊。”她感叹。

二

我和简平清理船舱做开船准备。今天他话突然少了，猜想他又为女友户口的事烦恼。

下午，船摇出村。有了纤路，我从船面板上拾起纤绳，跳上岸，赤着脚，弯下腰一路埋头拉纤。我为省鞋钱，每年四月到十月都赤脚。

简平在船头手握船篙，防船身碰触石驳岸。福泉和阿坤在船尾负责掌舵。

拉空船很轻松。船到南翔，河道两边是房屋，没有了纤路。我回船上，坐船头休息。等船出镇有纤路再上岸。

宝山大场生猪饲养场前不宽的河面，挤满装猪粪的船只，排了两三档船。一阵忙碌后，我们的船靠上岸，离码头不远，要排队，等满粪船离开就挤进一步。明天上午可以排到。

福泉上岸，去饲养场办挑粪手续，取粪筹。

大场生猪饲养场的猪专供上海市区。猪粪是农家肥，很紧张，由市里统一分配额度。挑猪粪强度大，福利也丰厚：规定来回三天时间，一般两天半完成，省下半天能上自留地搞家庭副业；外出三天能领到四元多补贴，每天一元多；年终评工分，挑猪粪因超强度劳力，成了衡量男工获最高工分的标准。

天黑了，其他人在船上过夜。我和简平无法忍受船舱内熏人的臭气和密集的蚊子叮咬，离船去大场镇边休息。他话很少。我们选在民屋前石阶上睡觉，臭气少，但蚊子骚扰得睡不好。天蒙蒙亮，我们起来，走到大场镇。沿街商家还没开门营业。有家羊肉店在卸门板。我们进去挑个位置坐下，要一斤黄酒一斤白切羊肉。他说要挑粪，少喝点，半斤酒够了，意思意思吧。

我们喝起酒。他话仍很少。

福泉分挑粪筹，每人十五根。关照装粪装到溢出粪桶为止，溢出来不会罚你，但村里占便宜了。说在粪池捞厚的不要稀的。粪勺出粪坑时要停顿一下，等水漏掉些，越厚越装得多。说因稠厚，往往能装到高出粪桶边五六公分。

一担猪粪约一百四十斤，挑一二里路走出饲养场，再挑到岸边，走上船挑板时，人差不多累得要倒下，但要坚持。晃晃悠悠挑担上船，将粪倒入船舱再返回场内。如此往返，每人十五个来回，中间不休息，前后六个多小时。到大场挑猪粪，是农活中最累最重的活。挑担过程中，各挑各的。饲养场很大。方形的大粪池在场北面。挑粪人用长柄粪勺从大粪池中提起，再勺到粪桶内。装满粪桶后，一路挑到饲养场门口。门口有职工看守，每过一对粪桶收去一根粪筹。

我光着上身，下穿短裤，挑粪到船边，简平已走在长长的船挑板上。两人同在挑板上，挑板会晃摇不安全。我停步，担子换个肩，等他走过挑板。他走在挑板上，双腿颤抖着向前，突然发出一声“啊”，整个人连同粪桶摔下挑板。下面是河堤。即便跌进河，河水也不深。

我搁下担，跳下河坡，把掉在河坡上的船挑板扛起，重新横搁在粪船和岸上。

他从河坡上爬起，全身沾满猪粪。干脆脱去上衣，同我一样只穿短裤。

福泉看到简平跌倒，摔了粪桶，很不满。因粪桶出了场，损失是村里的。

“简平，你给我两根粪筹，我为你挑。”

他迟疑了下，给我粪筹。“陆弟，谢谢你，我真吃不消了。”爬上岸，在肩上垫了毛巾，继续完成剩下的任务。

每次挑粪，简平会利用拉屎撒尿，逃掉两次，也就是比别人少挑两担，引起许多人不满。

我走上挑板，摇晃着走到船舱边，把粪桶侧倒进船舱。

每次挑粪，从挑第一担起我就感觉吃不消，但都坚持下来。感觉挑担往返像梦游。腰被重担压得像虾一样弓着。这个塌腰姿势特难看，但比直腰舒服多了。我遇到挑粪，心里就怵。大家拼的是意志。为减少鞋的分量，福泉他们穿草鞋，轻松防滑。草鞋是他们自己扎的。我和简平都赤脚挑粪，走在粪路上或粪船挑板上，脚趾要微扣防滑倒。

简平挑着空担没走远，似在等我。我走近他，他欲言又止，目光又不自然在躲闪。

“你想对我说什么？”

“没有……真没有。”

“看你眼睛，好像有事要对我说？”

“不是好消息……等挑完猪粪再说……”

从他吞吐中，我猜想是个糟透的消息。我因此心神不定。可能他得到消息，等我回村后，他们提我出去批斗？思绪很乱。这些日子，我和闵蕙聊得开心，忘记我的出身，忘记我是坏知青。

这条一二里路长的挑粪道是饲养场指定的。因挑伙装猪粪时都装到溢出桶为止，因此挑担时，一路会滴滴答答掉落，湿漉漉黏糊糊成了条猪粪路。场里派专人推着拖车，用铁铲清理粪道。他们穿军装，好像部队编制，待挑伙很礼貌，会自动让道。挑伙大都像我一样，光着上身，肩部红肿，有的破了皮变得鲜血淋淋，也有像简平那样在肩上垫块毛巾防破皮。

下午二时左右，粪筹挑完了。

三

船装满猪粪，从群船中挤出，找个空当停船数分钟。我和简平扑进浑浊的河里洗了一把。其他人在船上把身子稍清理。数十块红砖搭的简易灶。福泉点燃干稻草，往灶中塞进花棋柴，蒸中饭。

开船回村。满船需两人拉纤。我抓起纤绳，简平跟着我跳下河，再游上岸，放开手中纤绳。我在前，简平后，同步，弯下腰，两手触地，用力蹬脚掌，努力向前拉纤。

因重舱，船行进很慢。

“你现在可以说了吧？”我回头提醒。

“回村后再说吧。”

船回村，停靠后上岸。

简平随我回屋，关门说：“最近传着一个消息，附近村也在传。可能就你不晓得。我们开船出来那天，消息已传到大队部。”

“啥事体？”

“你千万不要生气啊。说有一夜，闵蕙到你屋里聊天聊到半夜。闵蕙要走，你叫她等一下。你把床上被子放平了……我怎么说呢……”

“你说啊，我没事。”

“你把闵蕙突然推倒床上要强奸，闵蕙拼命推开你……”

我惊骇地叫起来："没有的事！胡说八道！"全身发抖。

"有人说你被闵蕙推开，强奸未遂；也有人说强奸成功了。陆弟，听我说下去。说闵蕙亲口对吴红说起，然后传来传去，全村晓得了，大队也晓得了。都说大队将对你采取行动……"

我的头嗡嗡响。我被她害了。我下乡不久被黄翔诬陷，太平了几年，这次被她诬陷。知青中难道没有好人吗？

"大队如果没来得及调查她，你有希望逃过一劫。你见到她，态度好一点。如果她心软，不让她爸妈晓得，就不会控告你。你求求她。如果她可怜你，不承认被强奸……陆弟，记住，不要对她太凶，太凶会害你……"

"没有的事，她怎么能乱说呢？！她是在诬陷我！"我全身颤抖，越来越厉害，额上汗珠直冒，手脚冰冷，牙齿不停叩击，发出清脆的叩击声。

他大惊："你怎么啦？"

我无法控制全身颤抖，无法控制牙齿上下叩击。我说话的声音因此断断续续。"我……冷热病……犯了……没事……一会儿就好……"我困难地挪到床边，一身挑粪臭衣服没脱倒在床上，冷得蜷成一团。

他手足无措："这，这怎么办？"

"一会儿会好……是冷热病……我困一会儿，抖得疲劳，抖不动……就好了……"

"我去找她……"

"你等等我……约抖半小时……一起去……"

他束手无策等在一边。半小时后，我筋疲力尽，颤抖渐停下来。全身被冷汗湿透。虚弱地起床。

他说，趁大队可能还没调查她，或在她报案前去求求她。

我沉闷着头，我郁闷和愤怒，疲惫地向她的小屋走去论理。他紧跟我身后。

我发现，村民看我的目光确实不同了。他们都知道我要强奸闵蕙，被闵蕙推开才没有得逞，也有人相信我得逞了。我从四类分子子女到坏知青，又多出个“强奸犯”罪名。

来到她屋前，我刚想敲门，抬起的手放下。门锁着。

富农阿兴在我们经过他家时发现气氛不对，跟过来说：“陆弟，不要找了，一小时前，闵蕙和吴红回南翔了。”

我呆在原地。难道吴红陪她去报案？

四

金兴、简平怕我惹恼了闵蕙会出事。希望事情不要扩散，说被她爸妈知道也会出事。现在求她把话收回。说之前因我和她在一起不好意思来，都知道我和她这样下去会出事，想不到这么快就出事了。

我大声说：“她为啥这样恶毒？！都是她来找我。她把中饭晚饭带来。每次她来，我都开着门，把窗帘拉开，就为防外人闲话。我怎么变强奸她了？”

他们说等闵蕙和吴红回村，陪你当面对质。但是，你态度要改变。如果这样凶，会被她害死。说幸亏她对吴红先说，如果她对爸妈先说，她爸妈举报到公社到县里，就直接把你抓进去。说村里都知道你出事了，就联想到根兴强奸的事。

提到根兴强奸一事，我补充讲述一下。

根兴和女知青夏君在挖防空洞时挖出了事。

当年，按照毛主席“要准备打仗”指示，为防御原子弹和化学武器，布置挖防空洞备战。村里放下农活，男女老少聚集在村后临河竹园挖防空洞。数人一组，男女搭配。每天向大队汇报挖了多少。男人用小铁搭松土挖泥，女人把泥土扒进簸箕，双手端起簸箕，弯腰走出洞倾倒在河里。常碰到竹根和碎砖瓦，很难挖。上海地区土质松软潮湿，防空洞离地浅，常挖到中途，突然塌掉，变成坑，而不是洞。不塌的话，不出两天，洞里都是水，人躲进洞，防了原子弹，也会被水淹死。如果原子弹扔来，我想我宁可在水渠躲藏避开冲击波，不会进这种防空洞。半夜，公社通过田头和家庭广播，拉响防空警报测试，有对夫妻听到警报声逃出门，躲进自己挖的防空洞，因脚步太重，洞倒塌了。

言归正题。据说根兴和夏君本来互有好感。根兴是隔壁大队一个生产队的队长，说村里来知青上调名额推荐她。挖防空洞时，夏君被根兴摸了奶香了嘴巴。她可能第一次被男人亲嘴拥抱，偷偷告诉同村女知青小沈，叮嘱不要说出去。在村里，夏君比小沈人缘好。小沈有心机，瞒了夏君去报案，说夏君亲口对她说根兴强奸了她。大队民兵把根兴抓起来。夏君百口莫辩，逃回南翔。村民也有疑惑，说挖防空洞时人来人往，地上湿腻腻，怎么能强奸。

根兴被判了刑，关进了上海提篮桥监狱。

他们说，等闵蕙回村后，你不能对她凶。太凶会逼她一口咬定你，你会像根兴一样进监狱。我在不停劝说后，冷静下来。见她要说软话，请她实事求事。我要克制。

他们最担心民兵得到消息后直接来抓我。

他们说，陆弟，如果这事能过去，你要尽快放手，免遭闵蕙祸害。现在我的命运掌握在她手里。我说我想一个人静静想想，你们回去吧。

五

“冷热病”发作了。

我全身颤抖，越来越厉害。额头汗珠直冒，手脚冰冷，牙齿不停叩击，发出清脆的叩击声。无法制止颤抖。我把被子裹住身子裹着头在黑暗中颤抖着。半小时后，大汗淋漓，我疲倦了，颤抖停止了。

突然冒出的想法使我吓一跳。在我开船回村一小时前，她突然和吴红回南翔，是在故意避开我，由吴红陪她去报案吗？很可能她回南翔是借口，实质为举报我“强奸”？这些日子，她到我屋里假装听故事，就是在设陷阱？万一她咬定我强奸她怎么办？当年，黄翔为诬陷我，匪夷所思，把脏水弄身上，使我成了全公社坏知青。我和黄翔有知青上调的利益冲突，她为什么诬陷我？她和黄翔是多年老邻居，会是善者吗，可能一丘之貉。

一阵“窸窸窣窣”声。梁木上蹿过几只老鼠，灰尘飘下。

这几天老鼠怎么会这么多？我有惶惶然感觉。

会不会她脑子有病？她家瞎子阿姨也是大眼睛，蛮好看，脑子出了问题。会不会她有臆想症？把臆想当作现实发生一样？我们聊天时，她心底深处恐惧我会突然强奸她，想多了，当成真的？

辗转反侧，一夜未眠。

六

我昏沉着脑袋起床，看她回村了没有。

贤兴正牵着牛，牛慢慢走下河滩，待水漫到膝盖时站住，在水里拉屎撒尿。每天牛会把尿屎拉在村河里，使河水混沌，散发阵阵骚臭。

“陆弟，你来一下，我有话对你说。”

我走近河滩。

贤兴低声说：“昨天晚饭时，我到月仙家，月仙晓得你和闵蕙的事，说会马上报案。陆弟，你要抢在月仙报案前，求闵蕙收回话，这样可能好一些。”

贤兴和月仙是亲戚又相邻。月仙常冷着脸，村民背后说她不像姑娘，而像她阿姨，她们都是阶级斗争为纲大道理讲起来一套又一套。月仙阿姨是大队妇女主任。两人都瘦高个。如果月仙报案，把我抓进去，相信我会交代强奸闵蕙，我在学习班待过，我有经验，早晚这个结果，早交代会避免皮肉苦。

我只希望闵蕙快回村，希望月仙慢点报案。遇到闵蕙，我会求她收回原话，拉她去见月仙说没此事。

闵蕙的小屋原是富农住宅厢房，朝东开门。南隔壁住着地主婆，是孤老五保户，八十来岁，干些选种等轻活，靠村里养着。北隔壁是种子仓库，没有窗，常年门锁着。门前是长廊。屋后是村外，靠墙是条深渠。长廊南面出口是富农一家。长廊北面拐弯处是吴红的小屋。

屋门锁着，她没有回村。

凭我经验，她大都傍晚回村。我绝望了。突然想起，如果“强奸未遂”，我也会吃多年官司。估计这次逃不过了。如果我被抓，不知什么时候能回家。

我急切想回家看母亲。

我衣服没换，两天来，我和猪粪生活在一起，熏得全身散发着臭味，坐公交车会遭人讨厌。走回家十多里路。几年前，黄翔像她这次一样，突然回南翔，后来我知道，黄翔回家在写举报信。我因此被关到嘉定学习班三个月，还差一点自杀。

从学习班出来后，我成了全公社坏知青……

第三章　最是不堪回首处

一

我和黄翔同时插队。黄翔住隔壁，他不在时，张村年轻人喜欢来我小屋胡聊。他回村后，为防他偷听，我们转移到种子仓库小阁楼，聊天不用顾忌，聊到困倦了就睡到天亮。阁楼地板上有草席，很干净。我们或坐或躺，六七人不会挤。冬天有大功率太阳灯取暖。电费村里支付。

简平从市区回来会带来各种信息。黄色手抄本《少女之心》就是他带来的。手抄本用钢笔抄在横条学生作业本上，在张村悄悄传看。露骨描写男女性爱细节，谁看了都有遏制不住的性冲动。阿坤还偷偷抄下来。听简平说上头在查作者，查出是枪毙的大罪。说凡看这本黄书的人都要进学习班以肃清流毒。

二

三秋大忙季节。

“陆弟！”老队长从大队回来，笑眯眯地说，“你马上到大队去一次，有人找你。”

“啥事体？”

“大概要抽调你吧。都晓得你是知青中的干活好手啊。”

我到大队部，是工作组找我。王组长说黄翔这段时间回家举报了你。我说我想不出犯过什么事。王组长命我每天去大队交代问题，傍晚我回村。

大忙结束时，王组长叫我不要去了。我以为事情过去了。

简平得到个坏消息，说黄翔举报你不成，担心报复，说不能和你同村，说如果不把你法办，会一层层举报上去，说你出身四类分子家庭，应该从严查处，这是阶级立场。

我说，大队不叫我交代了，证明事情了结了。黄翔要举报就举报吧。

老队长说，村里都知道你冤枉。只要我当队长，来知青上调名额仍推荐你。农民讲什么，讲会干农活。黄翔常回家不想干活，又在妇女组在孕妇老人组干，算男人吗？就会想坏点子。村里每年还倒贴黄翔口粮，说像黄翔这样的人，以后老婆都找不到。

我们集合在村口，等老队长分配农活时，王组长突然出现，说插个话。

"陆弟，你带上行李，马上到嘉定学习班报到！"

我想起简平的话，黄翔举报信到县里了。我想，大队没有结果，县里同样不会有事。

三

学习班类似拘留所，人进去就失去自由。

学习班在嘉定西大街嘉定面粉厂内。面粉厂停业了，借助厂里设施，把全县数十人集中起来交代罪行。数十平方大厅里，学员席地而坐，交代问题、劳动、审讯和借出去批斗。毛主席《敦促杜聿明投降书》是每天必读文章。另外读社论，背诵毛主席的老三篇。

管教穿着没有领章的军装，把我叫到单间审讯。命我下跪低头。我动作稍慢，巴掌打来，斥责。说黄翔揭举你大量罪行，你不交代就进监狱。我说想不出有什么交代。管教猛地一脚蹬在我腿弯里，我“扑通”一声跌倒。管教命我站起来。我刚站起，管教甩起手“啪！”地打我脸上，我后退几步跌坐地上，手捂住脸。管教说我在装，突然圆睁双目，发狂冲上对我拳打脚踢，耳光接连上来。我的脸一阵火辣辣，耳朵嗡嗡响，鼻中顿时血流如注。管教喘着气骂骂咧咧。我不能作任何申辩。

我用手捂住鼻子止血。嘴在哆嗦。咬紧牙齿。沉默。

四

我随时被拉出去批斗。

我被几个人架着，拖上小货车或小面包车。他们命我跪在车斗里，不能抬头，身体不能动。车开动后，我左右摇晃，如控制不住摔倒在地会被打。摔倒后努力恢复跪势。大都时候被允许抓住旁边以防摔倒。车有时开很长时间。我希望车早早停下，进入批斗会场，用不着下跪，只要作九十度弯腰认罪状，比在颠簸的车斗中下跪好受多了。

我第一次被人按着头拉上台后，明白我是配角。估猜学校企业批斗走资派时，为做大声势到学习班借人陪斗。台中央那位是主角。我脖子上挂着纸板盒糊上白纸的牌子，估猜黑墨水的“陆弟”上会用红墨水打着叉。陪斗过程中，我被按住头。我想看纸牌上写什么，就知道我犯了什么罪。当我听到主持人喊“打倒现行反革命陆弟！”时，腿发软，感到恐惧。现行反革命会枪毙。台下重复着喊打倒我的口号。主持人简短介绍，说陆弟父亲长期吃官司，母亲坏分子，陆弟是现行反革命，没有具体内容。

通过陪斗，我估猜黄翔举报我是现行反革命。联想到南翔派出所门口，贴有公安局公告，一批批人被判死刑。我常去看公告，好几次黄翔也在看。黄翔可能受启发，用“现行反革命”把我置于死地。

晚上，躺在地铺上，竭力回忆对黄翔说过什么反革命或反社会主义的话，回忆不出。黄翔性格内向，不爱说话。下乡后，我们几乎没有交流。

五

清晨，除审讯的学员外，其余人外出挖防空洞。

我们走出学习班，二人一组，几十人排成队，经过嘉定西大街，到工地。扛泥两人一组。我的搭档是个年轻人。他悄悄问我犯什么罪？我说不知道啊。他说姓朱，是木匠。说在一农家做木匠时，和农家女儿谈起恋爱。女方家属因他富农出身坚决反对，女友坚决要嫁他。女方家属举报他是强奸犯，是阶级报复，他就被送到这里，要他交代强奸罪行。

“你女友不站出来为你说说话？”

“她被关在家里，由不得她了。”

夜里熄灯休息前，是管教看管最松懈时，一位三十来岁学员悄悄问我犯什么进来，我说不知道啊。学员说你进来就要交代，否则不会放过你，说你要保护好身体。他做了个双手抱头手肘护腰部的动作，说你被打时双臂护住自己，要保护好头和重要内脏，说如被打成内伤老来吃苦。我默然。学员说他们要你交代什么你承认什么，否则早晚被打死打残。我问学员犯什么事。他说出身四类分子家庭，找不到工作，在家父母骂不停，跑出门，喜欢到影剧院门前，说电影终场前十多分钟常开门作散场准备，这时可免费进去看电影。他天天在影剧院门口，还拾到过电影票。他说每次办学习班都会被抓进来，说他是流氓罪。

六

管教喜欢用我家人前途威胁恐吓。在管教精神肉体双重折磨下，我每天急着想罪行。我把好友一个个排队，简平最严重。想到村里看黄书人多，我不供出来，其他人也会供出来。我交代和村里青年人看《少女之心》，听《莫斯科郊外的晚上》等黄色歌曲。管教不满意。我又挤牙膏，交代和阿坤等人偷听敌电，是莫斯科广播电台。

我苦思冥想，又想出一件坏事。夜里，金兴海龙约我偷瓜。张村最南面是条小河。河对面是中宅村。我们三人游水过河是中宅瓜田。在瓜田里，黑乎乎看不清，我们弯着腰，一步步小心向前，手在瓜藤里摸瓜，摸到后辨大小，用指关节敲瓜听成熟度。天黑看不清，不小心踩到瓜，"卟""卟"声，是踩碎瓜的声音。金兴提醒说种过瓜的人听到这声音心痛，叫我小心点，不要踩坏小西瓜。踩碎的瓜比偷吃的瓜还多。每人采两个，抱着瓜，猫着腰，来到小河边，走下河坡，临河坐下。拍碎瓜，大吃起来。把瓜皮残渣扔进小河。那时，我刚插队，有疑虑，还问这样偷瓜行吗？金兴说中宅村常来我们村偷瓜，不少拳头大小的瓜被踩碎了。这叫一报还一报。说你吃个称心，明天拉屎拉到野外，否则被村里倒马桶妇女发现，以为偷村里的瓜。

我交代和金兴海龙半夜偷吃瓜。管教说避重就轻，要我交代黄翔举报的罪行。我想不出。我的沉默遭来一顿拳打脚踢。

学习班规定学员早晨起来端坐地上，腰板要挺直。我腰间麻木，试了几次坐不起，倚在靠墙被盖上。我对管教说我坐不起来了，我要请假。

一个新来的学员问："他怎么啦？"

"他在外面偷皮夹子，被革命群众捉住打了一顿。"管教补上一句，"不准再问！"

七

腰直不起来。我双手扶着腰，被管教带到一个单间。

管教说你家里出了好几个坏人，是不是想再多个坏人？我解释黄翔为什么举报我，管教打断我的话说不要听这些。说抗拒要从严！突然站起来对我拳打脚踢，停下来，喘着气说你不听话，把你打个半死送监狱，你进去后不要想活着出来。

管教的话令我想到死。家里兄弟姐妹八个，我有五个哥哥，有弟弟妹妹。死我一个还有七个。我不留恋父母，父母带给我苦难太多了。兄弟姐妹是我唯一留恋的亲人。

自从心中有自杀念头后，我去小单间提审不再有恐惧。我在世时间不多了，是行尸走肉罢了。我想不出交代什么，也不想了。我在找机会自杀。我很快发现，在这里，最合适的自杀只有上吊。大厅里，四周墙上是光滑的平面，学员众多，晚上席地睡一厅。我要找能承受体重的挂钩或找物体挂布条。我的皮带进来时被收去了。没有绳子，我可撕布条替代。

学员大小便在大厅外院子里。院子三面壁也是空荡荡的平面，找不到挂布条地方。西南角落有个木桶是小便处。大便处也用木桶，桶上铺两块活动木板，坐上面大便。四周竖立几块长短不一的破烂木板遮挡遮羞。木板间有很大缝隙。上方用废旧茅席搭起以遮挡风雨。

在学习班吃不饱，十来天大便一次。我大便时，竟发现茅厕上的搭架能挂布条。这使我一时有些激动。早晨大便要排队。我拎着裤子出来，管教在大厅门口看着，催促快些快些。我发现，如果早起就不用排队。

找到自杀的地方，夜里，想到将要和兄弟姐妹永别时，我蒙住被子哭得很伤心。到半夜，想到人总归会死，我会死，兄弟姐妹会死，黄翔会死，管教也会死，就是早死晚死的事，心平静下来了。

清晨，起床哨子响起，学员们纷纷起床。有人早起上厕所，跑进院子马上返回大厅，脸色紧张不敢大声，颤抖地说好像有人自杀了！又有人从院子返回大厅，神情分明出事了，因有管教，压抑着不敢多说。几个管教感觉不对，赶紧去院子。

我想出大厅，门口被管教守住，不能出去。我看到院子一角厕所边围着的人神神秘秘，相信有人自杀了。没想到，我想死，有学员抢先了我一步。

管教很严肃，点名叫我和几个学员把死者解下来，其余人回大厅，不准议论。

我被点到名，来到茅厕边。自杀者同我差不多，二十来岁，好像正坐在粪桶上大便，走近发现死了，裤子没脱，一根布绳穿过粪桶上面用来挡风雨的毛竹顶棚，套住了脖子。布绳是用布条撕的，同我想的一样。听说上吊的人舌头伸出嘴，发现并非如此。死者嘴微张着，能看到舌尖，没有探出嘴。

我们为死者解开吊绳，抱头抱脚放地上。死者身子软软有些微热，证明刚死不久。一阵忙碌后，死者被抬走了。

上午没有出去劳动，开大会，宣布死者畏罪自杀，罪行铁证如山。说如果死者说清楚问题就放他回家，什么事都没有。接着，学员一个个发言表态。我同大家一样，顺着管教的话，说给出路不要，畏罪自杀就是罪该万死。

八

我从地铺上起身，新来的教管叫我。新教管三十多岁，黄军装，瘦高个。

我随教官进入小单间，等待训斥等待挨揍。新教官说问题不在大小，关键在于态度。说你没有罪行，怎么会进来呢？见新教管和蔼可亲，我鼓足勇气说，黄翔举报我有原因的。我支支吾吾，担心被突然打断。教管说你慢慢说，不要紧张，慢慢说。我把黄翔举报我的原因断断续续说了。

“说完了？”

“基本这样。我在村里表现好，和男工一样干活。黄翔常回家，在妇女组干轻活。老队长说过多次，村里来知青上调名额会推荐我。黄翔把我搞掉，轮到上调或进社办厂就是他，而不是我……”

“还有吗？”

“就这些。”

“你说的，我们会考虑。你回去好好想想。我们的政策是坦白从宽抗拒从严。”

我第二次被新管教叫到单间。

“想通了没有？”

我听出了，昨天的解释无用。我想说的都说了。我沉默。

管教用左手的食指和拇指圈成圈，用右手食指插进圈中，启发说：“你和黄翔这个有没有？”

“这是啥？”

“你和黄翔有没有性关系？”

我初听时，吃一惊，以为听错。“啊？！”

“啊什么啊，”教管重复说，“你和黄翔有没有性关系？”

“对男的奸污，如何奸污？”我吞吞吐吐，怯怯问：“男的有‘洞’吗？黄翔有‘洞’吗？”我一下子反应不过来。

管教启发说：“大便的地方。”

我听懂了，有些恶心。连连摇头说没有的事。我又一次解释，我和黄翔插队不久就闹翻了，黄翔诬陷我，是为上调为进社办或大队企业。说同村两个知青，在利益面前常成为冤家，说知青中有很多这样例子。说在村里，我受贫下中农欢迎，黄翔完全孤立。这可以到村里调查。

“用不着调查，你父亲吃官司母亲坏分子，不会好到哪里。无风不起浪，黄翔举报你这么多，总有点事吧。再说这种丑事，正常人不会自己惹上身。你做了就说，说了就没事。”管教把座椅向前移了下，拉近我，面对面，更加亲近，“我透你个底，学习班开了三个月，马上结束了。我们内部商量决定，你如果不交代的话，放弃对你的挽救，直接送上去。黄翔所有举报材料都会成为你的罪行。你如果交代，我们把举报材料统统毁掉，不放进你档案中。因为你还年轻，我们相信你出去后能重新做人。我们说话算数。你回去后把我的话好好想想。你如不交代，你就准备进监狱。”

我全身突然强烈颤抖起来，我想控制，却控制不住。我的牙齿上下“嗒嗒嗒”叩击着。脸上密密汗珠往下流淌。全身冒着冷汗。

“你心虚了……”

“没……有的事……”激烈的颤抖使我说话困难。好像脖子被人勒住似的。我真不是心虚，我没有害怕。前些日，我还想自杀，我对死亡都显平静了，但是，当我面对突如其来的诬陷，可能身体受到极大刺激。

“你现在回去，好好想一想。”

我像喝醉了酒，跌跌撞撞回到大厅。大厅管教看到我脸色苍白浑身颤抖，没有训斥我。我哆嗦着来到地铺边，把靠墙的被盖翻出来，鞋也没脱钻进被窝。被子蒙着整个身子。我觉得冷，手脚冷湿，全身冒汗。我紧蜷缩起身子。身体不由自主像波浪一样，忽快忽慢地阵阵强烈颤抖，上下牙齿快速叩击，发出清脆的声响。

半小时后，颤抖慢慢能控制住。我全身乏力，像生了场大病，贴身衣服湿透了。我无衣可换，会捂干。我用被子擦了擦脸上汗水，长长喘了口气。

我已筋疲力尽。

混沌的大脑终于清晰起来。回想教管的话。我才二十岁，我想回家，我不想进监狱。我只要交代，黄翔的举报材料会全部毁掉，等于什么事情都没发生。管教决定把内部的秘密透露给我，是为我好。我决定顺管教的启发交代。

九

“陆弟，昨天回去后想得怎么样？”

“我交代。我如何写？”

“你就写对黄翔同性奸污。”

虽说我已得知黄翔举报我的事，还是愣了下，吞吐说：“好的，我写，我，陆弟对黄翔进行了同性奸污……”

“只写这几个字不行，要写次数。”

“一次。”

“不够。”

“两次？”

“你怎么像挤牙膏一样？你交代一次和交代无数次，性质是一样的。”

“四次？”我把次数跳跃进一位。

“好了，就四次吧。”管教想一下说，“差不多了，你就这样写吧。”站起来，取来一张红色横条的薄薄信纸。继续启发，“你还要写你为啥会做这种事？”

我茫然，我没做过。没做过也要交代。我交代了，要问我为什么。我为什么呢？我努力找一个理由。

“你不是交代过，你看过黄色手抄本《少女之心》？”

“对，对，我看过《少女之心》。”

“你受《少女之心》的毒害，对黄翔同性奸污了。”

“好的，好的，我就这样写。”

在管教耐心指导下，我写了，通不过。改了好几次。在这张薄薄信纸上，短短数行字的交代，使信纸留下大片空白。但是，交代中包含作案次数，四次，犯罪动机，受了《少女之心》毒害。

“你放心，我们不会把它放进你的档案，所有举报材料会毁掉。你出去后，好好重新做人吧。”

我感觉到前所未有的轻松。

我突然想起，交代中，有个严重逻辑错误，《少女之心》是我“同性奸污黄翔的起因”，而黄翔的举报在《少女之心》之前。黄翔回南翔举报我，直到我进学习班从没回过村。简平在我进学习班前，才把《少女之心》带到村里。这完全颠倒了时间顺序。

我惴惴不安。担心我的交代被管教看出逻辑错误而通不过，担心那个逐字逐句启发我交代的新管教不认账，担心会不会重回小单间交代？我忐忑不安，直到通知我可以回家。终于没事了，是我多虑了。我相信，黄翔的举报材料和我的交代毁掉了。相信这些天，新管教就在做这件事。

从此后，在我心灵最深处封结起一道坚实的冰层，它使我常常莫名其妙地寒噤。而凝固在冰层下是我对举报诬陷的深恶痛绝。

十

回到张村，村民用同情的目光看我，问我在里面被打昏过吗，上过老虎凳吗？有村民说亲戚在学习班当管教，说学员进去先打个半死，回来干不了农活，一身是伤。我说我在学习班吃得饱睡得好，没有挨打过。

老队长走到我面前，拍拍我肩，轻声说：“先养好身体，只要不伤筋骨，你年轻很快会恢复。队里开早工或夜工，你如果感到吃力，就不要出工了。”

简平、金兴等人仍在村里，好像什么事都没有发生。我不知这是怎么回事。但是，简平不像以前黏着我，而在避开我。我猜想简平一定受到连累，否则不会这样。我很不安。

夜里，金兴来到我小屋。我曾举报和他偷瓜的事，好像他并不知道。可能偷瓜事在我身上是大事，在出身好的人身上不算事。

金兴说你去学习班几个月，村里太冷清了，同你没来插队前一样，年轻人不聚了，散了，说话的人都没有，没人能聚集起我们。说陆弟，你不要太伤心。你插队落户上调不了，在乡下一样过日子。我们祖祖辈辈在农村不都这样过的吗？

我没有被村民歧视，很快融入农村生活。

黄翔想调生产队，大队不理睬。黄翔和他妹妹准妹夫到公社。公社说陆弟问题已经处理。陆弟是全公社板上钉钉的坏知青，以后上调或进社办厂想都不要想。张村来上调名额，排除陆弟只有黄翔。简平是回乡知青，公社开知青会轮不到他。说将来有知青上调名额，黄翔长时间待家里，又拿不出长病假条，如何安排呢。

黄翔回了村。老队长冷冷地说，你想省力劳动，回老年孕妇组吧。

十一

轮到我到大场挑猪粪。

船到南翔，我拉纤拉了一半路程。简平说我来拉吧。我举报过他，有愧疚，说不用。简平说轮到他拉了。我抓着一圈纤绳不放。船上其他人见我和简平抢着拉纤，面面相觑。

船到大场，夜里十一时多，简平说，陆弟，河道臭气冲天，船舱里闷热，蚊子多无法睡。我们到镇上去，露宿也比这里强。他主动提出，我马上接受。

我们一前一后离开河边。保持沉默，只有脚步声。

空气似乎清新了。我们进入大场镇，找有檐的房子，檐下有宽度四十公分以上的台阶，才能侧睡，下雨也不怕。找到一排平房，门关着，仅几间窗户有灯光。我们睡到天亮会离开，不影响住户。简平说这地方好，有房檐有光滑干净的石台阶，说可能是驻大场部队的家属房。

他突然问："陆弟，你在学习班举报我了？"

"没有。"

"举报就举报了。他们派人调查过我，关于《少女之心》……"

我沉默。

"你肯定交代我给你看手抄本，反动歌曲什么的。你不要否认。到那地方，有事交代，没事也交代，除非想死在里面。在市区，我晓得很多这样的事，一个个学习班，许多人死在里面。所以，我不怪你。你最倒霉家庭出身，容易被人咬。我带来手抄本黄书，反动歌曲，换你，肯定进监狱。我有事吗，没事。他们来调查，我说借来的，说《少女之心》村上许多人看过。看过黄书人的爸妈和大队书记老郁打过招呼。阿坤还手抄这本黄色书，有事吗，都没事，为啥？因为我爸是工人阶级，他们是贫下中农子女。《少女之心》是我带进村的，我写了个检查，没收了手抄本。他们没收手抄本，自己也想看。”

我沉默不语。

“陆弟，我想来想去，我换位思考，换我进入那鬼地方，也会举报你。将心比心就原谅了你，我们仍是好朋友。我爸说陆弟这人不坏，亏在出身上。我下乡时，我爸要求我和你少接触，说会连累我。你看，被我爸说准了。”

“简平，谢谢你原谅我。”

“那个混堂擦背的想要高攀黄翔妹妹，你以后还会有事，你多加小心。你想想，你和黄翔从不沟通，他能咬你啥？他的准妹夫在南翔小混堂，那种专出下三滥人的地方，想钓到市属厂工作、长相不错的黄翔妹妹，只有咬你才能把黄翔妹妹弄到手。这个混堂擦背的能想出这一招最狠也最流氓。他一定承诺有办法使黄翔上调，或者招到社办厂。他晓得举报信送上去上面不敢放过你，是阶级立场。四类分子出身，被人诬陷，一枪一个准。听说大队看了举报材料，因为熟悉你，说太假。村里也没人相信。我们经常不分时间，突然敲开你屋门，聊天过夜，你何来作案时间？上面只要到村里看看，查查你和黄翔的关系和生活环境，见到黄翔这么丑的男人，就晓得是诬陷。但是，你出身不好，对人民群众举报总要处理吧，把你叫到大队，给黄翔家有所交代。你放出来后，黄翔想请长病假，想调生产队。我们是穷村，分红在公社最差。知青插在穷村，都会想法子请医生开证明请长假，也不影响以后知青上调。那个混堂擦背的，好像没有能力为黄翔搞到长病假条……”

突然背后有“吱呀”声，回头。门开，是个中年女人出门，差点撞我们身上。

女人不开心。“到其他地方困觉，不要困这里，讨厌！”

简平爬起身，招呼，对不起，对不起。我们走吧。他有手表，说五时了，天快亮了。我们去吃早饭，天亮后要挑粪了。

我们在大场镇上吃了早饭。回船上时，老队长说来得正好，快排到了，船要靠码头了。

十二

现在，我“强奸”闵蕙的突发消息，仿佛唤醒我在学习班时首次遇到的“冷热病”。

我明白，我患上在学习班落下的后遗症：遇到突如其来的精神刺激时，会不由自主全身颤抖，冷汗淋漓，直到筋疲力尽为止。

第四章　危险酝酿中

一

我赤着脚，裤脚卷起，一高一低。头发乱糟糟像乞丐。衣服因溅满粪水，结成一块块干斑。母亲说我身上有股臭味。我说开船装粪回村，我衣服没换，想来看看你。我马上要走。

“锅里有冷粥，没有菜。你盛一碗吃了再走。”

“妈，我可能会有事……她可能要害我了……”

“是啥人？黄翔还是简平？黄翔不是好人。简平从市区来，不会是好人。我叫你不要和他们搭理，你偏不听……”

“是闵蕙……说我侮辱她……”我怕母亲被吓倒，把“强奸”换成侮辱。

母亲愣了下。“她？她告你流氓？”

“可能是。”

“你对她流氓过吗？”

“没有的事。我很防备。她找我聊天，我都开着门。我从不上她屋里。”

“我听说毛颖珠女儿插队到张村，原以为我们出身不好，她不会理你。你怎么去理她了？这些年以为太平了，想不到闵蕙又来害你。居委干部没好的，我们家四类分子就被他们害的。毛颖珠是居委干部，女儿肯定不是好人。她为啥要搞你？”

“我也不晓得……”我和闵蕙没有利益冲突。不知她为什么这样做。上次黄翔举报我，消息藏得紧，到学习班结束时，教管才透露举报内容。这次，简平不提醒的话，我仍蒙在鼓里，直到把我抓去，可能连看母亲机会都没有。

我离开家时，看一眼母亲，母亲老得飞快。如果闵蕙咬定我强奸，我以后不一定能见到母亲了。

二

走出南翔镇，远远看到十里路外的千年古树。大树在金家村。张村和金家村是邻村。古树从平地凸出像个大蘑菇。我走夜路，认定大树，知道还要走多少路。

心里很乱。我知道，用不了几天，整个南翔镇、方泰公社直至嘉定县，都会听到陆弟因强奸女知青被抓的消息。

妈的，才短短几天，我怎么变成强奸犯了？！

三

中午收工后，我回屋。锅盖移开了一点。一阵不安。抓起锅盖，锅里干净得像水洗似的。锅里几颗新鲜湿润的鼠屎。我的中饭被鼠吃光了。我出工前，把中饭烧好，忘在锅盖上压东西，被老鼠轻松移开松木锅盖。墙角的肥皂也被老鼠吃掉大半块。它们把肥皂也当作了糕点？我买不起肥皂。这块肥皂还是她在我屋里洗衣时留下的。

我恼怒。无奈。

讨厌的老鼠欢快地“吱吱”叫。我找不到它们影子。

它们吃饱了。我却又饿又累。

我在开沟时，不停眺望进村路上的人。我估计月仙已报案，大队可能会找吴红闵蕙核实情况才没来抓我，这为我争取了时间。

远处，当闵蕙和吴红出现时，我急放下铁锨。我压抑怒火。我要低声下气求她收回话。从此不和她来往。金兴跟上两步，说我陪你去，你万一控制不住情绪会坏事。

她看到气冲冲的我时，笑容凝固了。“你，你怎么啦？”

我刚想开口，金兴却不让我说。金兴说：“闵蕙，外面在传陆弟要强奸你，说你亲口对吴红说的。”金兴把传言复述一遍。

她急得哭起来：“没有这事，没有这事，都在瞎说。我去和吴红对质……”

我和金兴面面相觑。心中大石落地了。我松口气。我仍不能得罪她，万一她反悔，我仍会重陷深渊。

她边哭边拉我。“你们跟我来，我找吴红对质，当面对质！”

嘈杂声惊醒了吴红。吴红明白怎么回事，迎上前，同样急哭了。“闵蕙，没有这样的事，是外面编造的。”

我说：“吴红，闵蕙对你说过没有？”

“没有。”

“那就是你在造谣。”

“我也听人说的。”

“是啥人说的？”

吴红只是哭，不肯说。

“外面都说闵蕙对你说，闵蕙没有说过，那就是你在编造。”

“我没有编造，真没有编造过。”吴红哭着回小屋，把门狠狠关上。

闵蕙说：“我不相信吴红会造谣。有人背后在搞事。”她敲吴红的门。门不开，传出吴红哭声。“刚才你对吴红很凶，你去劝吴红。事情过去就算了。”

我不肯劝。“吴红不说出来啥人说，那就是她说的。”

她劝金兴。“金兴，你是队长，你去劝。”

金兴不肯劝。“是吴红在造谣。”

我说："闵蕙，你劝劝她，打听啥人对她这样说，她就清白了。"

四

吴红哭着要回南翔，被闵蕙拼命拦住。

吴红渐渐平静下来，说听月仙说的，月仙对她说听闵蕙说的。

闵蕙气愤地说："原来月仙在造谣。陆弟，你跟着我，我找月仙对质。"

我怕月仙。月仙凡事讲阶级斗争。我出身不好，月仙可能会训斥我。我推托："月仙是干部，先占了理。我去的话，月仙如果咬定你说，你怎么办？你去吧，有结果马上告诉我。"

村民说月仙像她阿姨没有屁股肉，就是没有生育能力。她阿姨领养个孩子。月仙相过几次亲都被男方回绝，私下说她没有月经，是石女，娶她会断子绝孙。月仙看不惯村里男青年，说只有黄翔是老实人。吴红曾开玩笑说月仙你嫁给黄翔得了。月仙急忙摇头说那宁愿一辈子不嫁人。

月仙大方承认对吴红说过。"闵蕙，有人偷听到陆弟要强奸你，你不肯，吵起来，这是强奸未遂。"

"那人是啥人？"

"这件事到此结束。"

"你说不出啥人，就是你在造谣。"

"人家老实人。我们要保护老实人。"

月仙妈插话："闵蕙，偷听到的人说过，如果提他名字，会被陆弟打死。打死偿命，我家担当不起。所以，月仙不能说。"

"吴红说的吗？"

"吴红没有说过。"

"害得吴红昨天哭了一夜。"

"闵蕙，没有吴红提醒，陆弟这时候关在嘉定了。当时我说马上报案。吴红说想不通，闵蕙被陆弟差点强奸，为啥仍然天天给陆弟送饭，仍聊到半夜，这不太正常吧？吴红的话，使我感觉事情可能有出入，才没有报案。”

“月仙，你是干部。既然这样，那算了。”

“闵蕙，我正准备找你谈谈，介绍你加入共青团。毛主席说：‘我们同资产阶级和小资产阶级的思想还要进行长期的斗争。’‘凡是错误的思想，凡是毒草，凡是牛鬼蛇神，都应该进行批判，决不能让它们自由泛滥。’你的政治条件比吴红硬。你只要和陆弟划清界限，不丧失阶级立场，入团没问题。”

五

吴红比闵蕙早插队，父母是上海机床厂职工。机床厂是市属厂，在南翔北市梢，有数排洋气的职工家属房。南翔人把市区人叫上海人，把上海郊区人用所属地区表示，南翔人或方泰人。

我说，我知道谁在造谣。她问是谁？我说黄翔。她说瞎说。我无法说服她。

我向吴红道歉：“吴红，我谢谢你。月仙说如果不是你提醒，我现在被关起来了。”

吴红停止哭泣。说月仙是村干部，我能提她吗？所以，我也冤啊。

闵蕙从食堂带来知青盒饭，第一个送黄翔。

黄翔接过饭盒：“闵蕙，我没有对月仙说陆弟要强奸你。我啥都不晓得。”

“你是老实人，我相信你。黄翔，村里的谣言不要对我爸妈说，免得他们担心。”

“我不说。”

她来到我屋里，打开饭盒，忙碌烧菜。我们一起吃晚饭。

我话很少。她问什么，我简单回答。

“还生我气吗？”

“没有。”

“那为啥不说话。”

“没话说。”

“以前说不完的话，现在怎么会无话可说呢？”

我沉默。

“真没意思。你还在生我气，那我走了啊？”她试探。

“你早点休息吧。”

“你真赶我走？那我走了？”她生气地收拾起饭盒，走到门口。我没有叫住她。气得她转身离开小屋。

她很少这么早回屋。她坐在床沿边，无聊打起毛线。

我去找她。说黄翔在隔壁，我无话可说。月仙认为黄翔住我隔壁，相信他老实，相信他的话。你常来找我，他气不过就造谣，希望把我抓进去。他这人很阴，会背后搞事，你当心点。她说你对黄翔有成见。说她和黄翔是老邻居。每天给你送饭，他可能不开心。老实人再坏坏不到哪里。看你话少了，知道你防备他隔壁偷听。你以后到我屋里来，只要我们保持一般同志关系，聊聊天，其他人不会有闲话。

我再提醒：“我进学习班就是被黄翔举报的。”

“可能是小混堂想出来的。再说，村里没人相信你是坏知青啊。”

我说了这么多，她仍相信黄翔是老实人。我无话可说。

“你到这里来，我烧饭做事更方便。我以前还担心你不肯来呢。”

六

西瓜快熟了，轮到我瓜田值夜班。

晚饭后，我抱了草席、毯子和海龙去瓜棚。

每年瓜熟前后，在瓜田边搭起瓜棚。瓜棚靠近大路口，由毛竹支撑起高高的二层简易棚，下层架空。有简单竹梯走上二层。二层铺着芦柴席子。看瓜人在二层，对瓜田一目了然，防止夜里有人偷瓜。

我和海龙采摘两个瓜，一人一个，上瓜棚二层吃瓜。

远处星星点点光。水渠路上，划动着香烟蒂燃烧的暗红色闪耀。几声口哨。

“是偷瓜的吗？”

“阿坤他们晓得今夜我们值班，来吃瓜。口哨是阿坤吹的，是信号。有拿电筒抽香烟偷瓜的吗？轮到他们值夜班，我们也去吃个饱。”

电筒光走近，简平和阿坤各抱一个瓜登上瓜棚。瓜棚在摇晃。阿坤说走动时注意，不要用力，搭的是临时棚。

我们在草席上坐下，边吃瓜边聊。

“陆弟，你和闵蕙是恋爱还是一般同志关系？”

“一般关系。我们就是聊聊天。”

“闵蕙为你洗衣烧饭。一般同志关系会这样吗？”

“啥人都不会相信。”

“我可以发誓，我和闵蕙确是一般关系。”

“如果你和闵蕙谈恋爱，我们都觉得危险。”

“我晓得我和她恋爱的后果会很严重。”

“闵蕙怎么不为黄翔烧饭洗衣？黄翔还是她家老邻居呢。陆弟，我觉得闵蕙在暗恋你。”

简平的话引起海龙和阿坤共鸣，说是啊是啊。闵蕙爱上你你怎么办？好朋友就要提醒你，希望你和闵蕙保持距离。女人说变就变，什么时候她后悔了，会扣你许多大帽子，到时候来不及。村里没人相信你们是一般关系。你和闵蕙抱抱摸摸肯定有。她家里知道肯定不会放过你，你会进监狱。

好朋友劝得有理。她不会单纯听我讲故事。她也讲莫泊桑小说，讲《罗密欧与朱丽叶》，讲的不比我少。她好菜好饭照顾我，有时中饭菜不多，宁愿自己不吃也留给我。

难道她真的在暗恋我？我的心怦跳起来。如果她暗恋我，我敢接受吗？朱木匠和贫下中农女儿恋爱进了学习班。我是四类分子子女，又是坏知青，和闵蕙恋爱，就是想作死！

七

她说，昨夜你瓜棚值夜，你不在，我很无聊，在看莎士比亚剧本，是吴红借来的，破破烂烂，书开头十多页没了。我看书倦了，刚睡下了，听到敲门，有人在门外说："给你送瓜。"我开了门，门口一个西瓜。人走了。我想，昨夜你瓜棚值班，是你送来的瓜吗？

我想起，昨夜简平阿坤说要给闵蕙带个瓜。我说不好，如有事，我会被扣上侵占集体财产。他们说不管你的事，哪个村不是这样。

八

国庆节休息，我人在南翔，挂念我的山芋。山芋高垄上裂开很多缝隙，从缝中能看到土缝中的山芋。九月下旬，大缝隙已被人扒开过。我为防山芋被虫子咬，不被村民扒出看山芋大小，节前用土把缝隙填了。准备节后加大输肥浇水。

十月二日，刚过国庆节，我急回村。先到自留地，气得说不出话。我精心种下的二十四棵山芋全部被挖出土，散落一地。

隔壁自留地上阿陶在浇水，笑着说："昨天还没有被挖。你回家这两天，常有人来看，说不知山芋多大。这不，啥人趁你不在时把山芋挖了出来。"

我把散落的山芋拾起，用箩筐挑回屋。

试验算半成功，山芋像小孩头大。最大山芋，秤了下，七斤九两。农民种的山芋最大不过三四斤。十月秋高气爽日夜温差大，是山芋疯长期。如果一个月后挖起，起码多出百分之四十产量，十多斤一个。

我把外皮没损伤的山芋挑出，准备晾干，让它们老一些。灶头前因烧火而干燥。选个时间，在灶前挖个土坑，坑里放干稻草和草木灰，把山芋冬藏。冬天挖出，那时，山芋成稀罕物，经过冬藏，生吃像蜜梨一样脆甜。到时请闵蕙和村里好友一起来生吃，再烧上半锅山芋汤，不放糖也甜得要命。

我借了辆自行车，把另一半山芋送回南翔。

九

张村分到市区中学一个班级，支农一星期。学生集中在村口，叽喳声一片。

村民不喜欢学生来。农活够忙了，学生来了要安排吃喝住；大忙季节，仓库紧张不够用，还要腾出来让学生住；学生在村里常惹事，瞎窜到村民的牲畜棚中招惹牛啊羊啊等；学生干的农活大都要返工。都说支农其实是来添麻烦。

根据上面布置，张村为学生开忆苦思甜大会。

村民和学生坐满了仓库。广播喇叭播放着《不忘阶级苦》："天上布满星，月牙儿亮晶晶，生产队里开大会，诉苦把冤伸……"

闵蕙众目睽睽下坐到我身边。我隐隐感到有不怀好意的目光暗盯着我们。

贫协主席是金兴姐姐的阿公。他主持会议，喊口号："不忘阶级苦，牢记血泪罪！打倒万恶的旧社会！"口号刚落，一个老太举手要控诉，她是金兴姐阿婆，没开口先哭起来，指着贫协主席骂："侬这只'脱底棺材'，如果不是陆国财，我早成人家的老婆……"贫协主席大声呵斥老太，老太不听，继续哭诉。

会场响起阵阵笑声。

金兴婉言打断老太，示意老太身边人制止住老太。宣布下一个人诉苦。老太伤心欲绝，被旁边女人劝住了。

海龙爸是村贫协副主席，诉起苦。"解放前，地主富农吃精肉，贫下中农吃肥肉。我们贫下中农有志气，为地主陆国财罱泥时，他给我们吃肉粽，我们吃不了，一包包偷偷扔河里，我们浪费地主的。大家想想啊，‘地主不劳动啊，住在高楼洋房里啊’……”

福泉嘀咕：“现在肥肉都吃不到了。”

阿坤说：“我嘴馋，最想吃肉，和人打赌，说能吃掉一条猪腿，啥人也不上当。”

“有肉给你吃，还不如自己吃啊。”有人白了阿坤一眼。

忆苦思甜变成了乱哄哄的会场。

闵蕙悄悄问：“陆弟，阿婆为啥在会上哭哭啼啼痛骂老公，使老公下不了台？”

“她老公解放前是赌鬼，到陆巷赌钱，家里田地被他赌光了，被家人双手绑住吊起来，叫他不要赌，他就是不吭声。想想家里没有什么了，看他拿啥赌，放了他。他跑到陆巷，把老婆赌掉了。债主到村里领他老婆。村里地主陆国财挡住要债的人，说不要拆散人家夫妻，为他付清了赌款。”

“从今他不赌了吗？”

“不是不赌。解放了，他找不到赌徒。他赌光了家产，被划进了贫农。两个儿子，一个进社办厂，一个当兵回来当了教师，娶了金兴的姐姐。”

“地主陆国财呢？”

“陆国财活着时常说‘七九六十三，死脱陆国财’，解放初死了，被他自己说准了，活了六十三岁。”

十

支农带班老师找到我，说同学们听到张村知青会摔跤，提出友谊赛。金兴阿坤等鼓动我和简平应战。学生推出大胖子和高个学生。三局二胜。

傍晚，村口水泥场站满了人。临村农村青年和支农学生也闻讯赶来。简平和高个学生先赛。二比零。简平胜，村民欢呼。简平和大胖子摔。二比零。大胖子胜，学生欢呼。轮到我和大胖子比赛。简平提醒我，说这家伙力气太大，技巧用不上。

闵蕙激动，好像她在比赛。有她观战，我不能失败。

我跟五哥学过摔跤。五哥厂里的青工下班时聚一起摔跤车轮战。姓周的青工用“别子”技巧打败所有人。接下来，打败镇上的市属单位摔跤高手，跑到外区比赛，都是胜利。周青工说他父亲用“别子”成为全国摔跤冠军。后来，被失败者举报后，周青工被抓起来，犯了“聚众闹事流氓犯”。因为自发组织比赛，有聚众，闹事从来没有。但摔跤热冷了下来。不过，冠军儿子教会五哥许多摔跤动作，其中就有“别子”。

我第一次实战，准备用“别子”打败胖子。我和胖子双手互相搭上肩推动拉扯着。看准机会反身贴近胖子腹部，弯腰，双手用力，想把胖子翻倒在地，竟被胖子扳过来，变成胖子在我身后抱着我腰，他几次抱起要摔倒我。我双脚离地使不上力。什么狗屁“别子”，胖子没技巧，用的是蛮力。我决定蛮力对蛮力。突用爆发力将腰弯下，胖子被我背起，紧接侧身，右腿别住胖子下半身，双手臂抱起胖子向右前方蛮力摔出。

大胖子摔扑到前方，趴在地上。

闵蕙笑着冲进场，大叫：“陆弟，你赢了！你赢了！”

“还有一场，你快出去！”

“陆弟，你会赢的！陆弟，加油！加油！！”

第二局，我仍用爆发力将大胖子摔倒。二比零。比赛结束。学生沉默。村民欢呼。

她笑着喊着冲在我身边，众目睽睽下，拿出手帕为我擦汗。我推开说不要这样，会被人家误会。农村青年兴奋地围着我说为农民争了气，要跟我学摔跤。我说，我能讲一套一套的摔跤动作，真比赛时差点输掉。说我被大胖子扳倒时，用了蛮力才逆转。

我说：“在农村，学摔跤没意思，挣工分最要紧。”

大家都笑了。

第五章　自证清白日记

一

响起欢快的笛声。她听到笛声，知道我回村了。

我和她住的小屋在村里相隔一段路。我们相约，我开船从南翔回来，笛声是信号。我会吹口琴，口琴声太轻，她听不到。我吹《扬鞭催马运粮忙》《我是一个兵》，因广播经常播放，她说辨认不出是不是我的笛声，后来改成《喜报》，是陆春龄的作品。

她问我为什么会乐器。我说我有个初中同学会二胡、笛子、口琴，被许多姑娘倒追。她说我可没有倒追你啊。

“我们只是一般知青关系。”

“我们是一般同志关系！”她再次强调。

“同志”是政治上信任。许多人忌讳把四类分子子女称为“同志”。她把我当成“同志”，我很感谢。

二

这条方泰到上海的河道，我太熟悉了，何时出现桥，要跑到桥中央收放纤绳；遇到村镇或工厂，没有纤路要回船上摇船；出现交叉河道时，只要天稍热，我等不及船靠近摆渡过河，会背着纤绳游过河。

金兴悄悄警告我，说大队开会时，阿龙说陆弟强奸闵蕙的传言可信性很强。金兴希望我和闵蕙保持距离。我说和她一般关系，金兴根本不信。连好朋友都不信，那我和她就是有男女关系，罪行坐实了。他们凭强奸流言随时可以抓我。

金兴在船尾掌舵。海龙在船头，配合我遇桥时收放纤绳。

我拉纤时，回想强奸流言，如果不是简平提醒，不是吴红提醒月仙，我已经关在嘉定了。只要把我关起来，我早晚熬不住精神肉体折磨，会交代强奸她的详细过程，会进监狱。这次月仙没报案，不等于其他人不报案。我防不胜防，时时面临进牢狱危险。我深感四类分子出身的脆弱，谁控告我都轻而易举。我是坏种。他们不会让我辩白或和她当面对质，如同朱木匠女友，如同女知青夏君，她们会变局外人，有人会代表她们。

我牢记我家庭出身，是坏知青。上次我能逃脱，难保下次能逃脱。强奸流言使我冷静。这次趁开船，我要认真思考我和她如何相处，才保证我安全。要我放弃和她交往很难。和她在一起，我没有自卑感。我们都很开心。有时，我会冒出我和她会不会相爱？想法刚冒出就被我否定，这是白日梦。大多时候，我很清醒，我和她就是聊聊天罢了。

傍晚风大了，船遇上逆风。顶风拉纤吃力。我一步步弯着腰，双手触地，双脚蹬地，船行进得很慢。

她万一反悔，认为和我一起是污点，一气之下说我欺骗她，他们会轻而易举扣我“强奸”“诱奸”“流氓”等帽子，我如何办？

未来漆黑一团，前方陷阱重重。我真的毫无办法听天由命吗？

船到达浙江路桥，停靠在苏州河石堤坝边。

我钻进船舱睡觉。船舱内有人响起鼻鼾声。

我睡不着。忽然心中一亮，罗明芳日记给了我灵感。日记可成为我摆脱“强奸”罪行的证据。罗明芳被抓后抄出日记。我以后肯定会被抓，但是，被抄出日记的意义不同。罗明芳的日记成为她犯罪证据，我被抄走的日记可成为我自证清白的证据，使我免受牢狱之灾。我想了又想，觉得可行，是保护我的最好办法。回村后和她保持见面，要记日记。以后他们抓我，会抄家，会发现日记。日记能证明我和她是一般关系。

确定日记能自证我清白后，其他成了细节。

写日记的人都会出事，要么在抄出前烧掉，被抄走的话，会像罗明芳一样成为反革命分子或反社会主义分子。所以，记日记，要考虑到危险，不能写对人对事的评价。除了天气、田间劳动，主要写我和闵蕙相处的流水账，证明我没对她流氓过。

天亮了，我钻出船舱，上岸买日记本。在粪船臭味中待了一天多，身上臭，不能去大商店。我在附近杂货店挑了本黑面笔记本。

下午，装粪后回村。船到桂花路桥，遇涨潮，船摇不动，一直在原地转，被迫停船。

隔壁向阳大队的拖轮正经过，金兴说尽好话，被索去一斤多米，把我们的船拖到野鸡墩。拖轮上人说刚才在铁路桥，有条船的船民站在棚架上想推住船，因水太急，船民被桥和棚架夹死了，满面鲜血躺在船板上。

有人死了，不吉利。马上联想到我的危险处境。

重舱船进村。河道长满的水葫芦挤走了行船河道。我在船头用船篙划开窄小的河道。

船速很慢。海龙用砖块敲打船板使船舱震动，河里的鱼受到惊吓跳起，落到船舱面板上，谁捉住谁拿回家。

三

我把被盖拎回屋，扔地上。被盖从开船到回村没打开过，在臭味中熏蒸了几天。每次回村要在太阳下晒上一两天才能去味。

我脱去衣服，穿着短裤拖鞋跑到村河边，走下台阶，擦洗全身。河水很冷。河对面水桥上，有人在涮马桶。小河有好几个石板水桥，供洗衣洗菜和涮马桶。河里水花生墨绿茂盛。河水中浮动着如同细密丝线一样的漂游物。

清洗完后回屋。她来了，说在田里远远看到船回来了。说听到你回来吃中饭，为你蒸了糯米饭。你曾说过糯米饭不要菜吃也香，就留给你吃。我说这次开船，船上烧了两顿饭。其余上岸买来吃。说船上头一顿饭，在村里把米淘好水加进去再蒸。说昨晚那顿饭吃不下，饭里有很浓的粪便臭味。

她谈到阿龙找过她。说阿龙要了解我们关系。她说是一般朋友关系。

“其他呢？”

“他提到庄芹和王组长，说庄芹因为和王组长关系好，现在是公社卫生院支部副书记了。”

庄芹是我家邻居，比我小一岁。全家待人低调。抄我家时，庄芹在边上看热闹没有参与。当年，王组长叫我到大队交代问题。庄芹是王组长助手，拿了纸和笔等我交代。庄芹用谄媚的眼神，嗲哩哩的声音讨好王组长。她平时声音不是这样的。王组长喜欢自动献媚的姑娘。从外间传来阵阵王组长和庄芹打情骂俏嬉笑声。当王组长发现他和庄芹互相调情的话被我听到，恼羞成怒，冲进里间打我。庄芹站在门边看。王组长没文化，后来不知去向。庄芹后来一路升官了。

“言下之意，你只要听从阿龙，就有像庄芹一样的前途？”

“我不会听他的。”她开心地笑起来。“你很在乎我，是吗？”

“我们是一般朋友关系。”

“我们是一般朋友关系。”她故意惹我。

我要她说说阿龙找她的经过。

我到大队蒸饭时，一个三十多岁、牙齿有些外扒的男人拦住我，说要找我谈谈。他说他叫阿龙。我知道阿龙是民兵队长。他把我带到大队部一个办公室。他说你天天为陆弟带饭？我说我还带黄翔和吴红的饭。他说你为陆弟带饭，怕人说闲话顺便带上他们。我说不是这样的。他说你出身红五类家庭，不要和陆弟这种人混一起，会影响你前途。我说我和陆弟是一般同志关系。他摆摆手说先不谈这事。

“闵蕙，你想不想到大队企业上班？”

“想啊，收入高，活省力。”

“你想进大队杂货店还是缝纫组？”

“缝纫组活多，不自由。让我选的话，到杂货店，人自由。”

“可以啊。只要你听我话。”

“我听的。”

“庄芹你认识吗？”

“不认识。”

“你下乡晚，可能不认识。庄芹比你早几年插队。她和工作组王组长关系好，王组长把她调到大队协助工作组，很快入党，现在她是公社卫生院支部副书记了。”

我望着阿龙。不太明白他的话。

“你条件比庄芹好。你出身好，年轻漂亮，只要有人推荐提拔，前途比庄芹更加光明。”

我懂了，兴奋地问：“队长要提拔我？”

“我提拔你，你要付出一点代价。庄芹和王组长的事，全大队人都晓得，不说罢了。他们关系不一般，没有被捉住罢了。”

我听出他的暗示。我要像庄芹付出代价，他推荐我进企业，介绍我入党。

他的手搭到我肩上。“闵蕙，你听明白了吗？”

“我明白了。”我站起来说，“我要回村了。”

“你怎么想？”

“我不想到大队企业了。队长，谢谢你，我回村了。”

“闵蕙，我劝你，尽快和陆弟划清界限。陆弟早晚进监狱。你可以把我的话当放屁。到时候，你一把眼泪一把鼻涕找我就来不及了。”

我打断她说下去，愤愤地说：“我不要听了！”

我心里不开心，我说开船疲劳，想早点休息。下了逐客令。她只得离开。

她会不会和阿龙也调过情？女知青只要肯松裤带，用肚皮贴近那些人，调动不成问题。我愤懑不平。

四

我打开黑面笔记本，根据回忆，补写首次看到她时的情景：“在阿陶家新造平房的东北角，身子贴着墙，紧腰身的草绿色军装，露出里面红条的白衬衫衣领，下着条纹土布裤。当时正逢出工钟声响过，村民陆续在村口聚集，她在村民的注视下，目光躲闪，有丝小慌张。”

我补写她插队那天以及我们吊水相识的经过。

好像在写交代，感觉不太好。自强奸流言后，我的防备神经从没松懈过。

五

她气冲冲找我。“你为啥在外面说我硬要和你谈恋爱，说倒贴追你你也不要，说我骚得很！”她泪水满脸，一连串质问。“我啥时光说要和你恋爱？我怎么倒贴给你？你瞎说！全部瞎说。我和你是一般朋友关系。你怎么能这样乱说？！”

我明白遭诬陷了。“闵蕙，我没有说过这些话。你听啥人瞎说？”

“吴红说的。吴红说，闵蕙，你不要和陆弟来往了。你这样对待他，他在背后说你坏话。吴红说，陆弟对金兴、简平许多人说你骚得很，说你倒贴给他，他仍不要你。前几天，你不是哭过吗。他说那是他回绝你，你伤心才哭了。”

“闵蕙，你不要哭，不要激动，我和你找吴红当面对质。”

我们来到吴红屋里，月仙也在。

吴红说：“陆弟，村里人都晓得这件事，说是金兴、简平、海龙听你说的。”

月仙说：“我还特地问金兴，金兴说听陆弟说的。”

我气愤：“没有的事，金兴怎么能这样乱说？！我去问金兴！”

金兴在公社开三级干部会。

我说：“闵蕙，你不要生气，有人在造谣。”

“金兴不会造谣，金兴是你好朋友，不会害你。你一定说过的。”

“闵蕙，我不会说，金兴也不会说。月仙的话不能当真。我猜想有人想搞事。你不要急，等金兴回来，金兴会帮我澄清。”

我刚回屋，海龙不知什么时候跟在后面，随身把门关上：“陆弟，不要找金兴了，找我一样。闵蕙倒追你的消息，是我们传出去的。”

“你们？你们为啥要害我？！”我忍不住叫起来。

“陆弟，听我说完好吗？上次我们劝你离开闵蕙，你答应了。但是，你们仍天天一起，你很危险。假如上次月仙报案，你今天不在村里了。这次，阿龙向金兴打听上次强奸的传言，阿龙想搞你。如果闵蕙倒追你，可证明你和闵蕙啥事体都没发生。我们在保护你。阿龙喜欢抓男女关系，喜欢审问男女最黄色的内容，在民兵中传得津津乐道。我们都是大队民兵。”

“你们这样做，把闵蕙害了。”

“她出身好，又是女的，没关系。我们看得很清楚，闵蕙在倒追你，你却木知木觉。”

“我和闵蕙是一般关系。我和她能聊得来罢了。”

“你们天天一起。她为你洗衣送饭，她心中有你。我们放出的传言没错。不过，像‘不要脸’‘骚得很’我们没说过。”

金兴回村后赶来。“陆弟，阿龙说你四类分子出身，道德败坏，和年轻貌美的她天天晚上混在一起，肯定有事，正准备抓你。说你在搞阶级报复。我对阿龙说，闵蕙拼命倒追，陆弟随时能搞到她，用不着强奸。陆弟是不敢……”

没想到传言竟是真的。他们说帮我。我能说什么呢。

“陆弟，你醒醒了。我们不能看你像根兴一样进监狱。你不要心软，借这件事和她一刀切断。你再和闵蕙在一起，啥人也救不了你。”

她说，月仙找过她。月仙说，你怎么愿意被他们说成倒追，变成不要脸没耻辱的女青年？一个红五类出身姑娘倒追四类分子出身的坏知青，丧失阶级立场，真不可理喻。月仙要她克服在恋爱问题上的资产阶级思想和行为。说她现在很危险，资产阶级思想已占上风。说无产阶级和资产阶级在意识形态方面谁胜谁负问题，还没有真正解决。同资产阶级和小资产阶级的思想要进行长期的斗争。说她不了解这种情况，放弃思想斗争，是错误的。说，只要你和陆弟不来往，随时可以入团。

“陆弟，你问金兴，他承认了吗？”

“闵蕙，我们不要来往了。为你，也为了我。”

“你真对他们瞎说了？这事是真的？你对他们说我倒追你，说我骚得很，说我脸皮厚硬要给你。都是你说的？真是你说的？”

“是我不好。闵蕙，我们不要再来往了。”

她明白过来，圆睁眼睛，冲上来，拳头不停打我身上。“我哪里对不起你，你要这样说坏我？”

我没有躲藏，要打就打吧。她一定恨死了我。

她双手蒙脸痛哭：“我，我没想到，我这样对待你，你却在背后害我败坏我……”

我心理脆弱，在她眼泪面前会心软会解释。这样会前功尽弃。他们说过，不要心软，否则谁也救不了我。看她哭，她受冤，我心痛。我不能解释。我要心硬。我努力控制情绪说：“你走吧，我不想看到你……”

她突然叫起来：“我偏要来，偏要来！我要问，你为啥这样对待我！”

“你、你神经病啊！”我激怒她。

“你、你骂我神经病？！”

“对，我骂你了，我不要你来，你为啥偏要来，你是神经病啊？！”和她一起，我的自卑转瞬即逝。

“你真骂我了，骂我是神经病！我还以为你不会骂人，今天你骂我了！骂我神经病！我是神经病，我走，我走，我再也不会来了！”她伤心绝望，抽抽噎噎哭起来，转身走了。

邻居小孩在围观。她送来的饭菜在桌上。

我想哭。她不会再来。她被我气走了。我伤害了她。

六

出工时，她似有话对我说。我避开她。在她眼睛直视下，我的心会击碎。

金兴他们鼓励我坚持住，不能心软，说过了这阵子会好。

我痛苦。坚持不理睬她。

村民都说我瘦了。

她来找我。“陆弟，我去蒸饭，顺便把你饭盒带去。”

“不要。”

“我不是专门为你带。黄翔、吴红的饭盒我一起带的。”

“谢谢，我不要。”

“你不也骂我神经病吗？你这么小气肚量。我不计较了，你倒认真了？”

“我要出工了，你走吧。”

“想不到你这样恨我？！没有你，我也会活得好好的。”她猛转身，带着哭声离开了。

我难受。我心稍软就会和她在一起。我四类分子出身，坏知青，再来一次诬陷，没人救我。我怨恨父母，如果不是他们犯罪，我出身比黄翔还好，我家不会穷，我不会和黄翔插队，不会进学习班，不会变坏知青。我和她可以大大方方交朋友。

我的命运是四类分子家庭给害的。

七

我和开沟慢的人比，一人顶两人。这归功于练吊环，手臂有力量。另外，我对开沟有研究，铁锹下去时角度准，力迅猛短促，保持匀速。大队书记老郁说全大队比赛开沟，陆弟一定拿第一。

村南的拖拉机路通往陆巷，路上有上下班，有走亲戚，大多是熟脸。我们在路旁农田干活时，经过熟脸会招呼。熟脸有新内容，我们会作一番议论。

走过个三十来岁的年轻女人，头发上插着小白花。我不知她叫什么，她是熟脸，都叫她驮死人。她连克两个男人的事传遍公社，还传遍嘉定县。驮死人长相身材好，善化妆，男人喜欢。农村女人喜欢嫁手艺人。她先嫁泥水匠，没几个月泥水匠生病死了。她又嫁到陆巷木匠家。木匠当着她面，把胸膛拍得咚咚响，不信她会克夫，说是迷信。她和木匠结婚证开好，第二天早上四时左右，隔壁木匠母亲听到喊救命，破门进去，两人赤身裸体，木匠趴在她身上。木匠母亲拉下儿子，儿子已没气。驮死人当夜被打个半死，关起来。后经县公安局调查和验尸后证明不是她害死木匠的。说木匠那些日子做出门工，天天深更半夜回家，疲劳过度，又夜夜和她睡觉。木匠死的那夜，和她干了两次，天亮前木匠要再干一次，她拗不过。木匠趴在她身上一阵抖，死在她肚皮上。说被她克死的两个男人都是独子，从此断了香火。

驮死人经过时，正遇学生放学回家，学生们在她后面，骂，驮死人！驮死人！

田间，人们毫无顾忌地大声议论：“驮死人一张克夫相，叫人有点吓佬佬。”“驮死人当时在木匠屁股上捏一把，木匠一痛，阳会止牢，勿会死在她肚皮上。”“驮死人是只骚胡羊，自己开心还来不及，会想到别人性命？”“她两个颧骨突出，这就是克夫脸相！”

在众男人的众目睽睽下，驮死人走近了。

驮死人！驮死人！几个学生冲上前谩骂，有个男生一口唾沫吐到她身上。驮死人低头，迈着小步快速走过去。

吴红向田里跑来，大声喊：“陆弟，陆弟，你不要干了，快，快回村，闵蕙出事了！”

我一愣。“啥事体？她出啥事体要叫我？”

吴红跑到跟前：“闵蕙从下午起肚子难受，上吐下泻，没出工。我叫来大队赤脚医生，医生说要出人命了，要急送公社卫生院。金兴叫来阿坤。阿坤把手扶拖拉机发动好，要把她扶上去。赤脚医生说要有陪护的人。我陪她去，她不要。她指名叫你陪，否则她不去。说你不陪，她不去医院死了算了。金兴说人命关天，叫我来叫你……”

闻言，田里开沟的男人面面相觑。

我扔下铁锹，跑步回村。跑进她屋里，抓过屋里一张靠背竹椅，放上拖拉机。拿起塑料面盒，拎上马桶，防备她在拖拉机上上吐下泻。接着，我扶她上了拖拉机。

阿坤早把拖拉机发动起来。我们一上车，拖拉机颠簸着向公社驶去。

她脸色苍白：“我晓得你会来的。”

我抱住她：“你不要说话了。你有啥不适意随时告诉我。”

她流出了泪水：“好的……”闭上眼，头靠在我怀里。

到医院后，医生为她吊了葡萄糖和各种药水。

她要说话，我不许她说，要她好好休息。她上吐下泻后，身体很弱，很快睡着了。我望着她，心里在想如何防备阿龙搞我。他们会抄家，日记会被抄。他们如果说四类分子子女、坏知青写的日记无效，我怎么办。想了一阵，如请她参与，黑字落白纸。她是红五类，有“受害者”参与日记，证据就有力。要使她无意中看到日记，然后编个理由请她参与。她送中饭来时，事先把日记放桌上？不行，日记私密，放桌上，会被她看出“故意”。对，放床头边。她“无意中”看到，我抢过不能让她看，引她强烈想看。我装作不情愿样子给她看。她会兴奋，认为日记给她看是对她信任。然后，让她参与日记。

我对我安排的各个“无意中”很满意，决定实施。

她睡了一个多小时，醒了。面色渐渐好转。

医生问我：“你是家属吗？”

“我们一起插队的。”

“我以为你是她舅舅呢。看上去，你年纪比她大许多。”

她插话：“他是我男朋友。”

我说：“她在开玩笑。”

“陆弟，我想通了，以前是我不对。你说得对，是我倒追你，是我硬要给你，我都错了，我向你认错。”她不像开玩笑，认真地说。

“你没错。你真没有错。”

“我们能保持一般同志关系，能恢复以前那种关系吗？”

我默然。我有了新想法。我不能和她断，我要让她参与日记。

半夜，她睡不着，经常望着我。“冷吗？我被子里空得很。你来啊，坐床边，把腿伸到被子里暖和暖和。”

“不，难看得很，像啥样。”

“难看啥。你指像夫妻吗？你和衣坐上床，在我脚后，把腿伸到被子里，我们不碰在一起没关系。病房里人这么多，不会说闲话。小姑娘，我说得对吗？”

临床十来岁小姑娘一直好奇地看着我们，以为我们是情侣。听到问话，不好意思笑起来。

“陆弟，我和你是一般同志关系，是吗？”

“是的。我们是一般关系。”

“那你怕啥呢？”

“我担心被人误会。”

“有闲话我来顶。以前我不对。我承认是我倒追你，我硬要给你，都是我的错。我向你认错，这还不行吗？”

她磁石般吸引我，使我内心荡漾。我只能再次冒险。

八

煤炉灶烧着开水，热气腾腾。但冷空气吹进，屋里仍很冷。十来平方小屋。门被我拉开了，有人走过朝屋里看一眼，我就心神不定。

“天冷，我把门关了，这样屋里暖和些。”她上前关门。

门关上，恐惧感在我身上倏忽掠过。我心跳，怕被人误会。危险在逼近，赶紧开门。“你把门关起来，人家以为我们做啥。”

她没办法，只能随我。

九

天黑了，她说天冷，门开着，她受不了。她没脱衣上床，坐床上，被子盖着双腿，背靠木床架，结起绒线。上次，五哥把一件黑色中粗绒线衫给我，她要拆了重新编织。我拒绝，她热情，互相出现拉扯。一有肢体接触，我怕被人误会就退让了。她拆了绒线衫，添些新绒线。说要为我结件新式宽针绒线衫。我从没有穿过绒线衫。

我坐在小床边方凳上，和她靠得很近。

“天冷，你坐床沿边。床上有垫被，这样暖和。”

我确实冷，小心坐上去。门前不时闪过的人影使我恐慌。

“你怎么不说话？”

“我没有故事了。”

“你随便说啥，都好听。”

我想起日记。如何开口。如果她问我为什么写日记？我总要编个可信的理由啊。

“最近你在想啥，话越来越少了？”

“我要走了。”

“你这么早就走了，不再聊聊？”

“不了。你早点休息吧。”我起身，离开。

她恋恋不舍。“明天晚上，你坐到十时后再走啊。”

第六章　多少爱，昨夜梦魂中

叔本华说，性爱才是这个世界的世袭君王。

爱是情，性是欲。情欲两字无法分开，恋爱发展下来，性爱迟早出现，无性爱情只是友情。我要有极大勇气，才能真实描述。当年青春荷尔蒙曾将我燃烧得那么如痴如醉。

我相信，在恋爱初期，男女是纯精神的情感悸动。恋爱深入下去摆脱不了性。爱情以性本能为基础，这是人类精神中最深沉的激情。无性爱情只是友情。

我记录我年轻时的性幻想和性激情，如同写流氓狗一样，内心曾深深不安。

所谓“食色，性也”。爱情离不开性。歌德直言“渴望占有女人”；叔本华说“性欲是生存意志的核心，是一切欲望的焦点”“人类可说是性欲的化身”；茨威格说“对女人产生的强烈的仰慕之情，哪怕再纯洁，也会不由自主地追求占有她的身体”；托尔斯泰说“想写一本关于纯洁爱情的小说，这种爱情不会变成肉欲”，但是，作品出来却充满爱情和肉欲；黑格尔认为两性关系“是生物界的最高点”。

世界名人都毫不掩饰对占有女人的渴求。名人也是正常男人。

翻开季羡林年轻时日记。“今生没有别的希望，我只希望，能多日几个女人。”“过午看女子篮球赛，不是去看想‘打’篮球，我想，只是去看大腿。”看篮球比赛，为看女人大腿，在日记里出现多次。当日记出版时，编辑觉得会影响国学大师形象，要删除。季羡林说不删，“我七十年前不是圣人，今天不是圣人，将来也不会成为圣人”。作为中国男人，他坦荡一生，和妻子相依相伴白头偕老。

男欢女爱是人类繁衍的基础。性是勃发的激情。

我曾采用简写，却有不吐不快的感觉。我回忆当年，青春荷尔蒙曾将我燃烧成如同色情狂，对占有所爱女人的强烈欲望，像壶口瀑布，汹涌澎湃而来，难用意志阻挡。而她，我深爱的姑娘，像平静的西湖水，只有当我泛舟湖面时，才会泛起阵阵涟漪。真是男女有别啊！

这是多么珍贵美好的青春回忆啊。

我犹豫了很长时间。觉得人的性属性，社会无法禁止。我不是圣人。基于对无性年代的深刻批判，不能留下遗憾，我必须写，真实记录我在无性年代中的性爱心路。

一

我恋上了夜晚，夜晚属于我和她。

小屋灯光不明亮，弥漫着醉气。

她在打毛线，穿着短袖衬衫，露出光滑细润的脖颈手臂。她风姿韵绝，恍若仙女，不时用脉脉含情的目光瞟我一眼，撩得我心烦。她似娇美的羊羔，我像条流氓狗。面对美食，露出狗的沉醉和贪婪。我却不敢轻举妄动，恐她这尊完美无缺的艺术品毁在我手里。

她的神色似在向我漾出无尽的绸缪情意，在诱惑我。我心中阵阵冲动，想拥抱她。流氓邪念越来越强烈。话越来越少。

贪婪是徒然的。我骂我自己，你这肮脏不堪的流氓狗！一条被社会遗弃一贫如洗的流氓狗。骂归骂，邪念依然。我会莫名产生深深的负罪感，把邪念逼退到心底最深处。

我痛苦挣扎。我难以控制时，会突然站起，匆匆告辞，逃离那美妙的小屋。

她惊愕。

二

男人开沟，妇女挑灰。“灰”指夹杂大量腐烂的猪粪。

张村家家养猪。把村民猪圈里猪粪坌进畚箕中，挑到田里。中途上磅记下重量，扣去人和畚箕毛重是灰的净重，年终结算成钱发给农户。以粮为纲，猪多肥多粮多。养猪有粪，有粪就有肥，有肥就有粮。

金兴说：“陆弟去磅秤。一次挑四家。四家的灰要分开磅秤，做好记录。”

月仙插话：“队长，以前女同志磅秤，今天为啥换成陆弟？”

“陆弟磅秤公正。村里人磅秤遇到亲戚自家人，故意多写几笔送钱；秤毛重时故意少记重量也送钱。送的都是大家的钱。有的听到明天轮到他家挑灰，半夜往猪圈灰里浇水，有的往灰里加生土，增加灰重量，吃亏是啥人？还不是大家的钱。村里人磅秤，乡里乡亲当面不说背后乱说。陆弟是知青，不会这么做。”

“那为啥不叫本来在妇女组的黄翔磅秤？”

“知青中，陆弟、简平和我们一起干活。吴红和黄翔经常回家。闵蕙下乡不久不考虑。退后一步，叫黄翔磅秤，许多人信不过。”

月仙不再响。金兴的解释获大多数人的赞同。

我从村仓库抬出磅秤，从会计处取来算盘、本子和笔。

轮到闵蕙挑灰上磅，因畚箕绳太长，畚箕边触碰到磅秤面，试了几次没站上磅秤。我赶紧站起，上前拉一把，使她站上了磅秤。

“陆弟，你好轻松，队长把最轻的活给你做。我羡慕啊。”

“明天磅秤，我建议金兴换你。”

“不要不要。队长说了，闵蕙下乡不久，不考虑。”

三

我扛着罱网罱杆走到河边。

河面结了层薄冰。我把罱网杆插进河底，凭感觉挟住河泥后拨出水面，杆上结了一层滑溜溜薄冰。罱泥不能戴手套，不但抓不稳，手套很快会湿透。双手捏在结了冰碴的竹竿上，钻心的痛。十多分钟罱泥后，全身暖和，手不觉得冷。手湿淋淋又通红，冒着热气。

水泥船装满乌黑的河泥，透着浓烈的河底淤泥的腥味。

我摇船，福泉撑着竹篙。船摇到河边，有早先开挖好的河泥潭。船靠岸停好后，两人各拿长柄勺子，舀起船舱中河泥，向河泥潭一次次倒去。直到把一船河泥舀干净，然后洗船，移交下一组罱泥的人。

罱泥是重体力活。我饥肠辘辘。男人常包工，包开沟，包挑稻，包挑泥等。桃妹会给福泉送点心。别人送点心，会给我一份，我不愿接受。村民节俭，为造房省下一块瓦的钱。现在我有她送点心了。她是有心人，这次送来热乎乎的汤年糕，还放了鸡蛋。

日记放在床头。她来叫我，说陆弟，你以后来吃晚饭，不要婆婆妈妈，要我一次次请。我没有出门，在等她发现日记。我坐床上，装作看书。她看到笔记本，随手翻了下，是你的日记？我抢过来不让她看。她老实，放下笔记本。我启发，说日记中写了你，你不能随便看。她说你不让看，我偏要看，你写我啥？抢过日记，随便翻了翻，说，我以为写我啥呢，都是流水账。

她发现了日记。接下来，我会请她参与日记。将来她变成受害人时，有她参与，能保护我不进监狱。

“金兴他们散布我不要脸倒追你，说不帮你的话，你会被抓起来。他们救你，却伤害我。他们为什么这样帮你，必有缘故。我今天问海龙。知道金兴当队长和忠其上大学的事。你怎么想用这种方法帮他们？”

“我常听广播，对政策敏感。我家里人都养成关心国家大事的习惯。”

“我现在想听你说……”

我插队时，金兴刚初中毕业，在村蘑菇棚里浇水摘蘑菇修剪蘑菇。我对真菌变成蘑菇感兴趣，而他对城里人感兴趣。我们常聚在一起聊天。金兴说当干部好。当了干部，家里能分配一个名额到企业。以后不当干部会进企业，等于家里分配两人到企业。说农民一生最大的事是造房和结婚生子。企业分红高。分红高有钱造房子。干部还能分到造房的平价材料。金兴出身中农，早年丧父。家里没人在企业。金兴随口问我，有没有办法让我当干部？我说有啊，目前正在“批林批孔”，你积极参与这个运动可以当干部，不过需要几块钱。金兴说他姐是村会计，几块钱能报销。

我回南翔，到文具店购了小瓶红墨水和墨汁，十几张大白纸和一支毛笔。到书店买了最便宜的“批林批孔”漫画小册子。“批林批孔”中，书店这种小册子很多。金兴家太小，不能铺纸画画。金兴姐的公婆家刚造新房，客堂大。他们围着我。我在八仙桌上铺开纸，照小册子画漫画。铅笔打草稿，墨汁勾画。在“反革命”“林彪反党集团”涂上红墨水叉叉。画了十几张。我说金兴当不当成干部在落款上。落款是“方泰公社光明大队张村批林批孔战斗队”。

金兴姐夫是老师，借来铜锣铜钹小锣鼓等。张村二十来岁男青年少，集中起来六七人。排起队，样子出来了。他们要我参加。我说我一出面，金兴当不了干部了。说这次“批林批孔”是金兴带头和村里贫中农子女自发行动。我说选择下午，田里人最多。

金兴拿着漫画走在队伍前面，其他人跟后面，一路敲锣打鼓。见田里人多时喊“批林批孔”口号。沿大队外围走了一圈，到大队部走一圈。最后，把漫画贴在大队部的四周墙上。

他们回村后，我说等消息吧。

这天夜里，广播播出“方泰公社光明大队张村生产队出现全公社第一个批林批孔战斗队”新闻。第二天，嘉定县广播电台播出全县第一个“批林批孔”战斗队。后来几天，广播台都在播这个消息。金兴出名了。大队干部陪同公社干部到村里找金兴，叫他写入党申请书，突击入党。我说他们要你写，入党没问题，鼓动他抓住机会。所以，金兴十九岁入了党。大队书记到张村宣布金兴是张村生产队新队长。金兴说把老队长挤走了，老队长会恨他。我说老队长年纪大早想不干了，之前找不到合适的队长人选。你当队长，老队长可分到企业去，人省力收入又高。金兴担心当不好队长。我说耕种的事，广播会提前布置，工作组常年派人在村里提生产建议。如果还不懂的话，问问村里年纪大有想法的老农民。

“金兴成了全公社最年轻的生产队长，是公社党委指定培养的接班人。金兴的弟弟金明刚毕业就分到了方泰电器厂。”

“真办到了！啊……还有，村里忠其上大学的事，你也说说……”

“你认识忠其吗？”

“我晓得啊，忠其一回村，有人招呼，说大学生回来了。一个瘦瘦的人。有时他也会来找你。”

我说，几年前，村里分配到一个上海华东师范大学工农兵大学生的推荐名额，名额给了忠其。学校规定交一篇小结，等于写篇作文。他找我帮忙。我说审核小结的教师出身不会好。小结要讲政治，要以阶级斗争为纲，强调你贫下中农出身，强调毛主席让贫下中农出身的你上大学。我草拟了小结提纲给他，他根据提纲写好小结后交我修改。后来忠其进入华师大。他名义初中毕业，实质读了三年书，小学三年级水平。我劝忠其到大学后努力补课学习。

四

夜深人静。在强奸流言阴影下，我仍做春梦，并乐此不疲。之前我对女人有性渴求，只是一个模模糊糊的女人身影。现在，清晰的闵蕙成了我春梦的对象。

五

海龙家新砌灶头，请我在灶头上画兰花或梅花。

她说你给老郁家磨石子水泥独脚台画过蝴蝶，为金兴画过“批林批孔”漫画。你学过画吗？我说学过国画。我小学二三年级时家境还可以。我学过素描，画刘少奇、赵丹等名人。她问你为什么学画？我说画家受人尊重。我家有个邻居叫康强，比我大两岁，他爸在上影厂工作。康强说南翔东市梢有个画家叫陆俨少，是地主。解放初，和其他反革命被押到刑场，枪声响了，其他人死了，陆俨少活着，是陪枪决。后来陆俨少成了大画家，特别受人尊重。想到陆俨少地主出身，还陪枪决，比我家情况更糟糕。我就学起国画，萌生当画家想法。那时，我弟弟为我省下早饭钱，一两个月后，能积起几角钱。兄弟俩半夜二时起床，带了炒米，到上海南京路上朵云轩观赏国画和刻印，然后购一张宣纸加几张便宜的皮纸，走回家。

“你有老师教吗？”

“我说找不到老师。我五哥说南翔镇上吴雁平的国画最有名，镇上的毛主席语录、大幅壁画、大标语都是他写他画的。”

“吴雁平是我家邻居！”

“你认识？他戴着眼镜，人不高，一个小胖子？”

“是啊是啊。他画画最有名。他是我家隔壁邻居。我们关系挺好。我请他教你学画，他肯定答应。”

“自从丰子恺、张乐平、唐云、程十发等大画家挂着牌子来南翔批斗后，我就不想当画家了。那次批斗大会就是吴雁平他们组织的。”

我说起批斗大画家的经过。

南翔影剧院前人很多，说批斗上海大画家。但是，现场发烘面包最吸引人。凭票领面包。电影票替代批斗会票。票面印有蓝色日期章印。押画家的货运车从标准件七厂借来。面包由机床厂造反派提供。

有票的都进去了。筐里还有面包。筐周围很多人拥挤着，我是其中之一。我们在等发剩下的面包处理机会。有人叫“吴雁平”，我第一次见到镇上画家吴雁平。他在发面包。批斗大会开始了。他向打招呼的人说，这些大画家平时根本见不到。调这些画家很难，要排队预约。今天终于轮到，说唐云被称为当代唐伯虎，画荷花蛮好，说程十发、张乐平都是大画家。说画三毛的张乐平大家都认识。熟人向他要票子。他说票没有了，发你个面包，凭面包也能进场。这时，面包筐边的人闻言一哄而上，面包一抢而空。面包很甜，可惜我只抢到一个。

剧场里座无虚席。走廊站满人。站在后面看不清。我挤到台前。台前同样排满了人。和画家站在一排的有镇长鲁福昌、文化馆长钱乃之等镇上名人。被批斗的人多，排成一长排到了台边。他们弯着腰，脖中挂着牌子。主持人一个个报反动分子姓名。点到名的反动分子弯一下九十度腰。镇上美术爱好者不多，反动分子身后大多没人看管。

轮到丰子恺交代。丰子恺留着长长的白胡子，穿着中装。一张黄色毛边纸信笺，写的是草体，字特大。他哆哆嗦嗦戴上眼镜，像古人一样，一字一顿念“我是反动画家丰子恺”，还没念下去，被主持人打断，喊，你们看，反动画家丰子恺一张纸上，写交代才二十多个字，就是不老实。主持人喊口号：“打倒反动画家丰子恺！”

张乐平，一张圆嘟嘟的脸，就像画漫画的。点到名后，把腰挺立，头稍低一点。当他发现身边鲁镇长点到名后仍弯着九十度腰，偷偷用手碰碰镇长，示意可以站立了。被主持人发现，大喝一声。“张乐平，老实点！”我认识镇长，不认识画家。听到主持人斥责声，寻找牌子上姓名，对号上张乐平。我们知道画三毛的画家叫张乐平。

剧场里乱哄哄，都在自管自聊天说话。

主持人说：“这些反动画家后面还要赶场子。兄弟单位车子停在外面等人。先把反动画家押下去。”人群一下子往后挤，想近距离看画家押上车。

我随着人群被挤到剧场外。

货车停在一边，后挡板放下了，车斗里放了长凳。这帮当年受人尊重的大画家，一个个从剧场边门出来，被塞进货车后车斗内。仍挂着牌子，到下一个批斗场。

我说我熟悉这些画家的画，从没见过画家。这次看到他们被批斗挂牌子，牌子上姓名打着红叉叉。还说批斗他们要预约。闵蕙，你想想，大画家在打倒声中度日子。我当画家能被人尊重的梦想落空了，从此不再画画。

她咯咯笑起来："你从小想当画家，想当体操运动员，想科学种大山芋大土豆，忙了十几年，你就是个白头翁。"

"啥白头翁？"

"小时候，我听好婆说，有种鸟学唱歌，学画画，学造房子，学这学那的，没做成一件事。它后悔极了。它头上有一撮白毛，都叫它白头翁。白头翁忙碌一辈子，忙白了头发，最终一事无成。白头翁是懒，学几天不学了。你这只白头翁不是懒，是发现此路不通才放弃，还是有区别。"

六

灯熄了，我陷入和她的性爱幻想中。

若明若暗灯光下，我们合二而一。太阳坠入到地平线下，天边一片湿淋淋的殷红。田野里奏起急管繁弦情绪高昂的生命乐章。月亮渐渐显露，弯钩一样温情脉脉俯视着幽冥模糊的湖泊。湖底深处传来飘浮不定的喁喁低语。柔软的湖水将我们托浮起，当我们刚刚喘过一口气，墨绿色温柔地将我们淹没。我们失重了，分不清东西南北上和下。

四周深沉的墨绿色，我清晰感受到我的神魂颠倒。

七

"最近几天，你离开后，有人敲门，我开始以为是你，门开，是金明，我很惊讶。金明低头说，闵蕙，我可以进屋坐坐吗？我说时候不早了，要睡觉了。金明说，我就坐二十分钟，行吗？他乞求我。我不忍拒绝他。我一迟疑，金明挤进屋。我把门开着。不知为什么，除了你，其他男青年到我屋里，特别到半夜，我很紧张。昨天半夜，金明说睡不着，来坐坐。坐下后一言不发。有时想说什么，仍没开口。我坐回床上结绒线衫。有一次，我抬头，他直勾勾望着我，那种目光令我很害怕。约二十分钟后，他要回家了。他一离开，我赶紧关门，心怦怦跳。陆弟，我想瞒住你，担心你误会。我想来想去，今天还是告诉你。”

我惊讶。听到这里，我估计金明在暗恋她。我心里莫名隐痛。说我和她一般朋友关系，是自欺欺人的谎话。但是，社会不允许我们成为恋人。

八

“金兴，金明可能爱上闵蕙了。”

“金明暗恋闵蕙有段时间了，最近更加魂不守舍。家里发现不对头，为金明介绍过好几个对象，被金明拒绝了。”

“他为啥不向闵蕙直接表白呢？”

“我猜想他不敢吧。另外，他知道我妈不会同意他和闵蕙恋爱。将来知青上调会拆散夫妻。如果不上调，女知青吃苦干活肯定不如土生土长的农民。”

“金兴，我想听听你的看法。”

“不会有结果。闵蕙父母不会同意她和农民恋爱。她出身好很快会上调。所以，我也不赞成。不过，我是哥哥，你不要对金明说，金明会恨我。”

“要不，我去试探一下金明和闵蕙？”

“闵蕙心里只有你。你去试探一下也好，让金明断了这念头。”

九

金明说，闵蕙刚插队时，一次田头劳动中，除闵蕙外，都是不到十八岁的中学生，村里不把我们当正常劳动力。我们被分配割苜蓿草，用来当肥料。田间休息时，我们一次次笑着扑向割下来的大片苜蓿堆。苜蓿堆一人多高。因草堆松软新鲜，每次扑去，身体会弹跳。我们一起嬉吵疯闹着。闵蕙欢乐，喜悦，尖利刺耳的嬉笑声深深感染了我。那时我读初三，我开始迷恋她。暗中留意她的一举一动。耳边经常响起她咯咯咯的清脆笑声。

“你喜欢闵蕙？”

“可能她看不上我……”

“你向她提过吗？”

“我不敢提。”

“你没提怎么晓得她看不上你呢？”

“陆弟，你和闵蕙蛮好。你们是啥关系？”

“我们是一般关系。她年纪轻，接触人少。如果我和她要好，她懂事后会恨我。我不会和她交男女朋友。上次村里传说我要强奸她啥的，是一派胡言。我是啥人，自己还不晓得吗？金明，你长得好看，大眼睛，五官标致，又在电器厂。你向她直接表白，说不定她会答应你。”

“她听你的话。陆弟，你帮我试探一下，说说好话。如果她有心，我和她谈。”

“如果她愿意和你谈，你要对她忠诚，不能欺侮她。”

“我样样听她。我会待她好。”

十

一声孤单单的老黄牛叫声。

我抬头，一双眼睛在夜色里闪烁着绿光，望着我，一动不动，忽然熄灭在黑暗中。

十一

她望我，我望她。不正常的沉默。

她正诱惑我走进杂乱无章扑朔迷离的爱的陷阱中。许多眼睛在暗处正窥视我的一举一动。我在被监视中。我很清楚，她对我来说，是个空洞的美梦。

深夜十一时多，我该回去了。我穿过村子时，下雨了。

回到我的小屋，灯没开。我在屋中央默立良久。

雨声淅沥。望出去黑乎乎不见任何物体。愈下愈大的雨声。

我莫名打了个寒噤。屋里的物体显露出模糊不清的轮廓，有阴森森冷惨惨的压抑感觉。

十二

天下着雨。我还没有起床。今天轮到我和福泉罱泥。

门插销已坏，我睡觉前用方凳抵在门背后。她推门进来，方凳被推移到一边。

她送早点来。她衣服湿了。

我埋怨："下雨天，路泥泞，大清早来回六里路，冒雨去买大饼油条，太不值得了。"

"是我去，又不叫你去。你吃吃饱，今天罱泥辛苦。你等雨停后出去罱泥吗？"

"难道下一天雨我就不出去了？"

"你能不能好好说话？你罱泥雨衣有吗？"她在屋里寻找。

"没有，不用找了。"

"你除一对粪桶外，啥也没有。"她转身回她小屋取雨衣。

一些村民连生产队的栲栳、帘子、簸箕、花架等农具都要偷，偷去后刮掉“张村生产队”红漆字，写上自家大名黑漆字，说大家都拿队里农具不叫偷。我的农具经常被偷也就不奇怪。我用红漆在扁担背写上“陆弟专用”。丢失后在一村民的猪棚中找到，刮掉的红漆仍能认出。我不敢说。吵起来，说不定对方会骂四类分子出身骂坏知青。我的粪桶是做木匠的四哥为我定制，有特点，桶板上找不到木结，没人敢偷。她插队前，我没有农具会向金兴他们借，有时他们也要用，我只能不出工。我没有雨衣，常冒雨出工，衣服湿透，因身体好，没出什么事。自从和她相识后，我所有工具用她的。少工具，她会购来，坏了，她会请人修好，丢失了，她会到村民的柴间猪棚一家家查找，找到后，笑眯眯地说他们拿错了，给村民个台阶下。

这几天，我想提金明的事，就有一股透心凉气，引起神经质战栗。我心中有她，她心中有我。我们的关系就差没被捅破。我隐忍心中感受。她或许从小生活一帆风顺不会隐忍。我比她理性，明白我和她相隔一条敌对阶级深渊，发展下去，我和她都没好下场。我想和她一起，又想尽快中断我们的莫名关系。

十三

难以入眠。把她推给金明，我不情愿。

她和金明走到一起，如有人利用她诬陷我，会把贫下中农出身的金明连累，会伤害金明一家，他哥是队长，不会罢休，村民不会答应。金明如和她好上，等于给了我和她和平相处的环境，我和她或许真会像好朋友一样，我用不着担惊受怕。

我把最爱的她送给金明，很痛苦。然而，反过来想，她本来不属于我。

十四

她拿出八九张照片，说同学姐拍的。同学姐在南翔照相馆，拍照很专业。说你会照片着色，你帮我把照片着色好吗？我接过照片，是她和女同学的照片。我暗暗比较，她长得最好看。为她照片着色是种享受，可静静欣赏照片上的她。

半夜十一时，我终于开口："闵蕙，金明是美男子，家境好。金兴是公社党委培养的接班人，对金明前途大有好处……"

"你对我说这些做啥？"

"金明在暗恋你。你是不是考虑一下？"

"金明是好人。我和他是一般同志关系。"

"你和金明的关系能不能深入？"

"不可能的事。我不愿意。"她惊讶地问，"你为啥要给金明做介绍？我心里有啥人，你难道不晓得？"

"闵蕙，我和你只是一般关系。"同志有阶级属性。我不是她同志。我如叫她同志，被阿龙月仙这样的人听到会反感。

"你又来了。"她带着嘲弄口吻说，"我没说过我和你是男女关系啊。我和你是一般同志关系。陆弟，你要我喊多少次这样的口号，才敢放心和我聊天？"

"我走了。"我匆匆逃离。

十五

灯熄了，没人能阻止我的胡思乱想，阻止我对她说悄悄话。

她睡眼惺忪在诱惑我。我看到薄薄衣衫内柔滑的娇躯。我低唤，闵蕙，闵蕙，你是婉转悦耳的音符。你这么美这么善良，你属于什么色彩？嫣红还是湛蓝？你应该是杂色，朱殷鹅黄靛蓝娇绿，既姹紫嫣红又素淡清雅。你属于不确定的色彩，属于我喜欢的色彩。你说我？我属于灰色。人们憎恨什么色彩，我就是什么色彩。

我心怦跳着拥抱她，没有胆怯。她在我怀中会小颤抖小慌张，但是不会挣脱。

我希望不要天亮。

十六

到去市区装粪时，我到南京路冠龙照相馆买了照相透明水彩颜色和相片修补用色。回村后，认真为照片着色。其中两张是她照片。我把着好色的照片给她。

她把她的照片取出来，递给我。“照片上的我，好看吗？”

“蛮好看。”

“你要说真话。”

“你比你同学长得好看，眼睛大，睫毛长，五官端正。好看，好看。”

“这两张照片送给你吧。”

“啊……”我惊喜又激动。姑娘送照片是爱的意思。我有拥抱她的冲动。因克制冲动，心房在颤抖。“我很激动。闵蕙，我谢谢你啊……”

“我也很激动。陆弟，我从来没有把照片送男人。我请你着色时就想送你这两张照片。这是我照得最好的照片。陆弟，我就想不通，你为啥把金明介绍给我？你心里明白，金明由你来介绍，我会不开心吗？”

“金明托我的。金明暗恋你，你们如果交朋友，很合适。”

“你怎么能有这个想法？”

我无语。突然想起，“我要回去了。”

“你又想逃避了。”

接连几天，她追问我为什么要把金明介绍给她？

第七章　相同的疯狂，不同的爱

一

熄灯后，我把被子蒙住头，我和外面世界隔绝了。

她在我怀里，像受惊的小羊羔束手无措，似乎期待被我的爱欲淹没。闵蕙，闵蕙，我爱你。心里话太多了，涌到喉头反而阻住了。我抱紧她，喘气忙碌。我们不要说话。她喘气。我喘气。喘气是我和她清晰的求爱言语，是爱情密码，只有坠入爱河的人才能破译。

二

“陆弟，你有话对我说吗？”

“没有。”

“你瞎说，你肯定有话对我说。你最想说的那三个字。”

我估猜是“我爱你”，是我心底最深处的三个字。理智告诉我，这三字危险。我不会说。“我没有话对你说。”

“你装糊涂。作为男人，你很坏。你明晓得这三个字是啥，非逼我说。”

“闵蕙，我不明白你在说啥。”

她眼泪滚出来：“我要休息了，你走吧……”

我颓然垂下头，像喝醉了酒摇晃着转身。跌跌撞撞出门。

门被她砰地关上。

三

熄了灯。我害怕光亮。光亮会制造惊恐和幽灵。黑暗给我安宁，带来我对她的幻想。

我抱住她。闵蕙，我爱你。流氓！流氓！她推开我，又羞又怒骂，你，你是流氓！

我无言。看自己，破衣烂衫，千疮百孔，蓬头垢面，肮脏不堪。我是流氓。看吧，脸上蒙着凝重的烟灰，浑浑浊浊没光泽。

她怒不可遏，继续骂，你这个流氓！不要脸的东西，你想干什么？你滚！马上滚！她情绪激动，眼中流出泪水。

我脑海轰响成一片。我是条狗，一条可怜的狗。

她鄙视我，继续骂我，你就是骗子，滚出去！

我倏忽惊醒，尿憋得急。感觉有眼睛凝视我。手摸到电灯开关。灯瞬息大亮。黑影从巴掌宽的门缝窜出去。短暂一刹那，看清是老鼠。它曾窥视我？

脸上湿湿的。我哭了？原来是梦？幸亏是梦。

四

每到年底，农村要搞农田基础建设，平整土地和兴修水利。兴修水利就是开河，有市河、县河、公社河到村河。这次新开河叫顾浦河，嘉定县级河。在江苏太仓县交界的嘉定望仙公社和钱门塘镇之间。开河挑泥是强劳动，闵蕙想来，金兴劝她不要来。张村男女劳动力的被盖、铁搭、铁锨、畚箕、雨衣、套鞋、饭盒等必需品装上挂机船，村民坐挂机船或乘村里手扶拖拉机，到钱门塘集中。附近农家腾出客堂，地上铺稻草。稻草上铺各人垫被。我们挤在一个客堂中，热气呼出多，不觉得冷。

根据顾浦河估算出的立方土，河塘指挥部分给公社，公社分给大队，大队分到生产队。队与队之间有木桩界线，各队从界线内的庄稼田中开挖。开河现场，挂着“愚公移山”“一不怕苦二不怕死”等横幅。河塘边高音喇叭从早广播到半夜，播放样板戏、好人好事和各种通知等。等河床渐渐挖出，每天技术人员测量河岸斜坡角度质量等。河塘指挥部每天公布各大队各生产队的开河进度。

早上六时半出工，晚上八时收工。早餐大锅米粥。中饭和晚饭饭盒蒸饭。河塘菜大都是黄芽菜肉丝汤。

开河接近尾声。

河塘高音喇叭播放着沪语歌曲“社员挑河泥”：“社员挑河泥唉，心里真欢喜唉，扁担接扁担，脚步一崭齐吔。挑过小麦地唉，穿过油菜地唉，菜花蜡蜡黄，花香渗心里唉……”

挑泥是机械劳动，铁锹掘起河泥把畚箕装满。我挑起担，一步步登上呈四十五度的河床，上坡后挑一段路，把河泥倒在指定位置，再返回河床。

我挑泥时都在想她。想给她写信。不知写什么。我和她都没说出那三个字，这是悬念，使我像做梦，做事迷糊。她上次追着要我说出“三个字”，我明白她爱上了我。回想这个过程，惊喜又恐惧。我惊喜，有个美丽姑娘看上我这个坏人；我恐惧，爱上我，深渊出现在前面。上次的强奸流言就是有人要推我下去。我如接受她爱，是准备自己跳下深渊。

我左右为难。

晚饭后，金兴叫我算一算生产队的开河伙食账，我五六遍算下来仍是错。金兴笑着说，陆弟魂灵最近不在身上。他只得请其他人算账。

夜工后，我放下畚箕和铁锹，饥肠辘辘，跑到院里的食堂，狼吞虎咽吃晚饭，稍洗后回到大通铺上。她送我两张着色照片，我想取出来享受，但是周围人多眼杂。

夜里十时多了，大通铺上，男人讲关于女人的话题，大都下流内容，发出阵阵笑声。女房东闻声进门，问“有啥事体吗？”声音全没了，都不好意思，女房东如听到内容，一定会骂不要脸，都是流氓男人。

女房东走后，金兴说：“明天出早工，不许再说，马上困觉！”

我睡不着。

五

昨天冒雨开夜工到十一点。技术验收开河质量，通过了，张村开河提前结束。后面要做收尾工作。因河底常冒水，挖个凹塘，放抽水机，把一夜渗出的河水抽去，便于修整河底。

今天只要几个人，修理河岸斜坡角度和平整坡岸河底。

金兴说阿坤今天从村里开挂机船来装行李农具，明天回村。

简平拉我下棋，以前大多是我赢。这次，因满脑子是她，脑子糊，连输十一盘。我们下第十二盘时，听到有人喊：“陆弟……”回过头，竟是她，正冲我笑。

金兴笑着说：“她怎么来了？”

简平说：“陆弟，她到河塘迫不及待来找你了。”

“陆弟，我来看你。”她来到我身边，看我，一汪深情的眼神。

一个姑娘这样大胆，跑到河塘找我，吸引了所有人的目光。

她兴奋地说：“我听阿坤开船到河塘，就跟船出来了。”

金兴说：“闵蕙，你去帮食堂准备晚饭。我们村开河结束了。全村今夜开大荤，每人一碗红烧肉烧萝卜。食堂正忙，你去帮忙。你也有一份。”

我低声说：“闵蕙，你别在这里添乱，会影响别人。你看，都在看我们。”

“好，我去帮食堂干活。”

六

院里有临时搭的遮棚。棚下堆着黄芽菜等蔬菜，叠起的小捆花棋柴。用砖块架起的大灶，灶上一口大铁锅烧菜用。走进灶间，靠墙搭起的木板上，有蒸好的晚饭，统一的铝饭盒，自己领取。另一张木板上是开河来最丰盛的大荤：红烧肉萝卜。酱油把红烧肉萝卜烧成紫红色。食堂说特地放了红糖，所以，肉汤汁特香。每人一碗。

我走进院子，她迎上来。“陆弟，你来啦，这是我特地给你买的米花糖。你最喜欢吃了。”拆开包纸，掰出一块，喂给我，“张嘴！”

米花糖到我口边，我忙张嘴。

“好吃吗？”

“好吃。”我接过米花糖，想进灶间取饭盒。

她捧出白瓷碗盆，是今夜大荤，挡在我面前。“陆弟，这是我的一份，全部给你吃。”在众目睽睽下，用筷子从饭盒里夹出一块肉，塞到我嘴里，“吃啊吃啊，蛮好吃的。”

她的举动引来周围人惊讶的目光。

我避开：“闵蕙，你不要这样，我自己动手。你不要这样，难看。”

她不管旁人目光，盯着我，跟上两步，仍喂我吃。我急忙用手接着肉吃起来。她问好吃吗？我说好吃。我想躲避。我怕旁人的目光。我难为情，觉得会影响她声誉。我推说刚才用手接肉，手太油腻要洗手，躲开了她。

我洗手时，听到月仙说：“怎么会有闵蕙这样的小姑娘。现在我相信金兴他们说的，闵蕙倒贴在追陆弟。中毒实在太深了！”我回头，闵蕙在看我，在笑。她一定听到月仙的话，可是她不在乎。

她守在我身边，看我吃晚饭。悄悄说：“陆弟，晚饭后我们出去走走吧。我有话对你说。”

七

我们沿新开河边走。泥泞不堪的路。零星的村子还在开夜工。

金兴带了几个男劳力晚饭后增援临村开河。金兴倒泥回来，遇到我们，说不要太晚回来啊，大通铺，不方便。

我们来到嘉钱公路，我们互相讲述这些天情况。

“你回答我，为啥介绍金明给我？”

“金明和你相配。金明暗恋你很长时间了。”

“你难道没有其他想法吗？”

“没有。”我违心地说。

驶来汽车和拖拉机。我们退到路边等车开过。

“你为啥不肯说那三个字？”

我装糊涂：“哪三个字？”

“你又来了……”她生气，“我不理你了。”她转身的样子。

我没有叫住她。知道她不会走。

她回过身说：“你说啊，快说啊。”

“说啥啊？”

“就是那三个字，你说啊。”

我不回答，不再装糊涂。我没有权利说。我不会说，不敢说。如果日后她反悔，那三个字会成为我的犯罪证据。

她生气。我沉默。

“你不说，我说吧。陆弟，我爱你。”一把抱住我。

我自然也抱住她。

“陆弟，你说，你爱我。”

“你爱我。”

“你是个坏人。你说，你爱我都不会吗？”

“你爱我。”

“说我爱你。”

“我爱你。”

“陆弟，你瘦了很多。”

我感动，拥抱她。我不会表态，也不能表态。

她把“我爱你”说出口后，异常兴奋，不停说话。我沉默听她说。有时，她情不自禁拥抱我。我们紧紧抱在一起。

我提醒说：“我们回去了，大通铺，回去晚影响别人，被人说闲话。”

八

阿坤叫上我开船回村。挂机船装满了农具等杂品，能坐少数村民。她随其他人坐车回村。

她向我公开表白后，我胡思乱想了一夜。她是不是真爱我？为什么爱我？昏昏沉沉中度过了一天。我没权利爱她。如果相爱，危险就逼近。我希望她爱我，又希望她不要爱。我整理农具时，发现开河前向她借的铁锹、畚箕和雨衣丢了。阿坤他们笑我魂灵不在身上。

船经过光明大队梅园村时，有人大声喊：“陆弟……”

是她，她在挂机船回村必经之路的河边，正向我挥手。

阿坤说：“陆弟，闵蕙一声声叫你，你站起来啊……”

船上坐了村民，是公共场所，我不会向她挥手，不像她这样疯狂。我站起来，算对她的呼应。今夜她必定烧了许多好菜，等我享受。

九

我热恋着她。昏昏沉沉度过一个白天。

夜深了，我睡不着。

她向我喊出“我爱你”后，我莫名滋生出骄傲，仿佛她已经属于我。以往对她的思念，现在随时可兑现。她喊出“我爱你”后，我不甘心夜里患相思病，白天恢复正常人生活。我急于要对她说，闵蕙，我爱你爱你爱你！我可以抱她，摸她，甚至可以睡她。

我像条发情的狗，喘着气，轻手轻脚出了门。闵蕙，我爱你！闵蕙，你别插嘴，让我再喊上几声。她会笑。然后，会把身体交给我让我遂心如意。她不善于隐藏，她把心里话写在脸上，谁都能看得出。她的眼睛里闪烁跳跃撩我心魄的三个字，那是她对我的痴迷和感激。

村里一片静寂。黝暗中似有无数阴影在游动。

我来到她的小屋前，心怦怦跳。我觉得我像条疯狂的发情狗扑倒在她门外，我是个厚颜无耻的流氓，下流坯。我对我的所为束手无策。敲门吗？优柔寡断。回屋睡不着。我在思想斗争。我不想回屋。轻轻敲了两声。

灯亮了。我想逃跑。我知道进屋后，因为我的邪念，我会堕落成流氓。我的脚不听话，没有移动。门开了。她惊讶。她睡眼惺忪，让我进了屋。

她说敲门声把她吓一跳，深更半夜，以为坏人。她的目光中多了份狡黠，含笑望我，似乎看穿我的下流邪念。她坐回床上。

面对完美的她，我觉得我寒碜土气木讷呆笨。我因我的邪念感到羞臊，因此敬畏她。心如湖水般平静下来，下流念头又深藏心底，淫心消失了。进门前满脑子的流氓想法，现在变正人君子了，大相径庭，我觉得奇怪。

“陆弟，你半夜找我，有啥事？”

“刚才我做了个梦，有条发情的狗……在逼近你。人们手中有木棒，在保卫你，在驱逐这条狗。它退避几步却不舍得离去。当人们扔下木棒休息时，它不失时机向你逼近，和你保持着一定距离，不即不离……我赶来看看，发生了啥……”

“你真会开玩笑……我怎么听起来，好像你把自己说成一条……

不说了……”她咯咯咯笑起来。

我继续说下去：“在梦里，这条狗不但冲你笑，最危险是它在发情期。它无可奈何，有些死皮赖脸。你天天喂食给它，它还如此下流，想扑倒你，占有你，如此肮脏不堪……我来了，看你没事，我可以走了……”叹口气，站起，转身，拉开门。

门外没人。

十

新谷轧了大米。母亲叫五哥骑车取走了新大米。母亲不知我还分到五斤糯米。闵蕙在物质钱款上倒贴我，我无以为报。我私藏糯米想取悦她。我萌生做甜酒酿给她吃。她只吃一点，大多会被我和好友吃掉。但是只要说为她做，她会高兴。

父母出事前，我家生活不错，每年酿一大缸米酒。从除夕开始，喝米酒喝到元宵节。喝到缸底只剩几斤酒渣。母亲把酒渣混在米粉里做成酒酿饼。母亲还做甜酒酿。两三天时间，甜酒酿香味会飘出来，特别凉甜。做米酒复杂，做甜酒酿容易。我看过母亲做甜酒酿，我有把握，想给她惊喜。

我瞒着她，洗净砂锅，把糯米烧成饭倒进砂锅。甜酒药粉用温水化开拌进饭，中间挖个小洞，洒了甜酒粉。放一个装有热水的玻璃瓶加温，用棉胎和旧衣服包起发酵。

为防止她发现，我把砂锅藏到床底下。

三天过去了，没有甜酒酿香味。打开看，一锅米饭。为米饭加温，隔天查是米饭。继续加温，米饭。我急了，捂上半天就加温，这样温度越来越高。

一星期过去了，打开砂锅时，一股浓烈的馊味。饭坏了。我沮丧。

如何处理馊饭？给村民当猪饲料，说甜酒酿做坏了，会变成田头笑话，会被她发现。用水洗掉馊味烧粥吃？我的饭菜由她安排，会被她发现。决定偷偷扔了。

半夜，我从她小屋回来，抱起砂锅，向村里小河走去，想人不知鬼不觉倒进河喂鱼。

我走到水桥边，下台阶时，背后有声音使我警觉回头。

“陆弟，你在干啥？”她咯咯咯笑。

我被她截住。我站住。

“你甜酒酿做坏了？想瞒着我。我天天到你屋里，你的糯米不见了。中午时，我闻到有股馊味。在你床底下发现了秘密。我正想问你这件事。你偷偷摸摸，想毁灭失败罪证？”

“闵蕙，你说话能不能轻点？”

“你害怕了？好，我说话轻点。我晓得你为我做酒酿，瞒着我，想给我一个惊喜？”

“我自己吃。”

“你自己吃？你一人吃五斤甜酒酿？还骗我？可惜五斤新糯米啊。馊饭可以喂猪啊，不要倒掉，给金兴他们掺进猪食中。”

我怕被她拦住，明天成田间笑话。我快走下水桥石阶，把馊饭倒进小河。“这次失败因为温度太高，把发酵菌杀死了，霉菌滋生了。”

她笑着说：“用不着解释啦。我为你保密。我有五斤糯米，给你重做。”

我急忙说：“不做了，不敢再做了。”

十一

张村到年终，把通往外河的堤坝挑土封住，抽水机日夜往外抽河水。河水浅了，鱼往水深处集中。村民日夜值班防止偷鱼。河最深处在村河尽头，是洗菜洗衣刷马桶的河段，有数十公尺长。抽水机继续抽水，露出河底，大小鱼在河底污泥中跳动。男社员穿长筒胶鞋下河捕鱼，大多是白鱼。捕上来的鱼，每户一堆，在打谷场上分成数十堆，以鱼的大小重量差不多搭配，分大户中户与小户。小白纸写上编号，每户代表摸彩，摸到的编号和鱼堆编号相同就是你家的。

鱼摸得差不多时，金兴宣布，可自由摸鱼了，摸到算自己的。

村民纷纷下河捉漏掉的鱼。每年福泉摸得最多，有好几斤。他在平时，提着自制的鱼叉，常在河边走动。鱼叉下去，提起来，就是黑鱼或白鱼，不太会空手。

我没有长筒胶鞋，卷起裤腿，脱了鞋，赤脚走下河底淤泥中，双手在淤泥中乱摸，都是石块、瓦片、死蚌。摸到两只蟹，蟹壳很软，一动不动，是死蟹，这是一个多小时在冰冷淤泥中摸索的成果。我舍不得丢掉。

这是张村男社员每年一次最大的福利。挑出最大的鱼，不作分配，活杀，以鱼为主的大会餐。当地话叫“吃杠其”。这天，男人大都中饭不吃饿着肚子，为增加更多油水。“吃杠其”大多安排在老队长家。老队长人缘好。村里麻烦他家，吃剩的汤水泔脚给他家喂猪。用柴是公共柴垛上的花棋柴。花棋柴火旺，烧的时间比干稻草长。男人选桌自由，一般以喝酒和不喝酒、结婚和未婚分开坐。老队长家的客堂和厢房摆满了桌。除端菜人外，少有人进出。

妻儿们聚集在客堂前，打毛线聊天，看男人喝酒吃大餐，鼓动小孩去要吃的。孩子们在席间窜来窜去追逐，男人常会夹块鱼塞进自家小孩口中。酒席间哄笑声、嚷嚷声、赌酒声响成一片。一副喜气洋洋的欢乐气氛。

半小时后，男人们喷着酒气，喜眉笑眼，醉眼蒙眬。有人端着酒碗在饭桌间走动劝酒，干！干！饭桌上杯盘狼藉。许多人把裤带放松两节，吃到喉咙发腻，打着饱嗝，弯不下腰，彻底满足难得的食欲。

我和好友在厢房里凑满八人一桌，离客堂门远。除福泉结婚外，其他人都有女朋友。

酒喝多了，说话放肆。都说有女朋友后想睡她，只想不敢。因见面少，不过夜，没机会。说两人相会时，坐床边抱抱摸摸还有点默契，想睡她她不肯。心里都怕，出事怎么办？婚前有性关系会被捉奸被处理。女友如果怀孕流产要大队开出证明，这等于向全大队宣布他们道德败坏。

金兴说，农村二十来岁要找对象。出身不好肯定不要。兄弟多不行。身体不好不行，身体好会挣工分。还要讲房子、经济条件。女方漂亮不漂亮不重要，差不多就行。人漂亮又不能加工分。

海龙说：“闵蕙对陆弟一往情深，叫做什么就做什么。陆弟怎能做到闵蕙不怀孕呢？”

我说：“瞎说，我和闵蕙没有发生过关系。”

众人起哄，说你没睡过闵蕙，说给谁信啊？我们都想睡女人。女朋友不会百顺百依。说像闵蕙这样也不好，容易使男人犯错误。说刘梅对简平也百顺百依，要睡是随时随地的事。谁不想和自己女朋友睡觉，开不出口啊。慢慢熟了，东摸西摸，女朋友不太会拒绝，想睡她就怕被骂流氓，不允许脱她裤子。逼急了，说结了婚随你。毫无办法，又不能强奸她。

简平说：“我就是个流氓。我见到刘梅就想困她。但是，我不敢。”简平和刘梅是青梅竹马。双方父母是邻居加同事，满意这门亲事。刘梅大简平一岁，像姐姐宠着他。

金兴说我也是流氓。众人都说自己是流氓。因为默契，哄笑起来。

简平说：“你们兽性大发，困了女朋友，怀孕后可结婚，都到结婚年龄了。我和陆弟就不行。陆弟有贼心没贼胆敢困闵蕙。刘梅是外地回乡知青，要把户口搞到上海很难。困了刘梅，就要和她过一辈子，我敢困她吗？”

在喝啊、喝啊的劝酒声中，福泉沉闷喝酒。他醉酒会发酒疯。“吃杠其”前，桃妹要我们不要劝福泉喝酒。我们聊女人兴奋时，他喝闷酒。他沉闷久了，终于爆发。突然哭起来，“我命苦啊……”我们知道他发酒疯了，劝他。但是，今天不对头，他越哭越伤心，“我命苦啊，命苦啊。我不要桃妹。我和桃妹没有感情。我不要活了！”他摇摇晃晃站起来，“我死了算了，这样活着有啥意思啊……”他痛哭中，发泄对桃妹的极度不满。

他离开桌子，没人拉得住他。他跑出门外。我们一桌人全散了，跟了出去。

他跑到老队长家门前的公共水井边，一脚伸进井圈，被阿坤急抱住腰。他哭喊着要跳井。我们合力将他拖到井边，乱哄哄地劝他。

他坐在地上，捶胸顿足痛哭："我死了算了，我不要桃妹。我不要桃妹啊。桃妹是我妹妹，我有爱的人，为啥偏要我娶桃妹啊。我这辈子活得太苦了，让我死了算了……"

福泉爸在香港外洋轮工作，经济条件在张村最好。爸妈没有生育，从小领养了福泉和桃妹。长大后，他爸要他娶桃妹。他说不要桃妹。他爸说你敢。从此，兄妹见面如同路人。他爸每次回家，在家门前谷场边放个小桌，慢慢喝酒夹菜。遇村民就发好烟或请喝上几口。福泉私下谈了个女友。迫于他爸权威，不敢说。见他爸开心，怯生生提出不想娶桃妹，说他有心上人时，他爸大怒，把小桌掀翻。酒瓶碎块、碗筷和五颜六色小菜溅满谷场。桃妹听到福泉不想娶她，在屋里哭泣。后来，他爸得了癌症。医院说看不好了。有人介绍杭州有神医。福泉一次次上杭州，背来大包神医配的中药，直到把他爸挣的钱全部花光。他爸临死前，要他和桃妹办完婚事。张村每户一人喝喜酒。新婚那天，喝喜酒的人先要看老先生。我进屋，卧室昏暗，只听见老先生微弱的谢谢谢谢声。福泉在敬酒时，眼睛红肿，不知因婚姻不如意还是父亲病危，他话少声音嘶哑。他和桃妹婚后半年，爸妈相继去世。他们生了个女儿。曾被村人称为小开的福泉，生活一年不如一年。

福泉这次喝醉闹大了，不但要自杀，还乱哭乱喊不要桃妹，叫桃妹的脸怎么放得下。

桃妹和女人们闲聊时，听到福泉的哭闹内容，大哭起来，骂福泉。"侬这只'出棺材'啊，我嫁不出去一定要嫁你啊？侬这只'出棺材'有啥好啊，你以为我硬要嫁你啊……是爸妈要我嫁你的啊……我嫁不出去啊？！"她被女人们拖住，拉离了现场。

我们这桌人被其他人埋怨。也有人说桃妹把钱抠得太紧。说当年福泉抽前门烟，现在干活时，别人发他他就抽，抽的都是伸手牌烟。连几分钱一包经济牌烟，桃妹也不让他抽。

闵蕙感慨地说："还是自由恋爱好啊。当年福泉爸如果同意福泉娶他喜欢的人，把桃妹嫁出去，不会有今天这样哭闹了。"

月仙说："闵蕙，我们乡下都靠媒人介绍。再说，福泉和桃妹婚后关系也蛮好的。"

老队长插嘴说："他们婚后半个月吧，一天出早工，在村口集中时，福泉还大声骂人，说昨夜和桃妹七弄八弄天就亮了，这么早就出工。这事成了笑话。"

简平闻言笑了："闵蕙，夫妻七弄八弄弄到天亮，关系能不好吗？"

她脸一红，转身就走。

她不在时，我把两只软壳蟹偷偷煮熟，如果上口，请她吃。吃了一口，有股怪味，我舍不得丢掉。想想在冬天，不会坏到什么，我从小吃霉馊食品都没事。

半夜，我开始肚痛，痛得无法忍受。忍受到天亮，直到中午，恢复了正常。死蟹毒素硬被我消化了。

十二

她和衣坐在床上打毛线，腿上盖着被子。

我时时提醒自己，和她发生关系对我是致命打击。即便她愿意，结论由他们定，说在花言巧语欺骗下的愿意是诱奸。我出身不好，是坏知青，诱奸就是强奸。

"陆弟，天冷，你把手伸到我脚边被窝里暖和暖和。"

我敏感。认真问："我这样算不算流氓？"

"你真幽默。你的手伸进被窝里，在我脚边，不接触不算流氓。而且我主动提出的。"

“不妥，这有瓜田李下嫌疑。我不要，我不冷。”

她放下毛线，抓住我手，掀开被角，把我的手放进被中。“暖和吗？”

我想抽出，但是太暖和了。我有被信任的感动。“你说的，我不算流氓。是你把我的手拉进去的。”

“你不是流氓。我把你的手拉进被窝中，是我流氓。”她开玩笑说。

“你出身好，又是女的。你不会流氓。”

“流氓也分出身？”

“我出身不好，是坏知青，容易犯流氓罪。当然，我是不是流氓动作，由你来定。”

“我对我爱的人很宽大。我把你的手拉到我被窝中是我流氓。工人阶级女儿犯流氓罪了。”她咯咯咯笑着。

“你把我的手拉到你被窝中，不怕我得寸进尺吗？”

“得寸进尺啥？”

“你晓得的。”

“你想在小姑娘身上七摸八摸吗？那你是真流氓了。”

“我还以为你啥都不懂。原来你也懂男女事啊。”

“晓得啊。我们很小时候，梅姐就教我们了。”

“梅姐是啥人？”

“我家是个小庭院，有好多同我差不多年龄的小姑娘。梅姐比我们大十来岁。她恋爱过，后来生了肺病，男朋友不要她，她一直在家里。她对男女的事懂很多。她说，和男朋友一起，男的喜欢动手动脚摸小姑娘。说小姑娘不能让男的随便摸，这是流氓。”

“我没有摸你吧？”

“你没有摸我，所以，你不是流氓。你如果是流氓，我不敢放你进屋了。”

“梅姐说得对，男女在一起，男的喜欢动手动脚摸小姑娘，犯流氓。”

"你不会。"

"我也会。"

"你没有摸我。"

"那是我不敢。"

她把身子稍前倾，握住我的手为我暖和。"我来摸你吧。你的手冰冷冰冷。现在暖和吗？"

"你的手很暖和。"她细柔暖和的手握住我时，我心里阵阵颤动。我抽出手，"我不冷了。"站起来，回到方凳上。

"你坐我床口边吧。床口有床被，坐上面暖和。"

"我还是坐在方凳上吧，离你远一些。你这样热情，我会变真流氓的。我说的是心里话。"

她笑了，不再劝说。

第八章　恋爱最终是噩梦

一

千年古银杏树，枝叶茂盛，就像广阔田地间种了个大蘑菇。

深秋后，古树的橘黄叶片不停落下，很快凋零变成光秃秃，只剩粗大的枝干。古树左右不对称，明显缺了一角。那是金家村造仓库，缺少木材，说这棵银杏是雄树，枝干是它的屌，周围没有雌的银杏，无法配对，干脆阉了，锯去它一个粗大的枝干。千年古树的屌成了金家村新建仓库七间房的正梁和仓库的全部木料。剩余了十几立方，装了好几木船送到大队部。

天边一片绚丽晚霞。

几只鸭子走到我脚边停下，昂头望我似乎思索什么。

传来几声悠远的“哞——”

我寻觅四周，不见牛影。水流汩汩声。

我脚边，一张经济牌香烟的废烟壳。

二

张村新来个工作组长姓徐，协调与布置生产，传达上面精神。

徐组长出现在我的小屋外，查看什么，不说话。我莫名紧张。那年农忙，王组长把我叫到大队交代问题，后来命我到嘉定学习班报到。徐组长今天会有什么事？我惶恐不安等待。他进屋，看到吊环，用手摇晃了下，问，练身体用吧？我说是。你一人住？我说一人住。

“黄翔住哪里？”

“隔壁。”我全身一颤。黄翔又诬陷我了？

他抬头，自语：“梁木白蒙蒙灰尘……不太可能……”突然问，“黄翔住哪里？”

“隔壁。”

他走出屋。我跟了出去。

他在屋子前后走动观察。“怎么到隔壁去？……解放前，偷盗人会打墙洞。打墙洞声音大，黄翔会惊醒的啊……翻梁进入？梁上积了厚尘，翻梁也有动静……墙洞影子呢？……荒唐啊真荒唐……一个笑话……”好像突然明白，他忍不住哈哈大笑。

我听出他的话中话，没敢吭声。

他正言说：“陆弟，黄翔反映，你从嘉定学习班出来后一直扬言报复他。他要求调生产队，或者调到大队企业。我们晓得他想法，没理他。黄翔回村后，你没找他算账吗？”

“没有。”

“这样好，算账没意思。我今天有事找你。”

我心里怦怦跳，不知什么坏事光临了。

“听说你能背二十四个节气？背来听听。”

我一口气背出二十四个节气。

他说，听说你会画画。想请你为张村画地图。有了村地图，村里可以做规划。地图不求精细，求个大概样式就行。村里没有丈量工具，你如何画？我说，用脚步作为丈量工具，测量步与步之间距离。村里住房大都向东南，可以当作指南针。

他说，行，你明天开始工作。

三

熄了灯，半梦半醒是我的世界。

我恍惚梦见我拥着她激情。美妙过程中，会联想到生气勃勃的青草地，清波荡漾的池水。池面飘浮着滋润的青萍，风吹动，池水无望地呻吟，拂扬出蓝天，拂扬出西天激动的殷红。激情过后，我似乎看到夕阳带着最后的遗憾沉没。

池岸边唯剩下我和她两个畏畏缩缩的孩子……

我蓦地感觉到脸上有湿润的点触。笑声仿佛从遥远天边传来。我想开灯，担心她的羞怯承受不了突如其来的光亮。她喜欢在黑暗中向我抒发绵绵情意。她的形象愈来愈纷乱不堪，飘浮着熟悉的芬芳气息。黑暗深处搏动着时快时慢的心跳声，渐渐淹没她那支离破碎的形象。不绝如缕的“我爱你爱你”的低声细语在我耳边回旋着。

我低唤她，全身心沉湎于其中，神魂颠倒悠然忘返。

四

我请她吃冬藏的脆甜山芋。窖藏几个月的山芋今天出窖。

我信心十足，边开挖边兴奋介绍：“上次做酒酿，没有书参考，单凭回忆，所以失败。这次，我认真研究书中储藏山芋这一章，不会失败。山芋储藏在灶头前，因是最干燥地方。灶前挖一公尺见方土坑，放上草木灰和干稻柴。选的山芋外形没有损坏，小心放下，一层山芋一层草木灰和稻柴。现在开窖，生山芋甜脆，就像蜜梨一样。明天晚上，我叫上金兴他们来，你烧上一锅热腾腾的山芋汤……”

我揭开土坑上的土，是稻草层。稻草层潮湿变成黑色，有腐烂状。我有不祥感觉，不再说话，心里急，把稻草一把把拉出来，湿淋淋往下挂滴着深紫色的水。稻草层下是塑料薄膜。我把薄膜一把揭起时，一股浓烈的腐恶臭味。坑里都是水，水中有山芋。捞起一个山芋，轻轻一碰，山芋竟像蛋壳一样破碎，冲出大量黑水，腾出一股臭味。

她忍不住笑了。“还甜嫩呢……金兴他们都盼着……”

我呆立。良久，自语说：“可能地势太低了……屋外比这里高，遇到下雨，雨水渗进了坑里……”

她仍在笑。“金兴他们嘴馋，都想吃你的生山芋，还有热腾腾的山芋汤……”

五

我用脚步丈量村里的田地、河流、堤岸、村落等，在草图上记下步数、名称和长宽等标识。几天后，把零散记录汇总，画成张村平面图交给徐组长。徐组长很满意。

“陆弟，我来张村这些天，听到不少你和闵蕙的流言。我提醒你，和闵蕙保持距离。一般工作组人员不会对你这样说。你妹妹小凤在我们村插队，和我妻子关系特别好。前些日子，听说我要调到光明大队时，你妹妹说我哥在张村插队叫陆弟。我一来到张村就来看你。我希望你和闵蕙保持距离。因为危险，闵蕙最终会害你。”

我沉默不语。

“我不谈你家庭出身，单说你家兄弟姐妹八个。在农村，有兄弟的家庭找对象难，大都从外省农村找。在方泰公社知青中，进过学习班的只有你。讲年龄，你比闵蕙大六岁，在农村，男女相差六岁最忌，是六冲，注定霉运不断，当然这是迷信。陆弟，你说说看，闵蕙看上你哪点？凭啥倒追你？”

我咕哝说：“我和闵蕙能聊聊吧。”

“能聊聊？陆弟，外面难听的流言，我不说了。看在你妹妹小凤面上，给你个忠告。一句话，远离闵蕙，否则，闵蕙会害你一生。”

徐组长消息多，一定得到有关我的坏消息，特来暗示我，是他们要抓我？我如远离闵蕙就不抓我？还有，他分析得对啊，闵蕙看上我哪一点？凭啥倒追我？

六

老队长调到种子场，放假回村，请我帮忙卖猪。陆巷有定点生猪收购站。

老队长说今天猪出圈，他在猪食中加了豆渣、酒糟、大豆饼等精饲料，特地加了酱油和盐，猪食鲜得很，说这赤佬爱吃，多吃一斤料就多一斤肉价。在抓猪和捆扎猪过程中，用力稍大，猪被挤出多少粪便就损失多少肉钱；如捆扎不牢，扛到半路猪挣脱逃走，再把猪抓住，重新捆绑过程中，会把猪胃里饲料消化，加上猪尿猪屎损失，等于白养半个月，损失更惨重。

我们进入猪圈，缩小包围圈，把大白猪逼到角落。我们同时出手，迅速抓住大白猪一侧猪脚，合力把猪掀翻，快速捆缚四足。扁担穿过四足，扛起猪。他在前，我在后，嘴里发出“嘿哟！嘿哟！”短暂有力的同步吆喝。脚步一致配合，快速向陆巷小跑。二三里路，速度越快越好。

到生猪收购站。他掏出准备的好香烟派发，希望开出高出肉率。

卖了猪，回村路上，我们闲聊起来。

他说当年挖地三尺种庄稼，挖出僵土生土，能出产量吗？上面来检查，全村停下农活连夜把几块稻田里的稻搬到要检查的稻田里，都在作假瞎搞，害得后来村里没有吃，饿得人快死了。队委商量后半夜开船找吃的。船到江苏境内，见河边有山芋，停船偷挖山芋装船，回村后按人头分配。他却被人举报。因活不下去开船找吃的，正是举报人的建议，是想把他搞下去自己当队长。他说他早不想当队长了。

我说我家附近有个大德生产队，那时每天吃大锅菜饭大肉汤。出工在田头聊天，不干活，镇上居民特别眼红。后来人没吃，猪也没吃。专家说人的粪便营养足，可以代替猪饲料。大德生产队支起大锅烧人的粪便。烧粪人戴了口罩仍受不了臭味。那几天，民主东街都是臭味。后来试验失败了，烧过的人粪便，猪不要吃。你说好笑吗？

老队长送来腌制咸菜和一大碗馄饨，以谢我帮助卖猪。

“陆弟，有几句话对你说，人活着冤屈事都会碰到。那年，黄翔妹妹和小混堂，找到我说你怎么坏时，我晓得他们不是好料。后来你果然被害了。你要学乖一些。我听说你和闵蕙的事。你不要和闵蕙接触了，会被她害，后果比黄翔一家害你更严重。听不听由你，我是为你好。”

我说谢谢老队长。我忽想起，有三百斤煤球票给他。养猪是农民重要副业。煤球票用来烧猪食，很紧张。我三哥在马陆印村店，合作社分配的煤球票，每期有数百斤机动数。当年老队长开会表扬我，说队里来知青上调名额推荐我。三哥说要谢谢老队长不讲出身，只讲表现，有了煤球票就给老队长。

“不好意思，我队长不做了。我帮不了你忙了。”

我硬把煤球票给了他。

七

徐组长和老队长先后劝说后，我害怕了。

如果几个月不见，她会爱我吗？如果我进监狱，她会爱我吗？她没有经历苦难，没遭人诬陷。她刚踏上社会，阅历少，以为聊天开心是爱，轻易说“我爱你”，还送照片，这会是爱吗？有脱离现实生活的纯净爱情吗？他们说我执迷不悟，说她会害我。他们是干部，会不会得到消息，虎视眈眈的阿龙要搞我了？

时间紧迫，我要请她留些证据，然后远离她。以后遇到我不测，或遇到她反悔时，拿出她白纸黑字倒追我的证据，会减轻我罪行，证明我不是道德败坏的人。

“都半夜了，饿了吧。我烧馄饨给你吃。”她经常包馄饨给我烧夜点心。

我默默吃馄饨，吃完，我的话仍少。

“你好像有啥话要对我说？”

“徐组长找我，要我远离你，说否则会害我一生。”

“我怎么可能害你？陆弟，我说过我爱你……”

“没有人相信。”

“只要你相信我，我爱你就可以了。其他人我不管。”

“我也不相信。”

“你为啥不相信我？”

“徐组长问，闵蕙看上你哪一点？徐组长的疑问，是我的疑问，也是所有人的疑问。”

“我说我爱你，你不信。你要我怎么办？”

“你能不能写个理由，你看上我哪一点？为啥要爱我？”

“我说我爱你，你不信？你要我写？好的，我想一想，明天我给你，让你放下心。”

她这么爽快答应，我没想到。她的回复是白纸黑字证据。我要采集尽量多的证据保护我。我心里说，对不起，闵蕙，我爱你。我一只脚已跨进了监狱。你在吸引我，监狱在努力把我弄进去。我左右为难啊。

她把“为什么爱我”的回复放在饭盒里送来了。

起初认识的时候，我总觉得你不是外面传说中的人。经过一段时候接触后，你的坚强意志感动了我，我认为你的意志胜过一般人。因此，我很喜欢同你一起说笑话。经过长期接触以后，我觉得你骂人口气比较少，脾气和好，烟酒都不吃，认为你是我理想中的一个人。可是每当我想起我和将来的前途，家里的问题，我总压住自己的心情。

我曾经对自己下决心，决心冷淡你，可是刚有些冷淡，不知什么力量感动，又燃起来了。经过一段艰难曲折的路程，我们俩的真正爱情也就建立起来了。我认为，我们的爱情是经过斗争建立，不能因为一些微不足道的小事而疏远。

她交出答卷后很开心，等待我反应。

我不会因感动去拥抱她。我说回去后慢慢看。她说好的。她没有反动家庭，没有苦难，没有被诬陷经历，不会了解我的想法。我想象我被抓后的审讯。审讯人员看到她的回复后会不会放过我？她的回复是她倒追我的证据，是我两天后远离她的借口。

我用笔在她回复中，写下：

不相信，空话多，实质少，就凭“骂人少，脾气好，烟酒不吃”就爱上我吗？具有这几个条件的人多得不胜枚举，难道你都会爱他们吗。说“意志坚强”更是一句口号式的空话。

她冤屈地叫起来：“我心里明白，就是写不出来。陆弟，你应相信我。”

我为获取足够多“我是被动的”证据，要求她重写。

“我写不出来。”

“你不写叫我怎么相信你？没人相信你会爱我。你爱我的理由都是空话。你再想想，写了给我。”我同情她。可怜的闵蕙，对不起，不要怪我残忍。

她眼泪汪汪地说：“我原以为你会高兴。现在，我很难受。让我再想想，我再写。”

她不知道，她无论写什么理由，都会通不过。

她似乎哭过。怯生生地说：“我没写，写不出来。但是，陆弟，我心里真的爱你。叫我写理由，写不出来。”

“我最后一次问你，你为啥爱我？你一定要写下来。”我要残忍，要她写，为我留下足够多的证据，然后我和她一刀两断。

她含泪乞求地望我：“陆弟，我心里明白，就是写不出。我真心爱你，我不会变心的。”

她说的是事实，我理解。叫我写为什么爱她，她想回绝我，同样可以找到各种理由。我正言说：“我好言相劝，你写不出，那是假爱。我们关系从此中断。”我把回复一下子撕得粉碎。我在演戏。她的回复，昨天我已请她抄写在日记中，是她笔迹，成为可靠证据。她很单纯，不像我想的这么复杂。

她心理受到极大的打击，愣住了，眼睛颤动着惊慌的波光，无所适从地望我：“你，你怎么可以这样？”

我装出极生气的样子，取出她送我的照片。“照片还给你，我们，从现在起，中断关系！”

她哭了，一把抢过照片。“你不要，我也不要，烧了……”把彩照撕成几片，用火柴点燃照片。

我想抢回，被我理性拉住，心里抱定“今天一刀两断，不能心软”。眼看照片烧起，被她扔地上。我心痛，想阻止，然而“远离她，否则会害你”在警告我。今天这结果是我早决定的，无论她写或不写，我都会中断关系，照片还她，把回复撕了。我没料到她会撕照片烧照片。早知她把照片烧了，我不会还她。我演戏演砸了。

火舌忽动一下，美好的照片烧起来。我上前一脚踩灭了火。

她扑向床，大哭起来。“你为啥对我这样凶啊？”

是的，我不敢对其他人凶。看到干部，我像我母亲一样畏惧，怕被训斥反动家庭，训斥学习班“丑事”。我和我家庭是另类。在这世界上，我唯敢对她凶。因为她信任我，爱我。我如不凶，和她断不了关系。

我弯下身，把烧成半灰烬的回复碎片收拾起来，以增加新证据。我的心在滴血。我爱她。然而，不可能的爱为什么要拖下去？明知悲剧，早断为好。当我被她送进监狱，后悔就来不及了。在她哭声中，我咬住牙，心里喊，为她前途，为我不进监狱，千万不能心软。

我深深伤害她的感情。不忍看她悲痛欲绝，只有逃离。我转身迅速离开。逃回我的小屋，像生了场大病，虚弱无力，情绪低落，倒在床上，默默流泪。

八

她病了，不出工，不吃不喝躺在床上。

吴红陪她，劝不过来。多次叫我去看她，劝她。我不会劝。我写了回复由吴红转给她：

> 我下定决心，不到你的小屋了。今后许多事情我会知道怎样去对待。
>
> 看到此信，你也许会痛恨我、咒骂我，那随便你了。

吴红看了回复。吴红是第三方证人，证据加强了。

我把回复抄在日记上。

我暗中关注她，她不吃不喝一整天。我难熬，心里痛苦。想到恋爱后果，我只能狠心不理睬。夜里，睡不着觉。她不吃不喝，身体能否承受得了？如果出什么事，我会不会受到其他诬陷？不敢想下去。

九

轮到我放牛。

生产队虽有拖拉机耕田地，但是路边、田沟边和小块田地仍要牛耕。张村有一头黄牛一头牯牛，由男人轮着放牛。放牛属轻松活。把牛牵到河滩上，它吃草，你坐着看。喊声“借角借角”，牛会低下头，你踏着牛角，喊声“起！”，它抬起头，就上了它的背，骑在牛背上了。但是，牛身上苍蝇多，嗡嗡叫着，有些烦人。

我对牛有好感。我曾临摹过石鲁的画，错根盘结的大榕树，一对长弯角的大牯牛伏在河中，牛背一部分露出水面，坐个牧童，画面诗意。我第一次放牛时，联想到这个画面。把牛牵到村西大树下，上它的背，它并不配合，我被它抖滑掉入河中。

村里一片谴责声，粪坑上方的水泥盖没了。

“真是不要面孔！”

“连粪坑盖也会偷？！”

“肯定放在猪棚里做踏脚，蛮好的，不湿脚……”

我牵着牛，来到千年古树下。树边没有小河，没有草。附近是竹园。

我把牛绳缚在裸露的粗根上，仰卧在大树根边休息。

金家村村民跑出来，赶我离开，不许其他村来大树下放牛。

十

她不在，只能自己烧晚饭。

灶门里，花秸柴“劈劈啪啪”地爆响，屋上方的梁木被灶门舔出的火映得像血一样殷红。我没有食欲。屋里老鼠多。我终于踏住一只老鼠，把它扔进灶门。花秸柴火旺得很，烧得老鼠“吱吱”乱叫。火势忽然暗了下，一股臭气冲出灶门。我被呛出眼泪。原来它肚皮烧穿，流出了五脏及腹水。

天窗玻璃灰蒙蒙的。

老鼠欢快地在地上、梁木上、灶头上和床被上窜来窜去。

我赶不走它们。

十一

她不吃不喝两天了。

吴红一次次来，说这样下去不行。你去劝劝她。你们的关系不能说断就断。说闵蕙是烈性子，想不通会出事，一出事也会连累你。

我想的仍是证据。我请吴红转信给她：

> 今天你几次叫我来，但没办法，我下定决心再也不会来了！

每句话都是她追我，我退怯。证明我没有勾引她，诱骗她。

金兴说你要给她一个过程。先减少接触。她喜欢你不喝酒不抽烟，你在她面前喝酒抽烟。她说你不说下流话，你就在她面前专说下流话脏话，让她慢慢厌烦你，直到认为自己瞎了眼，和你中断关系，这样水到渠成了。

我说做不到。不是一下断绝关系，我会舍不得她。到我被抓进去那天，我后悔来不及了。

天黑了，简平找我，说刘梅来了，他要和我睡。他有多间房屋，和刘梅可以分开睡。但他担心睡到半夜，忍不住去找刘梅干流氓事。

他劝我，说阿坤恋爱被拒后，想的是我得不到，也让你痛苦一辈子，去举报罗明芳。说闵蕙也会这样。好在闵蕙现在没死心。等她绝望了咬你一口，你会比罗明芳更惨。你说没发生男女关系，至少拥抱过吧，扣你“猥亵妇女”“流氓罪”可以吧，还可扣“强奸未遂”“诱奸罪”。罗明芳出身好，一句“龙游浅水遭虾戏，虎落平阳被犬欺”被开除公职，戴坏分子帽子。你出身不好，又是坏知青，闵蕙爸妈知道，更不会放过你。陆弟，你和她断关系要讲策略。她不吃不喝两天了，如果绝望了，她不发声，你也会完。所以，你先把闵蕙稳住，慢慢冷下去，一出乱子，最终害的是你。

他分析得合情合理，引起我新的恐惧。是啊，阿坤平时笑眯眯的，当爱情绝望时，毅然决然举报，害了罗明芳一生。我没考虑把她逼急会出事。兔子逼急会咬人啊。现在，新证据添加了不少。我先把她情绪稳下来，以后慢慢冷下来。

我们挤在一张小床上。他睡着了，我一夜没睡。早晨起来，腰酸背痛。

十二

我想找她，觉得不妥。这样变化是不是太大了？我先写信给她，口气缓和，有一丝丝对她的体贴，相信她能感受到：

> 刚才听金明讲了你这几天详细情况，我真吃惊，你为什么要这样呢？你动不动就是哭，不吃东西，像生大病一样，居然还要持续下去。
>
> 我向你表示歉意。我来过四次，走到门口，彷徨不决，担心造成更大的僵局，终于没来。

吴红来劝我，取走了信。很快带来她的回信：

> 我永远不会再来了，你永远不要再到我这里来了！
>
> 我们的关系就这样到此结束了。

我的心情一下子放松了。她信中的话在使小性子。她原谅了我。

“她收到你的信时，起床了，马上回信。话也多了，还打听你瘦了没有。”

“吴红，你对她说，明天请她给我带饭，不要忘了。”

“她在生气，你这样吩咐，行吗？”

“我说多少好话都不如请她继续带饭。她会更开心。”

十三

我正想她会不会来时，她出现了。

“你的饭菜，我给你带来了。”

“谢谢你啊。你还生我气吗？”

“我生你气就不会来了。”

“是的是的。”我开心。

“菜是大队食堂买的，量少了点，晚上给你多烧些。”打开饭盒，菜盒盖打开，搁上筷子，“饿了吧？快吃吧！”

“你真好。”

“你不骂我就谢天谢地了。快吃吧，不要来这一套！”

“好，好，我吃。”我大口吃饭，她会开心。

“你的毛线结好了。你晚上来吃饭时，可以试试大小。”

“你这几天生我气，仍为我打毛线啊？”

“我不像你，小肚鸡肠的。”她在屋里找脏衣，“两天没给你洗，脏了也不懂自己洗洗，太懒了。”把脏衣放入面盆准备洗衣。

黄翔突然进门：“陆弟，你为啥要造我谣？”

“我造你啥谣？”

“我没有对闵蕙讲你在嘉定学习班的丑事，你可以问闵蕙。”

“莫名其妙。”

她问：“黄翔，啥事体？”

“陆弟记恨我，说我向你讲他的丑事，挑拨你和他的关系。你说说看，我有没有对你说过他到嘉定学习班的事？”

“没有没有。黄翔，你是老实人。我相信你。”

黄翔离开后，我提醒，黄翔不是好人。她说你记恨不好。我说我到嘉定学习班，是被黄翔诬陷。她说男人要大度，你学习班不是出来了吗？村里人待你蛮好，黄翔已经很孤立了。我知道，她记善不记恶，她没有被人恶毒诬陷的痛苦经历。

第九章　爱情风暴前夜

一

张村练吊环青年多，传了出去。金兴的亲戚带人来找我，说在练吊环。领头的叫小林，说不信我能做十字支撑，说他在马陆公社掰手腕没有敌手。

张村年轻人来看热闹。闵蕙像孩子一样兴奋。我们谈什么她都要挤进人群中旁听。

我说可以让小林一个手腕距离，证明我的力量超出他不是一点点。小林闻言不快，说不要让，就手扳手。金兴当证人，喊，一、二、三。话刚落，小林被压倒，说不算不算。我说那我慢慢压下。小林准备好了。我慢慢压下，小林输了。我说你压着我，你准备好，我再扳过来。小林又输了。

她开心地叫起来："厉害，陆弟胜了！"

小林说："听说你能在吊环上做十字支撑？"

我上吊环，做了前水平、后水平和十字支撑。

"佩服，我亲眼看到，我服了。陆弟，交个朋友吧，你到马陆，我全程相陪，请你们喝酒。"

"我不喜欢交朋友。"

小林他们离开后，金兴说小林有力气，农活好，名声却坏了。说小林父亲是干部，家境好，有房又有钱。小林相亲时十八岁不到。小林想睡女友，女友怕失去这么好条件的男人，想生米煮成熟饭，流产了两次。流产要大队证明，闹得马陆公社都知道，说小林和女友道德败坏。小林父亲说，等他们结婚年龄一到马上成亲。

金兴大声说："大家听到没有，不能和女友发生关系，否则会像小林和女友一样变成全公社道德败坏的人！"

二

年终分红，我分到一百六十七元六角。我留了三十元，其余上交母亲。

近年来，我家除母亲和二哥外，都工作了，都在贴补母亲。其实，单大哥每月四十元，已能养活母亲和常失业的二哥。但母亲总有还不完的债，经常断粮断钱。问怎么会这样，好像触到母亲痛点，母亲会爆发骂人。

闵蕙年终分红不上交，全部自用，购了只上海牌女表。去陆巷购了两对畚箕和畚箕绳，给了我一套。她插队时，知青政策变了，她每月有十元补贴。她爸妈还补贴她。

晚饭菜是蘑菇烧蛋汤。蘑菇青菜切得很细。我喜欢吃。

她说今天的次菇有碗口大，起码半斤，长在菇棚门槛边。长相不好不能出口，菇棚没算她钱。说开花的、形状不好、超出尺寸范围的菇都是次菇。吃起来和出口菇差不多。蘑菇根不要钱。有大的蘑菇根时，她会拿一些。

她叫我试穿毛线。试穿时，她的手时不时触摸到我的脖子和脸。她无意，我敏感。她是我的诱惑和考验。我们相隔如此近，我感受到她的呼吸，她的笑脸。我心怦跳，流氓想法冒出变强烈。以情动欲，由欲推动情。我常有扑倒她的邪念。抑制冲动我的心会哆嗦，很痛苦，一步跨出等于跳进深渊。我不敢直视她，看那美丽的脸，只会火上浇油。

我每天处在她的温柔包围中，真不想控制自己，把她拥入怀中，尽情吻遍她，和她疯狂做爱。她在我面前从不设防。我即便扑倒她，她不会拒绝，不会的，我了解她。她太爱我了，我有理无理，她都会退让。

“让我进监狱吧，让我进监狱吧！困了她，我这辈子值了！”流氓想法在我脑海中不停出现。另一声音也在喊：“你们这辈子不能结合，你夺去她贞操，等于伤害她。她感情纯真，身子纯洁。你忍心用你的下流丑陋去伤害她一辈子吗？你要真心爱她，就不能毁了你此生遇到的最好姑娘。”

我眼望别处，长长叹气。我站起来。我想逃跑了。

三

轮到我和简平罱泥。我站船尾，他在船头，都在船同一侧。两人重量使同侧船舷更接近河面，这样罱网拖起河泥倒入船舱更省力。罱网由两根竹竿和网组成，好像剪刀状，抵达河底将竹竿合拢时感觉有阻力，是夹着河泥了。双手一把一把提起罱网杆，拖出河底，靠近河面，借助水浮力，将河泥倒入船舱。

“庄稼一枝花，全靠肥当家”。化肥靠定额分配，但远远不够。庄稼施肥大都用有机肥。河泥含有腐烂水草树叶和鱼虾鹅鸭的粪便，能防土壤板结。罱泥还可疏通河道清除淤泥。罱泥、开船和开沟是男人的主要农活。一次罱泥下来累得腰酸背痛。两人一组，一条三吨位水泥船，自由组合。船不停，人以组轮换。

我们是罱泥熟手，可边罱泥边聊天。

简平和刘梅青梅竹马。刘梅户口不能迁到上海就不能发生关系。说不久前公社来个名额给他，到南京一家市属单位，在长江搞航运。他激动得睡不好觉，想和刘梅断绝关系，父母不答应。但刘梅户口迁不进上海，以后口粮都成问题。他因此好几天没睡好觉，体检时肝功能 GPT 很高没被录用。他说这样也好，不会为刘梅的户口七想八想了。他和刘梅有感情，多少次想断断不了。他曾和刘梅不接触几个月。她找他，他躲她。刘梅病了。他爸要他去看她。她在病中同以前一样关心他吃啊穿啊，把他当孩子照顾。他心软了，和她回到相爱状态。

他说他没有最后决定前不能睡刘梅，他不能把生米煮成熟饭。

我说闵蕙没脑子，一痴迷一昏头说是爱。说我心里明白，我和闵蕙恋爱是不可能的事。但是，真要断绝关系，难啊。

“你动过困脱她念头吗？”

“非常强烈。但是，想到后果，就不敢……”我叹口气，张开双臂将罱网用力伸入河底淤泥中。

“刘梅对我百顺百依，不是好事，我们一见面，我强烈想困脱她。有时欲火烧得我受不了，就担心我控制不住。所以，我见面前，提前用手先解决骚火，这样，能和她太平相处一天半天。陆弟，这方法好。”

罱网竹竿和船碰撞的拖拉声，罱网插入河里时的水花声。

四

油菜花开，天热了起来。

在亦真亦幻的痴想中，我渴望得到她。她的形象如雾气一样松散，飘悠，逐渐汇聚，愈来愈清晰。我期待着。她身姿轻盈灵活，眼神温情脉脉，娇美的身影摇曳成五彩雾气。

她在我梦中，悄然而来又悄然而去。

五

她穿得单薄，在我眼前晃动着。她烧的晚饭香甜。她每天柔情蜜意的话，为我的情欲起到火上浇油的作用。我的脑海被她占据了，劳动、睡觉、吃饭，包括梦中，充满对她的下流想象。她爱我，在我面前不设防，加快我一步步走向深渊。我明白我要犯罪了，推说身体不好，好几个晚上没去她的小屋。

六

她来叫我。我心里说不要去不要去，会害她会害我。但是，我像被她牵着一样，走出屋子，关门上锁，向那间美妙的小屋走去，神使鬼差。我苦笑且无奈。

她关切地问："陆弟，你最近瘦得很快，好像有啥心事。你身体不适吗？"

"没有。"我恶狠狠地说。

"你那么凶干嘛？"

我明白失态。"是吗？"不敢直视她眼睛。

她取出衣服，说要洗澡。我想退出小屋。她说她躲到蚊帐后洗澡，用不着避开。你不看就是了。蚊帐降下了，挡住了我。她躲到蚊帐后，背对我。蚊帐是半透明的。她信任我，相信我不偷看，我能不偷看吗？

悦耳的水声，她在洗澡。我把头凑近蚊帐。望进去，一只借来的浴盆。我的心怦怦跳。光线黯淡，她雪白的肌肤模模糊糊，看不清。玉臀，后背，亮闪闪的肩膀和丰满白皙的大腿都模模糊糊，耀得我成了痴呆相。这该死的蚊帐。

"陆弟，你在做啥？"她忽然转过头。

"没，我没偷看……"我惊慌失措，好像被抓住的扒手，脸烧得火辣火辣。

夜深了，我没有走。我已经没话了。油菜花开是花痴发病的季节。我怀疑自己变成了花痴。我还没有完全失控。无言就为防止失控。我无法摆脱睡她的念头。我想迅速离开，脚挪不动。只有我走出小屋时，才会长长舒口气。"今天总算没有犯罪。"

我沉默。我苦笑摇头。可怜自己怎么会变得这样流氓。

我们不再聊天。她看出我的异常，有些不安。

我希望她赶我走。我想走，身子不听，我在期待什么。以前聊天真开心。自从脑海被强烈睡她的欲望占据后，聊天被挤到了一边。

半夜十二时了，我不想走。我怎么跟她说，我想睡你？一抬头，看到她，心中便慌乱，嘴嚅动了下，没发出音。

她坐在床上打毛线，为我结海军衫。说最近流行蓝白海军衫，很好看。

我心里想的和她说的毫不相干，这情境很熟悉。女的拉家常，男的想睡她。对了，是鲁迅的《阿 Q 正传》，阿 Q 和吴妈相处的情境。我心里一惊。吴妈拉家常，阿 Q 开口想睡吴妈，阿 Q 从此倒霉了。虽然是小说。不过，场景真实，就像现在的我和她，我想的和她说的就是两码事。不过，我没像阿 Q 一样开出口。

“陆弟，半夜了，你肚子一定饿了，我为你烧点半夜饭。”

她刚一下床，我站起来一把抱住她，没有任何言语，身子在颤抖。她也紧紧抱住了我。我没有停下，抱起她放倒在床上，身子一下子压住她。她大口喘气。

“压痛你了吗？”

“没有。”她喘着气说。

“我，我想……”我双手移动到她的腰部，笨拙地下滑，摸索脱她裤子。

她把我的手捉住，歉意地说：“陆弟，我，我身上脏，我今天身上来了……”

我惊醒，放开她，长长喘口气。

她没有放手，紧握我的手，轻声说：“我，我愿意的……你如果想要，过几天……行吗？”她爱我，不忍心拒绝我，用低声乞求的口吻，似乎在同我商量。

我的脸羞得火热。挣脱开她的手，站起来。我清醒了。心里骂自己，流氓，真该死。回想刚才行为，吓一跳。刚才她一下床，我就抱住她，接着想睡她，一切突然发生。

“你，你生气了？你如果不嫌脏，今天你就可以要……”她惶恐地说。

“我没有生气。我刚才试探你……你是不是真心爱我……你说我想要，你就给，证明你真心爱我……”

“是吗？”她眼中放出了光芒。

“去烧半夜饭吧，简单一些。我再坐半小时，十二时半离开……这些天，我一直想试探一下你真爱我还是假爱我。”我临时编造的谎话，圆满掩盖我这些天的丑恶下流念头。

“怪不得这几天，你话很少。”她以为通过了我的爱情测试，很开心。“我去烧年糕。现成的，很快就好。”

汤年糕很快烧好。年糕片切得很小很薄。

我边吃边问：“闵蕙，梅姐有没有告诉你，你心爱的人如果要困你，你怎么办？”

“梅姐说男朋友喜欢七摸八摸小姑娘，说将来有了男朋友，为感情，只能依顺他们，否则他们会生气会离开你。说小姑娘要有原则，结婚前，不能和男朋友发生关系，说最终害苦的都是小姑娘。比如小姑娘失去贞操后，男朋友不要你，另找对象困难，会被人家看不起。说万一怀孕，会把小姑娘一生害了。梅姐还给我们举了许多例子。”

我笑着说：“你刚才明明说我想要，你就给……”

她不好意思地说：“你说想要，我不能拒绝你，你提啥要求，我都答应，因为我爱你，这是真话。我说我身上来了，你怎么晓得女人每月有月经？”

“我在大场挑猪粪，有的河堤坡是臭气冲天的垃圾堆，一条条沾满血迹的月经带像蛇一样，没有羞耻心地暴露在嗡嗡的苍蝇中。船民经过都会忍不住骂人，说女人的月经带也这样乱扔。另外，对月经的知识看书看来的。几年前，村里流行一本《性的知识》，很薄的小册子，简平借来的。我们在仓库小阁楼上一起看，有男女生殖器图。金兴他们有女朋友，说从来没看到过女的下面长怎么样，一看，原来这样的。”

“难看死了……”

“你说难看，男的都喜欢。在村里暗中传来传去，后来传到了外村。像福泉结了婚，也喜欢看。我们了解女的有月经。没有月经不会生孩子。”

“陆弟，我今天身上不来，你会不会要？”她突然问。

“不会。”我说谎了。

“我以为你还真要呢。我担心万一怀孕怎么办。但是，你真要我会给你。我在田里干活时，那些妇女讲得很下流，说男人这方面憋太久会很难受。我想，你提出要，肯定憋得难受……”

我笑了笑，没有回答。“我要回去了。今天我很高兴，明天见。”

“明天见。我也很高兴。”

回屋后，回想刚才我想要她后，我们打开了性话题，对话变得无所顾忌。性压抑的烦躁消失了，我轻松了。她可能同我一样轻松，不会在惶恐中等待我睡她的要求。

今天如果她不来月经的话，我会继续犯罪下去吗？最后一刻，她的月经警醒了我原有的理性，兽性被理性战胜了。

不过，我有大收获，她说会随时给我。

灯熄灭后，我很快睡着了。自从我恋爱以来，从没有这样熟睡过。

七

徐组长来到田头向我招手。我放下粪桶，走到田边。

他说上次劝你，不要和闵蕙来往，为这种不着边际的恋爱毁了自己。说最近大队有人向我打听你和闵蕙的事。我说闵蕙在倒追你。他问闵蕙父母知不知道女儿在和坏人恋爱，说要尽快通知闵蕙父母。我先给你透个气。闵蕙父母知道女儿和你谈恋爱，一定会告你。

这消息把我震得惊慌失措。我说，我想办法和闵蕙中断一切关系。

“恐怕来不及了。我想过，想不出有啥好办法。”

我明白事情的严重性。我猜想“有人”是指阿龙。阿龙想搞我。阿龙会以大队名义到她家里，加油添酱说我坏话，会把前段时间我强奸她的流言当成真实发生一样，会鼓动她爸妈告我。阿龙会带民兵抓我，我会被审讯游村送公社，情况比罗明芳更惨，可能直接押送嘉定。

我回想这段时间，我和她的关系不但没冷下来，而且在发展，上次差点发生男女关系。简平他们多次劝我，我听不进。他们不劝了，对我失望了。或许他们也听到风声，和徐组长一样，认为“来不及了，想不出啥好办法”。

我急急查看日记，为我送点心，为我烧饭洗衣等，都是“她追我”的有力证据：

> 晚饭后。她冒雨来，敲门，嘱明晨去吃早饭。每次吃饭，都由她来叫我。我吃现成饭。没菜了，她向人家借了鸡蛋，烧了给我吃。自己吃一点点，看着我吃。
>
> 她为我补衣服、洗衣服。
>
> 她请村上人加工了一蒸糕给我吃。
>
> 洗衣、吃用一切由她承担，并照顾我。
>
> 在她的屋里，我和金兴、忠其、海龙四人，喝酒。她忙着招待，吃到夜里十时半。
>
> 我下决心不去了，但在她诚恳的强迫下终于一天一天去她的住处，像老爷一样被供着，她倒像佣人似的烧饭、收拾。我毫无办法。
>
> 看得出，她是幸福的，她希望我天天去吃饭。晚上在她处聊得很晚。

她热情地给我开沟的铁锹与手套，把挑稻用的钩绳也给了我，亲自送来。

我感动。她忙碌，却只吃一点，如何报答她呢？

每天吃她的，像做客，而且每顿饭由她来叫我。想感谢，无法表达。

她总担心不好吃。我每顿饭都吃得饱极了，她总说我吃不饱。

她对我照顾无微不至，中饭菜没有，宁愿自己不吃给我吃，天天在她屋里吃饭。好饭好菜招待我。

……

我要抢在阿龙通知她爸妈前想出对策。否则，我会进监狱。

一夜没睡好。天亮时，我想出对策，能否逃过此次劫难，只能凭运气。我一定要抢在阿龙通知她爸妈前说明白是闵蕙倒追我，我身不由己；我和闵蕙没有发生男女关系。这样阿龙在她爸妈前，上纲上线说我强奸或试图强奸她的话，会变成侮辱他们的女儿，不太可能会告我。

写信给她爸妈？他们把我当坏人，插队前教育女儿远离我。她写信？对，就这样，我的位置转移到风暴外沿，她和父母成了风暴正中心。把火引到她身上，她不会被烧毁。否则，我会被火烧毁，会进监狱。

我曾用各种理由和她断绝关系，每次使她伤心不已，我不忍心。这次，如果她爸妈劝说她和我断绝关系，她不会恨我，无形中把她的怨恨转移到她爸妈身上。她爸妈得知女儿和坏人恋爱时，不会放她回村。负责公社知青工作的徐老师和她家同一条街，是老相识。徐老师会为她调生产队。

她从此将不属于我了。我真心爱她，庆幸她离开我时没有失贞，降低我对她的伤害，便于她日后嫁人。

八

开船去公社卖谷。卖谷船多要排队。晚上九时多回到村。我饥肠辘辘。之前，有时开船回村半夜十一时多，她仍会等我。

她把饭盒用棉被包着保温。点燃煤油炉。火舌蹿起来，淡蓝色的。周围一片光晕。她用小铝锅热了菜，把热饭热菜端上来。她做这一切毫无怨言。

我预感和她分手时刻到了，感动地说：“闵蕙，我人生最快活的日子和你在一起。我剥削你太多了。你把最好的东西省给我吃。你总担心我吃不饱。你爸妈为你准备的酱蛋红烧肉等好菜，几乎都给我一人吃了。”

“我爸妈说乡下辛苦，给我准备菜，如果晓得被你吃了，该多痛恨我啊。上次我回家，有人告诉我爸妈，说我在村里和美丽牌儿子走得很近。我说没有的事，我问啥人说的？爸妈说没有就没有，说他们本来不相信。”

“黄翔说的吗？”

“我晓得你自卑敏感，没告诉你。我问过黄翔，黄翔没说过。”

“闵蕙，你给我吃，为我洗衣晒被，甚至连我自留地上种菜种豆都是你在做。村里分我的粮食不够吃，还被家里拿去一部分。你来之前，我常吃山芋。你来后我吃饱了饭，都是你省下来的。你爸妈补贴你，你在补贴我。”

“我们相爱，不能分彼此。”

“我晓得，你钱花光了，米也没有了。”

“你怎么晓得的？”

“今天早晨，你上陆巷买早点时，平时买两根油条，今天只买一根，你把自己那根油条省了。我晓得你没钱了。我趁你不注意时，偷偷掀开你的米缸，只有一小碗米。过了今天，明天没吃了。”

她脸一红说：“前几天钱和米快没有时，我就想回家。但是和你一起我开心。你看，拖到现在钱米都没有了。我明天回家。”

我终于开口：“闵蕙，我们恋爱，你爸妈不晓得。我有心病。你能不能写封信向你爸妈通个气。如果他们不同意，这早晚来的风暴早些来吧，免得我提心吊胆。”

“好的，我马上写。写了你看一下，如果没问题，我明天带回家去。”

她对我们相爱充满了痴心妄想。我很伤感。

早晨，她来了，说昨夜写信写到今天凌晨一时多。

亲爱的爸爸妈妈：

关于我和陆弟的关系，爸爸您一直是很关心的。陆弟在您们头脑中的印象是比较坏的，特别是他家庭的问题。我知道您是不愿意把自己的女儿嫁给一个不理想的人。我也不愿意。但我下乡一年的实际情况当中看出，他不是您们头脑中所想象的人，这是外界影响所造成。关于家庭的问题是没有办法的。我和他的关系，我现在已定了，我相信爸爸您会同意。现在我们俩相处得很好，互相了解。显然，在一些男女关系问题上，我们年龄都非常轻，做父母的或多或少有些担心。但是我们有头脑。我们明白一切利害关系。我们决不会给您们丢脸，给我们自己丢脸。

我这样做，在爸爸您头脑中，认为是我迫不及待要找一个男朋友。但情况不是照您所想的那样。我不是一个糊涂的人。我考虑过许多问题，我始终认为，一个人在恋爱方面如果处理得不好，将会给人带来终生痛苦和不幸。我认为自己看中了，两个人性格和好，哪怕在农村，也会相处得很好，生活会愉快。如果叫人介绍，两人性格不和好，始终吵架，哪怕在城市，条件再好，也会相处不好。这样的例子很多。爸爸，我说的这些您相信吗？

我的前途您时刻挂在心上。现在农村中插队落户后上去的消息很少，似乎没有。也有很多姑娘同乡下的农民结了婚，把自己抛在农村，但她们心里也感到非常满意和高兴。

爸爸，您二十年的恩爱，我是永不忘记的。我经常回忆起我七岁那年，您带我离开苏州的乡下，到了南翔，既当娘又当爸，把我抚养到二十岁，又把我送上工作岗位。您的恩情比海深。只要您同意，我有办法来报答您的恩爱。

爸爸，如果您不同意，我希望您不要放大声势，我的终生已定了，我不准备再嫁给任何一个人。他就是我理想当中的一个人。我们不要为此事断绝我们的父女感情。但是，我希望您们不要这样，我始终相信爸爸您会同意的。

亲爱的爸爸，如果您不同意，那么您不要责怪您的女儿狠心、不孝，这实在毫无办法。没有了我，您还有两个儿子，两个儿子是会有良心来报答您的！

女儿　闵蕙

我用笔在“显然，在一些男女关系问题上，我们年龄都非常轻，做父母的或多或少有些担心。但是我们俩是有头脑的。我们明白一切利害关系。我们决不会给您们丢脸，给我们自己丢脸”在“您不要责怪您的女儿狠心、不孝，这实在毫无办法”文字下划了线。划线是为保护我，证明我被动和她自愿，证明我们没有发生男女关系，这样“强奸”“诱奸”等诬陷帽子扣不到我头上。

她回家带走信，就没有了证据。我请她把信抄在日记中。

这不单单是一封她写给她爸妈的信，也是写给不久后出现在我面前的审讯人员的证明材料。我爱她，她爱我，但是我没办法。这世上除了她，都认为我们在谈一场不会善终的恋爱。

我心里清楚，她爸妈收到信后，暴风骤雨会降到我们身上。她如同朱木匠女友一样，会屈服，会沉默。在爸妈和周围人的持续动员和教育中，说不定会举报我欺骗她。所以，这封信是我们相爱的转折点，我将面对一场劫难，从此可能会走上不归之路。

我唯一希望这场恋爱结束时，对我对她的伤害能降到最低。

九

我怕被人落口实，叫她先走，在印村等我。她离开十多分钟后我出门。在村口，我被徐组长叫住，说阿龙这几天要和她爸妈联系，说关键时刻不要惹火她。我被拖住十多分钟，等我赶到印村，在马路边焦急张望的她迎上来，说等了我半个小时。

“你爸妈看到这封信后，肯定一场风暴。他们会打你骂你，你要有心理准备……”

“我从小到大他们没打过我。他们爱我……”她始终以为爸妈爱她，她爱我，爸妈会同意我们相爱。

走了六里路，到马陆车站，我们要分手了。相对无言。

“陆弟，你哭了？好像我回南翔后不会回村似的。”她笑得勉强。

她很天真。这封信会使我们恋爱彻底中断。以后路上遇到，她不再是那个爱我爱得痴迷的姑娘。那时，她已清醒，面对现实，会后悔我们曾经相爱，后悔因糊涂误入歧途。会恨我损害她的名声。想到我自己，我噙满泪水，想哭。

“陆弟，我晓得你担心啥。我们恋爱，你没有选择权利。我有，我能扛住。我能保护我爱的人。我不会有事……”

我一把抱紧了她。无话可说。

她垂下眼帘，喉咙里发出一阵低微的颤音，唏嘘说：“陆弟，说实话，我很害怕。我在你面前装得轻松，努力在装。我不想让你担心我。我真的害怕。我昨夜没困好。我爸妈看到信后，会恨我，一定会骂我打我。但是我爱你，我没法子。你，四类分子出身，坏知青，他们接受不了你。你承担不起，只能我承担。不孝之女是我，啥都是我不好，我会全部揽身上……”她眼眶里都是泪水。

车来了。她推开我，擦干眼泪说：“陆弟，我这两天会回村。我会告诉你，我爸妈收信后的态度。你等我消息。还有，你的晚饭我准备好了，你把饭菜热一下就可以吃了……”

我哽咽地说：“好的，我都听你的……”这种软弱话很不像男人。我只能被动，想起这些，黯然神伤，不忍看她。喉头在蠕动，鼻子一阵酸，眼泪流了下来。

她向我投来深情眷恋的一瞥，既而一道泪光，突然上车。车窗玻璃内的她向我摆手，随车远去渐渐模糊。她走了，她那道深情、眷恋的泪光继续在拥抱我。

我忍不住跑到路边，蹲下身子孩子似的全身扭动痛哭起来。

十

我回村进屋。揭开锅盖，一只老鼠从灶面上跑过撞了下锅盖，蹲在灶台上不动，眨着诡谲的小眼睛。我向它疾呼。“去！去！”，拿起饭勺砸去，“哐啷”一声，灶台上的大口瓶滚下来，跌在灶面上，瓶里的盐与玻璃碎片四散开，不少落进锅里。

没有砸中它，它蹿上梁木，俯瞰着我，眨着狡黠小眼睛。

灯熄了，屋里一片黑暗。老鼠坚持在咬床脚。“毕毕剥剥”的声响。

黑暗挤压着我，我气闷，心里难受。想哭。伸手开灯，“啪！”的一声，开关线由于用力过猛断了。今夜她家迎来一场大风暴，我们的恋爱向她爸妈摊牌。她在暴风骤雨般的打骂中，或正蜷缩在屋角伤心哭泣。我却静静躲在张村无能为力。

谁家的织布机“咔啦哒！咔啦哒！”响到半夜，突然停下来。

村里一片寂静。

我迷迷糊糊，隐隐听到潜行的脚步向我靠近，低微得像细长的丝线在冷风中拂动，如不用心捕捉是感觉不到的。声音愈来愈近。一阵令我心烦意乱的沉寂。温暖平和的“窸窸窣窣”的声音在耳边摩挲撩拨。

“闵蕙……”我轻唤。重重翻了个身，声音骤然消失。

十一

我去村东牛棚牵出牯牛。隔壁栏中的老黄牛前腿失足跪在地上，毛稀疏干涩，沾满干涸的牛屎，一圈一圈苍白的皮斑。牛蝇不停地围着它转悠。

我从牛栏中牵出牯牛，牵到河滩边。牯牛一步步走下滩，走到河水漫到膝盖时站着，在村河中拉屎撒尿。数十公尺远的地方是村民日常用的水桥。我刚插队时曾经觉得不卫生，村民说多少年都这样过来了。我等牯牛拉屎撒尿完事，牵上岸，回头看老黄牛，它整天萎靡不振，比我更孤独。

我在田头放牛时，看到阿龙向张村走来，心狂跳，阿龙和她爸妈沟通过了，要把我送到嘉定？阿龙进了村，是在调查我和她的事？

夕阳西沉，天边出现大片火红的晚霞。

竹园深处传出孤零零的白头子鸟的啼叫。

我把牯牛牵回牛棚。牯牛隔壁关着的黄牛舔我的手，一双乞求的大眼睛黯淡得像将熄灭的烛火，眼角边涌出黑油油肮脏的眼屎。它像叫花子，它干不动活了。它的屁股血淋带滴的，好像刚生过小牛的样子。我知道它快死了。

我牵好牛绳，走出牛棚时，遇到从村里出来的阿龙。

阿龙诡异地对我冷笑，没说什么。

我避开阿龙的眼光，装作若无其事，心在猛烈怦跳。

十二

她消息全无。

金兴说阿龙找过她爸妈。她爸妈说闵蕙和陆弟没有什么事，说抓陆弟的话，反把没事变成有事。阿龙没办法。

她不在，我恢复了和村里青年常聚一起的无聊日子。

无性年代（下）

本“附录”安排第十章后，因此时闵蕙、刘梅、桃妹及海龙女友都不在张村。利用色诱套杀流氓狗行为，她们出于本能上怒斥，如桃妹所骂：“只有流氓才会想出这样的流氓坏事。”

我出身不好，是坏知青，出点小事会变大事，我不够资格参与。他们是贫下中农、工人阶级出身。我受邀当旁观者，就能分享狗肉。他们说吃狗肉吃到呕吐，会把我学习班落下的新伤老伤外伤内伤全部吐掉，是很大的诱惑。另外，在嘴馋年代，吃肉凭肉票，狗肉是大荤，我也想为身体加些油水。

一

我大哥每月十五日发工资后第一个星期日，我家除刑满留场的父亲外，其他人都回南翔聚一天。我回南翔后，抄近路，穿过古猗园东的农田小路走回家。

路边，一人多高玉米田。我快到家了，先走进玉米田，站定，想小便。眼前一幕令我心怦怦跳：十几步远田沟里，一对男女在耍流氓。赤裸着下身在扭动喘息。

男流氓斥责我：“滚开！四类分子！美丽牌儿子！”

男流氓竟是阿宝！

阿宝家住在民办中学边一条污染小河边。河边住的都是他们家乡来沪的人。河边自搭的茅棚建筑重重叠叠，估计有数十户。他家穷，又是外地的，被其他同学看不起。但他出身好。我家穷，出身又不好，使他在校时也看不起我。“文革”初，他成了红卫兵，从此扬眉吐气。而那女流氓，有些眼熟，我不认识。

“啊，啊！”女流氓惊叫。

玉米田一边，一条流浪狗，口中半截血红舌头。它很警觉，听到女流氓惊叫，窜进玉米田深处，不见了。

我想，用不了几天，它会被人毒死吃掉。

一块泥块撞在我腿上，是阿宝扔来的，在赶我走。

我笑着转身，正面冲着这对男女流氓撒尿。我不信阿宝会停下流氓动作来对付我。

阿宝是古猗园抓流氓纠察。记得苏联影片《列宁在一九一八》上映，有跳天鹅舞镜头。他毫不掩饰说他省下钱一次次购票，就为看一分钟跳舞。看女演员雪白大腿高高抬起，缓慢转圈，虽有内裤，但是，女性隐蔽处在特写镜头中一览无余。不单单阿宝，所有人看到这里时，都压抑着激动，影院内一片寂静。一分钟跳舞镜头播出后，会响起噼噼啪啪座椅翻板声，有人陆续离场。阿宝是其中之一。阿宝大概看多了女演员的举腿动作，曾指控镇上一个三十多岁女人，说女人穿着短裤街边乘风凉，看到他时，故意冲他抬起大腿，女人的隐蔽处全被他看到，说女人引诱他。他愤怒把女人抓起来，剪发批斗。我认识那女人，她乘凉穿的花短裤长过膝盖，她把大腿抬过头顶也看不到什么。我想，阿宝想流氓太多想歪了。

阿宝怒吼：“四类分子！美丽牌儿子！你耳朵聋了啊？！快滚！”

看到眼前这一幕，阿宝是真流氓。

流氓男女身下铺着一张很大的黄色油纸。为要流氓，阿宝事先的准备工作做得不错啊！

二

我刚回家。见阿吐站在街中心，兴奋地说古猗园北门庄桥边，有人被老婆剪掉了命根子。附近居民闻讯纷纷赶去。我随人流去看热闹。

庄桥边一户人家门前，围着一大帮人。邻居诉说事情经过，说男人傍晚时对老婆耍流氓，被剪了命根子。男人当场蜷缩身子，双手捂腿根，裆部满是鲜血，从床上滚到地上，被单被拖下了地。说床上有一把雪亮的剪刀，沾着血，像女人叉开的裸露双腿。老婆看到老公痛苦惨叫，急跑出门呼救，邻居把男人抬出门送南翔医院。围观人多了起来，问剪下那段送医院吗？老婆忽想起，回屋拾起命根子，包在毛巾中，哭着说老公经常耍流氓，剪掉了她才能过太平日子。问，以后这东西还能用吗？老婆说有女儿了，没啥用了，剪掉后，老公再也不会耍流氓了。老婆陪老公去医院了。

人群没有散去，说男人从此站着拉尿，尿水会四散开，洒到裤子上。只能像女人一样坐马桶；说男人没有那东西不会耍流氓，立地成佛，变太监；说不对，太监没有蛋蛋，他蛋蛋仍在；说估计医院会把命根子和外皮缝上一圈针，所以，他比太监多个命根子摆设；说男人有蛋蛋，仍会起性耍流氓；说以后对老婆耍流氓时，命根子会像玻璃管一样折断，又得上医院缝针。

命根子为延续香火。他们有女儿后，想想命根子除耍流氓外确实没用。这女人剪得有理！笑声一片。人群难得有这机会，难得如此高兴，能公开议论男女生殖器，因此人群迟迟不肯散去。

妻子剪去丈夫命根子，为挽救流氓丈夫，年代的楷模啊。

三

张村。海龙家蔓延着一股腥臊味。

海龙家的狗叫花花。花花认识我，知道我是海龙朋友。我初见花花时，花花围着我转，不停舔我手。花花的眼神，就是仁仁家大黄的眼神。我和花花一见如故。海龙非常惊异。

“花花望我时的眼神，好像我同学家一条叫大黄的狗的眼神。”

“花花发情了。发情狗的眼神就是这样有些迷糊。”

我纠正说：“我同学养的大黄是条雄狗。”

“雄狗雌狗发情时，是一样的眼神，有些迷糊。”

我想，大黄不发情时的眼神也这样。我不想再辩。

“花花是我从小抱来养大。花花一发情，流氓狗会闻味赶来，狗的恋爱季节到了。我们可以吃狗肉了。”

一提到吃狗肉，我想起追杀连狗鞭的大黄和小汪的情景，想起阿吐吃狗肉时嘴里发出的“啧啧”享受声。

“陆弟，花花这几天整天‘吭哩吭哩’不安地唤叫，是花花‘起’了，小骚货想找流氓连狗了！你看，狗花红得像血，湿淋淋的，这叫狗花开了。”海龙用手碰一下狗花，狗花的鲜红一阵颤动收缩，像灿烂的波纹，充满深沉的生命力。

花花眼神朦胧恍惚，伸出柔软的舌头，发出嗝嗝哝哝求偶声，俯下头，我赤裸的脚板上滑过一阵湿，有刺痒感觉。

海龙说，“起”了的狗花冒出的骚水味道足，几里外流氓狗都能闻到。我要带小骚货召集外大队的流氓狗来张村开嫖娼大会。陆弟，你在学习班蹲过，肯定有内伤，早晚会发作。狗肉能治内伤。如果你吃到呕吐，会把体内的新伤老伤外伤内伤全部吐掉。

阿吐说过同样的话，我心动了。我从学习班出来后，干活时间稍长就气喘如牛。耳朵听不清楚。左右耳能贯通有鸣响。耳朵里好像有异物，常突然间阵阵钻心疼痛。我曾向薛庆借来公费医保卡，冒他名去南翔医院。医生用长柄挖耳工具从我耳朵里拉出粘血大痂条，痛得我流泪大叫。医生说你的鼻梁弯曲受过重伤，你和人打过架？我说没有。我说我后腰麻木，手摸上去没有感觉。医生说是腰肌劳伤，以后不要过度劳累。我笑笑没说什么。我在学习班没能保护好自己，身体有许多伤。我想治伤，就要吃狗肉，吃到呕吐。

海龙，狗主人寻上门怎么办？

花花是我养的，流氓狗跑到张村想强奸诱奸花花。大道理讲，犯流氓罪的狗必须杀死，小道理讲，杀死就为吃狗肉。你是相帮，没责任。

我想，阿吐杀大黄时说过同样道理。我说我出身不好，是坏知青，出点小事会变大事，我怕担责任。

海龙说，你说的也是。我请简平帮忙，你来吃狗肉。

四

海龙开船回村，有半天假。他牵着花花，说去张贴嫖娼通告，流氓狗接到通告会争着来。说小骚货一路撒的尿等于张贴一张张嫖娼大会的邀请通知。

出工前，村民开始集中到村口。

大队养猪场阿大，用鞭子驱赶一头数百斤重的种猪来张村。种猪嘴边挂挂滴滴的半透明黏液，不停喘着粗气。村民叫这头种猪为大流氓。大流氓负责全大队的母猪配种。

男人放肆地议论，说大流氓有吃有操，营养好，每天换新娘，新娘还要排队预约被操，被操后还付给大流氓营养费，大流氓寿命长，将来操不动了，一身骚味，肉不好吃，规定送到指定地方另外处理。不像其他猪，刚发育不久，就集中到屠宰场吃刀。

海龙牵着花花经过，插话说，男人活得像大流氓一样真开心啊。

男人们附和着，说下辈子投人生就该投头种猪，宁愿被叫大流氓。

张村饲养员褚妈妈见大流氓来了，叫好帮手，为养猪棚里刚发情的小母猪接种。把小母猪赶着出猪棚门，大流氓正等候，见状，急着想跨小母猪。阿大双手扶着大流氓背，掌握方向不跨偏。小母猪架不住身躯大数倍的大流氓跨压，趴下来时，褚妈妈和帮手急用准备好的杠棒分插小母猪身体两边，交叉架着，勉强支撑小母猪。

褚妈妈唠叨，作孽啊，这只猪刚“起”，像十来岁小姑娘，就要配种，早了点。再养段日子配就好了。帮手说，为队里多生猪，没办法。

村里几个十来岁小姑娘正上学，看到配种，好奇地站在一边观看。

褚妈妈呵斥，小姑娘不要看，难为情伐。

男人停止议论，同样喊，小姑娘不要看，快上学去！

五

海龙牵着花花，走出村口，走出光明大队。

狗花盛开季节，花花变得轻佻风骚，娇滴滴在前面跳跃。狗绳愉快地悠荡着。花花常回望海龙，流露出一往情深的感恩，时而停下，亲吻海龙的脚板、手背和晃荡的裤腿。花花老在撒尿。海龙说，狗花开后，小骚货尿特多，骚味散得开。流氓狗远远闻到，会远远赶来。

看，一条黑狗跟在后边，目不转睛凝视花花，很痴迷。

花花频频回送一个个多情的眼吻。

花花一路撒尿，在大队外围走了一大圈。

嫖娼通告都发到了，海龙该回村了。

六

海龙家客堂门虚掩着。花花牵在门边接待嫖客。说流氓狗接到通告进张村就能看到在门口接待的花花。说，陆弟，你不能站门边，流氓狗看到人不敢进屋。

我躲在门后的方凳上。狗进屋咬我时，我就双手翻上房梁，躲开狗的攻击。

简平也怕狗咬，站在竹梯横档上，手拿长竹竿，一头顶在门背后。

海龙说等流氓狗一进屋，简平用竹竿把门马上顶上，流氓狗就逃不了。

简平由于紧张，竹梯“嘎吱嘎吱”直响。

海龙说，简平，你别怕，它们进门想搞流氓活动，看到狗花后咬不动你啦。

黑狗慢慢走近几步站住，凝视门边的花花，好像在思忖。

“来啊，来啊，别怕，别怕……”海龙笑嘻嘻轻唤黑狗。手揉抚着花花。花花低低呻吟。

它们互相凝视，眉来眼去，鼻孔里滚出一个个旋转圆润的哼呜，仿佛窃窃私语。在花花的柔情蜜意下，黑狗进了屋，头向花花温馨的嘴凑去，想接吻?

海龙眼神示意简平关门。

简平用上力，竹竿一头将门顶上去。

警觉中的黑狗掉头便窜，一条后腿被将关上的门狠狠夹住。黑狗发出愤怒嚎叫，用力一拉，门框上贴上一小块血淋淋的狗皮。一丛狗毛被刮下，飘到地上。黑狗逃窜出去。

“简平，你太性急了!”

传来几声孤单单的黑狗啼哭。

海龙又拉开了门。

黑狗没有跑远，不死心。远远站住，热切向花花凝望。黑狗的竞争对手来了，一只黄狗出现在黑狗后，身毛呈金黄色。黄狗潇洒风流落落大方，大模大样走来。黑狗仍像石雕一样凝固不动。黄狗眼里可能只有花花，没有丝毫犹豫进了门。

简平的手用上了力。门“砰”地关上了。

黄狗惊了一下，没在意。在花花哼哼呜呜邀请下，黄狗百无禁忌，讨好恭维花花。它们互相吻舔摩挲。花花含情脉脉地抚慰挑逗黄狗躁动不安的爱欲。黄狗口里溢出大量白沫，喷吐着粗气向狗花移去。

海龙保持微笑，用白棉纱绳头打个活扣。一手拿绳扣，另一手亲昵地捋摸黄狗。黄狗看到绳扣，没有惶恐，反而感激地舔了下绳扣，表示对海龙的友好信任。

花花弄姿扭捏，身子往黄狗身上靠。黄狗嗅到狗花上，发出低沉赞叹。花花柔媚倩巧的身子在靠拢，一步不离鼓励黄狗。黄狗支起前腿趴上花花的背。

海龙说，它服帖了!把绳扣套进黄狗脖子。绳头穿过屋梁，系在墙上一枚弯钉上。“拉绳！”

简平跑到墙边拉起绳头。黄狗瞬时离地悬空，发出惊讶声。

花花望着空中晃荡的黄狗傻了眼，垂头嗟叹几声，心神不定在屋里跑动起来。

屋门关着。传进众多狗爪子扒门的紊乱声音。它们焦灼不安，都想进门。

海龙拿起勺子盛了水往黄狗微启的口里灌水，说如果不灌水，吊死它要好长时间。说狗在喘气，灌点水，呛到肺里马上吐血。狗全凭肺，不灌水，狗肺好，死了也会活过来。说狼十天半月不吃东西只要有心跳，就有进攻力，说“狼心狗肺”就是这意思。

黄狗激烈的扑腾使梁上层积的灰尘纷纷扬扬抖散开，像白色的烟雾。黄狗的鼻子先流血，接着口中流血。血滴落在地上像朵朵盛开的狗花。

黄狗扑腾一阵后安静了。探出的狗鞭还没有缩回去。

海龙从绳扣上放下黄狗。黄狗头耷拉着，瘫在地上，嘴里眼里流出细长的血丝。海龙把它拖到墙角，塞进麻袋。

花花战战兢兢躲在墙角，珠泪盈眶望着海龙。

“笃！笃！笃！”敲门声。

海龙说，不是狗，狗只会扒门，不会敲门。海龙开门，是福泉。福泉背后跟着几条流氓狗，见门开了，昂头朝屋里面张望。福泉进门说，海龙，你套狗不叫我一声！今天流氓狗来的真不少啊。

我出身不好，坏知青，不敢参与，是看客。他们三人合作，天黑时，套了四条流氓狗。海龙说流氓狗的主人没有狗鼻子灵，狗失踪，找不到张村。说如果狗失踪太多会引起注意，会四处打听，说不定相约上张村，上门人一多，对付有麻烦。决定今天不套了。

门板上，狗爪子在扒门，仍不死心想进屋搞流氓活动。

我好奇地问，小狗生下就送人，养狗的人散得很开，来的狗中会不会有花花的爸爸哥哥弟弟？海龙说，自家流氓狗对狗花的味不感兴趣。说狗天生不会乱伦。

七

流氓狗是对性态度的真实反映，是无性年代的怪物，把狗的性行为提升到人的性道德标准批判和惩处，就是狗犯了流氓罪。杀死流氓狗有了足够的理由。

海龙盛出来大盆狗肉。狗肉呈红色，香喷喷，全精肉。

海龙吃狗肉吃出了经验，说凡新鲜喷香的肉要白烧，才保得住原味。红烧狗肉？没听说过。人也一样，好看女人用不着打扮。说烧狗肉要放狗的苦胆，这样肉腥味全刹光。说只有臭肉、有腥味的肉才会用酱油重糖烧酒老姜去刹腥、硬吊鲜味。说今天狗肉没用盐腌过。如果曝腌一礼拜或半月，肉更香。有句俗语说“打耳光剥裤子也勿肯放”就是说吃狗肉时的流氓相。说其他肉嵌在牙齿缝里半天发臭，狗肉不但不臭，在嘴里能香上一星期。所以，嵌在牙齿缝里的狗肉不要急着剔掉。说狗骨不要吐掉，多嚼嚼，能吃进肚皮尽量吃。狗骨可冒充虎骨治伤治风湿，你看狗到处躺，从来没有风湿。

狗肉吃多了，酒喝多了，大家脸红红的，兴奋起来。吃流氓狗肉，就说流氓的事。

简平说看《列宁在一九一八》十几遍，就为看天鹅舞中，女演员把腿抬高，拉开裆部，慢慢转圈，让人观赏。海龙说，跳舞那个女的穿着短裤，除大腿外，看不到男人最想看的。我说，电影放到这里，电影屏幕中的外国观众开始欢叫吹口哨，证明外国男人也想看女人大腿，和中国男人想的一样。简平说，也有不同，电影放到这里，我们的电影场会突然安静，直到那女人放下大腿。福泉说，不管外国男人中国男人想的都一样，最好那女人不穿短裤跳，把腿抬起转圈，男人们都想看她那个。

一阵哄笑。

海龙说隔壁村银富和老婆在闹离婚。老婆在田头说银富昨夜流氓，想强奸她，把她短裤撕坏了。妇女嘴快，全村人都笑银富。银富丢脸丢大了，抱被盖搬到母亲家。丈人丈母劝不回去。阿龙听到有强奸消息想搞事，被大多数干部反对，说你去管夫妻生活啊，说银富从早做到夜，稍不如意，老婆就不肯给银富睡，还把钱捏得两头不见。银富像佣人。

我们附和说，宁打光棍也不娶这种十三点老婆。

海龙说参军体检时，邻村阿福见到女医生起了性，阴茎立马竖了起来。

我们都笑起来。

简平说，脱光衣服，在女医生面前，对那东西是个考验。

海龙继续说，当时他们十几个人脱光衣服，走进检查室。男医生检查生殖器，用手摸蛋蛋检查。阿福见边上有女医生低头写什么，阴茎起反应，高高昂起。他知道出丑，用手按下想掩饰。按下又竖起。他的脸涨得通红。我们都在笑。男医生用手碰碰女医生。女医生看到了，笑了笑，站起来，离开了屋子。

简平说，女医生肯定结过婚，能体谅男人。说曾有女医生检查遇到这种情况，用手打了一下男的昂起的阴茎，怒骂流氓。男的从此好像被阉了，后来娶了老婆也不起性，彻底萎了，害了他一辈子。

海龙拿出牙签，说就是用狗鞭中那根淡黄坚韧的骨筋做的牙签。

我吃得热，出了汗，衣服潮湿，贴在身体上凉快而沉重。

简平给我倒酒。碗边缺了口，酒从裂口处漫了出来。我慌忙俯下头把嘴凑向缺口。

海龙说："陆弟，不要把嘴凑在缺口处，长大找不到女人。"

简平说："闵蕙不是女人？"

海龙说："那不算数，成不成还是个问题。"

桌上堆满狗骨头，昏暗灯光下，闪烁油亮的光点。

我似乎听到清脆的铜铃声，声音悠远亲切充满渴望。我想起阿吐养的小汪。我头晕。狗肉仿佛填到喉咙口却呕吐不了。

福泉已结婚，不能晚回家，否则桃妹会来骂。他说借花花几天，套几只流氓狗。说他套狗不用绳扣，太麻烦，直接砸狗头，干脆利落。海龙不肯借，说一连狗，花花会生一窝流氓小狗。福泉保准不连狗，海龙同意借一天。

八

福泉没按时把花花还来。海龙叫上我，去福泉家牵花花。

福泉住在褚村。褚村四周被河流包围像个小岛，唯一通往外界的是村北石平桥。据说当年福泉奶奶一场大病后变成阴阳眼，看到桥上开进大批的鬼，有男女老少，到褚村扎下了营。从此，村里老是死人。活着的人急着搬到张村。褚村三十多户人家，仅剩下四户，被并入张村。张村四十八户人家，是大村。一起劳动开会，一起年终分配。

福泉家客堂门开着，没有人。

海龙唤“花花！花花！”。听到花花的回应，寻声去，声音从隔壁新娘子家灶间传出来。我们推开灶间门，呆住了：灶间的灶头后地上铺着稻草，福泉和新娘子两颗毛茸茸的头，粗重地喘息，惶恐不安的眼睛亮闪闪瞪着我们。一条褪色被单掩盖住裸露的下身。他们撑坐起，不知所措。新娘子仿佛受到惊吓，捂脸小声哭泣起来，没有眼泪，哼哼呜呜的，很假。

花花跑到海龙脚边“吭哩吭哩”撒娇发嗲。

我和海龙都惊讶。新娘子身高不到一公尺，体重一百二十斤以上，大脸盘大胸腰，严格说是侏儒。桃妹比新娘子漂亮得多。福泉怎么能和侏儒通奸。新娘子前夫从小丧父，因家穷娶进新娘子。新娘子进门不久，前夫得了癌症。从医院出来，医生关照不能过性生活。前夫母亲说骚女人夜夜拉儿子做那事，急死了，睡在隔壁敲墙提醒，也阻止不了。儿子很快死了，剩下婆媳两人。新娘子现在丈夫老甘是方泰镇上人，没钱娶老婆，做了上门女婿，生下儿子小龙。

福泉回过了神：“你们要替我保密啊。”

我说不会出卖朋友。海龙说奸夫淫妇，尽管放心。

福泉说还没来得及套狗。说桃妹听到借花花套狗，就骂，只有流氓才会想出这样的流氓坏事。福泉不敢作声。说桃妹今天去亲戚家。桃妹一离家，新娘子找他。说送上门的好事，男人都不会放弃。明天桃妹不回来，他弄几只狗吃吃，后天一定把花花还海龙。

“陆弟，这次我让你狗肉吃到呕吐，把你在学习班受的内伤外伤全部吐掉。”

九

我在水桥边淘米。河中浮着一团毛茸茸的东西，随水飘动着。

我喊："啥人家小猪猡掉水了？！"

许多人闻声过来，河边很快站满了人喊喊喳喳议论："拿样东西把它捞起来便认得出啥人家的。""好像没听到啥人家少了猪猡。"

有人递给我一根扁担。我把毛茸茸的东西钩到河边，伸出手一把拖上岸。

大家惊呼："是只小牛！""一只刚生的小牛！""这小牛哪儿来的？"……

我急抬头，不远处是牛棚，老黄牛望着我。"是黄牛生的！我前几天看到它的屁股血淋带滴的！"

"黄牛根本没配过！"福泉反驳。

"可能是它隔壁老水牯牛做的坏事……"

"牯牛阉了！早阉脱了！"福泉说。

"怪事……"一切言论瞬时停止，呆在原地，有些惶惑。

十

第二天，我去福泉家。

花花在门边和流氓狗互诉衷肠好长时间了。

福泉说，流氓狗进门摇着尾巴，高高兴兴准备诱奸花花。流氓狗都是诱奸，等小骚货"起"了才会来，不会强奸。说你看到狗尾巴笔直且稍有下垂的狗凶猛，即使一声不响，也得当心。如果旁边有棍棒什么的要抓在手。这叫冷窜狗，阴沉着，突然咬你一口。不过，现在冷窜狗看见小骚货盛开的花花，身子也会酥软。

悄悄开门，门外几步路远站着条胖笃笃的矮脚狗。狗毛蓬蓬松松。

福泉认出是朱家村阿三家养的，说敲煞要被阿三冲来骂山门。吩咐简平去灶间拎壶烫水赶走它。矮脚狗被烫开水和碎砖块赶跑了。

福泉骂骂咧咧，妈的，又来两个流氓？都想诱奸花花。赶它们走！这几条也是隔壁村的，不能敲！几条狗被烫开水碎砖块赶跑了。

福泉只敲从外大队赶来的狗。流氓狗一多变成流氓团伙。它们在花花的柔情蜜意中争先进门，被福泉亲昵地拉过来，在揉抚中用胳膊夹住狗头，在头顶用斧背连砸几下。在一声声“砸烂你的狗头！”中，一条条狗软瘫死去，被拖进麻袋，扔在墙角边。

福泉的砸狗动作比海龙套狗简单干脆多了。

前些天在海龙家被门夹过的黑狗也来了，站在门外，腿上受过伤，一眼能认出。福泉说时间不早了，敲煞这条流氓狗我们也要睡觉了。

黑狗敌不过花花羞涩伤感的呼唤，挪动步子。因受过伤，跛着后腿。走到门口，忽然停住，掉转头，把屁股对准屋里，一拐一拐倒进门。

“它想逃出去快，用不着掉头。这流氓很聪明。”简平笑着说。

我笑了，认同简平的看法。

黑狗进屋后，始终警惕地望着我们。我们一动不敢动，保持笑容让它放心。黑狗放心了，和花花难舍难分，互相摩挲着皮毛，哼哼唧唧起来。

简平，你悄悄关门，用竹竿顶门，要不，你没走到门边它就逃了。福泉轻声关照。简平移到墙边，拿起竹竿向门后探去。

花花忽然跳起，扑向黑狗。黑狗在冲撞下连连倒退，莫名其妙。门“砰”地关上。黑狗惊醒，明白了一切，懊恼得用头“嘭嘭”撞击门板。花花焦躁徘徊。

福泉喊，海龙，把花花稳住！

海龙唤，花花，花花！花花听见，敬敬畏畏望海龙，嘴微微哆嗦。它每次希望都换来一条死狗。

黑狗怒气冲冲挑衅，声音威严又悒郁。

福泉把花花的身子推往黑狗。

在海龙一遍遍呼唤下，花花安静下来，舌头舔起黑狗的后腿伤口。伤口已凝固，被舔后，黑狗激动得身子微颤，腿缩回，感激地垂下头，用嘴抚揉花花的肚毛。花花咕咕囔囔安慰黑狗。

黑狗要搞流氓了！海龙说。

这不，黑狗的嘴移向狗花处，流出许多白沫。花花眼神昏沉迷茫，愉悦地往黑狗依偎，好像天真无邪的少女。每当福泉拿起斧头，黑狗就马上避开。几次较量下来，福泉只得放弃斧头，示意海龙准备绳扣。海龙一手抚摸花花，另一手拿着绳扣，只要套进黑狗脖项，墙边的简平会拉绳头，黑狗会马上悬空。

海龙把绳扣悄悄套向黑狗时，花花突然“唬”地扑向福泉，把他撞倒在地。福泉顺手从地上抓斧头，花花扑来，把他的手压倒在地。面对花花的异常举动，福泉突然惶恐，丢了斧头，抱头喊叫起来。

我慌乱开门。

黑狗在前，花花在后，蹿出了门，蹿进黑暗中。

我们都发愣。良久。

海龙惊魂未定说："从没见过这样的流氓狗。"

海龙说："花花跑了会回家。我家也是花花的家。"

我想起阿吐也说过这样的话。

十一

花花没有回家。

有村民看到花花和黑狗在谷场边稻柴堆上嬉戏。

海龙闻讯赶去，它们不见了。

十二

褚妈妈家门前水泥场边，两条瘦骨伶仃的狗，萎靡不振，一前一后，正是花花和黑狗。它们成了野狗。我去叫海龙。

花花！海龙唤。它们站住了。花花，你过来啊！花花好像不认识他，充满固执倔强。

我跑回屋，揭开桌上碗罩，手指抓出团冷菜饭，跑出屋，向它们扔去。

花花警惕望我们，俄顷，慢慢上前，俯下头用鼻子嗅了嗅饭团，没吃。黑狗跑上两步，毫不迟疑嘴一张，吞下饭团。我恼怒黑狗无礼，真是流氓！

我回屋抓了团饭，扔得近一点，轻唤花花。

黑狗欲上前，我恶狠狠呼叱，黑狗仍上前。

花花不动。我拾起泥块向黑狗扔去。

黑狗跑了，花花跟在后面。

十三

我在村小河水桥洗脚。

“轧米机”背着花袋走下水桥。花袋在扭动，有爪子扒布袋声。她是个八十来岁的老人。因为她常说老了还要吃饭，是“轧米机”。“轧米机”便成了她的绰号。

她是老人，我站起，让出位置。

她慢慢蹲下，把花袋按进河里。河面激起大大小小水泡，“噗噗噗”出现爆破，还有“咕嘟咕嘟”饮水声。

我问“轧米机”，花袋里是什么。“轧米机”大声问，你说啥你说啥。

我不再问了。我刚下乡时，见“轧米机”夏天常光着上身乘凉，一对空瘪萎缩下垂的乳房，很丑。劝她穿上衣。她装听不见，你说啥，你说啥?

十四

海龙说在昆山买了条狗，说这次一定使我呕吐。海龙和福泉前后请我吃两次狗肉，我都没有呕吐。海龙说烧了狗肉，还有酒。

我嘴里塞满狗肉，大嚼着。真香啊。忽然“咯噔”一声，坚硬的东西震得我牙齿生疼。我张开嘴，“笃”的一声，一颗铁珠滚到桌上。是气枪散珠弹?

“陆弟，这是花花的狗肉。我怕你不来，才说昆山的狗。”

我吃了花花?不是昆山的狗?我叫起来。肚子异常难受，有什么东西在肚里腾跃，一阵紧一阵向嗓子涌来。我捂着肚子离开座位，“哗！”地张口呕吐，“啪啪啪”吐到地上溅得裤腿斑斑色彩。

“陆弟吐了！陆弟福气！”“陆弟的新伤老伤内伤外伤全吐光了！”……

轰响起一阵笑声。

海龙说，上自留地时，在村后，看到五六个孩子围着什么。一条干涸的沟渠破瓦筒里竟是花花和流氓黑狗的狗窝。几只小狗尸体。孩子们用竹竿泥块砸它们。花花昂头嘶叫。它们的毛皮肮脏不堪，肚子烂成一片，淌满黏稠的液体。流氓黑狗看到他时，挣扎撑直后腿，抖得厉害，趴到他脚边。它们被散珠枪打了。说他也有散珠枪，不是他打的。他以前曾用吸铁石吸狗身子里的碎铁珠，散铁珠在狗皮下一动一动，很难弄出来。说被散珠枪打中的狗活不了。他说“轧米机”从自留地回来，向他要狗，把花袋给他。他抓住流氓黑狗的脖子，拖着塞进花袋，把袋口扎住给“轧米机”。关照“轧米机”，打过散珠弹的狗肉，铁珠弄不干净，吃肉时当心把牙崩掉。说用盐腌了晒晒晾干，老太省点吃可以吃几个月。“轧米机”五官笑得都挤到脸中央。说听村里老一辈人说“轧米机”当小姑娘时是小骚货。陆巷有人约了几个杀猪男人睡了她一夜，说叫你骚啊骚啊。第二天“轧米机”出门时捂着小腹，走路叉开了腿，慢得走不动。想不到一转眼，“轧米机”老了，牙掉了，满脸是皱纹。

他们笑着说，陆弟吐了是好事！好事！陆弟内伤外伤全部吐掉了！

“我不想再吃了……”我肚子仍在翻腾，时时有呕吐的感觉。

十五

村里的粪坑没了盖，粪在发酵，粪水溢出坑面，在地面上流着，“噗噗噗”冒着气泡。

明丽阳光下，流动的粪水上空腾起好看的七彩雾气。

我来到海龙家。

海龙家门前，狗骨头放在一只破篮里，海龙用细绳悬吊在门前。那是花花的骨头，洁白如同处女。骨髓呈深黑色，蠕动着数条粪蛆同样洁白如处女。

海龙说等骨头积多了卖到陆巷收购站。

第十章　她被蛊惑了吗

一

闵蕙回村了。我和她面对面站着，彬彬有礼，有临时问话的感觉。

许多日子不见，她的态度有微小变化。我猜想她被周围人劝动了心，她爸妈才放她回村。她说不是的。陆弟，你听我说。

那天回家后，我惶惶拿出信给我爸。我爸疑惑地说家里人有什么当面不能说要写信啊。拆信后，脸色大变，咆哮如雷，愤怒责骂我。妈妈在劝我爸。

最初风暴过后，我爸妈只得冷静面对这件事，认为你勾引我，欺骗了我。我急于解释。“不管他的事，是我看上他，是我倒追他。”

“这封信是陆弟教唆你写的？”

我害怕。潸然泪下。“我写的。你看笔迹就是我的。”

“我不信。一定是陆弟的阴谋。他教唆你写这封信，来逼你爸妈。”

“我爱陆弟。陆弟不相信我会爱他，说你们不会答应，我才写信。”我在哭泣时没有忘记保护你，把责任揽身上。

好婆说：“闵蕙，爸妈都为你好。你好好想一想，陆弟这个人值不值得你爱。”劝女儿女婿：“闵蕙还小，不懂事。你们不要骂了，让闵蕙冷静下来好好想想……”

我家在谩骂、解释、争吵和我的哭泣中度过那一夜。

天渐亮了。

我爸上班出门时狠狠说："你啥地方都不许去，待在家里。你真昏头了，会和美丽牌儿子恋爱。下乡时，千关照万关照，陆弟是坏料，这家人家都是坏料，想不到仍然出这种丑事。"回头关照我妈，"家庭丑事，不要宣扬出去。不许她出去。插啥队，不许她去乡下！"气呼呼出了门。

她抬起泪眼："陆弟，我爸整夜没困觉，眼圈发黑，我心痛。但是，我没办法，我爱你。"

"你爸妈打你吗？"我明知故问。

"打了，我哭了。"

"我以为你爸妈不会放你回村，以为他们会把我弄进去。"

她继续说她软禁时，黄翔和小混堂说我的许多丑事。

我被软禁了。不停有人上门劝说，有爸妈请来的，有来挽救我的。他们认为我不懂事，被陆弟的资产阶级思想腐蚀毒害了。小混堂说，我们讲阶级斗争也要讲事实，只有揭开陆弟和他家庭的反动丑恶面貌，才能把我唤醒。

小混堂说："闵蕙，你给爸妈的信，我一看晓得是陆弟在背后唆使你写的。"

"我自己写的。"

"你不会写这种信。你心善，不会逼你爸妈。闵蕙，我们不争这事。我们相信，陆弟一定对你隐瞒他和反动家庭的大量丑事。你因为不了解，才被他花言巧语欺骗了。"

"我了解陆弟。你们说他坏知青，我看他是好人。"

"我用事实使你相信，陆弟是坏人，他的家庭是坏家庭。你先不要急着下结论，等我讲完，相信你会重新考虑和他是不是继续谈下去。"

“你想说啥就说啥。”

“南翔镇人都晓得。朱阿妹是美丽牌，老公吃官司，她戴坏分子帽子。一家两个反动分子，那是板上钉钉的事。”

“家庭出身，陆弟无法选择。我下乡前就晓得这事。”

黄翔说：“闵蕙，我们十多年老邻居。陆弟表面老实，实则坏透了。许多事做出来难以相信。他善于隐瞒，只能骗骗心地善良涉世不深的你。比你早插队的吴红他就骗不了。”

他们说你因为对黄翔流氓犯罪，进了嘉定学习班；说你从小不学好偷东摸西；说你在南翔煤球厂偷煤时被当场抓住；说你从小睡街路和小流氓混一起。我说，你们败坏他，在编造。他们说，你可以当面问陆弟。我说如果陆弟真那么坏，我从此和陆弟井水不犯河水。

他们劝说我爸妈放我回村，说你无法抵赖，我会因此恨你欺骗。他们劝说我爸妈如果不当面问你，就会以为他们在败坏你。我爸妈觉得有道理，就同意我回村和你做个了断。

“陆弟，你有这些事吗？”

“我不想回答，不想解释。”

“他们估计你不敢回答，说因为都发生过。我好婆说那是人品问题，说如果真这样，是道德败坏，不能和这样的人交往……”

我激奋地说：“说得很对，我不敢回答，因为都发生过。我从小到现在一直是坏人，没有变化过。你，红五类，家境好。我，吃官司父亲，戴帽子母亲。我是坏知青，我就这样坏。你从来没问过我。现在你来问，我告诉你，都发生过。我在隐瞒你，我恳请你离开我。”

“你，你为啥这样凶啊？我问问不可以吗？我错在哪里了？你回答我有还是没有？”

“闵蕙，我回答你，他们说的都有。你走吧。你没错。我们本来就不是一路。”

“好，我走。我相信他们的话，你从来不是好人。你坏透了！坏透了！”她哭着离开。

黄翔回村住了两夜后回南翔。一定向她爸妈汇报她和我已井水不犯河水。

二

轮到我放牛，放那条牯牛。

轮到放牛的人，顺便给老黄牛喂料。老黄牛在等死。我把嫩草放它面前，它好几天不吃草，已站立不起。几只老鼠正啃咬它腿上碗口大的伤口。伤口破了皮，血淋淋的。

老鼠嘴边都是血。老黄牛无力躲避。

我冲上两步赶走老鼠。当我牵了牯牛出牛棚，老鼠们会重聚来啃咬黄牛。我没办法。

老黄牛愣愣望我。它眼睛挺大，长长的睫毛，眼角边涌结不少黑眼屎。它在等待死亡。村民喜欢老黄牛不喜欢牯牛。老黄牛吃苦耐劳，不知疲倦不偷懒，干活干到前腿无力下跪在田中，村民就知道它干不动了。牯牛会偷懒，耕一小段田，停下拉屎撒尿，用鞭子抽打它，它走几步，仍拉屎撒尿，再打，它走几步。在这样的对比下，村民耕田时喜欢拉老黄牛出去，牯牛因此常常休息。

这很不公平，但没办法。

老黄牛的吃苦耐劳使它的身体很快掏空。前几天公社兽医来检查过，说这头牛没用了，该杀了，开出批准宰杀的条子。

我牵着牛，到村后河滩边。牛吃草。

河对面几年前挖的防空洞坍了。当年倒泥的河边长出丛丛茭白，十分茂盛。

中午，我将牛牵进牛棚。阿坤要把老黄牛拉到拖拉机上。老黄牛动不了身。阿坤叫上我，两人合力，边拉边抬边拖，把它弄到车斗里。

老黄牛看我。我心酸。今天它要死了。

拖拉机向前开动，把它拉到屠宰场。

傍晚，我放牛回来。

河面上，夕阳的金黄色彩骚动不安。几只鸭子惊得拍动着翅膀乱飞乱嚷冲上了岸。

老黄牛的牛栏空着。老黄牛比我可怜。它为张村竭尽全力死了。牯牛仍快活地活着。

为备战需要，每村要养两头牛。张村会重新分配到一头牛。

村民已提要求，要分一头黄牛，不要牯牛。

三

出工钟声响起。

她习惯在聚集的村民中寻找我。

我尽量避开她的目光。

四

村里静寂得令人惴惴不安。屋里老鼠在叫，在咬东西。

老鼠的“吱吱”叫声，不止一只，很快“毕毕剥剥”响起来，轻松而欢快。

老鼠怎么会越来越多？我纳闷。疑虑重重。它们在磨牙齿。它们的牙齿长得最快，不咬东西的话，牙齿会痒得吃不消。

梦寐以求的她来了。

“窸窸窣窣”的声音，带着骚动不安的轻微颤抖。在朦胧昏黑的夜里，她悄悄进屋，眼帘怯生生地垂下，无声潜入屋里。我惊喜。我在她温暖的怀抱里颤抖。我哆嗦着嘴唇，我的手小心翼翼抚摸着她最迷人的地方，陶醉在她无限的柔情蜜意中。

她向我揭开全部爱的真谛。

我的血液里逐渐充满酒气，向全身散开。我昏沉沉醉倒了。我恍恍惚惚感觉到我的生命陷入神秘奇异的肉感深潭中去。

“你开门啊。你开门啊。你病了吗？”她喊了两句，不见动静，跑到屋前。

我被惊醒，挣扎着起床，开门。她要扶我上床。我不许她扶，自己上了床。

她说金兴分配完工作，没有看到你身影，不知你有什么事，借口回去一次，拐个弯，经过你小屋，门没有上锁。说她敲门，往屋里喊，喂，可以出工了！没有回音。门在里面闩着。她从窗户缝隙中望进去，看不清。跑到屋后，从小窗向屋里望，仍看不清。用手试推窗户，窗销没插上。推开窗，光线大亮。看到你躺在床上。

她用手摸我额头。“你发高烧了，你脸色通红，额头很烫。”

“你走吧。我困到中午就会好的。”

“吃药没有？”

“你走吧走吧。”我把她推出门。

又交织着断断续续紊乱眼花的梦。

她那缠绵的柔情，湿润的嘴唇，纤细娇嫩的玉手，还有在娇喘吁吁中的扭动和颤抖。

我渴望再度陷入昏迷不要醒来，永远不要醒来。

“陆弟！”

我醒了。她正握着我的手。我手上尽是虚汗。她的手凉快得很。凉快带来舒服。

她轻声说：“你在发寒热，说胡话，没人照顾，我就来了……”

她说推门进来。你没有把门闩上，门后顶着只方凳。灯没开。灶是冷的。没烧饭。

她摸我额头：“啊，滚烫滚烫……”

“咔啦哒！咔啦哒！”的织布机声音没了，我知道夜很深了。

屋里老鼠们坚定不移咬着床脚“毕毕剥剥”响着。

“屋里老鼠真多啊。”

“没有啊。”

“老鼠在咬东西。”

“陆弟，你在说胡话。没有老鼠。”

我的头蒙在被子里，身子不停哆嗦。仔细听，老鼠声真没有了。她来了，老鼠跑了？

“你发烧了，你吃过退热片吗？”

我有气无力地说：“没。”

“退热片有吗？”

“没有。”

“我马上去配药，你等着。”

我说不用。她没理我，跑出了门。

雨声很大。

她全身湿透。这么大的雨，雨衣不起作用。她身上挂滴着雨水，脚下淌着一大摊水迹，形状好像没有生命的大蘑菇。她扶起我，给我喂药。“这是退热片。”她手心中几颗白色药片，“你吃下去很快会好起来。我去倒点开水。”

“没有开水。我到乡下后都吃生水……”我胸口很闷。

“你在生病，不能吃生水。我刚才烧过几碗开水。”

她让我躺下，捂紧被子。煎中药。

她说傍晚时下起了中雨，后来雨越来越大。她披上雨衣到大队。大队小工厂中班都下班了。值班人员看到半夜出现的她，很惊讶，说赤脚医生回家了。医生住在中宅。到中宅的拖拉机土路因雨天烂得一塌糊涂，她走得费劲。到中宅，她敲开一个窗口还亮着灯的村民的门。村民急忙出门领路。医生一家已睡了。医生说本可以跟她到张村看病，说雨太大了，说你带药去也一样，给她配了各种退热片。她离开时，他说等一等，又给她配了中草药，说是家传的，一般情况下不给人。叫她回去后马上煎给病人喝。说天这么黑，下雨拖拉机路烂得不好走，给你个长柄手电筒，在路上打开，小心走路，当心滑到沟里。手电筒是大队的，她到大队还给他就行。

我吃了退热药。她说回去把湿衣换了就回来。

中药煎好了，我在昏昏沉沉中被扶起，喝了中药。

她在我身边忙碌，烧水，煎中药，在我耳边絮叨。很温馨。我想起当年母亲的温柔。我小时高烧，恍惚有东西贴在脸上，凉丝丝有股臊味。努力睁开眼，是母亲和陌生老妇在床边。母亲把马桶盖内面贴近我的脸移动。老妇嘴里快速念着听不懂的话。我伸出手推开马桶盖。老妇拿着鸡蛋大小的布袋，拆开，是个装白米的小酒杯。老妇说看啊，酒杯米少了一个角，说拿去了拿去了灵光啊。我长大后估计老妇是巫医。

“你高烧不退，吓死我了。现在高烧退了。”

“我当时全身无力，精神彷徨，全身冷得不停哆嗦，昏沉度过一夜。我听到出工钟声，想起床起不来。闵蕙，谢谢你。你可以回去了。”

她握住我手说：“我怎么能扔下你呢？”

“我们还是井水不犯河水吧。”灯光很暗，雨声淅沥。她似乎成了个湿淋淋的影子。我看不清她脸上表情，但我能感受到她的一往情深。

“你看你，井水不犯河水才没有多少天就成这样子。你的小碗橱，啥也没有。米瓮里最多一小碗米。衣服脏得发臭也不洗洗。黄翔和小混堂说的是你以前的事。你我相识后，你改好了，我没有发现你有啥不好的地方。所以，我仍爱你。这些天，我认真想过，你是我这一生想找的人。”

“谢谢你。我和你不是一路的，不合适。”

“我晓得你爱我。你害怕我们相爱会给你带来祸害。我理解你，我说过，一切我会承担，你放心吧。”

“你唱个歌吧。”我突然想。想法很奇怪。

“我不会唱，真不会唱。”

“唱个最简单的‘北风吹’。”

她唱起来，细声细气，连这么简单的歌都会走调。

“你人长得好看，歌唱得不好听。”

“我说过我不会唱歌。”

“你可以走了。我不要你爱我。我的日子我会过。你走吧。”

“我给你算笔账，我忙了一夜。你高烧退了下来。你坚持井水不犯河水吗？那要还我情。我为你冒大雨到大队部，到中宅配药，而且在半夜里。这笔情你要还给我……”

“我怎么还？”

“后天轮到我倒马桶，你帮我挑马桶，井水河水算抵销。”

“我们断了关系，这样做不太好，人家看到会误会。”

“这笔情你一定要还我。否则你是不讲理。”

五

雨声中，冷惨惨的阴影在游动。

灯光散发着淡黄的光彩，充满伤感悲凉的情调。

我仿佛看到一双双深不可测的眼睛窥视着我和她。

我感到从没有过的黯然神伤。

六

倒马桶由妇女轮着干。倒马桶半天时间，算一天工分。大多由丈夫、兄弟姐妹帮忙完成。男人将马桶挑到池边，女人把粪便倒进粪池，在马桶池中洗刷马桶。男人把洗刷过的马桶挑回各家门前。

她说这两天，最期待倒马桶，看你挑着马桶在村里穿来穿去，让大家看到，把你面皮拉下。说看到你挑着马桶担到池边卸下马桶，把洗刷过的马桶放进筐，送回各家门前时，她心中乐得想笑。说你总想逃避。她用脑想一想，就有办法对付你。

中午时，挑马桶的活全部结束。

下午她休息，她在我自留地种上毛豆，忙到傍晚。通知说，我在你自留地上忙了一下午。你的自留地被村民侵略了许多，要重新种东西。我说种的东西会被人偷走，所以不想种，荒就荒了。她说她的自留地还没有种，晚饭后你这个情要还我，我们一起去干活，又把我拖住了。

她笑着说："你想逃逃不掉。我不怕，你怕什么呢。"

自留地上回来后，她请我吃晚饭。我不肯，她发了火。我退怯了。

我和她，恢复一起吃饭聊天、晚饭后聊到半夜分手的日子。

七

半夜，我起床撒尿。开灯，我惊呆了：灯光下，六七只乌黑发亮肥胖的老鼠，排着整齐的队伍正从床边经过。除领队鼠外，一只接一只咬着前面的鼠尾巴，不慌不忙走过。老鼠队伍走到门边时，领队鼠回过头，和我目光相遇，鼠眼眈眈盯着我，充满着敌视和嘲笑。

我不禁打了个寒噤。

去！去！我大声呵斥。

它们继续向前，在墙角边突然消失。

我下床。墙角有个很小的洞口，似乎钻不进老鼠。我从灶头上拿起铝锅，打了一锅水，浇进洞中。水下去很快，没有老鼠逃出来。我找到一块红砖，盖在洞口上。

有村民出粪时发现一头羊跌进没有盖的粪坑淹死了。调查下来，是福泉家那头失踪两天的蒙古绵羊。村里人忿忿骂起偷粪坑盖的贼骨头。

我在田头说起昨夜遇到老鼠排队的事。村民说是黑老鼠，黑老鼠是瞎子，也有人说是幼鼠，所以要排队走。

两天后，粪坑水泥盖找到了，是几个学生在放水沟渠里摸螺蛳时踏到，把水泥盖扔在渠道堤岸上。

八

简平爸是上海拖拉机厂干部，为儿子前途，把加工活放到大队。书记老郁大喜，他们小时是玩伴。公社也找简平爸商谈。大队办抛光厂，公社办涂锌厂。拖拉机厂派人一次次考察，简平陪同，不用干活，工分照拿。他说想当采购员，有外快，到市区来回自由，车费报销还有补贴，大忙季节不用下乡。

简平说有同学妹妹二十来岁，爱上四类分子家庭出身的男友，都劝不听。说同学妹妹去男友家，遇到居委通知男友父亲思想汇报，同学妹妹被吓住了，和男友不敢再谈下去。

“陆弟，你要向闵蕙说清楚，否则到时说你隐瞒，她才追你。小姑娘说变就会变。”

我约她去公路逛逛。

万籁俱寂。公路边枯黄的路灯灯光。凄婉的氛围。

闵蕙，约你出来，是关于黄翔和小混堂说我的事。简平建议我向你说清楚，否则会成为人家手中的把柄。一九六八年十月二十三日，我被分配到方泰公社光明大队张村插队落户。每村两个知青，可自由组合。我出身不好，没有同学和我组合。黄翔找我，说和我同村好像吃亏实质占便宜，说村里来上调名额就是他，不会给我。我们从南翔回张村，路过印村店。我三哥在印村店。印村店是供销社下乡店，供应杂货、猪肉和农资物资。小店卖肉卖剩一只蹄髈，三哥付了款，在小店灶间烧了白烧蹄髈汤和一锅米饭。三哥说农忙开始要辛苦了。我和黄翔把蹄髈和米饭一扫而空。

我们刚插队时，先到妇女组干活。村里不晓得我家庭背景。问我啥出身，我说城市贫民。父母做啥，我说母亲在家父亲在外地工作。黄翔当时很不满，没说出来。我的小屋每天有村里青年来，我们天南海北胡聊。黄翔住隔壁，没人去。知青上调消息一直传来传去，说接受好再教育会回城。我那时相信努力劳动会弥补我出身不好。我很快升级和男社员干活，他仍在妇女组。他妹妹和新结男友小混堂来看他，发现他受冷落，找到老队长，说他老实，我在背后败坏他。说我家在南翔镇臭名远扬，父亲吃官司，母亲戴坏分子帽子。说我母亲美丽牌是个浪荡女人。他们还跑到田头，说我在学校被人看不起，叫“煨灶猫”“痨病”“四类分子”“美丽牌儿子”。老队长说，败坏插队同乡不好，要我当心他们。我和黄翔彻底闹翻了。

不久，马陆供销合作社收到检举信，说亲眼看到我在印村小店买东西不花钱，我三哥反而塞钱给我，弟兄俩内外勾结盗窃。合作社派人调查印村店，小店进出货品都记账，小店有好几个职工，证明我从不在小店买东西。合作社领导说，劝你弟弟少和这种人相处，吃了东西还举报诬陷说亲眼看见。三哥说，我弟弟和这人早成冤家了。

我下乡后拼命干活。村民晓得我出身不好后，没有歧视我。

简平从市区回来说，上头允许知青以招工、考试、病退、顶职等名义返城，或到集体企业镇办企业工作。说知青都在争取。黄翔回南翔很长时间没回村，都以为他请长病假休息。想不到他把举报信寄到公社寄到县里。我莫名其妙进了嘉定学习班。我想不出他能举报我啥。直到最后，教管说出举报内容，我晓得被诬陷了，从此我成了公社的坏知青。

黄翔妹妹在上标七厂工作，和我五哥同厂。五哥说他妹妹人还不错。估计被小混堂骗了。因为有一工一农政策，黄翔插队农村，他妹妹能安排到市属厂，妹妹是受益人。可能小混堂说能把黄翔从农村调回城市，或调到社办厂大队企业，默认了小混堂的诬陷安排。

深夜公路上，除了我和她，没有人。

响起众多自行车铃声，公社企业职工下班。车队经过时，几辆装有车灯，耀眼地闪亮划动着。我们避到路边，等车队先过。一群男女职工边骑车边大声说话。

女声说："好像两人在谈恋爱逛马路，这么晚还不回去？"

男声说："他们想找个地方吸肚皮吧。"哈哈大笑。

女声斥骂："不学好，专学流氓。"

车队嬉笑着从我们面前飞快驶过。

我说："闵蕙，中班下班了，我们掉头回村吧。"

他们说我从小偷东摸西，那是瞎说。说我偷煤，可以说有吧。黄翔妹夫在小混堂，南翔人叫他小混堂。混堂烧水要用煤，可能和煤球厂有联系。我十岁那年，母亲规定我一天拾二十斤煤渣。平时，我到南翔铁路编组站拾煤渣。编组站铁轨穿插，一节节火车编组时来去不定，喷着大股气流。火车司机将锅炉灰渣清理出，成一堆滚烫的煤渣，拾煤小孩一哄而上。这天我挤不到煤渣边。我营养不良，个子像八岁小孩。这天是小年夜。傍晚下起大雪。我回到镇上。我大冻天穿着单衣，耳朵鼻子两手生了冻疮。裤子短一截，裸露的小腿冻成紫色。蜷缩着路上走时，有行人说看到我穿这么少，也会冷得哆嗦。

我到香花桥堍北，在药店房檐下避雪。有两个穷孩子也在避雪，一个你认识的，叫仁仁，我小学同学；另一人住北市梢，叫黄毛。天快黑了。我拾不满一篮煤渣没饭吃。他们说拾不到煤也有饭吃。说天黑后，你到煤球厂煤堆上扒些煤不会被抓，他们干过。说厂篱笆扎得不牢容易钻入。药店关门了。仁仁和黄毛回家了。

天黑后，我钻进煤球厂。我爸和二哥在煤球厂干过。煤堆很大，看不清周围。雪越下越大。煤堆冻得结实，扒不出煤。我拿大块煤使劲敲打表层让它分散开。可能敲打声太响，一道手电筒扫射过，停在我脸上。我睁不开眼。我的胳膊被抓住，篮里的煤被倒掉。看清是大人。他问我家庭地址，说路很远，这么晚了要送我回家。他敲开我家门，说明情况。母亲骂我，一巴掌打上来。那人说不要打小孩。小年夜了，小孩这么晚在外面不好。他放了我，让我进了屋，他走了。

这是我“从小偷东摸西，偷煤被抓”的经过。

我想补充一点。当年在药店房檐下躲雪的南翔三个孩子曾聊过将来的希望。仁仁和黄毛喜欢唱歌，将来都要当歌唱家。仁仁问我当啥。我说不晓得。仁仁说你喜欢画画，将来当画家。黄毛也说陆弟可以当画家。在大雪纷飞小年夜傍晚，我听了心里暖暖的。现在，我的画家梦破碎了……

传来狗叫声，是个村子，公路从村中穿过。狗闻到陌生人叫起来，村里的狗此起彼伏呼应叫唤。我从路边拾起泥块防身。她依偎着我。

匆匆走过村子。过了桥，狗叫声渐停下来，恢复夜的宁静。

他们说我从小困街路。有次拾煤回家，母亲把煤渣秤了，没有完成任务，没有饭吃。我饿极了抢碗吃，被母亲夺回。那次母亲打得太狠，我逃出家门。半夜想回家，门闩住了推不开，只能回街上。菜市场边有露天石条凳，我天冷又饿，蜷缩着困下，我哭了。天亮了，摊主要卖菜叫醒我叫我离开。我实在太饿了，想起八字桥北有杀牛杀猪的屠宰场，门前河边有装着牛猪的船只或装着豆渣饼等饲料的船停靠，卸饲料时偶有碎粒掉下。我在弹街路石头缝里找到糠饼粒子，大拇指大小，酱红色的，很兴奋，小心从石缝中挑出来，被黄毛一把抢走跑了。那一次，我流落街头两天，没人找我，只能回家，被母亲打了一顿。

现在开船到大场到黄渡装粪时，我和简平也经常困街路……

她没有打断我，听我讲述完。“陆弟，我听了很难受。你怎么会这么苦啊……我回村前，好婆说，闵蕙，我相信你的眼光。他家四类分子，可能有啥隐情。我下乡后发现，张村村民都说你是好人，离开张村都说你是坏人。我和坏人在一起反而有安全感。陆弟，可能你受到太多的诬陷，才变得敏感，才处处防备我……”

九

一位小学老师上书毛主席，诉说知青无米之炊的困境。毛主席回信后，中央对知青的关怀突然升温。嘉定县在每个村盖起统一样式的知青房。每间十二平方，单壁，红砖铺地坪。红色大平瓦顶，本地人称洋瓦。公社提供建房材料，生产队根据图纸造房。

张村知青屋建在村南，原是张村废弃的粪坑地基。挑土填平又填高了地基，建了一排四间知青房，二男二女，每人一间。女知青住阳光好的东屋，男知青住夏热冬冷的西屋。

张村知青搬到了知青屋。

我在田头开沟时，闵蕙跑来说她爸来了，要带她回家。说她不在村时请我照顾好自己，说她很快会回来。说她当她爸面通知我，就是为了保护我。

她跟她爸走了。

十

闵蕙回南翔后信息全无。

黄翔和妹妹及小混堂来到村里，又到田头，说闵蕙爸妈不准闵蕙回村，准备找陆弟总算账，要找大队找公社找县里，说这次陆弟会被判刑，估计七年以上。

下午，徐组长找我，说刚得到消息，闵蕙爸妈要搞我，比当年黄翔举报我后果更严重。说黄翔家庭出身不硬，听说小业主。而闵蕙妈妈是居委干部，爸爸工人阶级，找你算账的话，你无路可走。你要作好心理准备。

第十一章　无穷无尽是离愁

一

靠墙两只床脚本来因潮湿发黑快腐烂了。睡觉时，发现被老鼠咬短一大截，和地悬空着，我用几块八五红砖垫高，才同其他床脚一样高低。

我熄了灯，等待她出现。

恍惚飘悠回旋着她的彩照，恋恋不舍如幻影，在婉娩柔情中被摧毁了。黯然神伤。联想到凝重的灰色，浑浊的流水、幽咽衰惫忧伤孤寂等词汇，联想从瞬息万变的爱中突然凝固成永恒的死亡。

耳边传来轻柔的脚步声，飘浮而来，由远至近，又逐渐由近至远。

我孤独的内心产生强烈的渴求，渴求她的出现。

脚步声与我老是若即若离……

二

知青屋东是田地。西面和老郁家隔弄堂。老郁家门前有水泥场地和水泥独脚台。老郁家三个女儿。大女儿荷娣在社办厂，招女婿。女婿是泥水匠，用水泥做床头柜独脚圆台等，画上木纹油漆后像木制品一样。我曾为老郁家灶头独脚台画过梅花等装饰图案。

早晨，老郁端着粥碗走过弄堂，在知青屋前停下，大声说：“公社收到举报信，我看笔迹晓得啥人举报。老实说没用。跟妇女干活都没人要，被踢来踢去。干活不行，就会搞事。做人要光明磊落，不要偷偷摸摸。”

老郁在田头骂过，气不过，跑到知青屋前骂。

黄翔躲在屋里装没听见。

老郁是大队书记，和我见面只是点点头，怎么会被举报呢？我想起，一次老郁带了大队和各村干部来田头，说全大队比赛掘沟，陆弟肯定拿第一，说下次公社到大队开现场会，安排到张村，陆弟掘的沟质量好，要安排在路边，看上去一直线。

老郁无意表扬了我才被写了举报信。

三

棉田里悄悄探出一只花猪的头。耳朵竖起，机灵生气，身上是湿淋淋的黄泥浆，圆鼓鼓的眼睛惊惶失措地向我望着，忽然小心退后两步，转过身，又钻进棉花田。

粪坑池水泥板上踏出许多新鲜的猪脚印。

我漠然向无盖洞中望进去，粪面上隐约露出一小块黑皮，在微微颤动。黑皮猪上有不少粪蛆，正是那只黑皮猪。

我幸灾乐祸。

四

金兴来得少了，解释说：“陆弟，我被人写了举报信。家里人要我少到你这里。现在，我帮不上你忙。不过，上面调查你，我会说闵蕙倒追你，你们在恋爱，这样，罪行会轻些。我最担心他们把你直接送嘉定。以前我们长聊，聊晚了困一张床上再聊，现在不可能了。我会和你保持沟通，会了解各自的思想情况。”

简平说也被人举报了。大队给简平看了举报信，是匿名信。简平说举报信中，当官的无一例外“中资产阶级糖衣炮弹”“工作吊儿郎当”“偷盗财物”。

海龙刚分到大队加工厂，加工厂先后收到两封举报信，海龙被辞退回村了。

几分钱的举报信能把人搞下去。我发现，和我关系好的人都被写了举报信。被举报的人中，除海龙外，其他人都不了了之。

五

简平说闵蕙妈和大队干部谈了很长时间，下午到公社找党委书记。听说还要到县里去。看来闵蕙家这次决心要搞倒你。都说你会有根兴一样的结果。

我拿出笔记本。“我和她没有发生关系。我的日记能说清楚。”

“他们会说，恋爱中摸摸抱抱总有吧，那是流氓罪。要搞你总有办法。早知道这样结果，你早该把她困了。她倒追你，困她容易，困一次赚一次，以后还有美好回忆。至少你这辈子困过一个小姑娘了。”

“把她贞操夺去会害她一辈子，以后她嫁人会大打折扣。”

“关于她的贞操早说不清了。你说没困她没人信。我、金兴，海龙，你随便问，没人会相信。”

我在挣扎：“闵蕙说会担当起一切。”

“会吗？我怀疑。她被关在家里，想担当也担当不起，没人理睬她。她爸妈会代替她。陆弟，我跟公社工业组老杨关系不错。你只要不进监狱，我以后介绍你到社办厂。这点我可以保证。”

六

我焦灼地等待入梦。我在梦与非梦的中间地带迟疑徘徊。

在一对深情眷恋的目光诱惑下，我痴迷和疯狂。她似乎刚洗罢澡，极薄的花短裤，一件无袖蛤蟆衫，皮肤光洁富有弹性。她冲我笑时，露出雪白齐整的牙齿。我的双手哆嗦着抚摸着她的肩，一股热流潜入我身体。我浑身的血液涌向脸上。头脑乱哄哄，往日朝思暮想的欲念与激情在体内燃烧起来。“陆弟……”她的声音像笛鸣微微颤动。她双颊通红，长长睫毛间闪烁炽热的光彩。我体内好像被浇上油。目眩眼花，低低唤叫她一声，扑去，把她压倒床上，腾起强烈占有她的邪念……

她如怪兽般爽滑地吞下了我。

我的身子顿时产生强烈快感，如同在空旷宇宙中飘悠。

七

她爸妈到大队到公社，是搞我的前奏。

村民用同情的目光看我，把我当作准罪犯，只等上面来抓我。几年前黄翔回南翔后没几个月，我被弄到嘉定学习班。这次她向爸妈摊牌是我的主意。本想保护自己，没想到还是连累自己。她被软禁了，她爸妈会替她发声，能轻易把我送进监狱。根兴出身好，服役军人，历史清白，最终关进提篮桥。而我，四类分子出身，坏知青。我敢冒犯红五类和居委干部的子女。我和她有情不自禁地拥抱抚摸，我至少犯了“流氓猥亵罪”。

我在等待被抓。

我看到警车心惊肉跳；看到徐组长，心神不定。不敢上大队小店购物，担心被唤住被扣。天天担忧被抓的心情难熬。我估猜他们在整理我的材料，可能不通过大队或公社，直送嘉定。黄翔一家有经验，会教她爸妈如何以最快速度把我送进监狱。

身上仿佛压上巨石，愈来愈难以支持下去。我的精神状况越来越差，似被神秘的东西一点点吸吮，倒灌进的寒冷在骨髓里流淌着。

我全身疲软，暮气沉沉。

八

仁仁来信说生了场大病，从死亡线上回来。因是医疗事故，同意他回上海养病一段时间。

我去看他。他人瘦得特厉害，脸苍白，好像变了个人。

他说没有了父母就没有探亲假，原以为我们不会见面。说大黄死后，他家灾难不断。母亲先病重，后去世。他回到黑龙江，一次感冒发烧，卫生院说可用针灸治疗，医生用长针刺在他胸口，他说痛得受不了，医生说没事，要他坚持，把针一点点刺进他的肺，他昏了过去。他在床上一动不能动，病危抢救后又在病危中艰难度过三个多月，终于活过来了。

他说在街上遇到黄翔。我说我和黄翔早成了冤家。他说早知道了。说赵丰和林去新疆后也成了冤家。说记得当年学校宣传动员去新疆生产建设兵团时，广播从早到晚播放《边疆处处赛江南》歌曲。班主任说新疆有吃不完的哈密瓜和葡萄，说新疆男的都会弹冬不拉，女的都会跳舞。说去了新疆，赵丰很快会弹冬不拉，林很快会唱新疆歌，会跳好看的新疆扭头舞。我说记得你当年说怪话，说新疆比江南好，新疆是好地方，我让给其他人去，被班主任狠狠训了一顿。他感慨地说，赵丰和林到新疆后，两人分在不同农场，相隔数百里，都说受对方欺骗去了新疆。

他说回到南翔，听说我和闵蕙的恋爱事。他问，我沉默。他不再问下去。他说他大难不死活过来后，现在和北京一个女知青好上了。他把女知青照片拿出来给我看。

我说她长得好看。他强调女知青肤色很白，很细腻。

我这次回南翔，还有个想法，如遇到她，就会摸清她的处境。我会对她说“我爱你”。她喜欢听这三个字。

我在她家附近转悠，希望不被她家里发现又能遇到她。

派出所在她家临街小门斜对面。我假装看派出所门前墙上的通告，眼睛关注那扇小门进出的人。通告都是陈旧过时的，早先看过。新的通告还没贴出来。陈旧的通告贴得层层叠叠，都是被判刑或枪毙的罪犯，现行反革命、流氓犯等，一个个打着红叉的头像。我突然心一惊，一个熟悉身影，黄翔也在看通告。他发现我后迅速躲开，穿过街道，进入对面百货商店。我也离开通告栏前。

她家大杂院有两个进出口。南面进出口有公共自来水龙头，院里的人可能认识我。我经过水龙头，许多人在洗衣洗菜，她不在。水龙头边有厕所。我躲进厕所，装着束裤子，站在厕所窗口，观察出口。进出厕所的人很多。

魏其出现在厕所内，瞪着我："啊，是陆弟？！你做啥事体？！"

我咕哝着："没啥，小便。"

魏其发现我在她家附近转悠，很危险。我匆匆逃离。

九

在镇上没遇到闵蕙，我只得回村。

刚回到知青屋，吴红也在，说陆巷放映阿尔巴尼亚电影《宁死不屈》，女主角米拉大眼睛人漂亮，说许多人都说闵蕙像米拉，你去看看，真像。

听到电影名《宁死不屈》，我会联想她处境，不吉利。但是，我想看像她的米拉。

晚饭后，我拎了方凳到陆巷小学操场，找好位置。电影七时半放映。故事讲述第二次世界大战中两个女游击队员被叛徒出卖被捕，在监狱中与法西斯顽强斗争，受尽酷刑宁死不屈，献出年轻生命。

米拉出现在屏幕上时，我盯着看，闵蕙和米拉真有些像。

主题歌响起，"不管风吹雨打乌云满天，我们歌唱我们战斗"，很多人因看过好多遍，都会唱，跟着哼唱起来。

我听到熟悉声音，吴红和月仙站在长凳上，正吃着零食聊天。我不想被她们发现我在她们身后，免生误会，拎起凳子，搬到远离她们的场边。

电影散场了，我随人流出操场。被人碰了下，回头，是吴红。

“陆弟，上次，我和闵蕙在头年村看过。我说米拉很像她，她很不开心，我问为啥，她说，米拉死了，结果不好。我说米拉成了英雄啊。”

“米拉是个烈士。”我苦笑说，退到路边，示意她们先走。

闵蕙和米拉一样漂亮，但是，米拉死了。

我郁闷。

十

买来三包磷化锌鼠药，三分钱一包。拌了饭粒放在老鼠出入多的灶头和床底下。饭粒拌药后颜色变黑了，像芝麻拌米饭。

天黑了，张村笼罩在深不可测的气氛中。模糊庞大的阴影降临到张村上空。

我在不祥预感中，心怦怦跳动。

唯村里那架织布机“咔啦哒！咔啦哒！”单调而有节奏响着。

我想睡觉，刚坐床上。床向旁一仄，我差点栽倒。弯腰向床底寻去，三只床脚短了一大截，被我用砖块垫着。没咬断的那只床脚被老鼠咬得筷子般粗细。我一坐上去折断了。

唯一的床脚终于被老鼠咬折了。

我用砖块填平断了的床脚，躺回床上。

一熄灯，响起清脆的“毕毕剥剥”声音，急躁，欢快。老鼠们精力充沛，全力以赴咬床脚。我拿它们没有办法。我开灯，毕剥声会停下。除非我不想睡觉。

时间一长，我对“毕毕剥剥”声麻木了，成了催眠曲。我感到慵懒困乏。

我在她的低声细语中向梦境飘游去。恍恍惚惚中，感觉到脚步声由远至近蹑手蹑脚潜行，有甜腻的奶香，愈来愈近，到床边，停住了。我屏气，心蹦跳起来。阵阵冲动。我像个可怜的乞丐，抱住她，她的肉体上散发着微温。我把她压倒在床上。我的嗓门压得很低，我爱你！我爱你！她一动不动，神思恍惚。我吻她，她哆嗦，但没有拒绝我的吻。

我心中忽然涌起莫名其妙的怨恨，蛮横粗暴地捏摸她。她痛苦呻吟，泪水扑簌簌流下，身体冷下来。她的心脏微弱得将要停下来。我后悔，急切温暖着她。

我不想醒来。

十一

大忙季节，挑稻，包工活。十一人挑四塘稻。我一人挑一塘。一人顶他三人。到下午五时挑完了。她不在，没人烧饭，没人送点心。因吃得不多，挑稻时两腿发抖，身子虚弱，汗水直淌。我饿坏了。

回到小屋。臭味愈变浓烈，很熟悉。我想起小时候，有次拾煤渣，铁路边沟渠里浮着一只腐烂小猪。四哥说捞起来可以吃。一位铁路员工经过，说小朋友，吃了会死人。我和四哥捞起后，有股强烈臭味，烂糊了。员工命我们扔下，看着我们离开。这么多年过去了，熟悉的臭味似乎回来了。

我翻动花秸柴、粪桶、锄头、铁鎝等寻找，找不到臭味源头。

褚妈妈进门，说陆弟，你挑稻辛苦，这几个咸菜包子给你尝尝味道。我大口吃起来。决定今夜不出工。

躺在床上，强烈思念她，回想和她一起的日子。

她每天会整理我的小屋。太阳出来，我的被子会被她抱出去，晒在老郁新房前的空地上。书记妻女和她相处得很好，有好菜会给她端来，大多成我的口中食。我穿着她编织的毛衣。我外套穿的是大哥或五哥单位发的工作服，被她拿到大队缝纫组，在肩和两膝加缝上厚实的卡其布料，再添上从大到小一圈圈密匝匝的针线。她想得周到，挑担肩上磨破，两膝再破，添了针线，牢固且好看。

她人美，会持家。她不在，小屋恢复她来之前的脏乱差。

夜深了，老鼠啃咬床脚不分昼夜坚持着。

我用脚狠狠蹬一下床板，“毕毕剥剥”声蓦地停止，稍停又响起，更加愉悦欢快。

窗外传来凄厉悲怆的“叽叽叽”鼠叫声。因老鼠多，可能蛇在绞杀老鼠。

无数模模糊糊的贼眼不怀好意斜睨着我。我愈来愈难以忍受。

十二

大雨声中，唯寂寞和相思难熬。

简平冒雨来，说黄翔不在，他把手摇留声机和一叠胶木唱片抱来借我几天。我在学习班时举报过这台旧唱机，怎么没被没收？他说当年有人调查过，他说借来的，早还人家了。我说，你不怕我这次进去再举报你？他说他为公社为大队办工业，很吃香，不怕举报，也没人相信你。

我说我上次到学习班后期，才知道举报内容。这次我进去，知道我犯强奸或诱奸或流氓罪，我进去就交代。他说你很聪明，这样可以少吃许多苦。

唱片都是男女之情的靡靡之音和黄色歌曲。他还拿来相关歌曲的手抄简谱。唱片很旧，中间字迹模糊不清。有几张放不平，有的裂开了。唱机破又老。喇叭上的电镀大多剥落，露出里面发黑的铜色。转盘锈蚀不堪。唱臂上没有唱针。好多年前，我们听得最多的是《莫斯科郊外的晚上》《红莓花儿开》《九九艳阳天》《冰山上的来客》。我们熟悉，都会哼唱。

我寻出根缝衣针。针早锈了。找纸把针用力擦着，纸上沾上深深的铁锈色。我把针固定在唱臂上，使劲摇一会儿把手，唱片转动起来。他把唱臂轻放到唱片上，破喇叭里传出纤细柔弱的女声：

……

长夜快过去，天色蒙蒙亮。
衷心祝福你好姑娘。
但愿从今后，你我永不忘，
莫斯科郊外的晚上。
……

破喇叭里的女声好像混合着闵蕙的声音，在震颤、萦绕。似诉说着心灵深处的悒郁苦闷。

听情意绵绵的黄歌，使我们想入非非，他说会想到刘梅，我说会想到闵蕙。我们在甜蜜愉快中吸收黄歌的毒性。我们被色情曲调所引诱。

破喇叭里的女声变得断断续续，出现有节奏的“咯噔！咯噔！”。

胶木唱片裂开了。

十三

又是中雨。村里不安排农活。

莫名的酸霉腐烂味在屋里飘悠，引来不少苍蝇“嗡嗡”飞来飞去。我闻到这臭味便觉恶心。仔细寻起来，发现米瓮上落满红头绿身的粪坑蝇。它们对米瓮依恋。

揭开米瓮草盖，朝瓮里看，黑暗一片，看不清。

我伸手抓起一把米，跑到屋外，嗅了嗅，米没异味。

十四

简平听说起我精神状况极差，回村来看我。说才几天怎么瘦成这样。说我的脸又黄又黑，像大病一样，头发长，乱糟糟像叫花子。说逢到下雨天，他会想起我们坐在床上下象棋的事。我们下棋时常争吵。有一次他赢了棋兴奋得从床上跳起来，床突然倒塌，是床档断了。

他这次带来《知青之歌》手抄本，说作者是南京人，因写这首反动歌曲被枪毙了，说《知青之歌》在全国知青中传播开了。他在市区时，知青同学教他唱，他会唱。

他轻轻唱起《知青之歌》。

在他的歌声中，一条一公尺左右的青蛇无声地在屋梁上面迅捷游过，到墙边消失了。消失处的墙边没有洞或间隙，它游到什么地方去了呢。

"好听吗？"他唱完问。

"蛮好听……"我心不在焉回答。《知青之歌》使我联想到我的命运。在这感伤的雨天，我很想哭。

简平出生市区，见多识广，常会带来小惊喜，小惊喜带来大紧张。他带来流行的《一只绣花鞋》《梅花党》等手抄本。他有时借来个短波半导体，会约村里好友到仓库二楼值班室。阿坤接通电源，半导体发出刺耳的干扰杂音，听不到内容。但是，我们只知道短波就是敌台，听的时候紧张，小声议论。有一次，我们竟听到广播用中国话说"莫斯科广播电台""莫斯科灯塔广播电台"，是反动广播，却没有新鲜内容。还有一次，听到播报地址台湾，和某某人联系。我们在电影中看到过，这是特务在传达信号或代码。

简平把刚收到的刘梅来信给我看。"刘梅就是这样的人，我硬不起心肠回绝她。"

刘梅来信很感人，都是挂念，关心简平的衣着冷暖等生活细节。

我说刘梅的信朴实感人。刘梅是个好姑娘。

“闵蕙仍没有消息吗?”

“没有。她被软禁后，我没困过一次好觉。不知她怎么样。都在说她爸妈正在告我，最近应该有结果了。从我们恋爱开始，我就有被抓的心理准备。”

“我了解你想啥。这样吧，我为你走一次，到她家，探探啥情况。你写封信，我带给她。明天大队抛光厂送货到市区，我跟车。南翔是顺路。她爸妈晓得我和你是好朋友，会警惕。金明上中班，我把他叫上，他暗恋过闵蕙，高兴去。加上司机，三人去看她，不会引起她爸妈警惕。”

他自告奋勇帮我，我很感动。我和她分别这么久，我有千言万语，但是，信怎么写?考虑到信万一落到她爸妈手里，所以，思念的话不能写，信要写得短，万一被她爸妈发现，她受到伤害也少。

信最后变成了纸条:

紧急面谈一次!!!时间地点对简平讲!

十五

我等待简平反馈，挑泥浆时，不时眺望各路口。

我沉不住气，跑到大队，说简平在公社农机厂。打电话到农机厂，说简平不在。打电话到电器厂，想问金明，金明是小职工，传达室不肯传话。

我急得像热锅上蚂蚁。

晚上简平带来了酒菜放桌上。“等急了吧?我先给你看样东西，是她给你的。”取出信封。

我打开信封，一张四寸头像照。她曾给我看过，我认为照得最好的照片。在翔华照相馆，她同学姐姐拍摄并着色。

“重点在照片反面!”简平笑着提醒。

照片反面一行钢笔字：

永不变心 闵蕙

“她说，你转告陆弟，我爱他，我不会变心。送他这张照片，他会放心。我知道，闵蕙不在，你这里不会有啥吃的。我在方泰镇上买了熟菜，啤酒六瓶，我们开心过个晚上。”

我们边喝酒边聊。

他说，到她家院子里时，她在加工塑料木梳，看到我们，明白了一切。她爸在上班。她妈不理睬我们。我说来看闵蕙。她妈不好意思赶我们，叫她弟弟相陪，其实监视姐姐。我想开口，她偷偷挤眼，示意不要说话。她妈在屋里做事，不时探出头警惕着我们。气氛很压抑。她站起来，说到小房间拿东西。她妈不好拒绝，叫弟弟陪姐姐。她家晚上住的小房间离小院不远，在同一条街上。我们走出大院。她弟弟和金明一步不离跟着。我找不到说话机会，又不能传递纸条。我们沉默走着。走到解放街，她突然回头对弟弟斥喝，你，回去！她弟弟一愣，掉头离开。她说她从小带两个弟弟，弟弟都听话。说她弟弟被赶走，她妈会亲自赶来监视她，时间不会多。她家住二层小楼。我们上楼梯，进了她小房间时，金明仍跟着。我叫金明楼下等，说有话对她说。金明只得离开。我简单说了你近况，把纸条给她。她匆匆看后撕了，约定明天下午一时半在马陆车站碰头。她说她爸妈调查过，张村的人都被陆弟花言巧语毒害了，都不能相信。说她在家时间一长，陆弟一定会派人来。她说，想不到被她爸妈猜中了，陆弟真派你们来了。

我们正说着，她妈突然出现，我们只能告辞。

十六

我提前到马陆车站，忐忑不安等候。

北嘉线一辆辆停下开走。约定时间过了，她没出现。我正想，她爸妈发现我们相约制止她出门？又一辆车来，停下，中门开。她喊，陆弟！我迎上前。她说妈妈和弟弟一步不离她。后来妈妈被居委有事叫走，她才脱了身。她弟弟要跟她被她喝止，说去同学家。她跑步到南翔车站，正好有车经过，她上了车。

我们沿公路向东走去。

“陆弟，你瘦了很多。”

“你也瘦了。”

“你爸妈准备告我吗？”这是我最关心的事。

“我爸妈以为我会回心转意，不想把事情搞大，准备家里解决。”

“他们劝不动你，会告我吗？”

“我说不准。陆弟，你用不着提心吊胆。他们告你啥？我们啥都没做啊。”

“要告的话，我逃不掉的。”

“我会保护你。所有的事揽我身上。要告就告我。”

我缄默不语。

“我会在家里住上一段时间。我爸妈爱我，为我的幸福，他们会同意我们相爱。”

我苦笑。她太天真了。换位思考，我在她爸妈位置，决不同意女儿嫁像我这样的人。

“我家里看管很严。爸妈有空就劝说。前些天，我妹妹来，劝我不要跳进你家大火坑。我妹妹年年来上海找爸，哭诉着要爸帮她跳出黑五类家庭的大火坑。”

“你有个黑五类出生的妹妹？”

她第一次向我提到吴县枫桥公社的同胞妹妹。

她叫蕙英，比我小三岁，今年十七岁。蕙英从十岁起，每年跟老奶奶到南翔，要把户口从富农家庭迁入我爸工人阶级家庭。老奶奶是我爸的奶奶。老奶奶去世后，蕙英随阿婆来找爸。我们管老奶奶妹妹叫阿婆。我爸和阿婆年龄相仿，我们从小由阿婆带，对阿婆有很深感情。我爸妈在我们很小时离婚了。我跟爸到上海，蕙英随妈妈在乡下。蕙英来南翔就哭，说爸妈离婚害苦了她，把她前途毁了。我妈离婚后嫁给邻村富农。富农有个哥哥单身，一起生活。蕙英说，一家四口三个阶级敌人。三人被拉出去批斗时，她小小年纪跑到阿婆或叔叔家，哭着要和富农家庭划清界限。说爸妈离婚时，我配给我妈，蕙英配给我爸。我妈觉得一个男人带两岁蕙英有困难，把我换给我爸。所以，蕙英觉得现在我的位置原本是她的。因我妈临时调换，姐妹命运发生根本变化。我是红五类子女，工人阶级女儿和城里人，她成四类分子子女和外省农民。蕙英有很深的怨气，不满爸妈改变离婚协定，来了就哭诉她命苦。

蕙英以为爸再婚了，不肯帮她迁户口。到十六岁懂事了，明白爸要把外省农村户口迁入上海做不到。现在蕙英来，求我爸把乡下三间房子要回来，她要搬出去，和三个阶级敌人划清界限。我爸侄子结婚没有房，叔叔一次次到上海求爸。爸以一千元卖给了叔叔。现在侄子在三间房里结婚生子，怎么能要回？

蕙英每次来，从早哭到晚，谁都劝不住。哭诉爸妈离婚害苦了她，哭诉富农家庭对她的伤害，哭诉在学校在村里受到的歧视，哭诉她的前途全毁了。

蕙英这次离开上海时，我送她到南翔火车站。

“姐，你和陆弟恋爱是在走妈的老路。你要听爸的话不要跳火坑。像我，在火坑中想跳出却没有办法。姐跳进火坑，将来有子女的话，会恨你一辈子。子女会像我一样，哭天喊地没人理睬。”

我不开心地说：“蕙英，你还小，不懂爱情是啥。你不要说了！”

蕙英生活在富农家庭，同你一样，敏感自卑。听出我不满，担心得罪我，不再劝我。

我搂起她：“蕙英，我和陆弟的事，你不要参与。”

“爸要我劝你。爸叮嘱我回吴县后不要把你和陆弟的事扩散开，说影响不好。爸说你在家住一阵会冷静下来，会和陆弟断绝一切关系。”

我送走了蕙英，回到家。

我爸说：“你乡下的亲妈现在一直在自责，眼泪流干了。她在后悔当初嫁给富农。而你却要走你妈的路。你妹妹每年来，哭哭啼啼，说我害了她。说我和你亲妈离婚时交换了女儿，你们因此交换了命运。你出身好，在上海；你妹妹富农出身，是吴县乡下人。你妹妹每年来要跳出火坑，你倒好，要跳进火坑。你该好好想想，不要身在福中不知福啊。”

我和她妹妹蕙英出生在“大火坑”中，有共同的不幸遭遇。蕙英有地方哭诉，我却无处可诉。而她们的生母一定悔之不及当初离婚去嫁了富农。

天下起了雨。

我们拉着手在公路上跑起来，找躲雨的地方。雨越下越大。我们跑得气喘吁吁。

路边有学校，没有大门。我们冲进去，是操场。操场边有一排教室。没有人。星期天不上课。我们躲到教室走廊里。衣服湿了。雨仍在下。

“陆弟，我有些冷。”

房檐滴水密集像雨帘。我们紧紧抱在一起。

“我真的很冷。陆弟，雨如果一直下，天又快黑了，我爸妈会找我，怎么办？”

“我们冒雨跑吧，半小时可以跑到马陆车站。我们以后如何联系？”

“我们每星期通一次信。吴红可以帮我们传信。我爸妈不会怀疑吴红。”

教室西边，一辆自行车从公路拐进来躲雨。停车后，一对男女跑进教室走廊。突然叫起来：“是闵蕙？啊，陆弟也在！”

她听到声音，回头，一惊。“魏其，宝宝，是你们啊！”突然想起，“你们不要对我爸妈说啊。”

魏其说，我不会说的。宝宝说，闵蕙，你放心好啦，我们不说。

“陆弟，准备好，我们冲！”她拉着我的手，冲向雨中，跑到公路上。

我们跑到马陆车站时雨停了。浑身湿透，冷得要命。车站人多，不能相拥取暖。她说等会儿上车后，车上人拥挤会暖和些。

“他们会不会把我们约会的事告诉你爸妈？”

“宝宝不会说。魏其可能会说。”

她说不喜欢魏其。他自认为聪明，有些娘娘腔。在和宝宝恋爱同时，还追求大队女知青吴。宝宝很生气。他谎说吴倒追他被他拒绝。他说陆弟是坏人，说旁人都清醒，唯独她蒙在鼓里。他还说，外面都传你们有了男女关系，你才产生嫁鸡随鸡自暴自弃想法。

车来了。她上了车向我招手。

我在车站，久久没离开。

她爸妈得知我们在偷偷约会，明白劝说落了空，会不会告我？

第十二章　全社会阻击我们相恋

一

船出村后，我上岸拉纤。

我露着胸，肌肉鼓凸着。赤脚，弯腰。上衣纽扣全掉了。我喜欢拉纤，不用动脑。看到对面拉纤人注意避让，纤绳不要纠缠弄乱，遇桥梁收纤绳，使船顺利通过桥下。没有纤路时收纤绳，站在岸边作上船摆渡准备。

船到黄渡吴淞江三岔河口，传来江面上两船交汇时的吵骂声。

黄渡粪码头到了。我们停船排队等市区来的粪船。挂机粪船拖着七八条以上的粪船。到码头清空再回市区装粪。生产队接到通知，开船到粪码头等候，过时作废。挂机粪船到达前，黄渡镇的街沿石阶上都是或躺或坐的船民。

我拾块红砖当枕头，睡在街沿石阶上。耳朵贴着红砖，有嗡嗡响声。

遇到魏其是我心病。魏其告诉她爸妈。她爸妈得知我们约会又拥抱，会想到简平在通风报信，迁怒到我身上，会告我。她说保护我。如果他们不让她发声，我怎么办？

响起争吵声，粪船来了。为排队先后，船和船之间吵得不可开交。

装满粪回村。村民看我的眼神很异样。心怦怦跳。今天会不会抓我?

以往开船回来，她会把饭盒捂在被盖里保温。小铝锅里有菜，点燃起煤油灶热一下可以吃。现在什么都没有。身心俱疲。粪船上带来的臭味衣服没脱，倒在床上。脑海嗡嗡响。

太饿了，能吃什么呢?

金兴挑着粪桶经过屋门前。“陆弟，闵蕙爸妈今天到大队部吵过一场，下午到村里吵过，还找到我，说了许多不好听的话。他们和月仙谈了好长时间。他们把闵蕙的被头蚊帐米锅子打了包，能拿走的都拿走了，拿不动的托吴红带到南翔去。他们说闵蕙不会回村了。看阵势，他们要搞你了……”

二

苍蝇围着米甏飞悠。酸霉腐烂味愈来愈浓烈。我诧异。

米甏垫脚砖块上蠕动着一条白色油亮的粪蛆。我把米甏挪开。米甏壁好像从水中捞起一样湿淋淋尽是水汽。在米甏砖块缝隙间嵌着一只老鼠尸体。

它怎么死在这里?是三分一包磷化锌作用吗?

我用火钳夹尸体。腐烂得夹不住，上面蜂拥着一团团粪蛆。只能换锹铲掉。

黑夜中有幽绿的光点神秘莫测，深不可探。它似悬我眼前几寸距离的地方，使我有砭人肌骨的寒冷。我身子动了下，幽绿消失了，悄无声息。

盖上被子。被子潮湿，有股难闻的酸臭味，是老鼠在被子上拉的尿。

蚊帐顶上深深落下一个坑，像流星一样移动划过，一只老鼠在上面窜过。蚊帐四周被老鼠撕成了布条，像垂挂下一条条灰白的幡。这顶蚊帐是下乡时凭票买的，都破了。

睡不着。她爸妈要搞我，我怎么办?

她爸妈劝说她无效情况下，最好办法把我抓进去，不许她发声。什么坚贞爱情，见鬼去吧。只要我被抓，她不放弃我，我也会放弃她。我被抓起来，她才有救。如果我被抓，我有学习班教训，会根据要求交代强奸或诱奸她，我会进监狱，这是恋爱的最终结果。

我猛想起，简平说你被抓时，他们会抄你小屋，日记如真能证你清白，会被没收，会销毁，他们会说没抄到。我要把信件抄在日记本中。日记和信要分开。日记放母亲那里。事情紧急时，信或日记，都可证我清白。如果我被抓，母亲会把日记转到我几个哥哥的宿舍里。将来我如遇到讲理的审讯人员，再提日记，让家人送去；遇到不讲理的审讯人员，等我出狱后，日记或信件能证明我不是道德败坏的人。

我心中一急，起床，把日记包起回南翔。

三

母亲的脸苍老焦黄，皱纹愈变深而粗了。

“你每次回来，我都劝你不要和姓毛的女儿谈啥恋爱，说会害你，你就听不进去。这几天，镇里、派出所和居委把我叫去训话，说你勾引她，是阶级报复。说你会像你爸一样在监狱待上一辈子。”

“是她倒追我。我们没有做过出格的事。”

“你听我说完好吗? 主任说，毛阿姨是镇里红人，你们是镇里坏人。你儿子和毛阿姨女儿谈恋爱怎么可能。主任举例说，镇里有个插队女知青和农民谈恋爱，小姑娘爸妈把小姑娘关在家里几个月，小姑娘态度变了，恋爱变成强奸，男的被抓进去。你听出啥吗? 他们都这么干。”

“如果真这样，我只能认命。不过，我感觉她不像这样的人。”

“到时候由不得她了。你现在和她断了没有? ”

“断了……”

“前些天，闵蕙来，说是你女朋友，打听你啥辰光回来。我没理她，她只得走了。你看看，居委干部的女儿随随便便跑到男方家，这么野不学好。小姑娘不像小姑娘，没家教。你等着吧，她被家里关上一段时间，就会咬你一口。想到你会进监狱，我夜里都困不好觉。”

我不想听母亲唠叨。把日记拿出来：“妈妈，我可能会出事。我把日记放家里，是她倒追我的证据，也是我和她没有男女关系的证据。”

母亲听到日记二字，大惊失色：“你啥辰光写日记了？你晓得日记害死多少人？你把日记放家里，你前脚走，我后脚烧了，省得害家里其他人。”

“日记中，我不写其他，就写她倒追我的经过，写我和她没有男女关系。必要时，可以证明我的清白。”

母亲冷笑说：“你还相信啥证据。你拎拎清，脑子不要糊了！我给你说说我家的事。我家在南翔双塔前家门街沿边，在长凳搁板上放一个个小布袋，是种子样品，小牌子上写种子名称。搬到东市梢后仍在门前摆摊。出事那年，外地一家农场要购二百斤小白菜籽。本地人叫上菜籽。我们从附近大队购来二百斤。有人举报我们贩卖油菜籽。油菜籽属于国家统购统销产品，是重罪。我们被叫到派出所。上菜籽和油菜籽颜色大小都不同，油菜籽金黄色粒大饱满，上菜籽颜色偏红粒子小许多。我认为站住理，和派出所老吴吵起来。老吴发了脾气，把我们铐起来押到嘉定看守所。因我在哺乳期，当夜放回家。法院调查后发现我们卖的确是上菜籽。老吴和居委干部到家里来，说如有发票你爸会放出来。发票放在木摇桶里，被他们全部收去了。当法庭宣判我们投机倒把，我说我们有发票，有工商执照，是合法经营，说发票被老吴和居委骗走了。法官仍判决下来，你爸被判五年去安徽劳改。我戴坏分子帽子。从此我不相信派出所和居委。你看，要搞你，有证据有啥用。怪不得今天居委主任经过家门时，眼睛斜视，偷偷看我家，原来他们准备搞你啊。”

我觉得烦。开门到外面去。我家拥挤。母亲每天起床后，把长凳等杂物搬到门前空地上。

宋伯伯经过，在长凳上坐下休息。他是老干部，不怕嫌疑，是敢找母亲聊聊的少数几人。

我叫声宋伯伯。

宋伯伯说："阿六，你和毛阿姨女儿的事，闹得全南翔镇都晓得。毛阿姨是镇上名人，你妈妈也是名人。你小时，我们一帮人喝茶时，说你妈年轻时像美丽牌香烟壳上的女人，长得好看。等你爸妈变成四类分子后，他们开始瞎编，说你妈作风败坏轧姘头被南翔人叫美丽牌，荒唐不荒唐？我们两家交往几十年知根知底。你妈生八个小孩，常年挺着肚子，手里抱着吃奶小囡，他们也会造谣。阿六，听宋伯伯一句话，离开毛阿姨女儿，小姑娘会害了你。"

"宋伯伯，我有证据证明她倒追我。我们没有发生过男女关系。"

"阿六，我也进过学习班，说我是特务。我也是被举报捉进去的。问啥性质特务。我听不懂。他们指我脚上，是一双中统雨鞋。我明白我是'中统'特务。进去不招不行啊，打得受不了。他们问我上线和下线。我想起《红灯记》，李铁梅爸说的，我说单线联系。他们要我供出来。我恨举报我的那女人，先假装吞吐不敢说。他们一顿打，我招了。隔壁响起杀猪猡似的哭叫声，那女人也招了。这不怪我，她先诬陷我。阿六，你想想，小小南翔镇出了三百多个特务，从镇长鲁福昌到文化馆长钱乃之，一级级下来都是特务，都是屈打成招啊。后来范围越来越大，不了了之。这帮干部早晚会吃到头。我不怕他们。我在学习班时被打伤了，现在腰直不起来，请了病假不上班。阿六，嘉定学习班有没有打你啊？"

我不敢说。我苦笑。

邻居小弟串门。他不忌四类分子，闻言插嘴："我妈在食堂工作。工作组要我妈交代贪污。我妈交代不出。工作组说，你烧菜会不尝尝味道？我妈说尝过一小块带鱼。工作组就计算每天一小块，一年多少，十年多少？我妈贪污罪就这样定下。陆弟，我们这里三排房子的邻居，都被关过，没有一家清白。福根家出身土匪，被查过。毛头说她家是响当当工人阶级，毛头妈的出身查出来也是地主。”

小弟是独生子。小时整天被关家里。他趁大人不在时，曾领我到他家去，打开小饭罩，里面有小碗的菜和饭。他会向饿肚子的我炫耀。

康师母在街上走过，发现我，招呼：“阿六回来了？”

我没有理睬。康师母眼睛扫了扫我家，向西走去。

宋伯伯说：“康师母是积极分子，我走累在这里坐坐也被汇报过。主任说过我好几次。我说我们老邻居，我走不动，到朱阿妹家门口坐坐休息又有啥闲话。我被关进学习班，害得我一身毛病，腰被打坏了。他小小居委主任能把我怎么样。”他边说边站起，“时间不早了，我慢慢走回家。”

母亲低声说：“阿六，你到街上看看，康师母是不是去居委汇报？”

我走到街中心向西望，康师母拐弯了，那地方正是居委。

陆弟！有人叫我，是居委主任。主任说，我有事找你。

我随主任到居委。主任示意我坐下。

“陆弟，男女恋爱，必须用阶级和阶级斗争的观点，阶级分析的方法，分清是非，坚决批判并抵制资产阶级思想。论阶级，你和闵蕙是对立阶级，红五类对四类分子，工人阶级对反动阶级，毛阿姨是居委干部，你爸妈是专政对象；闵蕙漂亮，高中毕业，长得像朵花，你在方泰公社是坏知青。你们兄弟七个长得人模人样，为啥都是光棍？阿大快四十了吧，人样好，市属厂。换一般人家抢着要。但是，四类分子家庭出身会追到第三代第四代。啥人敢把女儿嫁到你家啊。你家阿二常年闲逛在社会上不干活，为什么？”

“我二哥找不到工作……”

“是啊，不是我们不给他工作，是不敢给。给个临时工，有人说，凭啥给美丽牌儿子工作，不给我们工作，这是阶级立场；你家穷，居委给你妈分配过工作，为企业洗衣服，那是苦生活，你妈手指浸泡得发白，被人举报说居委立场有问题；你家阿二到煤球厂拉煤车也被人举报。找个累活苦活都这么困难，啥人敢把女儿嫁到你家啊？你家里穷，申请上学的学杂费免费，居委不敢盖章，群众会举报，说四类分子子女读书不能免费，是阶级立场；你家阿大一直申请入党。单位多次到居委调查，居委建议无限期考察，你看，工作好表现好也入不了党。居委调查过你家兄弟七人，阿大、阿四、阿五都申请过入党，当上车间主任或小组长啥的，出身不好，表现再好也入不了党。”

主任说的都是事实。我无话可说。

“闵蕙二十岁不到吧。小姑娘从小生活在无产阶级环境里，对阶级复杂性不了解。你趁她不懂事勾引她，鼓动她写信，威胁同爸妈断绝关系，以达到你的目的。你这样做很卑鄙无耻……”

“我没有鼓动她写信。”

“你不要插话。镇里认为，这是朱阿妹一家赤裸裸的阶级报复，是敌对阶级向无产阶级挑战，朱阿妹教唆儿子，是母子共同犯罪。镇里原计划和方泰公社联合对你采取革命行动，考虑到闵蕙至今执迷不悟，小姑娘性格刚烈，如采取行动可能误伤毛阿姨一家，才被压下来。都说小姑娘倒追你。错了，她是被你用资产阶级的花言巧语骗上手，她迟早会觉醒，到时候，你自己拎了被盖上嘉定去。我说白了，你不但得不到闵蕙，还把自己弄进监狱。我是居委主任，我不吓你。今天就说这些，希望你和小姑娘尽快了断。到时候毛阿姨一家如果不追究，我们放你条生路。”

我从居委出来回到家，母亲说老吴叫你去派出所。

母亲说她在派出所和老吴争吵，被老吴关起来。她关在隔壁，听到所长提醒老吴说，朱阿妹卖的不是油菜籽，是小白菜籽，有发票和营业执照。但是态度确实不太好，让朱阿妹写份检查放了吧。老吴说，不行，要送嘉定。所长软弱，不吭声了。你记住，老吴是个伪警察，特别不讲理，对人特别凶。

“老吴是伪警察？！”我惊讶。

母亲说，南翔镇上像她这辈人，都知道老吴是伪警察。所以，解放后当了十多年警察，仍升不了所长。许多人私下里说他脾气坏对人狠，仍是国民党警察。说事后，老吴训斥她，说朱阿妹，你凶，你要讲理，我就把你们送到嘉定讲理去。所以，你听好，你到派出所后，无论老吴怎么说你，骂你，或打你，你不能回嘴论理，否则今天你回不来了。

我来到南翔派出所。

早些年，上海经常召开万人宣判会，派出所门边的空白墙上贴满了通告，印着数十个罪犯照片和犯罪事实。死刑犯照片上打上红叉叉。除现行反革命犯外，每次有奸污妇女犯、吸精犯、鸡奸犯、流氓犯、阶级报复犯等。

母亲说过，老吴鼻梁中有一颗痣。我走进派出所，看到长痣的警察正大声训斥一个三十多岁的农村妇女。我站在门边等候。

老吴喝令农妇进侧间等候。回头说，你是朱阿妹儿子叫陆弟？我说是。你跟我来。

我随老吴进入一小间。

老吴严厉训斥：“陆弟，我警告你，尽快离开毛颖珠女儿闵蕙。老实说，如果不看在毛阿姨面上，我今天就把你送往嘉定。对你们这类人，除了专政，没有啥客气的。朱阿妹不识相，敢和我大吵大闹，结果吃官司戴帽子，还不是老老实实？陆弟，我的话你听进了没有？！”

“听进了。”

“大声说，把我的话复述一遍！”他莫名发火，眼里喷射怒火，拳头猛砸桌上，“嘣！”的一声，桌上茶杯惊跳起来，倒在桌上滚动，滚到桌边落下，“砰！”的一声跌在地上。茶水洒开了。

“尽快离开毛颖珠的女儿闵蕙。”

“不听话怎么样？”

“直接送嘉定。”

“你可以走了。记住，下次来，我不会放你回去。”

我踉踉跄跄像喝醉酒走出派出所。

有几人在门前看通告。我以前回南翔也常来看通告，多次遇到黄翔在看。我忽想，黄翔诬陷我，可能从通告中得到启发，找个罪名把我弄进学习班。简平坚持认为是小混堂出的坏点子，说小混堂中乌七八糟的事多。

四

我神使鬼差来到和平街。

和平街以前有个杨爷庙，母亲常去烧香。逢杨老爷生日等特殊日子，香客多，我和五哥会去帮忙，等香客一走，拨去燃着的香，干一天几毛钱。后来庙拆了，母亲弄到一尊吕纯阳瓷像，在家中偷偷供着。有次点燃的棒香掉下一大块香灰，掉落在坐在塑像下弟弟的肩膀上，烫坏了皮肉。母亲给他一小块面饼，弟弟不哭了，吃起了饼。从此弟弟肩上多了个烧伤的疤结。

拐进街边狭窄的小弄堂，一米宽的弄堂潮湿肮脏。进入小弄堂数十米后，边上出现扇小门。门边的地上，露天管道口正哗哗流涌出混沌乳白色的脏水，流向墙边的阴沟。

我掀开小门棉帘，进了门。里面昏暗。一条窄小走道，十来个裸身男人躺在两边。

没见到小混堂。

一个正在挂衣服的服务员问：“寻啥人？”

我没理睬。一个随时进监狱的人会怕小混堂吗？掀开最里面的混堂门帘，蒸气朦胧，冲出一股尿臭夹杂肥皂的浑浊气味。眼前一幕，使我联想起大场生猪饲养场中，鱼贯排队被电击杀死的猪，浇上滚烫柏油，经过冷水池，揭开柏油后，就像现在看到的浴池边这些雪白的肉条。

我知道，小混堂此时正为肉条擦背，两条肉条在互相扭动。

我神经质笑起来。简平分析得很对，小混堂每天光身子和其他光身子男人一起，乱七八糟下流故事肯定多，加上黄翔看通告得到启发，随便挑个故事，我逃不了。

我停住脚步。我进去后会和小混堂打起来，这矮小男人绝不是我对手。但是，最终受害的是四类分子出身和坏知青的我，会拖累家里其他人。

五

走到香花桥时，有人叫我，是黄毛。

黄毛插在方泰公社，说要回方泰，约我同行。我说行。他说先回家一次。我也没事。我们走到南翔西街一间低矮破旧的小屋前站住。黄毛敲门。

门开了条缝，一张老太的脸。“你死归来做啥？”重将门关上。

“老太婆是你啥人？”

“我妈。你再等一歇。”

我早知道黄毛父母在黄毛小时离婚了，各自成立新家后都不要黄毛。

门忽然开了一条缝，一只手伸出来，端着一只粗制瓷碗，盛满了饭，饭上两条酱油焖茄子，插了双筷，把碗放在门口石阶上。门关上。

黄毛双手端起碗：“陆弟，你要吃点吗？”

我说不要。

黄毛转过身，脸对着门大口扒着饭。吃完饭，把碗放回石阶上，在碗上搁双筷，说我妈会收走的，说走吧。说，陆弟，你现在相信我也很命苦吧。

我和黄毛回方泰公社。

浓重的暮霭在地平线上蔓延开来。

路边阴沟边，两只麻雀“喳喳喳”发出喜悦的欢笑扭在一起，扑扇着翅膀，飘东撞西，忽贴紧路面，陶醉在交合的流氓游戏中。

不远处，一条龌龊肮脏的流浪狗躲在路基石后，头埋在两前足中，身子压低，肚皮紧贴路面蛇一样悄悄爬动。离麻雀近时，耳朵摇动了下，从基石后跃出。麻雀惊醒，急跳动，跌进路边的阴沟洞。阴沟洞没有盖。从阴沟中传出慌张的扑扇声。

我诧异，这狗怎么没被人吃掉？

六

日记：

传来哭声和杂声，哭声越来越大。问别人，说是五哥在哭。家中出什么事了？我不安，回南翔，哥们睡一张大炕上，像北方人一样。五哥在哭，哭得伤心。其他人不响。三哥在骂五哥，三哥怎么骂人。三哥去打电话给大哥，叫他回来解决。三哥被人拖到派出所，说三哥偷东西，说偷了人家门口两斤多破鞋子到收购站去卖，被福根捉住。福根曾和我们是最要好的人了。说三哥都承认了。我大声哭起来，哭得伤心，哭醒了。是自己在做梦。

睡不着觉。“强奸”“诱奸”“阶级报复”等词常在耳边。居委主任和派出所老吴的话回响着，因为她执迷不悟，才没抓我。她早晚会觉醒，觉醒了会追究我，我仍逃不过进监狱。她沉默那天就是她觉醒了。她在亲朋好友劝说下，精神迟早会崩溃，迟早会沉默。之前村里的强奸流言就会变事实。当时有人听到我要强奸她，她不愿，也有人说我强奸成功，她才死心塌地跟着我。群众的眼睛雪亮，看到的听到的猜到的都是证据。我被抓进去，我会交代，一切水到渠成。

我郁闷。我操他妈的！

七

光明大队开知青大会，通知我去，有半天假。

天下着雨。我到会场边转了圈回村了。我等待大会传出对我不利的消息。

为什么雨还不停呢？

一条银白色东西挂在屋梁上，像上吊绳一样悬垂下来，飘动起来，像幽灵。

我一把拉下它，原来是蛇脱壳。蛇壳有光滑凉快的手感。是前些日子那条青蛇吗？脱了壳又长大了一圈。我把蛇壳一把团起来，发出轻微细碎的窸窣声。

肚子饿了。打开碗橱门，橱后壁被老鼠咬了个洞。桌面有许多掉下来咬得粉碎的竹屑。碗橱里一小块紫大头菜没了。揭开锅盖。锅里的饭冷冰冰，爬满密密层层的臭蚂蚁。

我用饭勺把饭团翻个身，饭团上满是红色的铁锈。

简平推门进来，说老郁调到公社运输队当书记。新书记姓肖。肖书记特地叫他回张村通知我去开知青大会。我说肖书记不强迫我去，我不会去。我和闵蕙的恋爱闹得沸沸扬扬，肖书记一定会在会上批判我。会场不属于我。

简平扔给我一支点燃的烟。我没接着，烟落到床上。床单被烟蒂烧得灼灼火星。我慢慢捏灭。床单上出现一个小黑洞。

我的手颤抖着，连划几根火柴都没把烟点着。

“那我对肖书记说你身体不好病倒了。”简平说着离开了。

简平说肖书记在大会上多次点名你和闵蕙，说恋爱自由，我们不反对。但要讲阶级斗争。恋爱不讲阶级斗争，是赫鲁晓夫的资产阶级“唯感情”论的产物。两个阶级的人怎么能自由恋爱呢？说不能回避两种思想的阶级斗争。肖书记说特地叫简平回村通知陆弟来开会，陆弟不敢来，为什么不敢来？因为闵蕙被他勾搭上，他心虚，他不敢参加大会。

许多年来，我的嘴唇下从柔软的绒毛变成粗黑坚硬的胡子。我努力劳动这么多年，除痛苦失望外一无所得。想到这里，我太伤心了。

我的精神回归到我常想到的人生飘忽变幻的状态中去。

八

半夜时分，一阵“劈劈啪啪”爆裂声惊醒了我。

出事了！我从床上跳起，从窗口望出去，火光冲天。大火烧红了张村东半部。传来洪亮的、急促的钟声。周围村庄的钟声此起彼伏地响了起来。各种吆喝声、呼喊声、吵嚷声、号叫声被大火的爆裂声压倒了。张村上空被泛滥的火光舔得灼灼生辉，一条条金黄、青蓝的火舌在房屋上面跳跃、嬉戏、争吵，变幻万端，形成一个个火的漩涡。

阿林家火烧了！

临村农民抬着灭火器赶来了。拆房子的喊叫、水桶的碰击、火舌忽忽、木架爆裂、墙壁轰隆倒下、六七台抽水发动机声，构成一幅巨大的生气勃勃场面。

我站在火场外，脸被火光传来的热气浪冲得像乱针扎来一样生痛。

火熄了，不是救灭的。梁木结构房屋，水浇不灭，烧光了才会熄灭。

我敏感觉得，我坏出身，又是坏知青，最近因恋爱闹得事情很大，他们会怀疑到我和张村富农身上。富农去上海开船无作案时间。如果判定大火为纵火案，我会成为唯一重大嫌疑犯。

我的双腿忽然发软。

我惴惴不安了几天，没人找我。

金兴说经公安和消防调查下来不是纵火。说阿林烧猪食，用火钳时，不慎把灶内燃烧的火带出灶门。灶门前堆放着干柴，正好点燃。阿林慌了神，火一下起来了。

阿林说不小心引起火灾。如果阿林不老实，他们就会把目光对准我，会怀疑我阶级报复。大队阿龙肯定很失望。他只要把我抓进去，我就会交代纵火，一定的。

九

我家团聚日。

我为省钱不坐车，从张村走到马陆，沿横沥河走回南翔。回到家正中午。

全家人见我后都吃一惊，说我太瘦了，脸色不好。说整个南翔镇在议论我和闵蕙的事。五哥说单位女同事住在闵蕙家附近，说闵蕙被关在房间里被父母打骂，用手指抠她，从精神肉体上摧残她；四哥听同事说，闵蕙已吃不下东西，在挂盐水葡萄糖；大哥说闵蕙这样被摧残下去肯定出事，会变精神病，还可能有更坏结果。他们都说精神、肉体摧残加上失眠，形成精神病的例子很多。说如果她出事，我肯定进监狱。他们无一例外地认为闵蕙年轻不懂事，被关上一段时间，在劝说下，就会后悔。她一旦后悔，我就逃不了。

十

她被残酷折磨的消息如刀子剜割着我的心。

我心痛。躺在床上，我四肢冰冷，蜷缩着身子。我在微微发抖。

日记：

凌晨时，做了个梦。闵蕙死了，而且唯有一个头，是摧残而死。我把头放到床上，跪下地，捧着它，悲伤涌上心头。她没有微笑，面色灰黄苍老，除了隐隐的眼睫毛以外，其余都换了个人。头发稀落而黄，眼闭着。我唤她的名字，低唤着，悲戚且痛切地唤着。没有回声。这都是为了我啊。她是死了。为了爱情。我希望她开口，把脸贴上去，吻她的眼睛，她的脸，她的头发，像冰一样的冷。她是死了，我这样想，但忽然她睁开眼睛，眼眶是空的。我明白，是她母亲挖去的。想到她是死了，为什么还睁开眼？是鬼吗？我骇怕得发抖，但立刻捧起她的头，我是爱她的，希望她醒来，是鬼也好，反正我始终爱她的。

伤心涌上心头，对不起她，对她讲过许多违心的话，她能理解吗？都说“梦为反梦”，但愿这样。醒来后，回忆梦景，很不吉利。

十一

去种子场装稻谷种子。水泥船改装机动船，用不着人上岸拉纤。船上三人互相替换掌舵。掌舵时注意力须集中。船快速前进中，思想开小差，船会横过来，会和其他船碰撞或冲到河边。

轮到我掌舵。船“突突突”前进。我的目光虽注视前方，心思在想其他。

闵蕙长期被精神肉体摧残折磨肯定会出事。如果她患上精神病或者出了人命，我会后悔一生，不但害她，我更罪加一等进监狱。近几天，我失眠，饭吃不下。在思考如何为她解脱。我很绝望，想不出对策。

“不好！”福泉大叫一声。

我吃一惊。因我思想不在掌舵，致船头失控，飞快窜向石平桥桥墩。我急扳艄，已来不及。船头的福泉用竹篙狠命抵住，瞬息间，船头和桥墩相撞了，“咚！”的一声沉闷声响，福泉手中竹篙狠狠弹了出去，飞到水花生上。竹篙在桥墩和船舷挤压部位，裂成粗细不一的竹丝。竹篙脱了手，福泉趔趄几步，滚倒在中舱里。船头被撞地方，掉下一大块水泥。

船头偏向南，继续向桥下窜去。桥墩在晃动，带来整个桥面的晃动。

海龙像兔子一样滚进前舱，脸煞白，双手抱住头蜷成一团。

桥墩突然倒下，几乎没有声息。入水前“卟通通”发出巨大轰响，两块四公尺长的巨大桥面滑入河中，叠插着，紧接着最后的两块桥面也坠落河中，激起的水花溅得我全身湿淋淋。

桥面慢慢摩擦着沉下去。

船还在向前窜，冲上河道边的水花生。船头部分冲上了岸，搁住了。

船舱面上有条小白鱼“啪哒！啪哒！”地跳动。是刚才惊跳上舱面的。

周围突然静了下来。

一切皆在刹那间过去了。船上柴油机已自行停熄。

他们的脸皆变成死灰色。我像木雕泥塑傻了眼。

回头看，桥已消失了。河中的水还在动荡，露出了两块倾斜的桥面一角，其余桥面沉入了河中。一只老鼠在水面上游动，抬起小嘴和一部分后背。大概是桥墩中的老鼠，它的窝没了，拼命向南游去，爬上岸，很快窜进桥堍缝隙中。

我脑子里一片模糊，好像昏迷了一样，愣愣看着眼前的一切。

小白鱼在舱面上“啪哒！啪哒！”地跳动。

“福泉，怎么办？”我怯生生地问。

“桥撞塌了，还能怎么办？”

良久，海龙先清醒过来。“幸亏船刚过桥，桥墩倒下桥塌了。如果船在桥下遇到桥塌，可能会出人命。船搁住了，陆弟，上来和我一起抬船头！”

海龙跳到岸上。我跟着跳上岸，和海龙一起弯腰抬船头。

“来，一、二、三！”福泉喊口令。

船慢慢动了，向河中退去。船底和水花生的摩擦发出瑟瑟声音。我们连忙跳上船头。船头前水花生被压过的地方出现一条平坦的淡绿印迹。

船回到河道中。

“摇发动机！开船！”福泉喊。

我慌忙拾起摇柄。心中一颤，油箱裂开了条缝，在不停地渗着油，油管断裂了。我呆了，低着头诚惶诚恐地说：“发动机坏了，刚才砸坏的……”

“把橹放下，摇船！”福泉跑到船尾，愤愤地瞪我一眼，“你这是破坏！”蛮横推开我，把橹桨插入河中摇了起来。我默默地上前给福泉扎绷。

河面上漂浮着被挂机船螺旋桨打烂的水花生残叶败梗，一片片、一段段的；暗蓝色的柴油漂在水上，在阳光下闪烁着五颜六色纷繁的光彩……

船“咕哩、咕哩”地向前驶。

十二

右眼皮最近一直在跳，预感有不好的事将到来。

我撞了桥，公社会不会查?

窗外传来一阵凄厉悲怆的鼠叫声“叽叽叽”的。又是蛇咬老鼠。

闻到一股淡淡的臭味。在床底下，灶头边，乱柴里寻过，找不到臭味的出处。

床底下拌过磷化锌的米饭粒散乱开了，量好像没少。卖鼠药的说，放磷化锌时，不要说话，它们听懂人话，知道要毒死它们，它们不会吃。

福泉在船上曾瞪眼说“你这是破坏！”。只要福泉一汇报，或上面发现桥倒塌，一追查，一定会说我搞阶级破坏，我会像罗明芳一样戴上坏分子帽子。单叫我赔偿造桥损失，我一辈子赔不起。

闵蕙的事还没完，单算撞塌桥这件事，我也完蛋了！

第十三章　她的绝望与我的恐惧

一

整天提心吊胆，不知撞塌的桥如何解决。

我忍不住问金兴。金兴说农村的桥常被过路船只撞塌，没人管也没法管。说桥坏了，公社桥梁队会来修，只要不砸到人就没事。说有人桥上走时，桥被撞塌，人掉下河出人命，上面会查。说公社这么大，桥很多，他们不知道谁撞的不会有事。我问，如果我被举报撞塌了桥也不会有事吗？金兴说没听到有人举报。他说他相信福泉当时说"你这是破坏"是句气话。他认为福泉和海龙都不会举报。

撞塌桥的事暂时解决了。

二

要想办法解脱闵蕙的困境。我前思后想，想出个办法，写信给她，宣布与她断交。我担心她收信后走极端，或卧床不起，或绝食痛哭，或更严重后果。我想不出更好的办法。我想，她有爸妈看管，应该不会出什么事。如果她爸妈不相信我会断交，怎么办？我怎样让她爸妈相信我不骗他们呢？

金兴代表生产队，是组织，她爸妈相信组织，这样会放松对她的摧残折磨。

金兴不相信我们断交。但是，答应用他名义写信。信名义上写给闵蕙，其实写给她爸妈看。我把信交给金兴，在信封上填写她家地址。

我用金兴名义写的信：

闵蕙，我感到你在这种情况下，我无论如何不能无动于衷了。我想你们的事，发表一点自己的看法。我已和陆弟谈过了，分析过一切，他表示要和你永远断绝，不是表面的，是发出内心的断绝，这全然是为你好，也为他好，对你们的前途都有好处。你必须慎重地考虑一切，在这种情况下，我相信你会明白了……

如果这样，其他问题就迎刃而解了。

让我们共同为那光辉的顶点——共产主义奋斗终生吧！

队长　金兴

小小陆巷镇有茶馆、邮局、面店和农业生产资料部。茶馆和点心店连在一起。她之前常来小镇买油条买菜买馄饨皮和猪肉。我不常来。

我把信投进了邮筒。邮局可以打电话。想给她爸打个电话，重申和她永远断绝关系。邮局有电话簿。我查到上海信诚厂电话，打到门卫室，请他叫锅炉间闵师傅接电话。门卫说路太远不肯叫，把电话挂断了。

三

金兴收到了闵蕙的回信：

我真想不通他为什么要这样做，难道他为我这样做，我要表示感谢，还是为他自己？我不知道他安的什么心，把一个女子的坚贞爱情当作什么。

我爸爸妈妈一直骂我，这难受的心情谁知道？我把他的名誉和影响比自己的都看重，他这样做对得起我吗？他的良心何在。我为他，眼泪、骂、嘲笑都忍受够了。

如果要我们的关系中断，这也可以。名誉对我来说是已经坏了，让它坏到顶吧！一切听天由命了。

收到此信，你不要给他看，算了。

我痛苦如滴血。

她认为我残忍，不知我用心良苦。我从信中看到她的绝望。她绝望之时，正是他们期盼的“觉醒”。没有她保护，他们很容易把我送到监狱。她年轻不懂事，这世界上，除了她，所有的人，包括我，都知道我和她恋爱是不可能的，她为何要把我一起拖到最悲惨的境地呢?

不过，来信使我得到点安慰。她能回信，说明她已忍受断绝关系的心理打击，身心在平复。她目前是安全的。她爸妈可能不会对她折磨摧残了。

四

昨晚九时到马陆卖油菜籽。

掮菜籽时衣服湿透。走上高高挑板时头很晕。卖了油菜籽返回时，只需两人摇船，其余进船舱休息。蚊子多如蚁，无法睡觉。

今天早晨四时船到村。回屋时又饿又累，冷得发抖。米没有了。屋角有袋毛谷，她临走时给我的。我不要，她非给我，说我不够吃。现在没有吃，只能挑毛谷去陆巷碾米。七十二多斤毛谷碾了五十四斤大米。回来烧饭时，饿得人快虚脱。白饭，紫大头菜。

我想休息。她的彩照枕在被角下。我无数次吻过那红润美丽的脸。我曾一动不动凝视照片上的她每一块色彩每一根线条，和她永远的微笑。

我侧过身，掀起被角，愣住了：彩照变成数不清的松散五彩纸屑。

是老鼠咬的？又是老鼠咬的！它咬掉了她脸上的微笑，咬碎了她的红润美丽。

我哭不出。

五

徐组长突然来。“闵蕙来过吗？”

“没有。”

“闵蕙失踪了……”

“啊？！”我两眼发黑，全身发木，双膝一阵发冷，身子僵硬像死了一样。

“闵蕙爸妈打电话到大队，说闵蕙不见了。她爸妈在她同学、老师等处都找过。过了中午，她仍没回家。她爸妈心急打电话到大队，问闵蕙是不是回村了？又说看看陆弟在不在？现在你在，她不在，这像出大事的样子。我现在马上回大队，给她爸妈回电话，说她不在陆弟在。”匆匆离开。

我坐立不安。她的失踪使我痛苦万分。喉咙里有苦东西往上涌，想吐。我将身子靠墙上，怕一头栽倒。厄运无法逆转。我无法逃脱。她信中曾说：“让它坏到顶吧！一切听天由命了。”她已自暴自弃，可能……不敢想下去。我的腿软瘫了。不可言状的惧怕。她要拉我同归于尽了。我迫不得已写了断交信。想不到断交信成了害人信。

突如其来的震撼和恐惧使我全身强烈颤抖，牙齿上下快速叩击着，发出清脆的声响。“冷热病”犯了！我额头渗出密密汗珠，哆嗦着来到床边，钻进被窝。用被子蒙着身子。手脚冷湿，全身冒冷汗。被窝中，我蜷缩起身子，不由自主像波浪一样，忽快忽慢发出阵阵强烈的颤抖。

半小时后，我筋疲力尽，颤抖停止了。大脑又清晰起来。

金兴冲进屋，说闵蕙失踪了。说她爸妈刚到大队部，很焦急。她爸妈把信拿出来问是不是他写的。他承认是他写。他说前几天，他去南翔公社窑村，他表妹自杀了，才十九岁。他去探望生病的娘舅舅妈，还要吃豆腐饭参加表妹丧事。说他表妹因为恋爱和娘舅舅妈争吵起来服了毒。说闵蕙突然失踪，情况不太好。说她爸妈正在和大队书记说什么，说等会儿来村里找你要人。

“陆弟，我看你赶紧躲一躲。”

我一筹莫展，渗入到纷乱的恐惧中。

“闵蕙爸妈马上来找你要人，你还是躲一躲为好……”

我头昏沉，关门，匆匆离开。

他们在村里找不到我，会以为我潜逃，会派人在南翔车站守候。我不能经过大队部，不能走马陆和沿横沥河小路，要避开走。我要走从中宅到南翔窑村的路。

六

“妈妈，她失踪了。他们可能会找我要人。”

母亲看到我失魂落魄的样子，知道出事了。“怪不得今天好几个居委干部来过，问陆弟回来了吗，我说没有。他们不信，还到屋里找。你这回逃不过了。我早说过，她是祸害，你早晚被她弄到监狱去。”

我怒喊：“不要烦我了！”

“你还凶，你就等着进监狱吧。”

“她出啥事体，他们会找我算账。我回村等他们。我不会害你们。”

居委主任闻讯赶来：“陆弟，你晓得闵蕙失踪了？”

“晓得。”

"你早晓得了？"

"我下午才晓得。"

"你现在要配合大家找回毛阿姨女儿。有个不太好消息，有人在绿杨桥附近公路上见到过她，也有人在南翔和黄渡的铁路道口看到过她。她可能沿铁路走，这很可疑。陆弟，你发现她后马上报告。如果她出事，你逃不掉……"主任匆匆离开，可能协助去找人。

她性格刚烈，想不开一死了之有可能会发生。金兴表妹十九岁，和她一样年龄，为爱自杀了。我不寒而栗。他们找不到我，会把我当逃犯。如果在镇上被抓，闹得家里不太平。我已向母亲招呼过，现在，我要尽快回村等他们来抓。

"妈妈，我走了。你自己保重。"

"有句话，你听好。你吃官司是你的事，使你长长脑子。你插队的村是穷村，和吃官司差不多。官司刑满不要回家，像你爸一样留场，每月工资不比插队少。都是刑满释放的人，不会看得起看不起。批斗的话还轮不上你。"

"我晓得了。"我说。父亲说过，有的刑满释放后回原地找不到工作，只得离婚；有的刑满释放后回原地，被批斗被打死。我听母亲的话，如果进监狱，刑满后留场。

母亲再叮嘱："还有，他们抓你进去，只要不打死打伤，顺他们要求交代，不要死扛着。"

我说知道了。我感到悲凉。我头也不回离开了家。

我自和她恋爱起，总和没完没了的骇怕连一起，内心深处的恐惧像恶魔追逐着我。

七

我精神恍惚回到知青屋。

她死了吗？我伤心欲绝，颤抖的身子摇晃。狂乱残暴的恐惧感阵阵袭来。束手无策。

我双手发抖拿出日记。准备把日记托给简平。简平不在村里，先把日记交海龙转给简平保存，将来日记给我清白。简平是明事理的人。

听到有人叫，是海龙，他说闵蕙刚走不久。

意外惊喜。“她没出事？”

“她刚走，你就来了？你们怎么路上没碰到？”

“她失踪后，我不敢走沪宜公路，怕被人中途拦着扣起来。我拐个弯，从南翔窑村过来，她从马陆走，所以没碰到。”

“当闵蕙出现在村路边时，田边干活的人都停下了活，目送她进了村。许多孩子跟在她后面，随她来到知青屋前。你不在，屋门挂着锁。她到田头找你，问，是不是开船去了？我说，陆弟听到你失踪，急死了。他回南翔，可能通知家里。你出事他会吃官司。她说，他怎么知道我失踪了？我说你爸妈到大队找你，到村里来过，还关照大队村里，看到你回村，叫你快回家，说都可以商量。现在我要到大队去，说你没事了，大队会挂电话给你爸妈，请你爸妈放心。”

“她人怎么样？”

“她瘦了很多。陆弟，她关照我，如果你回村，叫你不要离开。她到南翔找不到你仍会回村。她说今天一定要找到你。说有话要问你。看样子，她对你恨死了。”

她没出事，我被抓可能性小多了。这一整天，她到什么地方去了？她上我家去时，镇上人发现她，会通知她爸妈。她爸妈会报案吗？

八

我静静等她到来。

傍晚，她来了，几个月不见，瘦了很多。她头发蓬松散开，神色黯然。一见到我，郁积在胸中的啜泣迸发，身体抽搐。我扶着她。她像开了闸，啜泣的浪涛滚滚涌出，满脸泪水。目光闪烁难以遏止的愤蕙，咄咄逼人："你是坏人！我之前以为你这么好的人，怎么会是公社最坏知青？黄翔说过，爸妈说过，徐老师说过，都说你是坏人要我远离你。我瞎了眼，我一直不信。我上当了，你就是公社最坏最坏的知青，是道德败坏的坏人。你不是好人，你是坏人！这次我信了。"

我插不上话，等她发泄。

知青屋前挤满看热闹的人。

她痛哭质问："你为啥不说话？你不敢说了？你摸摸良心，我到底做错啥事体？你要这样对待我啊？你说啊，你为啥写断交信？"

"和你一切两断的信，不是真心的。我没办法。"

我把听到她受到身心摧残的传言告诉她。"闵蕙，我受不了。我想，这样下去，你会变精神病，会走极端。我没办法，才写了断交信……"

她打断我的话："你仍爱我？"

"没错。闵蕙，我爱你。断交信发出后，我担心你误会走极端，前几天写了信，请吴红转给你。信在吴红那里。吴红说明天回南翔。你现在可以去问吴红。"

她转身去找吴红。

我没有发出的信：

> 闵蕙：
>
> 近两个月不见面了，甚念！
>
> 上次金兴的信是我写的，难道你看不出我的笔迹吗？因为我看你在家中实在吃不消了，才这样写，我的用意是使你父母知道我们关系已断了，对你态度会改变。我再给你大声讲："我是爱你的！"你的坚贞的爱情与目前的处境，每天使我不安万分，左右为难，我爱你，但不忍看这种处境。
>
> 每到夜深人静时，拖着疲惫的身子，打开日记本，总要享受一下你的四寸照片。

她恢复了脉脉含情，喃喃说："我就想，你不会这么坏吧？"

她的眼神令我心绪荡漾，有拥抱她的冲动。看热闹人多。我克制自己。

我问，你早晨离家到傍晚，这一天你在干什么？她说从家里出来后，经绿杨桥、南翔铁路，到黄渡、方泰，再回村，没找到你，追到南翔你家里，你妈妈说你走了，她又回了村。

"你沿铁路走，你想寻死啊？"

"我不会为你去死。"

"我无论遇啥事体都不会自杀。扼我脖子，我会挣扎不想死。活着多好啊。"为稳住她，我说谎。我在学习班时曾想到过自杀。

"啥人想死啊？"她否认。

这一天她究竟怎么过的，是个空白。我很想了解。在这以后，每当提到这天她想干什么，她就闪烁其词，想方设法避开。她忌讳谈这天她曾想干什么。问急了，会莫名生气，你问这有意思吗？有意思吗？！你为什么总盯着这天？再问，她会莫名发怒。于是，仍是空白。

我坚信，她经历了她这一生中最痛苦的一天，给她的人生留下最深的一道伤疤。

今天，我把零零碎碎记忆拼合起来，以我对她的熟悉了解，把这天空白填补上，应与真相差不远了。

早晨，她从家里逃出后漫无目的走着。

爸妈从早到晚，数落她不要脸去爱坏人。原来的温馨家庭如今冷若冰霜，耳边都是骂骂咧咧。好多次她和爸一起在哭。她对不起爸妈，但是她爱他们。她和爸妈都劝说不动对方。她每天回二楼卧室，走过镇上最热闹的解放街时，会招来镇上人指指点点，隐约传来的话，说她被美丽牌的坏儿子睡了才死心塌地要他。人们不相信有真爱。连爸妈都怀疑他们是不是有过男女关系，怀疑她失贞后产生了嫁鸡随鸡的想法。她发誓没有男女关系。他们不太相信，认为她为保护他才否认。

爸妈打她骂她她都能忍受。她坚持自己爱的选择。她为他而爱。她曾坚信，远在方泰公社的他在等待她。爸妈终有一天相信他是好人不是坏人。派出所老吴说，美丽牌儿子搞阶级报复准备抓。她说她倒追他，要抓他的话，她和爸妈撕破脸。她妈说别抓他，责任在我女儿，我们没管好女儿，女儿早晚会清醒。这几个月，她眼泪流干了。她爱他，舍命保护他，他却用断交信来羞辱她的痴心。

“你耳朵聋了啊！”

司机的大声斥骂使她惊醒。她差点被汽车撞倒。她退到路边，发现走在沪宜公路上，正往上海方向走，快到绿杨桥了。她和他曾来过这里。路边有条小河。他们曾坐在小河边。他说想起《柳堡的故事》中那首《九九艳阳天》，轻轻唱了句“十八岁的哥哥呀坐在河边”。河边杂草丛生，有一丛丛黄色和淡紫色的艳丽小野花。他采摘了一小把递给她，带着自嘲说这是电影中常见的献花动作。她把花闻了闻说不香，放在草地上，说你不要走来走去，你坐下来，我们聊聊。他坐在她身边。前面河边浅水中，两只蛙一动不动紧靠着。她轻轻叫起来：“陆弟，你看啊，两只蛙在恋爱。它们很幸福，就像我们！”他一把拥抱她。她抱紧他。没有亲吻。他们不习惯亲吻。回忆起这一切，更使她伤心。

她离开小河，走向附近铁道线。沿铁路边小路走。列车常疾驶而过，带来很大的风。

她伤感命不好，以为爱上她终生相爱的人，到头来却一场空。活着成了她最大的痛苦。他曾说过，在南翔铁路编组站附近的公路道口，看到过自杀的人。列车经过后，那个中年人瞬间不见了，变成一块块血肉模糊的碎块，分散在上百米的铁轨间。他还看到在铁轨和枕木间有个拉链的褪色手提黑包。他当时叫起来，说这里有个包。警察来了，拾起来打开包，拿出蓝封面的工作证和一些票据。他说中年人刚才和他一前一后在铁路边的小土路上走着，迎面驶来火车时，中年人突然扑向火车。他呆住了。火车开远了，中年人不见了。他跑向附近道口。道口工人马上打电话，不一会儿警察来了。警察从铁轨下用钳子夹出紫黑色软乎乎的东西，悬着挂挂滴滴的小肉块。围观人很多，有人说是人肺。他当时想吐，回家后想起这一幕仍想吐。她走在铁道线边，想起他讲述的自杀故事。她今天同样带了包。她没有工作证。包里是她同学、邻居、同辈亲戚等给她的许多信，都在劝她，分析给她听，她必须离开他的各种理由。他们都是好心。但是她爱他。他们不了解他。

列车经过时，她停下步，等车过去。

她可以为爱献身。她要以死证明她对他的爱。她流着泪，从铁道线边小土路拐了弯，木然走上铁道线。在铁轨间的枕木上走着。她把劝说她的信都带在身上。想起他为她的死伤心后悔时，她哭得很伤心。想起他为她的死不伤心不后悔，她也哭得伤心。

身后响起火车鸣笛，列车向她快速驰来，越来越近，她没有避开，脚步没有停下。现在，一切都不属于她了。走了一天，心中迷乱。末日来临像雾气一样笼罩着她。她连身体的感觉都没有了，昏昏沉沉，始终处在催眠状态中。她木然走着。周围是咣当咣当车轮撞击铁轨的声音。火车拉响了长鸣，似在提醒她。她的脚步稍迟疑下，没有躲开，继续在枕木上走。枕木间距离相同，一步一步走着，很合适。火车逼近了。她停下步闭上眼，准备刹那间血肉横飞。她不怕死，想到他得到她死亡消息后，一辈子生活在伤心后悔中，她感到欣慰。证明他心里爱她。她要让他明白，刺中她致命一刀的就是她曾想托付终身的他，一个被她爱得死去活来的他，是他逼她走上这条死亡之路。想到这里，她竟有一丝愉悦，惨然笑起来。

火车从她身边疾驰而过，经过时强大气流把她冲得差点跌倒。她不明白怎么回事。火车从她旁边轨道中过去后，明白是双轨铁路。她有些惘然。

一个道口工人对她厉声喊："小姑娘，你不要命啦！下去下去，不能在铁轨上走！下去！"工人走近她，用手指着她喊："我是叫你啊！下去，不要走在铁轨上！”

她迟疑了下，走下铁轨，回到铁道线边小土路上。

她收到断交信后，想恨他，却无论如何恨不起来。周围人说这封断交信暴露坏人的原形。看看吧，你多痴心，他却在你滴血伤口上狠捅一刀，坏人就是这样子，从骨子里坏出来，说断就断没有情义。说他不是好人，是下三滥，说不爱就不爱。她除了哭泣，无话可说。她对坏人的痴心成了他们劝说的话题。同学、邻居小姐妹斥责他写断交信的恶意，是阶级报复，骂他本质是坏人，说她有眼无珠。连梅姐也说，你看你痴心爱他，他却写这样一封断交信，无情无义的人不值得你爱。但是，当她回忆和他的点点滴滴往事时，仍感到甜蜜。他们相爱像一场梦。她深爱他，爱他已无药可救。她心碎了，精神崩溃，她哭了很久。她没想到他会负心于她。她看错了人。他不爱她，他想断交，不好意思直接回绝她，通过金兴通知她。她终于明白他不爱她，在利用她，她能为他烧饭洗衣服打毛线种自留地，她把家中带出的食物省给他吃。自始至终，她都是一厢情愿爱他，他从来没有爱过她。她爱他，甚至可以委身给他，他也不要。她在家里才几个月，她对他的利用价值没有了，通过金兴向她发了断交信。现在，她相信他在利用她的帮助和关心，所以不敢和她发生关系，他怕担起爱的责任。周围群众眼睛雪亮，早看穿了他，她却痴痴地相信爱。他使她身败名裂，使她心如死灰。过去他推说不敢接受她的爱，断交信暴露他之前多次婉拒她的爱都是托词。他根本不爱她，而在利用她。

管闲事的道口工走远了。火车拉着长鸣汽笛声，一次次在她身边呼啸而过。

她站定了，眼泪大颗大颗涌出来，当她面对驶来的火车准备最后的纵身一扑时，突然有个念头跳出来，她死了，他会被打死，或被打得伤痕累累投进监狱。她爸妈不会放过他，居委和派出所老吴不会放过他，人民群众都不会放过他。他家里会被砸得一塌糊涂。她想起他和他的家庭，觉得很可怜。他会因此恨她一辈子。她曾承诺过他，会承担所有责任，她死了，她因失信而变得不要脸。

善心挽救了她，使她选择了生，那是希望；善心也挽救了他，使他人生道路没有急转弯，没有拐向那条黑暗的不归之路。“我不能死。我要当面问他，你为啥如此负心？！你的良心被狗吃了？！你为啥这样坏？！”这一天，她从南翔走到绿杨桥，从绿杨桥沿铁路走到南翔铁路编组站，走到黄渡，又走到方泰。她从早晨走到下午，走到傍晚。

这一天也是她对生命的一次生死抉择。

话归正传。

我说，闵蕙，你爸妈找你急得不行。你快回家，让你爸妈放心。她说我到过你家。我妈熟人多，有人会转告他们。

我送她到马陆车站。她说，我这里有许多信，都劝我离开你，我把信给你。我把亲朋好友都出卖了，你知道我多爱你。我这两天会回村，逃也要逃出来，你放心。

九

我猜测这么多信中，肯定有梅姐的信。她说过梅姐许多事，梅姐戴眼镜，懂事多，看过许多书。我因此对梅姐有好感。

我找出梅姐的信，信很长（摘录）：

> 你自己必须拿定主意，不能犹豫不决。一个人的婚姻是一辈子的事，处理得不好，将会给人终身带来痛苦。他的政治情况很不好，各方面条件具天壤之别，真所谓“癞蛤蟆想吃天鹅肉”。为了自己的前途，为了将来的幸福生活，你必须慎重考虑，不能顺波逐流，造成糟糕的开端……

我苦笑。梅姐“癞蛤蟆想吃天鹅肉”很刺目。我承认是“癞蛤蟆”，她是“天鹅”。

我欣赏梅姐的文笔，字也写得很好看。

七四届毕业生插队青年和工厂青年以及居委地区的信（摘录）：

……现在我们分析了一下，可能其中有几个因素存在。一、“在阶级社会中，每一个人都在一定的阶级地位中生活，各种思想无不打上阶级的烙印。”阶级斗争是尖锐复杂的。你向父母写的信，措辞决定不动摇，我们认为，这不是你自己的想法，这是对方预感到阶级出身成分这方面的关系，叫你用这样的措辞来对付你的父母，迫使你的父母答应下来。二、在恋爱之前，一定要考虑到自己的终身和未来子女的终身为前提。因为家庭的历史要到下面第四代，才不记及你的成分关系。他是否愿意去争取入团入党，这是他对你谈恋爱真假的试金石了……三、你如能督促对方和家庭断绝关系（因为他家帽子性质太多了），这是他真正要求进步的表现。四、你为了个人的恋爱，要和自己的父母脱离关系，这是不妥当的，要细微地考虑。你以学习劳动接受贫下中农再教育，使自己能锻炼成为一个无产阶级的接班人。

敬礼

七四届毕业生插队青年和工厂青年　居委地区

“居委地区”被另一种钢笔划去了。我猜想可能她妈妈划去的。她妈妈是居委干部，怕女儿认为信是妈妈策划，会产生误会。

苏州亲属的信（摘录）：

毛主席说：“列宁为什么说对资产阶级专政，这个问题要搞清楚，这个问题不搞清楚，就会变修正主义，要使全国知道。”姐听说闵蕙的事后感到万分怒火，气得饭也吃不下，心中闷闷不乐，觉也睡不着。我想你这样一个高中毕业生，有知识的青年，连什么阶级都不懂了。你把自己的终身大事，随便挥给了资产阶级的人去用了。你把自己当作什么小菜吗？闵蕙，你要好好想一想，全面考虑一下，一个人的一生一世关键是现在。你到他家去，不害了你一个人，而且要害你的子子孙孙的大事。你现在上了资产阶级糖衣炮弹的当了吗？我看你到今日还没有明白，真相在迷雾里摇船——我希望你赶快醒过来。你要知道这种人是没法招什么对象，有觉悟的人根本不肯跟他的。因此他到处钻空子，钻到觉悟低的人，就要用多种多样的方法欺骗意志薄弱的人。我希望你立即回过来，学习党的基本路线及无产阶级专政的理论，学习革命英雄刘胡兰在子弹面前头可断，成为生得伟大死得光荣的人物。像陈黄贞同志那样干无产阶级革命一辈子。我今日的话，你到一定的时候，也一定会明白的。你现在不理解也得听我一听，划断界线问题！闵蕙，你今年只有二十岁，我看毛主席提倡晚婚的距离很远，为什么这样年轻就要招呢？即使要招是可以的，但要看阶级的重要。我们是贫下中农工人阶级出身的子女，是一个有前途的青年人。难道一个工人阶级贫下中农无政历问题的优秀青年找不到吗？这个人全家都有政历问题的，你的政历不是很好吗？而且是有高中水平的一个知识分子，你跟谁跑，关系到你的世界观问题。你知道什么是资产阶级什么是无产阶级，什么是香花，什么是毒草？难道你都不懂？难道你香臭都不闻了吗？今天你年纪轻轻可能还弄不清，我看你到三十岁以后要喊冤枉，到那时来不及了。我为了自己妹妹的前途，来信要你回转头来。

他用什么手段，什么方法，什么礼物来欺骗你的，对方的政历，请你来信一起告诉我。

你要和他斗争。

关于你娘彩云问题，是瞎了眼睛，害了下一代。蕙英她有点知识，她经常恨富农家庭，是走投无路。因此经常在家中哭，彩云是遗臭万年。我叫你不要学彩云的样。你要看当前的形势，特别对资产阶级专政的问题要搞清楚。打击新的资产阶级分子及蜕化变质问题，希望立即回过头来与他划清界限。

我们的两封信决不能给那位陆弟看，若你给他看的话，你一个知识青年完全毁掉了，根本谈不上有什么社会主义觉悟的人了。

信最后，用引号强调：

闵蕙，你懂得吗，只有无产阶级的感情，没有夫妻之间的爱，只有什么阶级爱什么阶级，你要冷静头脑思考，我和你父母对你的关怀。

我重看了几遍信中的几行字："我们的两封信决不能给那位陆弟看，若你给他看的话，你一个知识青年完全毁掉了，根本谈不上有什么社会主义觉悟的人了。""闵蕙，你懂得吗，只有无产阶级的感情，没有夫妻之间的爱，只有什么阶级爱什么阶级。"

我苦笑。

正如她分手时说的，她为了爱，出卖了所有劝她的亲朋好友。

十

她杳无音讯。她说过这两天会回村，说逃也要逃出来。

我猜想她逃出来后被抓回去，被软禁了。这次她会被一步不离看管，防她自杀又要防她出逃。

"咔啦哒！咔啦哒！"的织布机声不分昼夜连续响了两天一夜。

傍晚，织布机声突然停下来。

我莫名惶恐不安起来。

我刚想坐到床上，突然愣住，被子被老鼠咬得一塌糊涂，到处是被撕破的被面和被抓蓬松的花絮。把被子掀开，全身一阵哆嗦：被子里一窝血红的肉老鼠，刚生下不久，眼睛还未睁开，在互相拥挤、蠕动，发出声声低微的叫声。一团团光滑柔软的肉窝窝，好像没有骨头似的，看一眼便觉腻心和厌恶。

第十四章　真爱无人识

一

没有她消息。

我将去上海装粪三天，先回南翔打听她消息。夜里回到家，母亲睡了，没有门闩，用长凳顶着门。门闩前些年被撞坏了。我用力推门进房间。

早晨，我走出家门，突然觉得街上阴气森森，太冷清了，有股不平常的压抑气氛。有不祥预感，怎么回事？走到街中心，向左右街尽头望去，不见人影。

小弄堂里走出康强。

“康强，好像有啥事体发生了？”

“没有吧。不过，也奇怪，街上今天太冷清了。”

有几人从东面过来，有些慌张，走近时低声说：“东面杂货店对面院子在杀人，现在仍在杀人。死了不止一人……”

啊，怎么回事？我和康强都吓了一跳。

街上人多起来，往东拥去。居委主任、派出所老吴都神色紧张向东赶去。不远处，警察开始拦住人群，不让人再进入。街头三五人群议论，说谢若水杀了人，说谢父亲是上海机床厂职工，父母离婚后，娶了继母。继母生了对双胞胎女儿，十六七岁，长得水嫩漂亮。谢分配到新疆，和父亲关系不好。这次回来和父亲争吵过。他今天带了三梭刮刀特地来杀人。父亲不在。他先杀继母和双胞胎姐姐，妹妹逃走时被他追上连刺几刀。妹妹中刀后抱住大树慢慢滑下坐在地上。他背靠树坐在地上，往肚子连刺几刀，瞪着警察。他被送到医院。医生不打麻药为他动手术，说救活他再枪决。不到百米的民主东街这一次四条人命。

前些年这条街上有孙子敲开奶奶的脑壳。警察来时，孙子仍在吃奶奶白花花的脑子，旁边还放着一小碟酱油蘸着吃。孙子曾是大学生，没有父母，受刺激变成精神病，关进精神病医院。大学生曾天天从我家门前走过，头发很长，口中喃喃说什么。他同我一样，每天到解放街报亭看报。看到路边有字的废纸会拾起来看。

我希望闵蕙听到东街杀人消息，会来看热闹。

二

我在她家附近转悠希望遇到她。

没有一丝风。几片枯叶在街沿边缓慢又从容地滚动着。

尖利的锯木声停下了。传来几声爆米花的爆破声。

房檐下一圈圈细软被染黑的灯芯草。一只破旧杭州篮。

墙脚边长满乱七八糟的杂草野花。一块大青石。一段烂绳头。

起风了。枯叶不再滚动。

街两边房屋痴痴呆呆挤叠着，在寂静中有些恍惚。

南翔救火会是镇上最高小楼，约三层楼。我在救火会附近徘徊，希望遇到她。

我曾向她说过我小时的生活场景，说我小时候，附近有小热昏说书“李三保捏铁似泥捏石似粉”，说到一半时卖梨膏糖。一块块梨膏糖放在一个小方盒内。听到卖梨膏糖，人一下子走了大部分；说南翔诊所拆了，露出大片空地。空地上有大力士表演，专治农民的腰肌劳伤，用指头斩石块，手指钻砖头。节目最后大力士平躺门板上，胸腹上压大石块，石头上站许多人；说我三哥专挑夜里讲鬼故事，说到一半时，突然惊叫“鬼来了！”我们尖叫逃散开来。等我们慢慢聚集时，黑暗中出现一张狰狞恐怖的脸就像鬼，那是三哥躲在黑暗中用手电筒放在下巴往上照明，吓大家。

她很喜欢听。她会不会来呢？

我闲逛了一圈，没遇到她。失望。

有人叫我，是仁仁的侄子。

他说，陆弟，你知道吗，黄毛前两天自杀了。

黄毛自杀了？我惊讶。

他说，黄毛也插队在方泰公社。说黄毛自杀前几天，抓邻居家的鸡，烧了白斩鸡，喝起小老酒。正吃时，邻居女人进门，说，原来鸡是你偷的。黄毛说，是我偷的鸡，我还要偷你人了。女邻居说黄毛的眼神很怪异，好像疯了一样，赶紧跑了。第二天，黄毛自杀了。

我惨然苦笑。说，黄毛死了好，他活得苦，死了就不会有痛苦了。

三

我解开缆绳跳上船。海龙用竹篙用力撑下，船头慢慢离开水桥。

传来谩骂声争吵声，夹杂令人心惊肉跳扔砸东西的“哐当！”声，愈来愈激烈。

福泉和桃妹又吵架了！

我取过摇柄，摇起柴油发动机。发动机“啪啪啪”轰响起来。近年来，河面水花生愈来愈茂盛，河道中留下仅能通过船体的小弄堂。

中午，船进入横沥河。河面开阔，没有了水花生。挂机却坏了。只能摇船拉纤到市区。

深夜一时左右，船到北新泾野鸡墩“T”字形河道口。前面是苏州河，属上海市区。苏州河在涨潮。乌黑湍急的河水涌入内河，有一股热烘烘的臭气。河两岸林立的工厂和灿烂闪烁的灯光。我们等落潮要四小时。

我坐在船头。

水“哗哗”响着，涨得很快。摇船不前进，像停在原地。轮船开来，翻腾的水面使船晃摇颠簸，橹桨随时被无形的水力推出水面，如不掌控好橹桨，船会横过来。摇了一个多小时，仍望得见野鸡墩。

水终于涨得差不多了，河面几乎和岸一样高。船仿佛行驶在公路上。

天渐渐亮。曹家渡桥过了。涨潮时涌进浑浊的长江水使苏州河水呈现一半黑一半黄。河水击打着石坝岸。两边停泊的驳船上，船民睡眼惺忪，解开裤子冲着苏州河“哗哗哗”撒起尿。

船过了武宁路桥，过了长寿路桥和恒丰路桥，新闸桥到了。

新闸桥粪码头边停泊着三四档船只。船终于靠上码头。

我爬上石坝岸上的绿色铁扶梯，上了岸。

路上行人用鄙视厌恶的目光匆匆扫视我：我赤裸双脚，卷起的裤腿一只高一只低，小腿上尽是泥巴。土布衬衫纽扣掉剩下两颗，敞开着黝黑的胸脯。衬衫上留下大汗后斑驳重叠的白色盐迹，有几个破洞。

我几天没好好合过眼，困惫不堪，深陷失望苦闷，把目光落在湍急动荡的苏州河上。

记得我刚插队时，曾对未来充满希望。很快，希望被严酷现实击得粉碎。我成了坏知青，被打入另类。现在，我和她相爱或不相爱都会将我逼向深渊。

黄昏，我去附近小弄堂购赃车。

我在熙熙攘攘人群中，被人撞来撞去，遭到一连串斥骂：“臭阿乡，眼睛瞎脱了？！”“阿乡朝我身上撞，想摸皮夹子啊？！”

走进小弄堂。小偷见我衣裳破烂，上来贼头贼脑兜售，低声问，车要吗?

我为老队长搞到一辆自行车，没有执照，二十八元。

四

船在新闸桥路装满了粪，返回村去。

船一出野鸡墩，有了纤路。

我从船上拾起纤绳松开，一头系在船中的纤绳竹竿上，跳上岸。海龙跟上。我扔给海龙搭纤绳，搭在我纤绳上。阿坤拨起木橹掌舵。我把纤板套进脖子。逆风逆水又是重船。我身子前倾，艰难向前，很快衣衫湿透。我们“呼哧呼哧”喷吐着粗气，垂下的双手触到了地。汗水流进眼睛，眼睛在隐痛，来不及擦。

“你吃了苍蝇籽，瞎脱眼睛了?！”对面来船的纤夫，脸黑得像张飞，全身一条中式短裤，身上油亮晶晶，大口喘气，肚子起伏着。

黑张飞船上的纤绳竹比我们船短，理应他在里档钻纤，被我稀里糊涂先钻了，两根纤绳会很快绞在一起，两条船会撞到一起。我慌忙退回，脱下纤板。

“你他妈的，怎么抢着钻里档啊?！你想死啊！”他狠狠骂人。

我站定，喘着气，一股怨气没地方出，举起手中纤板向他揍去。他一声惊叫，避开了。我揍了个空，追上一步向他头上狠命揍去。情急中，他用手臂挡，“啪！”地一声脆响，手臂立刻软软垂下，一声哀叫，退后两步，一脚踏空，“哎呀”一声跌下又高又陡的河岸，“扑通”滚进河中。

我冷冷看黑张飞在水中挣扎，全身水淋淋地爬上岸，看他喷吐口水谩骂，心中舒畅了许多。我笑了。向船上看，阿坤和福泉都在笑。

“快拉吧，海龙！”我想起。海龙紧跟着我。纤绳很快绷直。

身后传来种种骂声。不是骂我。两船擦过时，阿坤福泉和黑张飞在对骂，骂得激烈下流。

五

粪船停靠在张村南面的小河湾，那里有水泥粪坑。

闵蕙站在河岸高处，看到我们，大声喊："陆弟，我爸答应我们可以来往啦！"她满面笑容，冲我们笑，连我上岸都等不及。"可以来往"消息令我异常兴奋。

船靠岸，我跳上岸。回村路上都是她在说。她心情激动，说她回村时我开船去了，金兴估计粪船下午到。她中饭后等候在河岸高处，为让我早知道好消息。她爸"同意来往"的附加条件是和她断绝父女关系。

我到水桥擦洗身子，干干净净回屋。

热饭菜准备好了，脏衣服换下她会洗。她带的熟菜很少。说她爸妈知道之前带的熟菜大都被我吃了，现在为她准备熟菜处于两难。我觉得够好了。

我满意地打着饱嗝。和她分手几个月来，我没有吃饱过。

"爸妈晓得我沿铁路走了一整天，担心出事。说你不要做傻事。我说爸爸，我长大了，为啥连自己恋爱都作不了主？我爸眼睛红了，说你长大了我们管不住你了。要我保证和你保持一般关系同意我回村。我爸说，过一两年，你会发现陆弟人品坏，会明白周围人为你好。我爸说，你们婚前不能发生男女关系。到结婚年龄，如果你仍和他一起，我们不反对，但仍断绝父女关系。"

我明白，她走铁道线有很大自杀嫌疑，她爸妈不得不走缓兵之计。他们怕失去女儿。

我拥抱她。她依偎在我怀里，仰起头，用手摩挲我的脸。"陆弟，你瘦了许多，脸变黑了。你肯定好几天没困好，是吗？你在想啥？"

"我想你可能被关起来，凶多吉少。我不抱多少希望。我出不了力。"

“我们将来一定会幸福，你相信吗？”

我苦笑没回答。

“你不是阶级敌人。我们凭双手吃饭。我相信我们未来美好，人人会羡慕我们。”

六

她要庆贺我们胜利，要到自留地挑菜，到大队弄蘑菇，到陆巷买熟菜和葡萄酒。

危险暂时离开了我，绷紧的神经松弛了。我倒在床上一觉睡到夜里七时多。她叫醒我。她准备了好多熟菜，还有酒。她说她从不喝酒，今天陪我喝几口。

我说我看了梅姐、你七四届同学等许多来信。说我“癞蛤蟆想吃天鹅肉”。我是癞蛤蟆，你是天鹅，我强烈想吃天鹅肉，但是不敢，太危险；你吴县姐姐说我用糖衣炮弹勾引你。我这么穷，哪来糖，还炮弹呢。

“是我用无产阶级糖衣炮弹勾引你，引诱你。”

“我想了想，也觉得被你一步步拉下水。”

她“咯咯咯”笑起来。

“‘闵蕙，你懂得吗，只有无产阶级的感情，没有夫妻之间的爱，只有什么阶级爱什么阶级’……”我引用她吴县姐姐的信中句子。

“我把亲朋好友出卖了。你还嘲笑他们……不过，‘只有无产阶级的感情，没有夫妻之间的爱’，听起来有些怪怪的。”

“因为你中毒太深了……”

她笑了。“许多人来劝我，揭发你和你家更多的丑事。”

“简平希望我不要欺骗你。你不说是不信任我，是不爱我。”

“你逼我说的，我就说，反正我也不信。”

我把最后一口葡萄酒喝下，说我们出去散散步好吗？

她说民主东街居委主任来她家，说镇上反动分子抄家大多抄一次，你家两次抄家，说因为你家民愤大；说你妈妈每星期要写思想汇报，四类分子天天要扫街路，你也陪妈妈扫过街路。就是“老子英雄儿好汉，老子反动儿混蛋”。主任说，闵蕙，你想一想，你能过这种家庭生活吗？魏其说你九岁时，就进过学习班，说涉及一桩反动标语案件。许多人说你道德败坏，是令人不齿的下三滥。

“陆弟，我听了难受，我真不相信，但是，我爸妈和周围人都相信。”

“闵蕙，我家前后确实被抄两次家。我家周围十几户老邻居，原来关系蛮好。我家第一次被抄家是在起哄中发生的。邻居福根读高中，骂我二哥四类分子。二哥说四类分子子女不是四类分子。福根说就是四类分子。二哥辩称不是。邻居毛头那时读初中，起哄说四类分子不老实想变天。说美丽牌家这么多人靠阿大工资怎能活下来，肯定有解放前藏起来的金银财宝。围观的都是中小学生，想看热闹，说对啊对啊，查变天账。毛头说抄家抄家，抄美丽牌家。毛头和福根在恋爱，毛头一说，福根带领学生抄家，拿出纸笔写抄家清单。母亲和二哥被学生押往居委。我和妹妹哆嗦着被押在屋角。这次抄家抄到一箱连环画，其他什么也没有。福根说连环画上有马陆印村小学公章，是偷来的。其实是印村小学把连环画卖到印村收购站。我三哥看到有《三国演义》《水浒》等连环画，从收购站论斤当废品收来的。

“文化大革命开始了。民主东街抄家从马家开始。马家靠出租婚丧喜事用品为生。抄出的东西搬到街中央，先把瓷器等砸了，其余一把火烧起来。马家三个儿子，有个儿子抗美援朝牺牲了。过年时，门上会贴‘光荣人家’字幅。东街上人都羡慕马家有钱又是军属。这次也逃不了。那时，学生每天烧啊砸啊。因古画里有白鹤，是四旧，连古猗园白鹤亭上的白鹤雕塑也被砸了。还搞来几辆手拖车，镇长和文化馆馆长坐在车架上，戴着高帽，由嘉定二中校长张昌革拖着车游街。

“福根说美丽牌家上次抄家不算，要补抄。他站在我家饭桌子上，居高临下指挥。有人提醒他抄家要有红卫兵袖套。他说有，回家取来了。其他人都说没有红袖套。他说他能代表红卫兵。这次抄出两纸板箱书和杂志，都是我大哥的。我大哥读到小学三年级。十二岁到宝康学徒挑笼糠。信诚厂厂长是个年轻人，原是资方老板，出过国，喜欢足球和文学。厂长组织踢球时，大哥把对方的脚踢断了，厂长说大哥腿硬朗敢拼，招为正式职工。大哥受厂长影响，长年读书积累下书和杂志，抄家风起来时，觉得放宿舍不安全，家里抄过家不会再抄。《萌芽》从一九五六年开始，大哥一期不拉订阅了十多年，都被抄了。我家两次抄家都是福根和毛头发动。福根后来当了工人。毛头插队后，被福根甩了，现在成了冤家。福根当造反派头头时红过一阵，现在是一般职工。”

我们走在拖拉路上，路两边是竹林。似乎穿越狭窄幽深的弄堂。

浓密的竹叶纵横交错。月辉点点滴滴漏进竹枝间。竹叶摇曳出瑟瑟低语。

天地万物隐隐约约散发着微光。

风吹来，竹叶阵阵哀叹，地上模糊的竹枝阴影发出一阵惊恐骚动。

她说，魏其说你当年到大队交代问题，他是审讯笔录人。

“当年大队审讯我的是王组长，笔录是女知青庄芹。魏其在瞎说。

“魏其说我九岁涉及反动标语案件，有过。那时还没有学习班。在暑假里，傍晚，我和几个小孩坐在街沿边石阶上玩。发现离地约一尺多高的街沿水泥墙上有‘国民党万岁！’几个字。很快警察包围现场，开始查，画出嫌疑人范围，说从笔迹看，小学五年级以上，在国民党时期家境好。附近五年级以上学生集中开会。我读二年级，轮不到开会。我在开会的教室门口等玩伴。一个老师看到我，随口问，你看到反动标语吗？我说看到，边说边比画字的大小形状，我说是白粉笔写的。没想闯了祸。我母亲是文盲，父亲吃官司。几个哥哥在上班，都没有作案时间。解放前，我父母是农民，生活远不如解放后。我家被排除了嫌疑。不过，我成了调查组破案的关键人物。

“调查组分析附近有两人符合要求，有作案时间，都是家庭妇女。康师母住在临河独家院子，老公解放前后都在上海电影制片厂工作。华师母解放前是舞女，在舞厅搭识了老公。老公原来是大资本家，公私合营后吃官司。华家有二层小楼，有香港亲戚。解放初老公还资助弟弟去了香港，据说成了香港大资本家，但华家从不承认。那时，我每天去南翔怀少小学报到。调查人员要我说看到啥人写的。接着，要我从康师母和华师母中，指认啥人可能写？再后来，直接问有没有看到康师母写？你认为康师母会写吗？康师母威吓过你不要说吗？每天傍晚我才可以回家。母亲说，你看到啥说啥不能乱咬人。暑假很快过去，他们叫我不要去了。从此，我学会了隐忍，母亲教会我不能害人。”

她说，康师母也到过我家，说你陪反动母亲批斗扫街路写交代。

“康师母这是恩将仇报。居委会组织批斗母亲，我和妹妹去陪斗。康师母说，美丽牌生活作风败坏，到外面轧姘头寻快活几天不回家，把小囡扔家中。阿六、阿七、阿八没人管，饿得大哭小翻，身上地上都是屎啊尿啊，臭气冲天。母亲说没这事，话刚落，被按下头说不老实。康师母喊‘坦白从宽，抗拒从严’，说阿六，阿七，你们要揭发美丽牌，要恨美丽牌，要和美丽牌划清界限。回家后，我郁闷了一阵子，如果我当年把康师母指认，‘现行反革命’分子下场比我家更惨。她的独家院子肯定被没收。她的儿女肯定比我们更可怜。母亲说做人要实事求是，为儿孙积些德。母亲还举例说，你太公是个不小的地主，两个儿子，每人分到几百亩田。其中一个儿子是你爷爷，叫陈书庭，书香门第的意思。他是读书人，知书达理，会看风水，给你父亲取名陈秀章，希望他能写好文章。你爷爷心善，周边村民都叫他老弥陀。不吸毒不赌博。村民有困难找他，他会救济。政府收钱粮，村里交不出，他卖地为村里解难。到解放时，他钱没了，地卖光了。而你太公的另一个儿子，解放后，儿孙被划入地主。你爷爷不重钱财，一生行善，儿孙解放后划入了贫农。我们在镇上，也被划入‘城市贫民’。你看，这就是你爷爷行善积德积出来的。母亲说，康师母诬陷人，早晚会得到报应。我们善待康师母，其实在为自己积德。

“康师母说我母亲每星期要写思想改造，作为儿子，陪母亲扫街路是经常的。母亲是文盲，写交代，由母亲口述我们代笔也很正常。我家经常遭到学生扔砖块和谩骂，门板都砸坏了。有时半夜也砸，我们一开门，他们躲在黑暗中笑。隔壁邻居受不了砸门发出的巨响，影响休息，跑出门冲着黑暗痛骂，那些学生才稍收敛……”

大功率手电筒闪晃着，向我们逼近。是附近大队民兵巡逻。

嘈杂声靠近。手电筒在我们脸上乱晃。

“你们啥关系？”

“谈恋爱。”

“你们是啥村？”

“光明大队张村。”

“早点回去。逛得这么晚，会影响明天生产。”

民兵走后。我们走到一座桥，辨认桥上字，已走过方泰镇。

“闵蕙，我写日记，强调你倒追我，强调我们没有发生男女关系，为啥，为自证我清白。我明明爱你，为啥处处被动？我自私，总觉得我们相爱不会有好结果。”

“陆弟，我们相爱，任何人阻挡不住。”

“阻挡我们相爱很容易。因为有你保护，我才能和你逛马路，否则早被关起来了。在这世上，除了你，所有人，包括我，都认为我们相爱最终是悲剧，是两败俱伤。我母亲不止一次说，你等着进监狱吧。你在大家眼里，早失去贞操，名声早坏了，说将来你在本地嫁不出去，只能嫁到你的吴县乡下……”

“陆弟，我总算明白，为什么我们相爱过程中，你经常和我断交，相爱又断交，反反复复。你爱我却又怕进监狱。是这样吗？”

“我很矛盾。爱你，又不敢爱……”

“他们劝我，说你爱他其实害他，说如果真的爱他就和他断了关系，否则他会进监狱。我听了奇怪，问他犯啥罪？他们隐约提到‘强奸’‘流氓’等。我现在明白了，你爱我，又担心进监狱。”

我们都沉默了。四周静极了，只有脚步声。

天穹幽暗深处星星闪烁。零落的村庄像一块块深浅不一的阴影，漂浮着。

她突然大声说：“强奸不强奸，我最清楚，怎么会由其他人决定呢？”

“他们会说，你在我欺骗下发生的男女关系，就是强奸。”

她冤屈地叫起来：“我们没有发生过男女关系啊。”

“我们的恋爱搞得全公社全南翔镇都晓得，说我们没发生男女关系没人会相信。连金兴简平他们都不相信。退后一万步，他们会说，没有男女关系，搂搂抱抱总有吧？”

“搂搂抱抱犯啥罪了？”

“他们会说我欺骗了你，你被搂搂抱抱，就是我犯了‘猥亵妇女罪’‘流氓罪’。”

“我自愿的啊。”

“他们会说我在搂抱中肯定有占有你的意图。你自愿是受我欺骗，所以仍是‘强奸’，只要我脑子里想过和你发生关系。当然，最好的结果是‘强奸未遂’。”

她气愤地说：“怪不得魏其说你爱他，他最终会倒在‘强奸’‘强奸未遂’‘猥亵妇女’‘流氓罪’中一条罪名。我当时一听气就来了，怎么能这样胡说八道？魏其说到时候轮不到你为他证明。他们把他抓起来，他肯定会交代。”

“魏其说得对，我被抓起来后，我会交代，除非我不想活。我一交代，你说啥都没用。罪犯都交代了，你还能说啥。”

她发出惊吓声：“啊，我还以为魏其在吓唬我。”

我们没话可说了，走到一座桥边。我说休息一下吧。

黑魆魆的阴影浮在水面上，闪烁点点滴滴微光，像迷离朦胧的泪水不变幻跳跃着。一颗流星从天穹中飞过，滑落到天边。

我们坐在桥堍边的石块上。路边是黑蒙蒙的沟渠。沟渠中突然飞出一只大鸟，把我们吓了一跳。紧跟着，又腾飞起一只，一前一后向远处飞去，在空中发出清脆的“咯咯咯”鼓动声。

她跳起来，兴奋地说：“‘早见黄狼夜见鸡’，陆弟，这是好兆头！陆弟，我们会幸福！”

“你说啥？”

“老古话说，早上看见黄鼠狼在面前跑过，夜里看见野鸡面前飞过，都是吉祥。野鸡飞起是两只，它们是夫妻。我们会幸福，一定会的。千百年来的老古话不会错！”

我被她的愉悦心情感动了，笑着说：“我也听到过‘早见黄狼夜见鸡’是好兆头。”我拉起她，“抱一抱吧。闵蕙，我爱你，我很爱你。”

她抱住我：“陆弟，我求你，以后不要把我们相爱看得太悲观。他们敢抓你，我会和他们拼命。我说到做到。”

响起零零碎碎的公鸡报晓声。天渐亮，变成此起彼伏的众鸡喧闹声。

东边出现鱼肚白。广阔的田野。各村落陆续升腾起一缕缕的白色炊烟。

第十五章　铭心刻骨苦别离

一

她说过两天会回村。

闷热天。傍晚天黑时下起暴雨，“噼噼啪啪”的清脆声音很像竹筒子倒豆。

屋里有八九处“滴滴答答”在漏雨。我忙着把面盆、粪桶、钵头等盛水工具用上。水落到盛水具内，发出悦耳的“叮咚”“扑通”声。一道耀眼闪电划过，紧跟着一阵似乎什么东西被撕裂的“嘎啦啦”雷击声。外面狂风咆哮，雨势慑人。一阵似房屋轰隆的倒塌声。电灯忽然熄灭，大概电线被风刮倒了。

屋里漆黑一团。雨声和隆隆雷声。我走不出小屋，早早睡下了。晴天要干活。如果她在，大雨天，不会有人打扰。我们在黑暗中聊天，享受拥抱。雨天是两人世界。

躺床上时间太长头有些晕。

今天，她肯定不会回村了。我不再期待。我昏昏沉沉睡着了。

天刚亮，我醒了，不敢相信眼前情境。屋里都是水。农具杂物淹没了。浑浊土黄色的水漫到床沿。床沿边聚集漂悠着片片草绿色浮萍。雨再下的话会把床淹了，会淹没我。我的海绵拖鞋不知飘到哪里去了。墙边那对木粪桶浮了起来，随着水的波动在互相轻轻叩碰。一大块水花生怎么进了屋？可能从门框下大缝隙漂进吧。水花生旁是马桶。马桶倾翻了，半沉半浮在水里。粪水混合在水中。曾听说水把墙脚浸软会塌房子。

雨声淅淅沥沥，雨小了。

我肚子饿了。米瓮被淹。米瓮里有几斤米，进了水，米浸胖了。估计井水同河水一样混沌不堪。能吃的只有半块紫大头菜，咬了一口。我出不了屋，躺床上等雨停。

雨又下了一天。下午五时左右雨停了。

我穿着短裤滑下床。水凉快得很。我"哗啦哗啦"蹚着水，走出屋。

大水淹没了路，凭记忆走到村口。眼前豁然开阔。

广袤无垠的水面和沉重晦暗的天空融合在一起，擦去了地平线。水把张村和外部世界连成一片。天地间一片浑浊苍凉。水面上露出村庄的房屋和树丛。近处漂浮着一块块分散的水花生，一朵朵七零八碎的水浮莲，一片片细小的淡绿色浮萍，还有散落的船只、农具和浮起的各种杂物。

水淹没了一切，只有鸭子高兴。五六只鸭子生气勃勃，围着河面的水花生游动、觅食和扑扇。在死寂的天地间，它们在水面跳跃，呼噪，溅起一连串浑浊的水花。

村里不少人也蹚水出来了。说接连几天的雨使河水猛涨，淹了很多田。张村到外村的路淹了。说苏州河水位高过了马路，浏河等各个河口闸门都打开了。说广播通知要开沟排水，河面比田里水位高，水往哪排啊。

我站在路口。她不会来了。她想来也走不进来。

"哞——"一声深沉的唤叫，是村里那头牯牛，水淹到它的肚子。它愣愣望我。

黄牛死了，它孤单。据说，新黄牛最近会分配来。

二

远远看到她时，我一阵短暂的惊喜，很快不安，心猛烈跳动起来。

她身边浓眉大眼的中年男人肯定是她爸。她在前，她爸在后，拉开了距离。她爸来干什么？我躲进屋里等待。

她推门进来。“我爸也来了，我不愿和爸同时进村，走快脚步提前通知你。我爸说要找你，可能打你。我爸打你，你不要还手，我爸是老实人是长辈。如果他打你，你觉得气，事情过后，你打我，我赔罪。”

我的心收紧，不知会出什么事。“我到隔壁村躲一躲吧？”

“我爸找你，你不要躲。我尽量不让我爸打你。如果打得狠，我会挡在前面让爸打我。”她眼睛红了，“陆弟，你就不要躲了。我爸养我二十年，我没有孝敬他还要添他麻烦。”眼泪滚了出来了。

“你不要哭，我不躲。你爸要打我，让他打吧。”

“陆弟，你不要怕不要担心。我爸妈承认女儿不好，不关你的事，他们凭啥抓你？你如果被抓，我天天为你叫冤，是我勾引你，是我流氓。陆弟，我为爱你，脸面都不要，我的命可以搭上。爸妈晓得我脾气。从今后，你要做的是爱我，不要给我添麻烦，好吗？”

她如此爱我，我应该像个男人，和她一起担当多灾多难的恋爱征途。“闵蕙，我以后不给你添麻烦。”

她爸要来。她心神不定，常跑出门，看看来了没有。

我紧张。等待被打骂，还要努力克制不躲开不还手不回嘴。

她突然叫起来：“我爸来了，我去接他。你在屋里等我们。我说的话你记住，我爸打你骂你你不要还手还嘴啊！”

我的心怦怦跳。我紧张等候。

屋外传来她和她爸说话声。开门声，他们回她小屋去。她爸会操家伙吗？

我关门，想想不妥，把门开着，免得她爸把门砸坏。她爸如果操硬家伙打我，可能会出人命。我不想死，又关门。传来敲门声。我紧张。她说，是我。我开门。

“你在发抖？你很紧张吧。我爸刚走，不会来了。”

我闻言松口气，轻松起来。

“刚才我爸来时，我说的声音响，可能被我爸听见了。我爸晓得我急性子，如果打你，我会护，会伤着我，我爸爱我。我爸本想找你，听到我这么护着你，晓得白来了。我爸很失望，走了。陆弟，我爸带来了一大杯子熟菜。”

我这时发现，她手中拿着个搪瓷大杯子。

她打开杯盖：“你看有红烧肉百叶包和酱蛋。陆弟，来，吃吧吃吧，很香的。”

我苦笑说：“你爸烧给你吃。你爸前脚走，你就把好东西给他最恨的人，像样吗？”

她到筷笼中抽出筷子，挟起一个酱蛋，往我嘴里塞。“你以为你很会说话啊。闲话少说，来，吃吧吃吧，我妈烧的，烧得蛮好吃的。”

我急张开嘴，吞不下一个，用手接过。“你前世一定欠我的，要不，为啥待我这样好啊？”

“我也很奇怪，怀疑我前世欠了你。好吃吗？”

“好吃，蛮好吃。”

“陆弟，我爸老了很多，我心里不是滋味，都是我害的。爸妈恨我不争气。我说你们要恨就恨我，不要恨陆弟。陆弟没有欺骗我隐瞒我，啥都对我说了。”

三

她翻看我被子，你被子破成这样，你这样下去会冻坏的。

我说上次被子被老鼠咬得一塌糊涂，被子里还有一窝刚生下的肉老鼠，眼睛未睁开，在拥挤蠕动，声声低微叫声。回想起仍觉腻心厌恶。

我想，我现在这条被子换过，好多啦。在她下乡前，我的被子因内芯棉胎厚薄不均匀和拉扯，成了一团团棉结块。没棉花的地方对着灯光照呈半透明。冬天晚上睡觉，我脱了外罩外裤，直接钻进被子蒙着被子，呼出的热气暖和。有时实在冷，把麻袋、肥料袋盖在被子上。有天夜里，冻得睡不着，还把灶头前的干稻草抱起盖在被子上。第二天起床，因稻草不干燥，渗出的湿气把被面湿了一块。

她抱来一床被盖。“爸妈怕我冷，给了我两条被子。我把厚的抱来了。陆弟，今天起，你盖我带来的被子。你这床被子很久没洗了吧，不但脏，而且线脚好几处脱落了，棉花芯子被你拉扯碎了，一团一团的，要拆洗。我把棉花胎拆下来，添加几斤棉花。向我妈要几斤棉花票买新棉花，等来弹棉花师傅，给你弹条新棉花胎，翻新被子。”

“向你妈要棉花票，你怎么开口？”

“我说给村干部，我妈会给的。”

“你给了我，你冬天盖啥？你不冷吗？”

“我不冷。我的被子常晒太阳，很暖和。”她把被子抱到我床上铺起来。把我的破被子收起来。“我这条被子在南翔晒过了，有股清香。还有，你要养成卫生习惯，洗洗后再上床。人清清爽爽困觉，睡得着。”

四

正在吃晚饭。金兴来叫她，她放下饭碗，拎起铁皮小油桶。金兴把拖拉机停在知青屋后的土路边，用细塑料管插入拖拉机油箱，嘴一吸，油流到小油桶中。村里拖拉机由金兴或阿坤开。我大多时间吃她用她的。每隔一段时间，金兴他们来聊天。她用煤气灶烧团子、面条、酒酿汤等给他们吃。她的小屋好像小食堂，烧的柴油也不会断。

金兴说福泉又出事了。说上次福泉和一个村妇通奸被管制两年。本来还有一年可摘帽。这次新娘子老公的老甘问儿子问出来的，举报到大队。阿龙把新娘子抓到大队，没打就交代了，说生产队晚上分柴，她请福泉挑柴到家里，两人在柴堆里发生男女关系。福泉交代上次酒醉发酒疯后，桃妹不愿和他过夫妻生活，新娘子听说后愿意帮他解决困难。

我插队时，福泉是公认的小开，生活优越。其他人抽八分一包经济牌烟，他抽三角五分前门牌烟，有时还抽四角九分上海牌烟。想不到今天落到这种地步。

金兴说上次桃妹要离婚离不掉。福泉这次通奸，桃妹再提离婚就会离掉。

我和闵蕙在一起，金兴不会久留，推托有事离开了。

她说福泉桃妹互相不爱，他爸硬把他们拉一起，说罗明芳和唐老师自由恋爱，罗明芳出事后他们仍相亲相爱。说不爱的人结合就是悲剧。

“在农村，绝大多数夫妻都靠介绍，感情不是蛮好吗？”

“你就会挑我刺，我不和你说了。”

我说起一件事，在福泉结婚前，是个雨天，我聊晚了住他家。床的北面有个小窗被塑料薄膜封了，半夜里啪啪颤动着，窗后面好像有女人在哭泣。第二天，我说没困好，昨夜有人在拍窗子，还混杂女人的哭声。福泉说邻村有个女的很漂亮，为爱在他家窗后的竹园里上吊死了。我早听说福泉和邻村姑娘恋爱，那姑娘后来自杀了。昨夜会不会是福泉的初恋，变成了鬼仍恋着福泉，想敲窗进来？

“你吓我？！我不要听不要听。”她叫起来。

五

日常生活由她开销。我惭愧，想回报她。

在大哥影响下，我三哥四哥五哥喜欢足球，是各单位的足球队主力。三哥是嘉定青年足球队守门员，和嘉定体委有联系。三哥给我两张体委送的杂技票。我没钱，三哥给我三角钱，说两人可以吃顿晚饭，关照出发前先填饱肚子，借辆车，说骑五小时车能到文化广场。

下午，她从田里回来烧点心。我挑泥浆挑到三时半收工。她为照顾我，坐车去，约定在市区碰头。我骑车到卫校时，遇简平送货，搭车到共和新路。她正等候着。

到上海文化广场。她想买零食，我只有三角，我反对。她去买了大包零食过来。

文化广场可坐一万多人。十五排前是外国人。二十排有人看守，不让国人接触外国人。二十一排是纠察座位。我们二十四排，好位置。舞台背景华丽。有狮舞、花坛、杠杆、水流星、快乐的炊事员、古彩戏法、钻圈、爬杆、魔术、扯铃等。小丑节目最受人欢迎，出场四次，引起阵阵笑声。演出到夜里九时十五分结束。

她坐公交车，我骑车，到曹家渡车站碰头。我请她吃点心。她点两碗小馄饨二角四分，生煎十二只三角六分。我钱不够，推说吃不了。她说你去找座位，她去买。点心送来了，她喜滋滋看我吃。我仅有三角钱，最终没花出去。

我骑车，她坐车后，抱着我腰。她说曾看到人家这样抱着很幸福。我说我也幸福。

“梅姐说你会画画会笛子会口琴，这对小姑娘很有吸引力。说你这样勾引上了我。”

“梅姐说得有点道理。我的同学仁仁会口琴笛子，女同学喜欢他，还争风吃醋。我插队前，积钱买了支短笛，下乡第一年分红买了口琴，买了《怎样吹口琴》《怎样吹笛子》，买了笛子演奏家陆春龄的曲谱。”

“我看你有本《小提琴演奏法》。你会拉小提琴吗？”

“不会拉。仁仁说小提琴是乐器之王。我很想学。去市区装粪时，到乐器商店看小提琴价格，买不起。金兴说他没钱买全新的结婚家具，去淮海中路旧货商店淘便宜货，花了八百元买了套抄家的红木家具，老式的，又重又难看。我想抄家物资中有没有小提琴，也去过好多次，大都是旧家具旧古董古瓷花瓶。有一次还真找到一把很旧的小提琴，标价七百多，我以为标错了。店员说没标错，就是这个价。所以，我学小提琴成了不可能的事，早不想了。”

到南翔凌晨十二时半。骑回村要两小时，我说南翔住夜吧。她说这么晚她不能回家。我说在我家挤一挤吧。

母亲看我带她进屋，不满地说没家教，说小姑娘没过门随便到男人家里像什么样。我不快，担心她受不了。她装没听见。我家小房间里，两张床面对面。我说你和我妈睡，我和二哥睡。她脱了外衣挤上床。母亲气呼呼转过身。我推醒二哥，挤一挤，靠床边睡下。

凌晨。我起床。她望着我笑，神志清醒。我明白，我们都一夜没睡。

她想说话，我示意不要惊动母亲和二哥。

她站在门外，我从屋里搬出自行车。

康师母清早买菜，看到我们。“阿六回来啦？啊，毛阿姨女儿也在？”

我没理睬。康师母是居委监督我家的眼线，会汇报。她爸妈知道女儿在我家过夜，不知又有什么危险降临。

六

我去市区装粪。她回家，说等我开船回来她也回村。

我装粪回村她没回村。吴红说我开船的第二天，她爸妈到村里取走她的被子等日常用品，说她永远不会回村了。说她爸妈找大队书记谈，找公社党委书记谈，要求调生产队，或重新插队下去也行。

金兴说，公社党委赵书记说为帮助闵蕙摆脱反动的恋爱婚姻观点影响，同意闵蕙调队。赵书记说这是在社会主义婚姻观中，资产阶级和无产阶级两个阶级在意识形态方面的激烈斗争。

七

我淘米烧夜饭，揭开米瓮草盖，瓮口窜出只光滑油亮的老鼠，蹿上梁木。我忿怒。手伸进米瓮摸了下，瓮底潮湿不堪，剩下不多的米同鼠屎混在一起，一股酸臭冲出了瓮口。

我仰起头，它在梁木上俯瞰我，双目炯炯有神。

我抓过墙边铁锹，想揍它，一阵灰尘飘悠下。我眨了下眼，它不见了。

织布机声音好长时间没响了。

八

吴红带来闵蕙的信：

爸爸妈妈要我调公社和生产队。我反复思考，这对我们来说也比较有利，因此我同意了。

因为您害怕见到我爸爸，调了生产队，您可以不看见我爸爸妈妈，还有，我们的关系还可以保持。我们可以用少量的通信来保持我们的爱情。如果不调生产队，我们的关系仍然保持，他们会住到我乡下来，来做我的思想工作。一切事情很复杂，后果不知如何？对您和我也没有什么好处。所以我写信给您，您看好不好？

到别的生产队，我为我们的爱情，我会下决心对一切男人采取不理睬的态度。我会经常幸福地回忆起我们的一切。

现在家里要我多住几天，我也毫无办法，只好多住几天。

要写的话实在太多，有些话见面再谈吧。我的一切情况请您放心。

调生产队请您不要跟别人说。

祝身体保重，精神愉快。

闵蕙，清晨

闵蕙又来信：

调队在现在看来非调不可了。我再也狠心不起来了。我看我们的爱情只能建立在真正的感情上，没有真正的感情调队后关系中断，当然会变心的。

在你的头脑里，你认为感情是变化多端的，而我认为有了真正的感情就不会变化多端。我在家已住了两个多月了。而我对你深爱的一颗心一点也没有变化。只要我们俩之间有真正的感情是不怕断绝两年，我看断绝五年十年也不要紧。

正因为这样，我和我爸爸之间有着真正的父女感情，所以，做女儿再也狠心不起，做爸爸的毕竟是为女儿好，才这样费尽心血。女儿是他们的亲生骨肉，做爸爸的当然也狠心不起，让女儿这样小就离开他们啊。

两者都是真正感情。因此我左右为难，有口难言。

还有魏其，他对我爸妈说，他在九月份要抽到金山去，说你一辈子也不会抽上去。这一说，更加增强了他们调队的信心。

我苦闷时，经常幸福地回忆起我们过去的一切。的确，回忆比起当时更为甜蜜，我相信我们将来一定会幸福的。

现在我住在家里，比过去好多了。因为他们骂来骂去就这些。没有别的可骂了。想起我们将来的生活，我是非常快乐的，饭一天吃一斤，一觉睡到大天亮，身体非常好。

下乡眼看不成了，调好队才能下乡。话说尽也没有用啊。这不关我们的事，我调来调去总是劳动，吃饭。只要我们始终相爱着，我想影响是暂时的。我认为是这样，不知你怎样认为。

只要你真心实意地爱着我，我一定能实现我照片后的四个字。你放心好了。

除了你，我会一辈子不嫁人，永远深爱着你来实现自己的诺言，争出一口气，说我不应该跟你，我说，就应该跟你。

这几天，不知你什么样，想必一定很忙碌。

今后起，我们的关系不应该公开，不好一错再错了。

我会一个月给你一二封信，因为写信也是比较麻烦的事。你也要经常托人带信给我，互相了解情况。

我俩之间要理解，互相谅解，不因一些小事而闹成关系的断绝。

收到此信，只要你是真心真意地爱着我，我想你一定会想通的。希望你身体保重，要有足够的睡眠，不要劳力过度。

想到什么写什么，希望你不要把它放在心上，应当多为我们的前途考虑些！祝好。

闵蕙，清晨

吴红说闵蕙同意调生产队，公社党委赵书记批准闵蕙调队，说对资产阶级思想必须批判和抵制，决不能让它泛滥，决不能让它破坏社会主义的婚姻观。徐老师负责插队落户，把闵蕙调到前进大队牛泾生产队。

村民嘲讽黄翔千方百计调生产队调不动，闵蕙妈跑了一次，大队和公社都同意闵蕙调生产队。黄翔讪笑。

九

我深爱她，日思夜想，如果她调队，我们接触少了，关系可能会淡下来。我说过要分担相爱责任。调生产队，她同意，我不同意。

我想约她当面谈，先回家。

母亲看到我唠叨，说家里教训你还没有吃够啊?！你早晚被她害了。你准备坐监狱吧。我烦躁。待不下去，出门。

我在解放街上徘徊。如遇到她，告诉她“我不同意调队！”，一句话，不用解释。走到车站，又走到影剧院，正在播电影《列宁在一九一八》，我进入剧场，没遇到她。

我沮丧。只能回村。

十

我托吴红带纸条给闵蕙，约定下午一时，在马陆车站见面。

纸条上只有一句：

> 我不同意调队！

吴红把纸条偷偷带给了闵蕙。说闵蕙从早忙到晚刮木梳做家务，看上去状况不错。

约定时间到了，我在马陆车站等到下午三时多，她没来。我心焦。

听说古猗园后门出车祸死了人，路被封锁了。

吴红说，闵蕙突然不同意调队，出尔反尔。她爸妈气极了，说是陆弟的主意。说她不肯调生产队，爸妈不放她回村。双方在僵持中。

金兴收到闵蕙信：

> 金兴队长，等你有空，随便你写信也可以，当面谈也可以，劝劝我爸爸妈妈。叫他们调队不要调。哎，真讨厌，又要麻烦你了。谢谢。

金兴收到闵蕙第二封信：

金兴同志，你的来信早已收到，由于心情苦闷和想不通，没有给你回信。

我今天来信想请你替我做一件事，我想叫你跟我爸爸妈妈说，放我下乡来。你可以队长命令责问的口气。现在我没有权利参加意见，这是我爸爸妈妈说的。下乡问题解决了，问题也解决了。

金兴为难地说，我，一个生产队长，怎么能命令工人阶级和居委干部呢？

十一

张村分配到一个战高温名额，金兴把名额给了我。

高温季节去市属厂当临时工，可以避开农村大忙季节。有高温补贴，有手套毛巾等市属厂福利，吃食堂饭，有喝不完的冷饮。八小时劳动。

我回到南翔。母亲说她家知道你去浦东战高温三个月。说他们现在忙着要把你搞进监狱。你插队后先被黄翔搞，这次又惹上闵蕙，你太太平平不行吗？

“妈，我和她几个月不联系了！”

母亲愤愤地说：“你还凶，有你哭的时候。”

我没理睬母亲。我想，她爸妈知道我战高温，会不会放她下乡？

我请吴红带信给她。

你对我的一片深情，我终生难忘。你是一个纯朴善良的女孩子。你过去对我的关怀胜过了爱护你自己。这些事，每天想起，使我老大不安，我不知怎样才能减轻它。如今分别了，才知道过去那难忘的隐衷，已永远地埋藏在我心中了。

十二

公社战高温有十多人，除我是知青外，其他都是青年农民。

我到方泰工业组集中，登上卡车后车厢。车开了好几小时，到黄浦江边南码头，等了半小时摆渡。过江后先到上塑五厂，放下七个高温工。我被分到上海皮鞋六厂。厂在浦东白莲泾桥堍边。厂长介绍情况，到车间参观。从食堂领取四十斤饭票和八元菜票。七时上班，下午三时半下班，中饭半小时。每天营养费一角两分。每天搬运新加坡的进口橡胶，搬运铁皮，或把建筑钢筋敲直再锯断。工作省力，和农村相比等于休息。

我第一次随车送货，当车经过黄浦江隧道时，里面宏大，我很惊喜。进出隧道要出入证，对于四类分子出身的我，平添令我感动的信任感。我们把皮鞋送到静安寺曹家渡，送完货后，到青浦，在新江化工厂装碳酸氢，在朱家角老街小饭店吃中饭。司机说在外吃饭，菜饭和黄豆骨头汤最合算。汤里虽没有肉，但油水足，焦黄的猪油渣烧烂了像一段段油条。

我平生头一次走这么远。

整天想她。天炎热。她不知道皮鞋六厂地址，不会写信给我。

星期四是厂休日。厂周围是大片农田，没什么可玩。要么乘车去浦西，要么待厂里看电视。上午洗被子时，青工小李给我一张蓬莱电影院电影票《为了新的一代》。我早看过了。我想看看市区电影院怎么样，去了。冷气开得很冷。电影散场后走出门，想如果她在村里，我回去就有小惊喜，有许多我喜欢的吃食。她还会到陆巷买来草鞋底酥饼和熟菜。

我漫无目的的走着。时间难熬。

我想，我们将来必是悲剧，感情越好将来越痛苦。

天完全黑下来。海关大钟敲响了。外滩五彩灯光。汽车噪声。

黄浦江面上星光点点，浪花在灯光下闪烁着波纹。堤坝上，满眼相拥的情侣。

触景生情，我加快脚步低头匆匆走过。

她现在在干什么，在想什么。天快下雨了。她在南翔，南翔会不会下雨?

到八十二路车站等车，车迟迟不来。只能再走。

半夜十一时多走回厂。大门关着。我敲门，喊，有人吗?门卫不在。我围着厂外围墙找人。厂休日不见人影。如果找不到人，我就翻墙进入。听到有水的哗哗声，是厂浴室，有人在洗澡。围墙上，有男浴室小窗口。我敲窗户，里面有人应声。我请他开门。

这天夜里，我做梦和她相拥在一起。

邻村的高温工小王厂休回村。上班回厂，一天时间，晒黑了不少。他说农村正大忙，天天开夜工，只睡两三小时。说在大队部遇到简平。简平要来皮鞋六厂看你，还叫他转告说闵蕙回村了。

简平来看我，闵蕙回村，都是好消息。我很开心。

我给简平写信：

> 想过去，我们经常谈论着一切，直到半夜，以致互相强制着才睡。我们是多年的老朋友了，无话不谈，因为我们是知己。听说你要到浦东来，我衷心热烈地欢迎你！你曾经帮我做过一些事，我永远不会忘记。紧握你的手！
>
> 早日再会！

十三

简平来厂里。我调休陪他。他带来几十份参考消息，神秘地说处长以上才能看的内部报纸。说大忙季节，公社大队企事业全部到农村帮忙，他不下乡。他忙着为公社办模具厂。

闵蕙托他带来一封信。

> 亲爱的陆弟，我们分别到现在三个多月了，在这段时间内，我们没有见过面，这一切都是环境和条件所造成的。我的一切仍然和以前一样。星期天，爸爸送我下乡了。你可以经常写信，有空到乡下来玩。你到上海，你的地址我不知道，因此没有给你写信。你近来的一切情况不知如何，甚念！

简平说闵蕙约你乡下见，时间你定。

一双充满期待的眼睛正等待我。和她重聚是最幸福的事。

我们在六里桥一家小饭店点了菜和啤酒。

简平说，阿龙说你百分之百强奸了闵蕙，闵蕙才会死心塌地跟你。阿龙说要保护好红五类子女，不能让四类分子子女这样猖獗。说考虑到闵蕙是知青，不能乱来。说在等待机会把你抓起来。简平说，你和闵蕙相恋，害你也害她。说恋爱过的女人被农民称作二手货，将来只能嫁到外省。还有，阿龙想搞你，你无路可走。

我承认阿龙想抓我轻而易举。

“你困过她吗？”

“没有困过她，这一点我可对天发誓。”

“没人相信你的话，发誓也没用。她爱你，你困脱她容易，你何乐不为呢？如果你真没困过她就傻了。陆弟，听我话，困脱她，进监狱值了；如果你真没困她，进监狱就亏大了。”

“我爱她就不能伤害她。我想困她，良心上过不去。”

“陆弟，我出身好，没有刘梅，会有其他姑娘。你这辈子只有闵蕙一个机会。我劝你，趁机困脱她，即便进监狱，你这辈子值了，有女人爱过，也困过女人。你困了她，你回绝她是你不对。但是，她早晚会回绝你，你就白困了她，谈不上良心不良心。闵蕙在长大，她一旦懂事，你就失去困她的机会。我是忠言，听不听由你。她现在很爱你。将来知青都上调，你在农村，她会和你一起吗？你们一起会幸福吗？在她爸妈的坚决反对下，你们即便结婚能幸福吗？”

简平分析得对，我出身不好，是坏知青，这辈子除闵蕙外不会有其他姑娘敢爱我。闵蕙给了我这辈子唯一睡女人的机会。睡了她后，将来她后悔，也是哑巴吃黄连，不能怨我。还有，我不去夺她贞操，将来，她会被一个她不爱的农民夺去，想到这点，我尤其无法忍受。

“我把刘梅困脱了……”

“你困脱刘梅了？！”

“前些日子，公社有个名额到苏州内燃机厂。我很激动，我要上调了，我想和刘梅断绝关系，害得几天没困好觉，结果体检又通不过。这次公社承诺我，说只要我和刘梅结婚，会把刘梅户口迁进来。把我的心病解决了。前几天，刘梅到村里来，我们头一次真是干柴烈火啊。刘梅是柴，柴不会烧。火是我。我抱住刘梅脱裤子。刘梅说我疯了，没有推开我。”

“因为刘梅很爱你。”

“我也爱她。我决定和她过一辈子才会困脱她。我在外面看了一圈，没一个女的比刘梅好。我不再折腾了。现在我们住一起了。村里人告诉我爸。我爸说刘梅一怀孕就马上结婚。陆弟，我同情你。你家兄弟七个为什么娶不到老婆？你有几个哥哥在市属厂，却都是光棍。如果出身好，不会有这么多事，想爱就爱。像你这种家庭出身，闵蕙早晚会变心。趁她现在不懂事，你先困了她，你这辈子尝过女人味了……”

我动心了。“你分析得很对。这次回村我就困脱她！我进监狱也值了！”

第十六章　欲梦还惊断

一

闵蕙来信：

我连夜给你写信。信寄出真不便。大队不可以寄。我想来想去，我想到你三哥印村寄出比较方便。我们的关系他早已知道，所以，这封信是从印村寄出的。

你星期四休息。星期四，你可以下乡来。我在乡下，或者一切都听你说的，由你来安排。

时间有限，一切事情见面再谈吧。

希望我们能够早日见面！祝身体健康！

她“希望我们能够早日见面！”机会很好，我要趁机睡了她。

闵蕙又来信：

三抢大忙已开始了，时间有限，六日你来，我在乡下。在六日前，我不准备再写信来了。

你的照片在六日要带来。我有时候想念你，凭想象回忆起你的人像。有照片，可以经常看看。我希望你不要忘记。有话见面再谈吧。

看吧，她如此热切地爱我。

我动起睡她的念头，内心分明不安。简平和刘梅关系确定后，简平才睡了刘梅。我明知我和她恋爱是悲剧，有乘人之危的感觉。

我不停找理由解脱我内心不安：全社会没人会相信我和她没有发生过男女关系；她早晚嫁其他人。她是处女，人家仍会把她当二手货；她现在爱我，乐意把第一次献给我。我何乐而不为呢？

简平的话一次次在耳边响起："我劝你，趁机困脱她，即便进监狱，你这辈子值了，有女人爱过，也困过女人。"

晚饭后，小李说夜里放电视《创业》，我说不去。

独坐厂阳台上，就想她，其实想睡她。我睡她，她不会拒绝。我开心她会开心。我刚坐下，就站起，我想早早回宿舍，我要休息好。六日夜里，在她的小木床上，我才能保持精力充沛，痛快淋漓释放我的情欲洪水。

每天二十四小时，只要我醒着就想如何睡她。我的脑海里会一次次演示，闵蕙，我想睡你，她露出惊讶的神色，低声回答，陆弟，我爱你，你想怎么样，我听你的。她开始脱衣，或者我为她脱衣。我在她的温柔包围中，不想抑制自己，宁冒巨大风险把她拥入怀中，吻遍她全身，疯狂睡她。她对我不设防。我即便粗暴扑倒她，她也不会拒绝。她太爱我了，她有理无理都会退让。我能睡她是多幸福的事。我有进监狱的心理准备。简平说得对，我如能睡和我相爱的美丽小姑娘，哪怕只有一次，这辈子活得值了。

想到她被我拥在怀里，想象丰富，越来越流氓，我就浑身燃烧。能拥抱赤裸身体的她，宛若火山爆发前岩浆找到向上喷涌的突破，一切就无法收拾。世界会远离我。我会在汹涌而来的灼热岩浆波涛中沉没。

我热切期待着那美妙无比的时刻快快来临。

我天天因此失眠。在盛夏季节，穿两件衣服两条裤子仍觉得冷。

晚上睡觉还盖了被子。我四肢无力食而无味。因睡她的下流念头占据我的心，我变得沉默寡言。

厂里人都说我这几天瘦得厉害。

在回村前夜，我的眼泪鼻涕已不停流淌。

二

农村在大忙。为了不影响村民，我等到傍晚进村。我没回我的小屋，我的被盖草席拿到皮鞋厂，连吃的也没有。我来到她的小屋。她在等我回来。遇到黄翔，黄翔说要回南翔问她要带什么。她说刚来不需要什么。黄翔走了。

进屋后，我把鞋厂发的毛巾香皂绿豆给了她。

“我晓得你来，夜工不出去做，在等你。你肚子饿了吧，我都准备好了。买来的熟菜在锅里。我把它放进竹篮，悬吊在褚妈妈家的井里，离井水上面一点点，等于冷气，熟菜不会坏。”她去井中拎起竹篮。回屋，把熟菜拿出来。熟菜冒着冷气。

我打开她的竹制橱柜门，有好多调料小瓶，除酱油盐外，有红糖、白糖。那个叫“味之素”的东西，在白开水中放一点，再放盐，白开水就神奇地变成肉汤一样鲜。我说我屋里只有盐，以前肚子饿时就喝盐水，口渴就喝水，水喝多就不觉得饿。据说是老叫花子教小叫花子解决饿肚子的办法。她听了忍不住笑。

小桌上有个小瓶，装着颜色水。她说她爸厂里发的冷饮汁，已过期不能喝，她看瓶子好看才没扔掉。我打开瓶盖，尝一口，很甜，像橘子汁，一口喝光。她埋怨说早知这样，不如扔了，你会吃坏肚子。我说从小吃惯脏东西不会有事。

她烧了菜饭。油煎年糕片，一片片煎成淡黄色，放小碗里，再放白糖。

“我喜欢吃这个。”

“我晓得你喜欢吃，给你吃一辈子。”

她不停给我挟菜盛饭，说多吃点，吃饱了吗。我说吃不下了。说我好像从没吃饱过，遇到你，你喂饱了我。我心想，我今夜最想吃她的身体大菜。她不知道。我暗笑。我在等待夜工收工，当疲惫的村民回家后，全村一片静寂，没人打扰时，今夜的正式大菜开始了。

“闵蕙，你脸色不太好，是困觉不足吧？”

“三抢大忙，每天早工夜工，只困三四个小时。你战高温，怎么也变得又黑又瘦？”

“车间热，出汗多，夜里宿舍电扇风大，吹伤风了。”我不能说想睡她才变这样。

“今天夜工不开了，可以好好困一觉。”

“夜工开到啥辰光？”

“天天在开夜工，昨天开到半夜十二时多。今天会早收工，九时多能收工了。”

“太好了。”我脱口而出。

“好啥？”

“可以早点休息啊。”

她望我，一汪温柔。四目相对。她脸色很差，极度消瘦疲惫。我油然心疼她，想睡她的想法突然有了变化。我这些天也没休息好，匆忙发泄情欲，太不珍惜我们第一次。第一次应该像新婚一样，身体保持强壮，精神十足，这样才充分享受精神肉体碰撞时的巨大愉悦。疲惫不堪是糟蹋我们第一次，只能是我单纯的性欲发泄。

“你在想啥？”

我惊醒，有些慌张，脱口而出：“下流的念头，想，很流氓……不说了。”

她理解我想法。“我愿意，就不算流氓。”

“我能抱抱你吗？”

“可以。”

我们紧紧抱在一起。她的头发撩拨着我的脸和胸。因天热，我和她都穿着短裤。我的大腿肌肤和她肉体贴在一起，使我产生极大愉悦感，愉悦得身子微微颤抖。

我急促喘气："我想……强奸……不怕进监狱……"

她把头埋在我胸前："你想要……我愿意，不算强奸……"她抚着我脸说，"你不会进监狱……"

我们肌肤紧贴一起。我使劲贴着她，阵阵快意袭来。我心里在抗拒。"第一次……不能这样……以后挑时间……你，你走吧……我……真受不了……"我喘着气，推开她，"不要引诱我……"

她已感受到我强烈的生理反应，轻声问："你，你很痛苦，是吗？……如果你想要，我给你……"

我大喊一声："你走吧！第一次不能糟蹋……"

她明白我的话，推开我，走到门口，理了理头发，转身说："我去和吉英困觉。吉英老公在合肥工作，一年回来没几次。她一直叫我陪她困觉。明天你困得晚一些，好好休息。明天早晨，我到陆巷买早点，给你当早饭。"

"不要唠叨了！你走吧，快走吧！！"我喊。

她离开了，脚步声渐远去。

知青屋前，她种下的一排向日葵，在夜风中像站岗的人影一样微微摇晃。

我关上门，屋里留存着她的气息。我站在屋中央。小屋充满了温馨。我的幸福感油然而生。我躺在她的小床上。一公尺宽的白坯小木床，身子稍一动，床会发出吱吱嘎嘎声音，很脆弱。蚊子很多。我把蚊帐放下。姑娘的蚊帐就是干净，没有破洞。我的蚊帐到处破洞，蚊帐顶上还有大片酱油色的老鼠尿斑迹。直到她为我补了蚊帐。她洗蚊帐时还抱怨蚊帐顶上老鼠尿斑迹怎么会这么多，她怎么洗也洗不白，留下淡淡的痕迹。

我把蚊帐放下。用手拍死蚊帐里的蚊子。

这些天强烈想睡她的高烧退了下来。我熄灯，进入睡梦中。

"开门！开门！"

一阵急迫敲门声惊醒了我。屋四周嘈杂的脚步声说话声。我不明白出什么事。下床，开门时，门被踢开，许多人一拥而入。多道手电筒光在乱晃。有人拉亮了灯线。我看清了，是大队民兵，许多人我认识。我想起简平的话，阿龙果真来抓我了。

十二平方知青小屋，被木床、灶头，农具水缸等占用后，最多站七六人。大多数民兵在屋外。

阿龙喝令："陆弟，你下床！"

我失魂落魄，下床，站床头边。额头冒着汗珠，汗珠冰冷像雪水。

阿龙把毛毯一把掀开，把草席掀起。疑惑地弯下腰，查看床底。扫视小屋。屋太小，能藏人的地方只有床底。他再次弯腰检查床底。"闵蕙来过吗？"

"来过。"

"她到啥地方去了？"

"在吉英家。"

"走，去吉英家！"阿龙命令。民兵们随阿龙走了。

他们不像专门来抓我，好像捉奸。我心中轻松许多。我知道，如捉奸成功，我会被抓，从此我的人生道路一片黑暗。好险啊，她刚走不久，他们就来了。我因觉得我们第一次性爱不应被糟蹋，才控制情欲爆发。她听从我，比往常离开得更早。因此逃过改变我们人生的一大劫难。

我站在窗口边，拉开窗帘一角，观察外面。

大忙季节，水泥场上有收割来的稻谷。场边电线杆上高挑着一千瓦的太阳灯，整夜照耀着，把村子照得很亮。知青屋北是猪棚。猪棚北是条贯穿村子的拖拉机路。再北是村河。河对面是吉英家二层楼。我能看到二楼窗口。

"吉英吉英！"

"这么晚了，有啥事体啊？"二楼开窗。吉英婆婆的声音，"是大队阿龙，有啥事体吗？"

“闵蕙在吗？”

“在啊。和吉英困在一起。”

“你把闵蕙叫醒，叫她到窗口来一下。”

“闵蕙，闵蕙，大队民兵来了，你去窗口露个脸，回应民兵。”

闵蕙睡意惺忪的声音：“啥事体？”

“没啥事体。大队民兵夜里巡逻，顺便看看你。”阿龙口气变和蔼。“你去困觉吧。”

闵蕙出身好。她爸妈找过公社党委书记，阿龙不敢对她怎么样。她被叫醒，到窗口验证是闵蕙。她思想单纯，以为民兵正常巡逻，不会有其他想法。

三

阿龙捉奸失败的消息传遍了大队。

说阿龙得到知情人举报，陆弟战高温回村，他的知青屋里没有被盖蚊帐，连灯泡都坏了，没法住人。说看到陆弟在闵蕙屋里。闵蕙屋里只有一张小床。说看到他们睡在一只床上。门一推就开，没有撑头销子，说要使他们来不及穿衣。民兵把手电筒关闭了，脚步放轻，悄无声息进村。等闵蕙小屋的灯一熄就可以捉住他们。说阿龙知道陆弟和张村人的关系，怕走漏风声，捉奸民兵全部来自其他村，民兵进入张村才知道捉奸。阿龙说陆弟和闵蕙几个月没见，是干柴烈火，机会太好了。准备当夜审讯，到天亮，把陆弟捆绑起来沿村游街，押到公社，把“强奸罪”坐实。说把闵蕙关押大队，天亮后通知她爸妈领回家。说这一次闵蕙倒追他也没用，诱奸也是强奸。

金兴说，你和闵蕙这次真的很悬啊。

我呆立着，拳头攥得微微发抖。

阿龙是捉奸熟手，未婚男女现场被捉，把衣衫不整的男女五花大绑送公社，大多定性为道德败坏的流氓犯。他们以捉男女做爱为乐事，手脚早痒得不耐烦。我们会惊恐躲在床头，蜷缩成一圈，在众多男人野蛮斥问下，成为待宰的畜生。捉奸既可欣赏赤身裸体的她，又可把我当作拳击靶，猛烈点射。他们会粗手粗脚把我们捆在一起押往大队审讯。问得最详细的是男女做爱时细微的言语行动。“你觉得适意吗？你快活吗？”阿龙一定会问她这些话。

我常听到有关他们捉奸的新闻，想不到今天差点轮到我们。如果捉奸成功，我和她的恋情会中断吗？她会不会由爱转恨，恨我毁她一生？

简平听到阿龙捉奸消息后，吓出一身汗，赶回村。我第二天是中班，还没回浦东。他惊讶我们怎么没睡在一起？我说我没休息好，在感冒，她也疲惫不堪，所以放弃了。他说谢天谢地，幸亏没出事，否则这辈子对不起你们。我劝你睡她，我也提醒阿龙要搞你。没想到阿龙会当夜捉奸，没想到你们居然逃脱了。

四

我听从崔师傅建议，在浴室蒸了一个小时，出了身大汗感冒好了。

炼胶车间包括我共四人。崔四小和邓长青近三十岁。小李进厂不久。我负责把乳黄色的进口胶和黑色再生胶搬到车间，放进机器中混合搅拌，供师傅们压制成型皮鞋。

在搅拌和压制皮鞋的过程时，可以休息。

皮鞋厂不知道我坏出身，是坏知青，所以，职工干部和我相处得很好。

崔师傅不善言谈，正在恋爱中。邓师傅喜欢显露才华，常说些惊世骇俗的生活经验，比如他说男女恋爱是互相欺骗的过程，说他研究了四个月找到生男生女的窍门。我听不下去，和他论辩过，辩不清后，我也成了旁听者。

邓师傅说他最擅长写诗，写了诗给我欣赏。我说不通顺，不押韵不像诗。他不服，说你知道苏东坡《赤壁怀古》吗？我说学过中国画。中国画讲究诗书画一体。有名的诗词，我都能背。他不信，拿出纸。我把《赤壁怀古》默写并作讲解。他说死记硬背没用。小李说你们可以比诗。邓师傅说陆弟不敢比。我说可以比。小李当裁判。题目由对方起。

邓师傅先出题《虹》。我出题《雷》。五分钟后，我把诗交给小李。

天边跃彩虹，美丽映河中，不是雷雨来，岂会飞神龙？

邓师傅考虑了十来分钟，写了交给小李。

夜一声将起，唯山加云雨，长夜长久久，睡眠加复矣。

我和小李看不懂他的诗。小李判我胜。邓师傅说再给你出个题，快中秋了，你写《中秋》的词，你如果胜了，我服你。

我的词：

中秋月，分外明，银光泻地万户静，万户静，皎皎明月，寂寂天官。弃情奔月唯嫦娥，孤守玉兔忘前夫，无义无情，后人竟赞颂。可怜后羿何多情，遥望天官夫人影，懊悔莫及。

小李说我服了。邓师傅仍不服，说你读过《红楼梦》吗？我就讲《红楼梦》中十二曲、金陵十二钗、好了歌及主题思想等。

邓师傅说，陆弟，我服了你，不简单。原以为你只会吊环和举重，想不到还会文。小李说，听你对《红楼梦》讲解，我要去图书馆借《红楼梦》认真看。

我说我也是听我大哥讲解后，有了兴趣，才去找《红楼梦》的书。

崔师傅干活好，不健谈，从不插嘴，在一边默默听，有时淡淡一笑。

小礼拜。崔师傅请我吃中饭。邓师傅悄悄说，崔师傅刚谈女朋友，家里穷，为结婚，节约得抠门，能请你吃饭，是给了你大面子。

我睡到中午，来到周家弄七号崔家。崔师傅泡了红糖茶。我说这么热的天，泡糖茶不适宜，另外，糖放太多了。他说特为我泡，说如等到中午我不来，他会到厂里请。中饭是炒面。大盆炒面堆得很高，随时会滑落。面烧烂了，放了太多红酱油，样子也不好看。他说从不做饭，特为我做，是心意，非要我吃完。

我吃了一半实在吃不下。

饭后，他请我看电影《杂技英豪》。看完电影刚回厂，书记找我，说工会主席高师傅和外面小流氓打架，通知双方到六里公社民兵团部解决。高师傅等到夜里十时半，对方没有出现，他不敢回厂，怕小流氓路上报复。

书记说，你去接高师傅回厂。我换上紧身露肌肉的黑背心，以吓退半路找高师傅报复的小流氓。把高师傅接回厂。

第二天早晨，我喉头出了血，怀疑是崔师傅的重味炒面和特浓红糖茶所引起。

五

我家聚餐日。

母亲烧了一桌菜。十多斤大猪头是必备菜。猪头因便宜不容易买。要在凌晨四时多到八字桥下的肉庄排队，等到六时半开门。五元钱买十多斤大猪头。

闵蕙竟然来了。我意外。她很得意。她曾说，等你大哥回家那天，到你家。说对你家兄弟姐妹有很大兴趣。我说我妈不欢迎你。镇上都知道她是毛阿姨女儿，会有围观，有通风报信，容易出事。她说你大哥读过许多书，一定讲道理，不会赶她走。说她就要来。我以为开玩笑。想不到她真的不请而来。

母亲看到她，因大哥在，没有赶她走。

我只得介绍，这是我妈妈。她叫陆弟妈妈。母亲哼了一声，这结果已经很好了。我说这是我大哥。她笑着叫大哥，不叫陆弟大哥，有些小聪明。她一个个轮着叫。

母亲不理她。她找活干，洗菜洗碗，搬东西腾地方。

她炒菜时，拿起油瓶准备倒油，喊："妈妈，放多少油？"

母亲接她手中油瓶，用油瓶木塞盖在锅底抹一下："放个油屁够了。"

大哥一边听道："啥油屁，说话这么粗啊。"

我们都笑了。母亲不好意思，嘀咕什么，不作声。

我家只有一间房，十多人回家，屋里住不下，到屋前空地上。空地原是绿化，被居民铲去了花草。她在空地上洗菜，切菜。

邻居知道毛阿姨女儿来了，闻讯来看她。

街对面叶家妈妈说："是阿六女朋友啊，长得好看，福气福气。"

我常帮叶家妈妈买煤球，她会给两角钱，我上交母亲。叶家妈妈住二层楼房，家境好，带两个孙子。孙子成天关家里，常趴在窗口看外面世界。她家有院子。院子设计得很精致，种着许多花草。

闵蕙不解地悄悄说："邻居和你家关系好像都蛮好啊？"

自邓小平主持中央工作后，虽然报纸广播仍在讲阶级斗争，但是，生产在恢复，阶级斗争在淡化，许多伤害过我家的人不时会上门。我说，有几个邻居最近常来我家，你不要理他们，很危险。

"啥人？"

"毛头、福根、康师母，主要这三人。"

开饭了。她低声说不想走，说她不想回家看她爸妈的冷脸，说喜欢你家大家庭的融洽交流气氛。但是，母亲不发声留她吃饭，我不敢留。她失望，只得告辞。"妈，大哥，我回家吃中饭，吃了饭我再来。"

大哥说：“你忙了一上午，闵蕙，你一起吃吧。”

她窃喜。她知道有大哥发话，母亲只能默许。她知道有第一次，就有二次三次。她说以后凡大哥回来，她都要来。她要成为大家庭中一员。

母亲把猪头身上最好的猪舌头切小了放小碗里，放在大哥面前。每逢聚餐，我喜欢坐大哥边。我十多岁时，聚餐分食制，每人一碗饭一小碗菜。大哥和母亲一起吃。大哥吃鱼吐鱼骨头在桌上，我偷偷抓起大哥吐出的小团骨头渣吃了，母亲没发现。母亲忙其他，视线离开大哥时，我会从大哥面前的小碗中快速挟一块猪舌头吃。大哥气量大不会说。

母亲笑着悄悄说：“康强被抓起来了……”

我们惊愕。康强爸在上海电影制片厂工作，康强向小四、庄芹和小弟三人说江青解放前是电影明星叫蓝苹，说毛主席到上海跳舞时，上影乐团去伴奏。说四人被抓起来后，四家人家日子难过。康师母说儿子康强要进监狱了。

邻居四人被抓消息令母亲有扬眉吐气的感觉。

我们把邻居悄悄排查一遍，福根家被人举报是土匪出生，现在加上被抓四家子女，除了来自外地，我家左隔壁的铜厂工人外，家家政历都有问题了。

毛头进屋。“啊，你们都在吃饭啊。阿六，这是你女朋友啊？南翔镇上全晓得，你是解放居委毛颖珠的女儿，叫闵蕙，长得这么好看。阿六怎么会把你花到手的？阿六，你比阿四阿五有本事啊。”

“闵蕙，这是邻居毛头。”我低声提醒，“刚才说被抓四人中，小四是毛头的弟弟。”

她惊讶，毛头是个年轻女孩，长得好看，怎么会是危险人物呢。

康师母出现在门口。“朱阿妹，今天大儿子回来了，全家都来了？”

母亲忙着回答：“是啊。”

“阿六女朋友也来了吗？”

母亲没好气地说："是她要来，我们没请她。我们不想高攀居委干部。"

闵蕙不在乎。她知道我母亲恨居委干部，所以恨她妈，也恨她。

我纠正说："康师母，我们是一般朋友，算不上女朋友。"

闵蕙再纠正说："我们是男女朋友。"

康师母笑着说："阿六脸皮还不如毛阿姨女儿啊。"

今天除福根外，毛头和康师母在我家谈笑着，似乎忘了过去许多不愉快。

我悄悄提醒："两次抄家都由毛头出面引起的。"

她小声问："那年她二十岁不到吧。"

"在读初中，十六岁左右，和福根在谈恋爱。"

"毛头好像全部忘了。"

"我们没忘。两次抄家好像发生在昨天一样。现在康师母的儿子，毛头的弟弟被抓了，也要变四类分子了。"

一个矮小女人端来一碗馄饨。"朱阿妹，尝尝味道，尝尝味道。"

母亲忙接过馄饨说："谢谢谢谢。"

她是左隔壁邻居。本地人，特老实。老公服役后分在南翔金星铜厂。老公一口外地话，对老婆很凶。我家抄家后，左隔壁房子被没收，分给了他们。

母亲说："阿六，你和闵蕙尽快吃饭，马上离开。她家很快会晓得，搞不定又出啥事体。"

我理解母亲，推推她。我们匆匆吃饭后离开家。

六

坐在古猗园大草坪上。

我小时候带了割草篮常翻篱笆墙进园，找各种样子好看碧绿的草挑回家煮着吃，有的像棉絮咽不下，有的苦得不能吃。不买票进园被抓住，会没收草篮或花袋。我从没被抓到过。

阳光下，她的身子慢慢倒在我怀里，我一惊马上推开，说会把我们当流氓抓起来。她以为开玩笑，说，是我流氓好吧，要抓来抓我。我说你坐端正些。你看到吗？那几个臂上戴红袖套的，就是古猗园抓流氓的人。发现亲嘴或抱在一起，像你刚才靠在男人怀里，都会抓。

她说我不管，使紧往我怀里钻。

一个戴红袖套的人突然出现在面前，惊讶地发现："是阿六啊？"脸色很快恢复严肃，"请你们坐端正。公共场所不要这样。"

她说："我们在谈恋爱。"

"恋爱要亲热，找个隐蔽地方。我晓得，你是解放居委毛阿姨女儿。换其他人，拖进去吃一顿生活。"

我站起来说："阿吐，我们是邻居。我晓得了晓得了。谢谢你提醒。"

阿吐走了。

"陆弟，如果他不是你家邻居，我们真会被拖进去吃顿生活吗？"

"过去曾这样。自从抓流氓出事后，不会了。"

"啊，真有此事？我在南翔却不晓得这事。我只晓得解放街有个抓扒手的人叫张春山，不晓得古猗园有专抓流氓的人。"

我说起古猗园抓流氓纠察队的事。说有个叫阿宝的人，是抓流氓纠察队员，后来抓出事，有对男女拥抱后被抓了，分关两处。女的在胁迫下被阿宝强奸了。阿宝被判了刑。从此抓流氓名声坏了，都说抓流氓的人最流氓。

"真这样啊。我还以为你开玩笑。"

"现在古猗园谈情说爱不像以前那样心惊胆战。红袖套看到亲嘴或抱在一起，大多上前拍拍男的肩膀提醒，请注意，不要有流氓行为。大多数男女听到警告吓得脸变色，说晓得晓得了。"

她迅速把坐姿端正，笑着说："红袖套，我们晓得了晓得了！"

七

我回皮鞋六厂。她送我到车站。

她说在照相馆印过的四寸彩照，被她爸妈要去一张。爸妈为她介绍一个空军军官，彩照给了军官父母，军官看后很满意。双方父母熟悉。下一步约时间安排见面。

我浮起酸溜溜的醋意。“蛮好啊，嫁个空军军官，你可以做随军家属了。”

“我爸妈也这样说……哈，你吃醋了，我看出你吃醋了！证明你很在乎我。”

我笑不出来。“照片要回了没有？”

“没有。我说不想见面。爸妈说，你一定要去相亲。他们把军官照片拿来了，长得很英俊。”

“你动心了？”

她半认真地说：“有点小动心。比你英俊，穿着军装。他给我们是二寸彩照。我没带来，在家里。爸妈说，他看照片后，盼早日见面，说长得好看，他喜欢。”

“你很开心吧？”

“小姑娘被人说长得好看都会开心。双方家长急着安排我们见面。”

“见了面，你会喜欢上他的。”

“有这可能。我早先还以为你不在乎我，对我一次次使小脾气，像真要和我断交。现在我看清你真面目，你真心喜欢我，却藏得紧。我傻乎乎怕失去你，不要脸地追你。有时想，你出身不好，长得不英俊，有啥好啊。我想不通。我一定前世欠了你，这辈子来还你的债……”

北嘉线车来了，我上车。她笑着向我挥手。她笑得很灿烂。

她能和军官相亲，因机会难得，她笑得这么灿烂。如果她和军官恋爱，我和她从此不能有半点联系，否则，我会被当成“破坏军婚”抓起来。她爸妈这手太厉害了。可能她意识到这点，今天是她在南翔陪我最长的一天。她在我家很张扬，肯定有人向她爸妈通风报信，但是，竟没来打扰我和我家。或许她爸妈明白，今天是我们最后的分手日，允许她一整天来陪我，向我作永远告别?

我郁闷。心里难受。

第十七章　被社会唾弃的穷人

一

海龙来信，说张村分到一名工农兵大学生名额，推荐他，要写份小结。说上次你帮忠其上了上海华东师范大学，希望你同样帮帮我。

我根据忠其被华师大录用的成功经验，写小结提纲：

一、决心务农，所以中学毕业后，自觉回村务农；

二、狠抓阶级斗争。“太平洋上不太平”“树欲静而风不止”。在和平环境中，充满了尖锐复杂的阶级斗争（可写村里富农分子妄想复辟，破坏挑拨散布“封资修”的言论。贫下中农永葆红色江山和富农分子的斗争）；

三、可写干部带头劳动（公社干部、大队干部，主要围绕本生产队本大队，写老队长和新干部金兴事例），贫下中农的冲天干劲，夜以继日，忘我地劳动；

四、写自己体验农村生活、阶级斗争、劳动生活，热爱新农村，要写决心务农一辈子，学习贫下中农的优秀品质。多写实际，少写理论（理论已在实际中了），多写别人优良品质，少写自己，要说明问题。

我要求海龙根据提纲写好小结，等我回村交我整理修改。

厂休日，我回村。她没有回村，可能和空军军官约会吧。

海龙把小结和入团申请书写好给我看。错别字很多。我修改后还给海龙。

他问，你估计我能不能上大学？我说，如果大学像以前一样强调阶级斗争为纲，那你上大学有希望。但是，自从邓小平主持中央工作后，形势发生很大变化。不知大学有没有变化，如果没变化，你可能会被录用。

“海龙，你如果上大学，不能像忠其一样抛弃女友。这样很不好。”

上次忠其接到大学通知后，女方催着订婚。忠其说我是大学生了还会要你吗？双方亲家把忠其和女友骗进屋反锁起门，想生米煮成熟饭，没用。女方最后只得放弃。

二

三个月战高温时间到了，明天要离开皮鞋厂了。

晚上，我在宿舍阳台乘凉，沈书记每逢值班会来和我聊天。他说你明天走，我先来道别。他服役后分到六厂当书记。炼胶间是全厂最苦最累车间。他除开会外都在炼胶间，一干八小时一个班。我和他搭档，把一块块数十公斤重的橡胶抱进搅车，每天干得满头大汗。

他端条长凳坐下。我们交流对国家形势变化的看法。我说邓小平主持中央工作后，形势越来越好，国家大有希望。他说我分析很有见解。聊了两个多小时，他才告辞。

第二天，崔四小、邓长兴、李俊章放下活，送我到大门口道别。小李说崔师傅升官了，到一班当组长。崔师傅说你随时来六厂，我请客。邓师傅说你很有才华，我们依依不舍啊。

三

闵蕙没有消息。吴红不在，找不到传信的人。

海龙家造房子，村里身强力壮男人都会相帮。

上梁是大事，不小心会出事。墙有时突然倒塌，墙上人和站在下面的人免不了伤亡。因此上梁时，常派我站在数公尺高的墙头上，脚下是刚砌起的墙，泥灰还没有干。下面人把绳子扣在水泥梁两端。我和对面墙上的金兴配合，靠手臂往上拉。下面数人用长杆顶住水泥梁，往上助推。脚站在墙上不能多动，不能用力，墙因泥灰没干摇晃得厉害。随一根根水泥梁拉上去，一端搁在墙上放正。墙有了撑劲就不会动摇。

上完梁要喝上梁酒庆贺。我们在厢房喝酒。

华师大没录用海龙。这次招生除小结外，增加了文化测试。他和忠其一样小学三年级水平，文化测试肯定通不过，大学梦泡汤了。对海龙是坏事，对我及我家是好事，证明阶级斗争为纲在继续淡化，讲知识讲科技讲文化在加强深入中。

金兴说邓小平出来工作后，知青都会回城。说这次老三届知青大多数分配到公社镀锌厂。说镀锌厂四周庄稼被排出的气味熏死了。简平听知青办徐老师说，陆弟这次同样会分配。金兴说陆弟会画画，可到表牌厂画表牌，有技术，可以托简平。简平说包在他身上，他和工业组老杨称兄道弟能办到。

金兴说月仙在村里最看不惯闵蕙和刘梅，说她们倒追男人就是贱，不是正经女人。

我们纷纷议论月仙，说妇女们私下里传月仙是石女，几个月不来月经，一来月经像眼药水才几滴。说月仙谈了好几个，都被男方回绝，说生不出孩子。

简平第二天回村说，表牌厂是大队企业，不归老杨管。厂里只有几个人，效益特差。他找老杨，老杨说看在简平面上，把陆弟安排到方泰淀粉厂，叫陆弟等通知。

四

晚上下起大雨。单调的雨声，寂寞无聊。打不起精神。

她可能和军官恋爱了。她和军官相爱才是正道，她应该会幸福。我不能再和她联系。她已不爱我，我没必要去纠缠她。

我拿出她的照片，品味和她在一起时的爱情甜蜜。

五

她突然回村。说和军官相亲时间到了，她拒绝相亲。爸妈没有办法，整天骂她。她爸妈知道我们被大队捉奸，知道我们去市区看杂技，知道我们喝酒庆贺，知道她到我家帮忙干活还吃了中饭。

听到她没和军官相亲时，我心中大石落了下来。

她说这段时间，不停有人劝说她，络绎不绝，有民主东街居委主任，有你的小学班主任，有黄翔，有你家老邻居汪家阿婆，还有魏其，爆出你和你家更多丑事。她对爸妈说，说如果像这样，陆弟伪装太深了。她爸妈同意她回村，给她两天时间证实这些事。

“就这样，我回来了。”

她拿出一张折叠的纸，纸上提示是她爸写的。她爸要她天天看，说这么坏的人，你还敢爱他。

> 你好好想想，这样的人你敢要吗！
>
> 班主任说他从小不学好，旷课逃学，流落街头。
>
> 小学和中学没有毕业，和街头小流氓混在一起。
>
> 他家是南翔镇上最穷人家，还不如小崇明；二十平方十

人住。

他们兄弟七人都是光棍，还到处借钱，全家是脱底。

我看到“南翔镇上最穷人家，还不如小祟明”时，很悲哀。

小祟明住在南翔救火会东面破败的花神庙内。镇四周农民被毒蛇咬伤后送到花神庙。他含一口高浓度烧酒，喷洒在蛇咬处，用嘴把蛇毒吸出来，用烧酒漱口后再吸蛇毒。因吸蛇毒太多，他的眼睛像蛇眼一样成黄绿色。他收了个流浪女为干女儿，为他生了两个儿子。我小时候，母亲叫我们远避小祟明，说小祟明穷，人穷会变坏，会变成不讲理的犟头叫花子，是垃圾瘪三。自小祟明大儿子当兵后，镇上把花神庙装修了，给小祟明和小儿子分配了工作，一家过上正常人生活。而现在，我家却成了人人远避的“小祟明”，成了垃圾瘪三。

我说我一言难尽，建议外面走走。

天黑了。走在高低不平的拖拉机路上。

路两边的稻田，猝然发出轻微的骚动，化成模模糊糊的无形状的碎片。

她说，你的小学班主任说你从小不学好，大半时间旷课流落街头；说你衣服破烂肮脏像叫花子，说你睡过街路，是瘪三；说你从来不刷牙，牙齿蜡黄都是牙屎；说你整天蜷缩着头，同学们叫你“煨灶猫”“痨病”。我爸提醒说，痨病就是肺病，说梅姐因得痨病，被男友抛弃了。

“闵蕙，我没有得过肺病。‘痨病’是班主任起的绰号。我小学三年级的班主任叫沈韵玉。没有结婚。瘦瘦的，打扮像男的。她在课上说我蜷缩着头，脸苍白，牙蜡黄，像‘痨病’像‘煨灶猫’。同学问什么是‘煨灶猫’。她解释后全班同学大笑。她说我不刷牙。我家只有母亲一把破牙刷，没有牙膏，母亲用盐刷牙，刷牙后把牙刷藏起来，不允许其他人用。沈老师给我起绰号后，同学不叫我姓名，直接叫痨病叫煨灶猫，后来多个‘四类分子’绰号。

“沈老师说儿童节全班要一片红戴红领巾，叫我不要拖后腿。我拿不出三角钱红领巾费。看到讲台粉笔盒中露出鲜艳的红领巾一角，被断头粉笔盖住了。趁没有人时，从粉笔盒中抽出。我呆住了，它是红领巾一个零头小角。儿童节前一天，沈老师拿出一条旧红领巾，说，叫你妈妈把你脖子洗洗干净戴上。我感动死了。红领巾刚戴上时厚实暖和，我晚上睡觉都不摘下。我冬天几件单衣，手脚都是冻疮。红领巾因天天戴，破损快，越来越短，直到两端系不上。

“我大哥重视教育，把书费给母亲，大哥以为我们正常上学。三哥读中学时，老师介绍他寒暑假拉煤车赚学杂费。我交不出，母亲怕大哥晓得，逼我上学。沈老师这点好，我不交费，让我进教室。选了个软弱同学和我同桌，这个同学脸黑黑的不爱说话。老师叫同学把课本放桌子中间，让我一起看。给我断头笔。我没有橡皮，用手指蘸了唾沫擦，擦的地方留下灰黑雾般的痕迹。我没有直尺，直线画得弯曲，画面很脏，每次被批‘劣’。但是，读书还算正常，还能借到《烈火金钢》《敌后武工队》等书。学期结束，沈老师在我的学生联系手册上写‘该生沉默寡言’。我问大哥啥叫‘沉默寡言’。大哥说，是不说话。

“我四年级起换了班主任。新班主任说你家没钱交费，发的布票棉花票没钱买就没用。回去问你妈妈要些票证给老师。母亲说，票证一发下来就换了钱。班主任没有要到票证，不让我进教室。开学了，我在家里，母亲不停骂，饭没有吃。上学吧，班主任骂你没钱读啥书，滚出去！所以，我常流浪街头。开学头两个月，我常坐教室门口。班主任赶，我走。班主任离开，我坐回教室门口。时间一长，其他老师认为我影响他人，班主任才气愤地叫我进去，给个空座位让我听课。我没有课本作业本。所以，我很感谢沈老师。我交不起费，她让我读完小学三年级，儿童节那天我还戴上了红领巾。”

黑夜中忽闪着几个红点，不停地在夜的阴影里游动。

她说汪家阿婆来过，说你家穷得不停借钱，全家是脱底；说美丽牌贪图享受作风败坏，吃光用光不管小的；说你大哥发工资后回家那天，聪明的债主等候在你家中。不等候的话，你大哥走后，你妈手里就没钱了；说因为穷，你妈连出嫁时箱子上的铜搭子铜包角撬了卖钱去享受；说你妈没钱花就叫你和妹妹借。说两个小孩作孽啊，大冬天没穿的。借不到钱回家会被打；说美丽牌七个儿子，你排第六，都是光棍；说二十来平方房子十口人住，能娶到老婆吗？她说，阿婆心地善良。你妈借钱还不了，其他人早不借了，阿婆仍借钱给你妈。阿婆说这都看在老邻居面上。阿婆还拿出一厚叠你妈签过字按过手印的借条给我和我爸妈看。

“闵蕙，阿婆说得对，我家是镇上最穷人家。我爸吃官司后，我二哥原来在装卸队干活，六十多元一月，被辞退了。母亲在古猗园工作，被辞退了，后来为企业洗衣，用板刷蘸着肥皂水刷油腻腻的工作服，手指浸泡得白又胖，这样的苦活仍被举报，说是阶级立场问题，被辞退了。全家只有大哥每月四十元拿回家。二哥闲在家，没有单位敢要。家里穷得没法生活。母亲才把出嫁时的金耳环、银手镯、银洋、银角子等金银首饰，连嘴里的包牙金皮都撬下来卖掉。有的老邻居还趁危敲诈。母亲把金戒指抵押给金老太十元钱。大哥发工资后想赎回。金老太不要十元钱就要戒指，吵起来。金老太把金戒指交到居委，戒指被没收。十元钱仍要还金老太。

“金银卖光了，母亲就卖布料和稍像样的衣服。淘便宜货的都是老邻居，其中就有汪家阿婆。一件件衣服、布料放在床上供挑选。旧衣布料卖光后，母亲把陪嫁来的马桶、箱子、梳妆台上铜箍和铜饰品撬下，用报纸包着，我到废品收购站卖掉，每次五六元，最多一次二十来元。马桶上下有两圈铜箍，拆掉铜箍，桶板会散开。母亲用铅丝用老虎钳夹住，马桶因此常漏尿水。除母亲和妹妹可用马桶外，其他人不准用，拉屎撒尿到外面去。铜饰品卖光后，卖布票粮票等分配的票据。我到废品收购站卖掉铜饰品后去买米，在庄桥和米店附近各有条小弄堂，很少有人走。我因饿极，走进弄堂打开布袋，快速抓把米塞进嘴里吞下。回到家，母亲煮着开水等米下锅，发现短斤缺两怒斥我。从此不叫我买米。母亲还把米和油锁起来。那时家里有两间房，腾出半间养兔子。我们或拾煤渣或割草，草卖给奶牛场，七角钱一百斤。借的钱还不了，用煤渣结算，一角钱一斤。煤渣多了债主也不要。

“汪家阿婆说借钱的事。那时我十岁，妹妹七岁。有家债主在八字桥南桥堍下，往下走几级台阶。屋小昏暗窄小。妹妹说妈妈要我们来借钱，一块两块都可以。女主人说，好好的人做犯法事，作孽啊，只是苦了孩子。有次大冬天，给我和妹妹每人一块热饼。母亲关照，借不到不要离开。女主人熬不过我们，会给一勺米或面粉。借到后，大都到了下午。母亲把米或面粉煮成半熟时，我吃上两口去学校，学生已放学。还有一家债主在香花桥北桥堍，是对老夫妻。我和妹妹坐到天黑也不理睬，只能离开。那时，我们全家想办法活下去。四哥读四年级时是学校中队长，听到木业社招学徒能供饭，偷偷报了名。五哥去读工读训练班，听说有生活补贴。我家两间平房，靠东一间抄家被没收了。所以，说十人住二十平方不到，是事实。

“闵蕙，我家确实是南翔镇最穷人家，而且是四类分子。”

我们从村落穿过。

路两边黑黝黝的竹园。从茂密竹林中飘出细微凄惶的幽咽，夹杂着模糊不清的话语。

村里的狗发现有人经过，叫起来，其他狗此起彼伏跟叫起来。

她紧紧依偎在我身边。我警惕狗突然窜出来。安慰说，叫狗不凶，凶狗不叫。不要怕。这条路夜里上下班，经常有人走。它们只会乱叫，吓唬胆小的人。

走过村庄，寂静突如其来。远处，黑影憧憧。

她说，黄翔说你中学读书常旷课，喜欢和要饭的混一起，是瘪三；说你身体不好晕倒在操场上；黄翔带来一个姓张的同学，说你小学中学都没毕业。大多时间在社会上闲荡，和不三不四的人混日子。

“我在初一上体育课打篮球，没力气，在场边看球，眼前一阵模糊，一团团雾气扑来，昏倒在操场边。醒来时，被扶在靠背椅上，有人在喂我，是班主任，他说校医说你饿昏了，这是红糖茶。我推开茶杯，说没钱。他说糖是食堂的，不收钱。喝下就没事了。半杯红糖茶喝下时，热流从喉咙经过舒服极了。我经常旷课是事实。中学开学，问学杂费，我说等我大哥发工资后交。学校不了解，把书本作业本先发我。催我交费。我下月推下月，一学期能混过去。第二学期，不给我报名了。和我小学读书一样，我天天赖在教室门口。两个月后，班主任让我进去，当全班同学说没钱就不要上学。羞辱归羞辱，多少读了点书。因为没课本，成绩一塌糊涂。到中学，同学们直接叫我四类分子。

“小学毕业考试那天，我因不交费，名单上没有我姓名，不能进考场。考场门口，有几个同学迟到不让进，在门口哭。我和他们坐一起。我没哭。小学校长经过，说，不要哭不要急，拿出笔记本问班级姓名。问到我，我也报了班级姓名。后来，我和考试迟到的同学一起安排到南翔民办中学。开学第一天，周校长大会上说，南翔镇上最差的学生才会到民办中学。周校长教政治课，开场白都是‘世界上东风压倒西风。资本主义阵容正四分五裂，社会主义阵容大团结！’

“中学毕业考，我没交费，盯着班级跟班。文化大革命来了，看老师被批斗，看老师互相举报的大字报。都不上课，后来全部毕业。闲荡了二年。当通知我插队时，发现我也在学校分配体制内，没被抛弃，我很高兴。

“闵蕙，我家是真穷。记得我收到插队落户通知后，母亲问我有啥要求，说会尽量满足我。我说，想一次吃十块粢饭糕。母亲答应了我。一九六八年十月二十三日，我插队离家那天，母亲说，家中连四分钱一块的粢饭糕钱都拿不出。说铁锅里有冷粥。揭开锅盖，粥冻成团块。翻过粥团，粥团上斑斑的酱油铁锈色。吃一口，满嘴浓烈的铁锈腥味。母亲说没事，铁锈能补血。我吃了碗冷粥，挟起薄被，塞进旧化肥空袋中，到翔公操场集合，去方泰插队。”

在我讲述中，她没有鄙视嘲笑，没有打断我，足令我感动。

我说，闵蕙，我不想欺骗你，不想隐瞒丑事。我把真实情况讲出来，心里反而舒畅。

“陆弟，梅姐说我同情你，说同情不是爱。当我收到你的断交信时，我痛苦得想死，我明白我不是同情，我是真爱你。记得我第一次到你屋里时，你把山芋当中饭。看你一天到晚赤着脚。下雨天，你没有雨衣，要么不出工，要么淋湿全身。所以我早晓得你穷，你家穷。我万万没想到穷到这种地步。陆弟，你晓得吗，无论其他人说啥，你如何穷，丝毫不影响我对你的爱。我爱你一生一世……”

我感动。说，揭伤疤很沉重。我们换个话题吧。

夜色中，不远处，千年古银杏巨大黑黝黝的影子，背衬靛青色的夜色。

“闵蕙，你看到吗？它整棵树形缺损了一角，因为被截去一枝。这棵千年古树的树根盘根错节，有的延伸到金家村的农户灶边，被当成烧火凳。能活上千年的古树，就有了灵性，经常有村民在树下偷偷烧香。大队阿龙听说没人敢爬上去，他要爬。他在爬树时突然掉下来，说看到头顶的树杈上，有个女人坐着在梳头发，头发很长，那女人冲他一笑，手中木梳掉下来，砸在他头上。他头一晕跌了下来。”

“这是真的吗？”

“阿龙爬树，从树上跌下来，跌断骨头，是真的。大队干部在金家村开现场会，休息时到古树下，他们看阿龙爬树，从树上掉下来。他们都没看到树上有女人梳头，只有阿龙看到……”

经过古树下时，古树大片影子好像压下来一样，使我们产生莫名的敬畏感。我们在肃默中匆匆走过。

我说，我有个发现，以前劝说的人都说我的“家庭出身”。这次劝说的内容转向我家“穷”，还有，这次老三届知青分配，我在分配中，没把我打入另类，我坏知青帽子可能摘了。我说，阶级斗争为纲在社会生活中在快速退出，国家在变，个人命运同步在变，大有希望。

我想起日记上抄写的雪莱诗句："如果冬天已经来了，那么春天还会远吗？"

她笑着说："如果冬天将尽，春天就在眼前了。"

六

清晨，我还没起床，她进屋，说她一夜没睡，天没亮，她去陆巷买粢饭糕。

她把一包衣服放桌上，打开衣服是干毛巾，毛巾揭开是铝锅。铝锅里叠放着粢饭糕，很烫。她说煎粢饭糕时她在边上，等油煎捞出后一层层包起赶回来，她担心凉了。

"你快起来，粢饭糕趁烫好吃。你插队时，想吃十块粢饭糕的心愿，今天我来替你妈妈完成，让你吃个够。"

粢饭糕热烫，咬上去油而香。很快吃掉五块，速度慢了起来。估计十块粢饭糕能勉强吃光，但肚子可能会撑得难受。

七

除我外，老三届知青都接到工业组分配通知。

简平陪我到知青办公室。徐老师很冷淡，推说不清楚这事。

简平陪我到工业组，老杨同样冷淡，说要下去聊聊情况。

简平疑惑，说徐老师明明亲口说，陆弟战高温回来就分配，老杨明明说安排陆弟到淀粉厂，叫等通知。短短几天怎么都变了？而且，他们好像在躲避你，这是怎么回事？

我说，是不是出身不好不分配？

我们查了下，出身不好的知青这次都分配了。那是不是我是坏知青？或者我和闵蕙恋爱的事闹得太大，带来社会的恶劣影响？但是，徐老师和老杨都知道这些事，仍通知我分配消息啊。我们分析下来，只有一种可能，我被人举报了，才使公社撤回对我的分配。

举报人是谁呢？是阿龙、魏其、黄翔和小混堂，还是居委，或者是她爸妈？

第十八章　孤独的情侣

一

近几年开船会临时装挂机船。把拖拉机三四半柴油机拆下来，装上船，再装涡轮。今天开船后不久熄火了。修理了一个多小时，发动不了。河面漂浮着一片片漏出的柴油机油。

金兴说不能靠挂机，时间等不及。拉纤吧。回村后再检修。

我把纤绳稍整理，船稍靠边，我跳上岸向前跑动放出纤绳。金兴也跳上了岸。我把纤绳板套进脖子，穿过胳膊，背起纤板。

两人拉空船，像散步。我们聊起了天。

金兴说要当大队书记了。公社党委庄书记说他当大队书记是过渡，半年一年后到公社党委去，是党委副书记人选，是党委培养的干部。他害怕肩上担子重，当不好。我说农活有公社农技站安排，你干的是平衡人和人之间的事。他说你以为干部好当？说他听到消息后夜里睡不着觉，说今天和你最后一次开船。回去后他要到大队工作。

老队长当队长时，张村一年三百六十五天差不多天天出工。没农活时，坐田头聊天磨洋工。大冷天集体坐河滩晒太阳。开船时，不准年轻人掌舵说会闯祸。年终评工分，说掌舵是技术活，工分最高。把年轻人工分压低。年终分红公社最低之一。金兴当队长后，雨雪天和冰冻天不出工。开船伙伴自由组合。现在张村分红在全公社属中游水平。

过河时，船重新靠岸，金兴不让我上岸，说现在顶风，你休息，我去拉，一人够了。我说也好，反正你没有下次了。我坐船头，风很大，冷得我微微发颤。

四周一片黑，两岸渐渐出现工厂的星星点点灯火。

船进入北新泾野鸡墩，熟悉的苏州河浓烈臭味扑鼻而来。河水漆黑一团像墨水。从野鸡墩拐弯处进入市区，没有纤路，只能摇船进入。正遇退潮，船因顺水，行进速度快。到曹家渡时遇涨潮，船逆水摇不上，在原地打转。只得停船休息。

已是深夜。农药臭味的苏州河水阵阵扑鼻，难以忍受，想呕吐。我虽饿也不想吃东西。

我们衣服没脱，海龙甚至连肮脏的跑鞋都不脱，都钻进窄小的后舱。

舱内充满浓重的臭味。舱小人多，拥挤在一起没有间隙。我被挤到边上，身体贴着舱板，舱板冷得受不了，时间稍久得换体位。迷迷糊糊时，金兴推醒大家说退潮了。

爬出船舱，天已亮。昨夜一场大雨，船舱面板湿淋淋的。

挂机船没修好，船舵不能用，把船桨当舵。轮到我掌舵，遇顺水，船行进速度快，船桨不像船舵是固定的，是活动的。在水浮力下，我双手紧握木质船桨，常有突然浮出水面失控的感觉。

浙江路桥到了，船很多。把船挤进众船中，在河堤边停靠好。想喝水，看到船上存水粪桶内的饮用水，浑浊像阴沟水，就不想喝了。想起昨夜口渴，没看清喝了半勺。

装粪船只多，要排队。轮到我们估计到下午。船上留两人其余自由活动。阿坤受村民委托到附近小弄堂转悠，收偷来的自行车。海龙说到外滩白相。

船上太臭待不下，我上了岸。以前都到南京路新华书店找书，到朵云轩看画。因金兴最后一次开船，我陪他登岸，来到浙江路桥上。

我说，看到浙江路桥上白相的人悠哉游哉样子，很失落。他说走在路上，常被人骂“乡下人”“臭死了”，他不想讨骂。他说上次走路时和市区一个女人靠得近了些，那女人开口便骂“乡下人，侬想摸皮夹子啊！”

我们都笑了起来。

桥边有露天水泥砌成的粪池。池壁不到半公尺，没有盖。清洁工人穿着套鞋，把一辆辆粪车拉到池边，把粪车倾倒，靠在池壁矮墙上，打开车上管筒口的木塞子，大粪便冲向粪池。

粪池中溅射出来的粪便，使苏州河边的马路流淌着大量橘黄色粪水，夹杂粪便中的草纸、避孕套等污物。粪水杂物顺着桥堍斜坡向低处流去。

满马路是粪便，清洁工人不停清扫也无济于事。

过路行人捂住鼻子只能绕着走。

粪池中的大粪不停冲向停靠的农船船舱中。在装船换船过程中，粪便又被冲进了苏州河。

站在下风口，臭得要死。上海市区粪便总来不及装出去。农村急需肥料，要等分配。

金兴说，上海粪油水多，粪上面一层薄膜就是油水，因市区人吃得好。我说，粪便中水冲得太多了，稀了点。不过，仍比大场猪粪好，油水多肥料养分多。他说，猪粪糠多，拉的大都是糠渣，不如市区粪。但猪粪可以松土改善土质。

回到船上时，他说：“陆弟，我到大队当书记后，以后可能很少来找你，请你能理解。”

二

我最沮丧时，她回村了。

她忙碌淘米烧饭。她带来我喜欢的米花糖雪饼，我很饿。雪饼不大，一口气吃了好几个。

她还带来一大搪瓷杯红烧肉酱蛋豆腐干。她说是老三样。杯上有红色的字“上海信诚化工厂”。她说烧个蛋汤就可以了。

她不在时，我经常处在半饱中。粮食不够吃，钱不够花。胃口却好。

饭和蛋汤烧好端到桌上。她挟红烧肉给我，说你多吃些。

她说去过你的自留地，被隔壁两家侵占很多。边界树桩被拔掉了，自留地中间凹进去成弧形哑铃状。说分界沟里被种了作物。地荒长满了草。说要重新种上东西。我说种下东西，没等成熟会被偷走，种也白种。她说因为你不常去自留地。

她借来绳子树桩和木榔头，拉我到自留地上。寻找分界时的树桩痕迹。树桩被破坏了，断在土下，找出后，在自留地四个点重打树桩，两端拉起绳子。她用锄头重新开出界沟。隔壁阿陶在浇水，知道入侵界线，不好意思，临走留下一些蔬菜，说给我们。

这次老三届没分配我，她安慰说，你不要苦恼。不分配就不分配。你一辈子在农村，我仍跟你。我们一年分红好几百元，还可以搞副业。

我说我的分红不能算入。去年分红二百一十元，我给母亲二百元。她说你几个哥哥发工资也把大头交母亲？我说是的。母亲的钱好像永远不够用，我估计借了高利贷，问母亲，母亲会发脾气。儿子们都不敢问。她说她爸妈不会要她的分红。说以后你分红给母亲一半，另外一半我们结婚用。我说母亲肯定不同意，不过，到时候我给一半就是了。

"闵蕙，你出身好，有上调机会就去，不要放弃。"

"你在农村我也不回城。你学木匠没问题吧？"

"木匠木匠摸摸就像，肯定没问题。我还可以学漆匠。"

"你如果会木匠漆匠，我们买些旧木料，结婚家具自己做自己配漆，可省一大笔钱。在农村，木匠漆匠活做不完。我们的婚房就在知青房。两间合起来二十四平方，翻成两层楼四十八平方。底楼可以养猪养鸡养鸭。凭我们双手，不可能比其他人穷。你科学种过山芋，虽半途被村民挖出来，也种到六斤半重，如顺利生产的山芋起码十斤以上……"

“我还种过大土豆，比农民种的大一倍以上。”

我们谈论在农村一辈子的准备。我们相信，努力就会有出路。

不过，她说十二平方小屋搭成两层的想法不切实际。不过，我没说出来。我不能打击她对未来的美好梦想。

三

罗明芳闯进屋，看到我枕头边席勒的《强盗》和朱可夫回忆录《回忆与思考》，要借走一本。我不能抱住她抢下书，只能眼睁睁看她拿了《强盗》一书。

我无奈地说：“强盗拿走了《强盗》。”

她冤屈地叫起来：“这个陆弟，能这样说话的吗？好像我不还你的书？”

“你上次借走的《罗密欧与朱丽叶》还没还。”

“下次一起带来。”

她不会有下次。闵蕙知道我爱看书，千方百计向邻居同学借来书，她不会还书。闵蕙只得赔钱给人家。

“陆弟，你晓得，我是天大的冤案，日记中几句句子就变成现行反革命。”

“没有枪毙你，上天没想亡你。实话说，阿坤揭举你时没想到你会被开除，会戴帽子。”

“你不要提他。我告诉你，搞我的人，有的下去了。我会继续申诉。我听说阿龙带人捉你们奸？”

“没捉住，扑了个空。”

“如果被捉住，你可能在提篮桥监狱了。”

“上天也没想亡我。”

“国家形势照这样发展，我能平反，能回学校教书。你想想忠其，一个小学三年级水平的人转眼变成华师大的大学生，太荒诞了。听说他马上要毕业了，啥人会用这样的老师？”

“总能分配下去的。他三年级水平，教一二年级还是可以的吧。”

“你们同居了？”

“没有。我们吃在一起，晚上我回自己屋困觉。”

她笑着说：“能分得开吗？”

“不能分也得分。要不，上次就被抓起来了。”

“这倒也是。”转头对闵蕙说，“你很漂亮。你和陆弟的事，我在方泰听说了。追求自由恋爱，我很欣赏。我不打扰你们了。”

四

公社召开第三次知识青年大会。我是坏知青，没想到，也接到开会通知。我和她的恋爱闹得全公社皆知。我没和她一起去开会，免得被人指指点点。

我走进公社大礼堂，站在最后排座位边的走廊中。

知青都在自管自说话，一片乱哄哄。听不清台上人说什么。

我走出礼堂。外面是院子，知青三五人群聚在一起，交流国家大事、知青传言、知青政策、各地知青信息等。

当年我十八岁，公社大礼堂开欢迎知青大会。各生产队队长来领人。老队长接我和黄翔。我们的被盖被老队长硬抢去。他背着两个知青被盖，沿河边走得很快。我们跟在后面满头大汗。这一切仿佛就在昨天。这么多年过去了，我成了精通农活的道地农民，除此之外，多了顶坏知青的帽子。人的努力和命运并不相关。

我走出会场，来到方泰镇上，三三两两的知青在游荡。有人对我暗暗指点。我认出是初中同学。他们远避我，看到我走近，议论全停下。女同学用厌恶目光斜视我。众多目光是陌生和遥远。我环顾四周，唯感孤独和自惭形秽。我颓然垂下头。

有人叫我，回头。闵蕙和吴红在一起。

“陆弟，公社请知青吃夜饭，一碗大肉面。还有文艺节目，由铁路分局小分队演出，还有电影《时刻准备上战场》，你看吗？”

她笑容满脸向我迎来，引来周围知青的注目和指点。我知道他们议论什么。这次公社没有分配我，又多出个话题。她不在乎，可我自卑。我不想影响她。“你们归你们。我管我。”我欲转身逃离她和吴红。

自从我和闵蕙相恋以来，我和吴红接触多了起来。在公共场所，吴红不会厌避我，会大声招呼，把我当成好朋友。在村里，有时我们请吴红吃饭，有时吴红请我们吃饭，三人在一起聊得开心。吴红烧得一手好菜，比闵蕙厨艺高多了。吴红说是妈妈一手教的。

方泰镇子小，魏其在街上闲荡，看到她，招呼：“闵蕙，我要到方泰镀锌厂报到了。”故意问，“陆弟分在啥地方？”

“本来说分在方泰淀粉厂，后来没有了下文。”

“像我这样的人都分到镀锌厂，他会分到淀粉厂？他又在哄骗你。你不要痴心妄想了，他只能一辈子在农村。”

“简平问过工业组老杨，说分在淀粉厂，叫他等通知。”

魏其嘲笑说：“我认识简平，靠他爸当上公社采购员。市区来的人油滑。我不喜欢他。他的话不可信。”

五

知青难得大聚会。大会结束后互相走动起来。她说晚上看电影后，受邀到同学的插队村串门。我回了村。

第二天中午，我的知青屋前有陌生姑娘在探看，在咬耳朵小声议论。

“啥事体？”我问。

她出现了：“陆弟，这是我两个同学。她们要来看看你。”对同学介绍，“这是我男朋友叫陆弟。”

我招呼她们，她们不肯进屋，站在门前。她们不明白，闵蕙为什么会失去理智，不顾一切爱上个坏蛋？我看出她们目光中对我的警惕和不信任。她们出于好奇心来看我。我想，闵蕙软禁在家时，这两个同学劝说过闵蕙吗？七四届同学集体写信劝闵蕙，她们参与了吗？

“陆弟，我要陪同学。一会儿我会来。”她和同学离开了。

她很快回来，笑着说：“我同学说，你男朋友肯定会花言巧语，否则你这么聪明的人怎么会被他勾引上。我现在和同学一起回南翔。我明天下午回村。米快吃完了，剩余鸡蛋留给你吃。还有，昨天我在方泰镇买了一包雪饼留给你当早饭吃。”

六

没有她的音讯，估计被软禁了。

收到她来信。看下去，越来越揪心：

> 亲爱的陆弟，您好！近几天，我想您必定很好，生活也一定很愉快”。
>
> 我爸爸打了我一顿，这是我爸爸二十来年第一次打得我这么厉害。后来，大家都哭了，这种场面，叫人看了真难受。人们都说我狠心不孝，我也毫无办法啊。过去，我家是非常高兴的。现在大家脸都铁板，这种日子是非常难过的。度日如度年。

我设想种种办法为她解脱。但是，我不能给她“添麻烦”。

她能自行解决吗？

七

金兴说大队收到举报信，举报你和你三哥相互勾结犯法的事。我惊愕。问，具体什么内容？他说，你有没有和你三哥做过犯法事？我说没有啊。他透出怀疑的目光，说他刚当书记，不便说内容。他说估计公社和你三哥单位也会收到举报信。他将大队这封信压下，等其他单位收到举报信传来反馈再说。

我伤感。连金兴也怀疑我了。

我想问三哥。想到可能三哥同我一样正犯难，也有可能三哥单位收举报信后在暗中调查。我最担心三哥因为我而受到单位处罚或开除。

收到她的信：

关于调生产队的问题，我爸爸妈妈坚决要调，我不肯调。您看怎么办?

见面是非常困难了。我被管得比较紧，连写信也要给我两个兄弟报告啊。到处是密探，我是被孤立的。

我们的恋爱给我带来了很大的痛苦，我在家里再也忍受不住一切人的嘲笑和家中的责骂。我为您流够了自己的眼泪。

……

八

我家每月一次的聚餐日。

母亲把以前偷藏的吕纯阳瓷像公开摆放在东壁墙的木架上。瓷像前还有小香炉。居委和邻居没人禁止母亲搞迷信活动。吃饭前，母亲会拜一拜。大哥说吕纯阳是道教，你怎么念“南无阿弥陀佛”？母亲白白眼说不要你们管。

大哥说这次出了远差，到长沙、韶山、杭州、嘉兴等地跑业务。他带来长沙橘子、鹦鹉洲花生米和嘉兴粽子。说邓小平整顿搞得好。他在列车上，看到一个农民带出的橘子散落一地，列车员帮助一个个拾起。列车特别干净，列车员不会闲着，一直在搞卫生，乘客有呼必应。乘客们都说眼界大开，真的服务到位，从来没见过。

三哥好像什么事都没有发生过，谈笑风生，说领导喜欢他，找他谈过，可能要当合作社会计了。我说我们大队收到举报信，说我和你内外勾结犯法的事。三哥说你怎么搞的，老被人写举报信。我说如果不是大队书记私下告诉我，我还不知道。

我和三哥不约而同想到黄翔。三哥说，你对大队书记说，这是好几年前的事，供销合作社早调查过是诬陷信。如果不信的话请他们联系马陆供销社。

闵蕙突然出现。

我惊讶。

她说找我有急事，约我出去谈谈。

大哥招呼她，说这次外出，带来韶山手帕，她也有份。大哥给她手帕时，她很高兴。

我们一出门，她说朝上海方向走。匆匆走过御驾桥，走出东市梢后，出现大片农田。

我们来到沪宜公路上。

她说，知青大会后，魏其对她爸妈说，公社老三届中，除陆弟外都分配到社办厂。说陆弟最近又犯事，这个人屡教不改，只能一辈子在农村。说谁敢吃了豹子胆分配他？说估计陆弟欺骗闵蕙会调到市属厂。所以，一定要让闵蕙断这种念想。建议父女签个两年协议，陆弟两年内不上调市属厂，爸妈不同意他们相爱。用不了多久，就会暴露陆弟的谎言，就会分手。另外，要把闵蕙调离张村，他们接触少了，关系会淡下来。魏其还提到大队捉奸一事。说捉奸居然扑了空，使人相信陆弟不敢冒进监狱风险，闵蕙不敢冲破底线。说一定要闵蕙答应调队，答应两年协议。在此之前不能放她回村。她爸妈担心逼急了会出事。魏其说上次是陆弟断交信引起。

她爸妈被魏其说服了。知青大会后，就不放她回村。她爸妈又到公社找党委书记，找知青办徐老师。徐老师说知青调队从来没有过，党委书记又点了头，这次将她分到方泰朝阳种子场。

“陆弟，因为我想见你，我答应我爸的所有要求。我想回村。爸妈不同意，一定要我先到朝阳种子场报到。”

她拿出她爸写的协议书：

一、在两年当中，陆弟不抽到市区（市属单位）工作，断绝恋爱关系。在两年当中做到“二不”，不谈话，不往来。

二、如果陆弟在两年当中抽到市属单位工作，恢复恋爱关系。（父母坚决还是不同意，同时断绝父女关系和其他社会关系）

三、在两年当中，好好接受贫下中农再教育，要认真学习马列和毛主席著作，做到“三老实”，说老实话，做老实事，做“老实人”。

……

协议最后，有效期两年和日期。她爸签了名。

“你同意调队吗？”

“我同意了。徐老师说种子场收入比村里多，等于社办企业。”

“我不同意你调队。”

我说起魏其和宝宝的恋爱过程。宝宝在国棉三十三厂工作。宝宝曾提起魏其有关系，会很快上调到金山石化厂，引宝宝上了钩。魏其认为我采用了他的方法诱你上钩，才鼓动你爸妈签这样一份两年协议。闵蕙，我连公社企业都不分配，怎么可能两年内调到市属厂？

“你不要苦恼。我和我爸妈的事，我会想办法。”

她往回走，说在南翔，我们在一起，很快会传到她爸妈的耳中。

回来路上，听街边有人说双胞胎姐妹被杀死的那棵树死了。我和她都想去看看。

街边，谢若水杀人的院子。我们走进院子，有不少人在小声议论。

树果然枯萎死了。树下落满了枯黄的树叶。

院里居民说，常有人来看这棵树。说双胞胎姐妹死后，树渐渐死去，真稀奇啊。说可能双胞胎姐妹死得冤，冤气太重把树熏死的。说双胞胎姐妹长得好看白嫩讨人喜欢，却冤死了。说谢家死了四人，现在只剩下老头一人。

下起了雨。她急着要回家。

“下次我们啥辰光见面？”

“我不晓得。你不同意调队我就不调队。如果我硬要回村，我爸妈会把怒火转到你和你家，这样不好。陆弟，你只要做到一点，就是爱我，不给我添乱就行了。”

九

吴红说，闵蕙找了知青办徐老师。徐老师听到她不愿调队后很惊讶，说你不去很可惜。听她爸妈说，她去了一次你家里，出尔反尔不听爸妈话了。吴红说，她爸妈态度坚决，要么她到种子场，要么她待在家里，说家里准备长期养她。

吴红带来闵蕙给她爸的信：

亲爱的爸爸：

我实在害怕见到你。所以，我只好到嘉定宝宝那里去了。我感到非常对不起你。但也毫无办法。

我和陆弟的事，我早料到你要激烈反对的。但我们的爱情是坚贞的，是不怕任何困难来阻挡的。我永远跟你说这样的话。“我不是一个糊涂的人”。我和他永远不会分离。我们将永远相爱。

爸爸，我始终希望你，不要放大声势，如果你要求调生产队，我坚决不同意，因为我没有做过见不得人的事，我为什么要调生产队呢。如果，我是你女儿的话，你要为女儿的名声想一想，这样做，人们会产生什么样的印象呢？如果你要坚持自己的观点，那么一切后果由你来负担。我们俩始终相爱。

爸爸，女儿的前途应当由自己来考虑。我想过许多问题，你不要始终放心不下。如果，你不要我到你家，这也可以。我相信我自己也有办法活下去。你算没有了我这样的女儿吧。我们始终不会分离。

你女儿这样做，是死是活不要去责怪谁，也不要去责怪他，更不要去责怪村上的任何一个人。你要责怪，就责怪你女儿吧，打我、骂我，我都能忍受，你没有办法使我们分离的，我将永远爱他。

女儿　闵蕙

十

我习惯走夜路，省车费，又能胡思乱想。走到印村时，公路上人多起来，拎着凳椅，在谈论电影，是电影散场了。农村电影大多夜里七时半开始，两场连放。估计晚上十一时多。

回到张村，村子静寂。

背后一阵杂乱脚步声，我转身，一束强烈手电筒光照着我脸，我睁不开眼。这种大功率手电筒只有巡逻民兵才有。

“是陆弟啊，这么晚了，你在干啥？”

“我从南翔刚回来。”听到阿龙声音，我准备束手待毙。

“闵蕙在吗？”

“不，不晓得……可能，不在……”

民兵们跟我来到知青屋前。手电筒光在知青屋前乱照耀。他们围着闵蕙小屋，努力将手电筒照里面。有人发现门上锁，说阿龙，闵蕙不在。

阿龙说，回大队，吃半夜饭去。食堂有面条。

第十九章　赴汤蹈火的爱

她抱着提琴盒出现在我面前时，十分意外。

她说刚从吴县回来，她去吴县认亲生妈妈。现在，她爸妈如果坚持要她调队，不让她回村，她从此不回南翔家了。

我惊得说不出话来。

她把琴盒放在床上，打开盖，拿出小提琴："喜欢吗？"

一把新的小提琴。"你哪里借来的？"

"我吴县亲妈买了送我。我送你。"

我没想到，我关于小提琴的随意话，她却记心上，认真起来。她事先没和我通气，盲目买来送我，以为给我惊喜。仁仁说过，小提琴没老师学不会。我有小提琴，谁教我？

"你喜欢吗？"

"喜欢。"不能扫她兴。我接受她浓浓的爱意。

我要听她吴县的认亲之行，和她一起走回南翔。

一

蕙英来找爸，一把眼泪一把鼻涕控诉富农家庭带来的苦难，要求爸把房子收回，让她分开住，和富农家庭划清界限。我爸恨恨地说，你看看吧，你妹妹十多年一直想跳出富农反动家庭火坑。她在火坑中想出来却出不来。而你，偏要跳进朱阿妹家这个大火坑。陆弟也是火坑，你看，公社老三届知青分配了，就剩他。魏其说，陆弟是扎根农村一辈子的命。

蕙英白哭了一场，回吴县去。我送她到火车站。

蕙英听从爸嘱咐来劝说我，姐，你要听爸的话，不要和陆弟来往，他家是大火炕啊。我说，蕙英，你还小，不懂爱情是啥。我的事，你不要参与好吗？蕙英就不再劝说。

我萌生找亲妈的想法。在吴县乡下，男人当家作主。如果我亲妈做不了主，吴县之行就失败，会给你增加烦恼。因此我向你隐瞒了我的想法。我去吴县认亲是给我爸妈一个回音：我不会离开你。爸妈阻止不我们的爱情。爸妈如果不认我，我就去认富农婆的亲妈。

我说准备去吴县认亲生母亲。蕙英听了大吃一惊，姐，我这些年流了不知多少泪，想跳出火坑。姐不但要跳进陆弟家火坑，还要跳富农家火坑吗，姐是不是疯了？我说我没有疯。我心里清楚。我爸说“你妹妹要跳出火坑，你偏向火坑行”，这话给了我启发。他们把四类分子家庭当火坑。我为爱情宁愿跳火坑。我在家里，一天到夜看爸妈冷脸，整天骂骂骂，也是火坑。如果吴县亲妈给我温暖，我会毫不犹豫拉着陆弟往火坑跳。

蕙英，你不要告诉我爸妈，不要惊动闵家的人。

蕙英劝不动我，说，姐姐，你去了吴县就会明白，富农家里确是大火坑。

二

我想，爸妈发现我不在时，会给你和你家带来麻烦。所以，我离家前留下纸条，说我在南翔镇被说成不孝女儿，整天受责骂，以泪洗面，爸妈还要和我断绝关系。我只得到吴县去找亲妈。

蕙英给了我吴县的地址和如何转车的纸条。我到苏州站，转车到枫桥公社。就是你说过的，唐诗人张继的《枫桥夜泊》，“姑苏城外寒山寺，夜半钟声到客船”使枫桥出了名。我小时候，我爸在春节期间，带我看老奶奶，来过枫桥。在老奶奶去世时，我戴着白花和送葬的人坐在船里，船从枫桥下经过到吴县火化场。桥边有个寒山寺。以前，你听说我出生枫桥时，曾拿出你画的《枫桥夜泊》，说临摹画家应野平的画。我看画后说没有这样美，就是普通一座小桥。庙在桥边，而画上桥和庙相隔很远。一条小河在画里宽阔得像黄浦江。你说中国画就是这样，要不那叫照相……

好，我不扯开话题。枫桥公社有个高景山，山下有车站，我下了车。爸妈离婚时，我还小，我记不清亲妈模样。亲妈在我记忆中是贤惠能干的农村妇女。我长大了，母女突然相见有些不妥。我和蕙英约定，我先到叔叔家，然后通知蕙英，蕙英把我带回家。

到联港大队有条石子路。路上尘土飞扬，走十来分钟到村里。是个大村。叔叔家在村口。叔叔看到我来，特别开心，问为什么没跟你爸来？我说蕙英请我来玩，我请叔叔通知蕙英。堂弟跑出门去叫蕙英。蕙英来了，拉着我的手说上我家去。

叔叔说："闵蕙，你来吃晚饭啊。"

"不来啦。我姐在我家里吃住了。"

三

叔叔家在村东，蕙英家在村西。穿过村子时，一些村民闻讯来看热闹，说蕙英上海姐姐来了，说彩云大女儿来看妈妈了。

"姐，等会儿到家，在客堂八仙桌边，坐的男人是富农，就是他把妈勾搭了，害得我们一家分离。你进屋后不要理睬他。我从不理睬富农弟兄俩。"

我跟蕙英进屋时，亲妈在门前等候，一把拉住我手。"闵蕙，听蕙英说你要来，我天天念着你。你真来了！"

"妈妈！妈妈，你同我想象中差不多。"

亲妈拉着我双手，上下端详，眼眶出现泪花，匆匆用衣袖擦了下。"闵蕙，你过得好吗？你后妈待你好吗？"

蕙英说，让姐姐进屋吧。亲妈说，对对，闵蕙，进屋进屋。

客堂很大。八仙桌边坐着蕙英继父。蕙英再次低声叮嘱我不要理睬他。我可做不到，对继父笑了笑，算是招呼。继父回了个微笑和点头。

“闵蕙，你的上海妈妈对你爸好吗？对你好吗？”

“妈妈，我上海妈妈对我和对爸都很好。”

“这样好，这样就好。妈妈开心。”

蕙英说，妈妈，姐来了，你不要拉着她手不放，还不停问。你快去准备晚饭啊。亲妈想起，放开手，忙去了。继父一直冷眼看着我们姐妹。

蕙英带我参观。富农家很大，客堂、庭院、房间、厢房和灶间一应俱全。在厢房里，一对竹筐装着香烛和云片糕等小零食。蕙英笑着说，是妈批发来的，挑到高景山做小生意。蕙英说屋后还有个柴间，不要看了吧，说富农哥哥住那里。我说要去看看。

木结构的破败平房，很大。原来不是柴间。进屋后，有股浓郁的青竹味。屋里昏暗。我的眼睛渐渐适应，看清了四周，墙上挂着菜篮、畚箕等新编的竹器生活用品或农具。一个五十来岁男人席地坐在屋中央草席上，借着窗口射进的微弱光亮在编织竹篮，手法熟练。看到我们姐妹，没有交流，仍低头快速编织。他身旁有几只编织好的竹制品。

蕙英不愿久待，拉着我的手。“走吧，这里没什么好看。”

出门后，我轻声问：“他是谁？”

“就是富农的哥哥，也是富农。”

“他就住这里？”

“是啊。”

“屋里的竹制品都是他编织的吗？”

“是的。我妈会挑到白马涧小镇寄卖或自己卖。”

“他看来很聪明啊。”

“他是富农。姐，家里这两个富农，我一想到他们，就恨。”

吃晚饭了，饭菜丰盛。我们坐到八仙桌边，和继父面对面。

我说：“蕙英，你是不是去柴间叫伯伯一起来吃饭？”

"姐，你不要管他。等会儿，妈妈会送饭菜去。我们自己吃。"

门口出现一个农村青年，进门后，手足无措。矮小个，圆脸，微龅牙。身高长相都比普通男人稍逊一筹。

继父眼睛亮起来，招呼："吉祥，来，一起吃饭。"让出座位，"吉祥，来，坐我这里。"

亲妈介绍："闵蕙，这是吉祥，我外甥。吉祥，这是蕙英在上海的闵蕙姐姐。"

吉祥小心瞄一眼蕙英，蕙英气呼呼转过头。吉祥和继父一声不吭，低头吃起饭。

亲妈不停为我饭碗中挟菜，说听到宝贝大女儿今天来，一清早到白马涧小镇买菜啊点心啊。兴奋唠叨着。

四

晚饭后，亲妈说和大女儿难得一起，娘俩好好聊聊。蕙英听出话音，说姐，爸妈离婚后，你们第一次见面，我不好插在中间。我到叔叔家去，你们娘俩好好聊聊。

亲妈带我到房间。被子是亲妈新翻的。亲妈握住我手说今夜娘俩一起睡。

"宝贝，听说你和一个四类分子出身的坏人谈恋爱？"

"妈，他叫陆弟，人不坏。他家弟兄七个，有个妹妹。他爸吃官司，妈妈戴坏分子帽子。所以我上海爸妈都不同意。"

亲妈惊叫："啊，弟兄七个，娶媳妇了吗？"

"没有。"

"娶媳妇要房子要钱。我们这里，家有兄弟俩娶媳妇也难。吉祥兄弟几个，都娶不到媳妇。听说陆弟道德败坏，还比你大几岁？"

"道德败坏是瞎说。他比我大六岁。"

"这大了点。宝贝，你喜欢陆弟？"

"我喜欢他。我上海爸妈不同意。"

“这样的家境情况，换谁都不会同意。”

“妈妈，我到吴县找你，你是我亲生妈妈，我想，你会支持我的。”

“宝贝，你真心喜欢他，妈不反对。”

“妈妈，你和我爸好好的怎么会离婚？你怎么会嫁给富农？你嫁给富农幸福吗？”

“今天宝贝要我说，我就说说。你爸很苦命，三岁死母亲七岁死父亲。他是老奶奶带大的。他小时跟舅舅到石灰窑干活。舅舅要到上海工作，问他留在石灰窑还是去上海，他要跟舅舅到上海。他们到上海石粉厂，活很苦，扛几百斤重的石粉，后来跟舅舅到上海信诚厂当了锅炉工。”

“陆弟大哥在信诚厂干过。厂里同事叫我爸和舅舅为小苏州老苏州，以为他们是父子。妈妈，蕙英说你和阿姨关系不好，阿姨恨你抢了她老公？”

“都是爸妈做主，由不得自己啊。我娘家在太湖边，发豆芽做小生意，不愁吃穿。石灰窑在我家附近。妹妹常去玩，你爸和妹妹好上了。我爸妈说姐姐没出嫁，妹妹怎能先嫁人。就这样，你爸和我结了婚。”

“妈，你和我爸为什么离婚？几个叔叔说你偷男人。”

“说我偷男人，告发的人是你。”

“啊？我怎么可能？”

“你大概三四岁。你爸回来问你，晚上妈妈和谁一起睡？你说叔叔和妈妈睡。”

“妈，我记不得了。”

“妈不怪你。你还小不懂事。那时日子过得太苦了。你爸工资高，六十多元，但是他把钱抠得紧，可能他从小吃苦吃惯了。你爸每年回来那么几天，我们无话可说。你爸真心爱你阿姨，你阿姨也爱他，他们是自由恋爱。他想娶你阿姨。他不爱我，他有怨气。我带两个女儿过日子。我吃不饱还要种田养活你们。你和蕙英都营养不良。

那时富农关心我们，常常给你和蕙英许多吃的。我就和富农好上了。”

“听说你和富农好上后，我爸原谅了你。许多人都劝你，你不听，坚决和爸离了婚？”

“我用不着你爸原惊。你爸工资虽高钱抠得紧，一年回来几天。他不爱我。他心里爱你阿姨。所以，他过他的上海生活，我过我和富农的夫妻生活。”

“妈妈，你后悔和爸离婚吗？”

“不后悔。富农除成分不好外其他都好。富农懂得体贴老婆，都让着我。我很幸福。外面说什么随他们去说。我跟老公生活，不跟外人生活。在家里，我说了算。富农宠我。我们一起吃饭，我用不着等候在一边拾冷饭吃。一个女人求什么，求有人宠爱，求天天在一起。你看闵家几个媳妇像我这样吗？她们没有地位，吃饭等老公儿孙先吃，她们不能上桌，等他们离开，才敢去吃剩下的冷菜冷饭。有时男人喝酒，等的时间更长，再饿也要等他们吃完。她们常遭老公乱骂，过的什么日子？每天干不完的家务农活，忙得团团转。老公像大爷一样，把她们呼来呼去，她们能开心吗？她们在家中能说上话吗？她们手里有钱吗？一个子儿也没有。娘家有事，向老公要点钱想买点礼物，有的甚至一分不给。做闵家媳妇就像老佣人，侍候姓闵的老爷和姓闵的子女。他们自己除喝酒骂老婆外，没有其他本事。闵蕙，你爸在上海家干活吗？”

“我爸说，他挣钱养家，说男人不能干家务，越干会越穷。”

“都是你上海妈妈干的家务？”

“我有两个弟弟，一个瞎子阿姨，还有外婆。家里事多，所以我和妈妈一起干。”

“吃饭时，你的上海妈妈上桌吗？”

“不上桌。等我们吃完了妈妈会收拾。外婆和瞎子阿姨都不上桌。”

“闵蕙，你看你爸硬把吴县农村坏习惯带到上海。不过，你的上海妈妈能做到这样很不容易。”

“妈妈，听蕙英说她谈了个对象是她同学。他们是初恋。你不同意他们相爱，你还把男方送来的彩礼扔出了门，有这事吗？”

“妈告诉你个究竟。蕙英对我和富农结婚始终怨恨。她很小时到闵家几个叔叔那里，到阿姨家到老太太家到大队部哭诉，要和我们划清界限，要跳出火坑。你看有谁接走她啊？他们就是一张嘴，只会背后鼓动她划清界限。哪里能划得清啊。她要我和富农离婚，这不可能。我和富农相亲相爱。我说不要孩子他就不要。我考虑要孩子，蕙英会以为不爱她。我对富农说我们老了，蕙英会给我们三个送终。现在外面说富农生不出孩子，生理有毛病。他是富农，外人可以瞎说。富农强壮得像头牛会生不出孩子吗？你今天看到，蕙英仍不理睬富农，不承认富农是她继父。闵蕙，你想，蕙英如果招同学进来，一起来对付富农弟兄俩，把他们赶出门怎么办？我们不得不防啊。蕙英的同学在村里穷得叮当，配得上蕙英吗？还送彩礼来，被我一把扔出去，休想！”

“妈妈，吉祥不是蕙英心爱的人啊。”

“这么多年来，蕙英哭着说我们是阶级敌人，要脱离火海，要跳出火坑。她每年到上海要你爸帮她迁到上海。她说决不给富农兄弟养老送终。在这种情况下，我们商量把吉祥招女婿。吉祥是富农姐的儿子，穷得很。蕙英不要也得要。我们虽有养老钱，但总要有人给我们送终是吗？吉祥进门，解决了蕙英终身大事。她要离家，家产是我们的，我们为吉祥另找老婆。我什么事都会让蕙英。但是在财产和我们养老送终这件事上，没法商量。蕙英脾气倔，我也倔，看谁倔得过谁。吉祥人矮，长相确实不太好。几个外甥因为穷，娶不到老婆。把吉祥招婿上门是富农想出来的，所以蕙英恨我恨富农。我和蕙英常吵架，互相看不惯。我们三个强劳动力从小宠着蕙英，她不愁吃穿，还要怎么样？我们不要蕙英养，我们积蓄的钱足够养老。我们的生活水平在村里可能最好。你去看看闵家几个叔叔，日子过得紧巴巴的。”

“妈妈，爸说批斗富农时，你是富农婆，会和富农一起斗？”

“斗就斗吧。家里两个富农，我是富农婆，三人被拉出去批斗，蕙英哭着到闵家叔叔到阿婆家住上一阵子。她想划清界限，把户口迁到上海，变工人阶级出身。我们农村不像城里，没有运动时，富农和其他人一样凭力气本事吃饭。这几年，形势变了，不批斗了，全凭力气凭本事吃饭了。所以，富农家庭没什么害怕的。宝贝，我说得对不对？”

我笑着说：“妈妈，你两个女儿脾气都像你，都很倔啊。”

五

堂弟来叫我，说一定要去他家吃顿饭。

亲妈说叔叔不会上富农家，才叫儿子来叫你。你来时到过叔叔家，你要去。其他叔叔没通知可以不去。宝贝，你去看看做闵家媳妇，是不是像妈说的，她们能幸福吗?

到叔叔家。蕙英说同村，她不吃饭，说阿婆听到我来，今天坐车来看我。阿婆是爸小时最好的玩伴，感情非常好。蕙英要到高景山车站等候阿婆。

八仙桌坐着叔叔、我和两个堂弟。叔叔家两个女性没上桌，婶婶在干家务，婆婆坐在门前缝衣。饭桌上几个蔬菜。唯一荤菜是炒蛋，没有肉，和亲妈准备的饭菜无法相比。叔叔在闵家兄弟中算是文化人。自学中医针灸，家里弄个小诊所，为村民看小毛病，条件比其他几个叔叔稍好。

我说：“婆婆、婶婶，你们一起坐上来吃啊。”

婶婶一口拒绝，转身远离桌边，躲开了。婆婆仍坐在门口缝衣，好像没听到。

叔叔说：“闵蕙，你别管她们，她们等会儿自己会吃。”

我问堂弟：“八仙桌能坐八人，都能坐下，为什么要分开吃啊？”

堂弟说：“我们这里都是这样的。”

叔叔说：“闵蕙，将来你弟弟结婚，有了小孩，小孩能上桌。妈妈和奶奶不上桌。这是本地风俗。闵蕙，你要多吃啊。”

“我晓得。谢谢叔叔！”

叔叔说：“听说你在和陆弟谈朋友。闵蕙，你不能找出身不好的人。你妈彩云和富农结婚能幸福吗？富农兄弟娶不到老婆，把你妈勾搭上。你爸原谅她，她却不肯回头。害苦了蕙英。蕙英经常哭诉，要和富农家庭划清界限。没有房子怎么划啊？你爸把房子一千元卖给老四。你爸是大哥，我们兄弟五人，谁能接受蕙英？你在上海，有个赚钱爸爸，身在福中不知福。蕙英想跳出火坑。你倒好，想跳入火坑，到时候，你会像你妈一样。前些年，彩云和富农兄弟被批斗，吃尽了苦头。错一步步步错。都说忠言逆耳啊。叔叔的话可能重了一点，都为你好啊。”

“叔叔，我晓得。”我不开心。

“富农家两个坏人，陆弟家也是两个坏人。但是富农家房屋十几间，有围墙有院子有大树，算是村里最富吧。富农兄弟是庄稼好手，身强力壮，仍找不到老婆，才勾搭上你妈彩云。你妈贪图享受却吃尽苦头。听说陆弟不是好人，家穷，七个兄弟都是光棍，为什么？没有人敢到这种家庭。在我们这里，出身好，如是兄弟俩，找老婆也难。闵蕙，叔叔劝你一句，不要和陆弟谈什么朋友了……”

我欲言又止，冷下了脸。

堂弟看到我不开心，阻止说：“爸，不要说了，恋爱自由。天要下雨，娘要出嫁。小辈的事你管不了这么多。闵蕙姐，不要理睬我爸。”

蕙英带阿婆来了。阿婆说要带我去看外公的墓地。我不想久留，告辞。

六

我和阿婆登上了高景山。

山顶上有个石棉瓦顶的茅竹棚，里面几尊制作粗劣穿着古服的泥塑像，脖子上戴着镀铜的金项链。有尊泥塑像还戴上了现代墨镜，现代和古代的混合穿着打扮显得有些怪异。

阿婆说山上以前有庙，后来被拆了。近年来，有人偷偷放进了菩萨，叫“大爷菩萨”。“大爷菩萨”香火起来后，又放了“二爷菩萨”。“大爷菩萨”“二爷菩萨”旁边的女人塑像是菩萨老婆。香火很旺，都说灵验。周围烧香拜佛人很多。说上海有人专程来烧香。现在没人管这些事。旁边还在搭茅竹棚，说准备放“三爷菩萨”“四爷菩萨”。香火好了，你妈妈彩云每天挑担上山卖香烛卖饮料给烧香人。你妈很会赚钱。

我跟阿婆到北坡山崖边。阿婆钻进一大丛乱草中，说你外公墓在这里。

阿婆拨开乱草，一块半公尺高的黑色小墓碑。墓碑上刻有“毛启良之墓”。

阿婆说字用红漆描过，现在褪色了。说你外公去世后，骨灰盒在家里放了很长时间没处安葬。那时“文革”刚开始，我对你好婆说，骨灰盒放家里不安全，万一被抄走怎么办。说高景山风水好，我把骨灰盒包起来拿到高景山给他落葬。你好婆说好的。

我和阿婆动起手，把墓碑四周杂草清理干净。

好婆到南洋留学时遇到外公。外公是个风流倜傥的英俊男子，一身挺括的白西装。好婆天生是美人胚。两人一见钟情。好婆出身宁波首富之家。传到好婆是第三代，被好婆两个哥哥吸毒赌博败尽了家产。好婆跟外公来到南翔。外公是眼科医生，在南翔开药店坐堂。婚后外公外婆生了儿子和两个女儿。儿子在药店后院玩耍时掉入井中溺死了。公私合营时外公到南翔医院。我爸在南翔再婚时，外公工资七十多，我爸六十多，都是高工资。外公业余时间制作黄疸肝炎的药丸，常有人来购药。在镇上是富裕人家。听说外公好像被划成右派。外公五十多岁得胃癌去世。好婆说外公幸亏死得早，外公脾气倔，在“文革”中会被批斗打死。外公去世后，生活一落千丈。我妈叫好婆学烧饭，好婆除了能写手好字外，什么都不会。烧饭常烧糊烧焦。好婆在我和弟弟上学时，偷偷烧给瞎子阿姨好吃的东西，我们很有意见。好婆说你们三人，风吹吹也会长成像样的人。我不照顾你们的瞎子阿姨，她会更苦。

外公在这里可看到村庄和田地。山崖边安静又隐蔽。外人往前会掉下去。

我跪在地上，向外公墓碑磕头，外公，我是闵蕙，我来看你。好婆说，到吴县，希望我到高景山看你。好婆要我告诉你，你离开我们后，国家太太平平，没有打过仗。我知道，你和好婆这辈人，对国家打仗怕透了。这次，我回去告诉好婆，我看了你，好婆听了一定开心。外公，记得清明时，你带我去郊外上坟，说去"踏青"。"踏青"这个词是你教我的。每次"踏青"，你会给我买一大包零食。外公，你在时，我家里还天天吃大锅肉……

七

我和蕙英坐车去阿姨家。

蕙英说阿姨知道我来，一定要她带我去阿姨家。阿姨家在太湖边。

蕙英说阿姨是爸初恋，被长辈拆散了。去看爸的初恋，我们的话多起来了。蕙英说她到南翔时，阿姨会托她打听爸，爸也会打听阿姨。阿姨不喜欢姨夫，说姨夫老实软弱，不会挣钱，家里又穷。阿姨嫁了一个她不爱的男人。夫妻经常吵架。姨夫没本事只能忍气吞声。蕙英说阿姨到现在仍对爸充满希望。阿姨对我妈嫁给富农意见大，说上海当工人的好老公，硬被姐姐轧富农轧没了。说这老公本来是她的，却被姐姐抛弃，还不肯回头。

阿姨家到了。我第一次看到这个和我爸热恋过的女人。此时，为一件小事瞪眼斥责老公。可怜的男人蜷缩着躲到一边。

阿姨看到我，拉着我手，对我爸的点滴特别关心。问我爸和继母感情好不好，继母对我好不好等。我如实回答了阿姨。

蕙英说："姐，我们去看看阿姨的婆婆。"

婆婆在灶间。灶间乱七八糟。婆婆牙齿全掉了，瘪着嘴，衣服单薄，坐在木凳上正吃粥。粥是冷的。木凳靠着灶台，灶台成了桌子。灶台上有一小碟。碟内小半块白腐乳。

我说："婆婆好。"

婆婆说："没什么好。"

"婆婆多大年纪了？"

"八十多岁。"

"这里空气好，八十多岁是长寿了。"

"八十多岁活在狗身上了。我早该死了。"

阿姨走进来说："老太婆精神不正常，不要去理她。"

我难受。姨夫为什么不出来帮亲生妈妈说几句。

晚饭后，蕙英说姐姐你早点睡，我和阿姨说点事。

我还没有睡着，客堂那边，传来蕙英的哭诉和阿姨劝慰声，小声互相诉说。我知道蕙英一定在控诉富农家庭，控诉她的婚姻不如意。阿姨一定诉说当年父母硬把她和初恋拆开，现在都变得如此不幸。

昨天亲妈说，蕙英和阿姨都喜欢哭诉自己命不好。亲妈分析得很对。

八

清晨，小村庄被雾气重重笼罩着，不远处是群山，就像仙境。

我很兴奋。我知道你喜欢这样的画面。我想起《柳毅传书》，问，阿姨，太湖是不是有口柳毅井？阿姨说，太湖洞庭东山有口柳毅井，井口很小。前些日子还在路边。井边有块碑，刻着柳毅井。不知是不是这口井。

我说："传说中，那是柳毅进入龙宫的入口处。龙宫入口有两个，一个在洞庭湖，一个在太湖洞庭东山。东山的柳毅井到现在有上千年历史了。柳毅是苏州人，所以，东山的井是龙宫入口更可信。”

阿姨和蕙英听说后都惊讶。阿姨问，闵蕙，你怎么晓得的这么多？

“我听陆弟说的。”

九

我向亲妈告辞。亲妈要送我到苏州火车站。

亲妈带我来到苏州观前街，说是苏州最热闹的地方。亲妈说，宝贝，你想要什么尽管说。我说，陆弟最想要的，就是我想要的。说让我想想。我想起，你开船到市区，好多次到乐器商店、淮海路旧货商店找小提琴，说看了价格，买不起。

“妈妈，陆弟想要一把小提琴。”

“妈给你买。妈有钱。”

我们一家家商店找，终于找到了，标价四十七元。店员问提琴盒要吗？要的要的，亲妈说。

十

她说，我回上海后先找你。我今天回南翔，向我爸妈摊底牌。如果爸妈坚持我调队，我去找吴县亲妈。亲妈在富农家说了算。爸妈不要我，吴县是我新娘家。以后逢年过节我带你去吴县。

“闵蕙，你吴县亲妈支持我们一起吗？”

亲妈说，找自己喜欢的人不会错。亲妈说相信宝贝的眼光。当年，亲妈不顾家庭反对嫁给富农，现在很幸福。亲妈和富农相亲相爱二十多年。富农善于经营，夫妻同心同德，生活水平在村里算最好。我去了阿姨家。阿姨是爸初恋。阿姨很强势，我爸有大男子主义，性格不配，如果当年我爸和阿姨结合不会幸福。现在我爸妈结合很完美，我妈是个贤惠女人，处处让我爸。我爸和我亲妈离婚后，各自找到最合适的人。陆弟，我爸妈爱我。因为爱才不同意我们在一起。他们如果要和我断绝关系，时间不会长，一年两年后会恢复关系，你不用担心。我要和你在一起，也要和爸妈在一起。我会努力，一切会如愿以偿。

走到马陆，我们沿横沥河走回南翔。

我亲妈村前有个小镇叫白马涧。镇上有条窄窄的古老小街，都是石板路。一条小河穿过小镇。小镇边有个天池。我和蕙英清晨经过，天池在群山中，雾气很重，水很清，我们头发湿了。鞋子沾满露水也湿了，像走在仙境中。我对蕙英说，白马涧、天池，风景真美，回去说给陆弟听，他喜欢画山水，所以喜欢山水。这是我的出生地。下次来，他可以在山里写生。我陪在他身边，为他磨墨洗笔……

我说，许多年前，傅抱石、应野平、潘天寿、陆俨少等，凡能找得到的中国山水画，我都会临摹。但是，我没见过真正的山。我难以想象一大块石头怎么会从平地上凸出，大到数十数百公尺高，上面还能建房住人。你描绘的天池和古老小镇以及太湖令我十分向往。这些地方，我一定要去。

她笑得灿烂，说，我带你到白马涧到天池。我们翻过天平后山去看枫叶。蕙英说天平山枫叶很好看，很多上海人特地来看。我还带你去看太湖，看柳毅井，吃东山橘子。我阿婆住在太湖边，在洞庭东山。阿婆有条渔船。我们看阿婆打渔。阿婆会捉许多太湖蟹太湖鱼。我们到阿婆的船上过夜，吃阿婆打来的鱼蟹。我陪你喝黄酒。你想在船上住多少天都可以。陆弟，我这样安排美不美？这是真的啊，我不骗你。阿婆常带鱼啊蟹啊到南翔，给我们吃。我知道你一定喜欢。

她的想法如此投合我，我惊讶。我爱画画，山水、雾气、渔舟落日，景色很美。

“陆弟，我这样安排有劲吗？”

“有劲。”

她用手指狠狠顶了顶我脑门：“就我晓得你想啥，喜欢啥。”

“那说定了？”

“说定了！”

走了两个多小时，不知不觉到南翔。我不想回家，母亲会唠叨，我回村。她回家，说有好消息坏消息都会通知我。

第二十章　多事季节爱意浓

一

我向金兴解释大队收到举报信一事。说这是许多年前的事，马陆供销合作社当年已调查清楚是诬陷信。金兴不解地说，早晚会拆穿的事为什么还要举报。

关于老三届知青分配一事。金兴说这次知青分配，大队推荐过你，说分配的，他搞不明白怎么不分配了。他和工业组老杨通了电话。老杨说公社接到两封举报信，公社不准备分配陆弟工作。金兴问举报信内容。老杨说这个人改不了，给方泰公社造成恶劣影响。老杨不肯说举报信具体内容。

我说，一定是诬陷信！

金兴说你不要急，简平能从老杨那里套出举报信内容，这样对症下药。说他两天前托过简平打听这事。他挂通简平电话后把话筒给我。

简平电话中说："陆弟，公社收到两封举报信，说你在上海第六皮鞋厂战高温期间，整天吊儿郎当不好好干；偷厂里皮鞋时被门卫抓现行；说你纠集厂周围社会流氓，打架敲诈；说你在皮鞋厂职工大会上被多次点名，败坏方泰公社荣誉。说因为皮鞋厂和方泰公社是战高温合作关系，你的事被厂里硬压下，没通报给方泰公社。"

果然诬陷编造！

"我对老杨说，陆弟不太可能这样。老杨说，无风不起浪，啥人吃饱饭写这种信？而且两封信由两个不同的笔迹写的。我说，会不会诬告。老杨说不会。我说，能不能让我看看举报信内容？老杨信任我，取出信给我，说，你看看，这种人能安排吗？我看了信，把你写成流氓无赖。其中一个具名'陆生'。我从没听说过这姓名。"

"简平，这是诬告信！相反，我战高温期间，书记、工会主席等厂领导在全厂职工大会上多次点名表扬我。我是厂里四个高温工中唯一受表扬的人。"

"那就好办了。你请皮鞋厂出份证明，如果请到厂领导亲自写份你的表现，更好。其他事我来办。"

金兴说，你看，如果没有简平凭借和老杨关系套出举报信内容，诬陷就成功了。所有人认为你在败坏方泰公社荣誉，是个屡教不改坏知青。

二

皮鞋六厂愿为我出证明吗？我虽和沈书记、崔小四他们相处得很好。但他们是忙人，会不会怕麻烦不回信？万一不回信，我跑一次皮鞋六厂，请他们实事求是开份我战高温期间表现的证明。

我给沈书记的信：

沈师傅，来信非别。我是曾到你厂战高温的所谓"大模子"。事情是这样的。九月底，我回到农村。十月中旬，方泰工业组将我分配时，居然收到两封控告信，冒名皮鞋六厂，谓我在战高温时期表现相当不好，工作吊儿郎当……凭着各方面的情况，这显然是有人因妒忌而写的，又是一个人写的（当然不会是你厂的）。荣幸我在皮鞋六厂的劳动不错，又未请过假，两天半调休也放弃了，未拿过任何东西，未买过一双皮鞋。这对于其他三个高温工是没有的。他们买过皮鞋，请过病假，劳动都不太好。我虽然这样，在四人中，也只有我得到了控告信。为这三个月的战高温，事情就一直搁着，为了一个人的前途和名誉，我觉得此事重大。我和你曾劳动过两个多月，又住在一起，多少对我有所了解，而炼胶间的老师傅们更了解我。所以我想，沈师傅，在这个问题上，你要如实地把我这三个月的情况反映一下，把此事了结算数。你不这样做，事情便复杂得多了，也将纠缠不清，事情一直拖下去。所以，我觉得你花费半小时，胜过我们忙乱几个月。希及时回信。再会！

回信地址：嘉定县方泰公社工业组（方泰布轮厂）杨权根负责人收。

我分别给崔小四写信，希望他代表炼胶间，联合邓长胜、小李和其他人，由小邓起草，把我三个月情况如实反映给方泰公社工业组组长杨权根。

我给老杨的信：

据大队书记和简平说，谓我在战高温时期，表现不太好。例证是两封来信。内容我不明。但我想说明，出去时，由队长来通知我，说是大队支部决定的。我明白他的意思，很激动。三个月中，我总是全力地去做自己应做的事，影响一直很好。在我所劳动的炼胶间的小组会上曾表扬过几次，厂支部书记沈启成和我劳动过两个月，也表扬过几次。在皮鞋厂的四个高温工中，我自觉影响最好，其他人托厂内买皮鞋，我从来没买过。在厂里又没拿过一样东西。临走时，炼胶间的人曾聚在我宿舍里，依依不舍。而他人是没有的。这最主要是我工作卖力。

联系地址：上海浦东白莲泾桥东首　上海皮鞋六厂　电话：833145（直线电话）支部书记：沈启程，副书记沈阿奎，炼胶车间组长：崔小四。你问“高温工大模子”便知道……

我在信中附上邮票和空信封。

天刚亮，我到陆巷镇寄信。不等邮政所开门，把信小心扔进门前邮筒。

昨夜因写信，没睡觉，寄信回来后睡到中午起床。

三

粪船停在河边。船里的粪面飘浮着一层乳白色的膜。

福泉说，这是上海人吃得好，油水足的缘故。他用长柄粪勺拨开粪水上的膜，浮出一只只白色阴茎套。娘的，这种套子只有上海人套得进。和女人睡觉，却让套子快活去。上海人是戆大。

大家一阵哄笑。

阿坤说，金家村歪子捉住个邻村女人偷队里蚕豆，要拖她上公社去，那女人抖抖索索求他，从腰里掏出一张一元钞票，要歪子饶她这一趟，对歪子磕起头。当时是半夜，周围没人。歪子说除非你跟我睡，否则拖你到公社。他拖倒她，她不敢不依。歪子睡了她，还白拿一元钱，第二天早晨买了酒吃。歪子在田头干活时，把睡女人还得钱的事炫耀，被阿龙听到抓了进去……

又一阵哄笑。

一对男女经过大路。女的挺着肚子，可能为妻子安全，老公没骑车，推车前行。是小夫妻回娘家。走近了，女的竟是驮死人！驮死人一身新衣，头上不见小白花，换了艳丽的红白大头夹，像城里姑娘。早听说驮死人新婚老公是嘉定城里工人，是头婚，童男子。说童男子知道她连克两个男人，说不怕，他喜欢她。

驮死人连克两个男人，反而嫁工人，这次竟然怀了孕。

田间挑粪的男人愤愤不平，咒骂嘉定戆大早晚会被驮死人克死。

我不关心这些乱七八糟的事。我常张望远处路口，等待闵蕙能出现。

忽然传来洪亮的招呼："各位好！"

一切说笑聊天停止。大家回过头，大路上，一青年从崭新的自行车上跳下，皮鞋擦得乌黑光亮，挺括的深蓝色卡其布青年装，头发漆黑光亮，鼻梁上架着宽边墨镜，一副城里人模样。青年把墨镜摘下。

"是根兴！"所有人不约而同叫出声，无法将眼前的青年和进监狱的根兴联系起来。

根兴把自行车撑脚上了，掏出香烟，向男人一支支扔去。

"是前门烟！""好烟！"

根兴说他刑满后分配在上海劳动钢管厂，是市属厂，每月工资四十元。一礼拜休息一天。他拍拍车坐垫说，这是发工资后买的，永久牌自行车。车票厂里发的。厂里有各种补贴奖金。他的满足之感浮于脸上，边说边给从田里浇粪回河滩的阿坤补发香烟。

我浇粪后回河滩，根兴发烟，说，来，辛苦了，抽支烟。我推辞说不抽烟。

我羡慕根兴，吃几年官司竟成了市属厂的工人？！我深深嫉妒。估猜根兴这样张扬是为扬眉吐气回村。

根兴说大家忙，厂里也忙。他回村后马上回上海，说完蹬上车，颠簸着向前。

我们目送根兴离开，纷纷不平骂起来，根兴抽的是好烟，我们抽什么香烟？经济牌，八分钱。村里谁吃得起大前门？福泉爸没死前吃大前门，爸死了，现在连一角二分的勇士牌也抽不起。

我知道，根兴说的是监狱工厂。但是农民相信实惠。我是农民，也想实惠。根兴吃了官司突然翻身，买得起自行车穿起新皮鞋还抽前门烟，就像干部。吃官司反而成了城里职工。我和其他农民一样愤愤不平。

四

我挑着粪桶从田里返回河滩时，停下步，愣住了，她满脸笑容向我走来。

我扔下粪桶迎上前，你回来了，看样你带来了好消息。她心情激动，说是好消息，我爸爸从此不管我们恋爱啦。

田里的人都望着我们。我说回屋再说吧。

回到知青屋。她兴奋讲述向她爸妈的摊牌经过。

……

我回家时，我爸在生闷气，在等我回家。

我去吴县那天，他看到我留下的纸条，知道我去找亲生母亲。他给吴县的蕙英和弟弟打通电话。他们说我刚到村里，他们都会劝。说让我看看生母嫁给富农后活成什么鬼样也好，说我看了会回心转意。蕙英把我的情况随时告诉我爸。蕙英说我为陆弟购了把小提琴，钱是妈妈出的，说富农兄弟现在联合妈妈准备拉我跳进火坑，要把姐妹俩一起拉下水。我爸听了愤慨，说本想前妻念在夫妻一场，念我是彩云的亲生女儿，会劝我不要身在福中不知福。可能前妻这些年过得太苦了，见女儿来，就趁机报复他。蕙英说我到南翔站的时间。时间到了，我应该回家了，却没见踪影。他明白我去找你了。

天黑了，我一进家门，他冷着脸，明知故问："你这几天到哪里去了？"

"我去吴县找我亲生妈妈。"

"你为啥这时候想起要找她？"

"你们不准我和陆弟恋爱，还把我关在家里，我受不了。"

"你反了，我白养你了！"他发怒，冲上前，一巴掌向我打来。

我边躲，边往门外冲去，哭着喊："我现在就走，我再也不回这个家了！"

他挡住我去路。"你不能走。"

妈妈拼命拉着我，对爸说："你有话好好说，不要动手打人。她是大人了。"

我爸老泪纵横："闵蕙，你想想，我和你妈离婚后，带你到上海。我每天背着你上班，为啥，你太小，寄放给人家，我不放心。你在我身边我才放心。我烧锅炉时，你在锅炉房边白相。那时你多乖巧啊。想不到啊……养到你这么大，我的话你都不听了……”

我哭着说：“爸，你的恩情，我不会忘，永远不会。你要我和陆弟断绝关系，我做不到……爸，我长大了，我的终身大事，我为什么作不了主？爸，我求求你，我和陆弟相爱，我要做主。其他我都听你的……你拆不开我们相爱……你叫我不能回村，我听你……我不逃离，因为怕伤你们的心，希望同意我和陆弟相爱……我在家里。你们天天骂骂骂，我天天看你们冰冷的脸……我绝望了……你们关不住我，我会逃出去……你们能关得住我一个大活人吗？！……爸，你还真以为能关得住我一个大活人吗？！……我很伤心，我明白，你们也伤心……我这次回家通知你们，以后逢年过节，我和陆弟回吴县。吴县是我新娘家。我亲妈接受我这个女儿。我亲妈说，女儿喜欢的人不会错。所以，我不会再回这个家。我会说到做到……”

我爸心软了：“你脾气太大了，就像彩云。以后吃苦还是你。你长大了，我管不住你了……”

我听出爸让步了。“爸，你不会禁止我回村吧？”

“我不想再管你了……你和陆弟来往，我们断绝父女关系。你以后做啥，我不再干涉……”

“谢谢爸爸。”

“你不要叫我爸爸，我没你这个女儿。”

“我仍会叫爸爸妈妈，回不回答是你们的事。我叫是我的事。”

我爸不理睬我，在落泪。

“爸，不是我狠心，因为爸永远是我爸，父女血缘关系永远断不掉。而我和陆弟已经断了好几次，都是他提出要断。我只能对爸狠心，因为你是我爸啊……爸，陆弟爱我，但是，他有顾虑有担心。我理解他。我说过，我会承担一切责任，我会保护他，因为我爱他。”

他打断我的话说：“你不要提他！你去找他吧。”走到卧室门口时，他站住，迟疑了下，“你和他一起，在男女问题上注意安全，不要给闵家丢脸。”

“我牢记爸的话，不给爸妈丢脸，不给自己丢脸。”

我爸终于放过了我，我能自由恋爱了。我可以回村，可以和你天天在一起。陆弟，我一夜没睡着。我高兴。我盼天快亮，早点把好消息告诉你。你听到这消息会多高兴啊。这一夜，我幸福地回忆我们从相识到相恋，一步步战胜爸妈对我们恋爱的阻挠。

我担心天亮后我爸妈会反悔。半夜，我开灯起床，找到纸和笔，把我激动的心情写下来。明天我们相见时，我把纸条给你看，我多爱你啊。我要给你留下我爱你的证据。你会高兴。如果我爸妈不让我出门的话，我会把纸条托吴红转给你。

我伤透我爸妈的心，我要争取多做家务，多洗衣多刮木梳，我爸妈看到我在拼命干活，心里可能会好受些。我天没亮起床，一直干到傍晚，我要回村了。我爸说，闵蕙，我们不赶你走。你啥辰光和他断绝关系，我们自动恢复父女关系。这时候，我和我爸又都哭了。

陆弟，我心疼我爸。我真不忍心。但是我没法子。

五

她把昨夜写的纸条给我：

> 我希望天快亮起来，我要把这消息告诉我深爱的人，他知道了会多么高兴啊。从今天起，我们可以不受我的家庭阻挠，来享受爱情和幸福。想了许多，失眠了一夜。

我爱她，只能被爱，否则会招来危险。被爱是我底线。被爱会使全社会对我怨恨少一些。我说，闵蕙，我真的谢谢你。

“就这样谢啊？”

“要我亲亲你啊？”我胆子大了许多。

“啥人说你谢我就要亲我啊？你抱我一下，意思到就行了。”

我拥抱她。她依偎在我怀里，仰起头，手摩挲着我的脸。“陆弟，你瘦了许多，脸变黑了。你昨夜肯定没困。你昨夜在想啥？想我吗？”

我说公社没有分配我，是我被人写了诬陷信。我昨夜写信给皮鞋六厂，写给工业组老杨。今天早上把信寄出了。

她听了很开心，说因为你没被分配，我爸妈说你屡教不改。

我听到小鸭的“啾啾”叫声，发现屋里多出了几只小鸭。她说马陆回村路上，有挑箩筐的农民卖小鸭，说是北京鸭，雌的会下蛋，三角五分，雄的五分。她买了五只会下蛋的雌鸭。

六

她为小鸭准备鸭窝，准备晚饭，上自留地挑菜，到大队弄次蘑菇。

屋里只剩下我。我坐在床边发呆。一个强烈念头冒出，渐渐占据我的心。简平多次劝我睡了她。说我们相爱，不睡她白不睡，她什么时候不爱我机会就没了。好朋友才会推心置腹。我从不敢冒风险，似乎有人总盯着我，会突然把我抓起来。回想今天看到根兴因祸得福，我心里泛起阵阵波涛。根兴刑满后当上了市属厂的职工，远比农村一辈子强多了。母亲再三关照我如果进监狱，刑满后不要回家。吃过官司的人，互相不会鄙视。而在农村，我再努力也永无出头日。我父亲说过，最难熬在拘留所。说只要顺着交代，在拘留所日子就不会长。简平说他没有刘梅会有其他姑娘。我这辈子女人缘只有她，我睡了她，把我抓起来，刑满在劳改厂当工人是条出路。再说，我睡了我最爱的她，是个美好回忆，以后一辈子当光棍也不会后悔。

各种理由使我下决心今夜睡了她。

晚饭后，淅沥淅沥下起雨。雨天好，没人打扰。黄翔不在村。灯光柔和得让我沉醉。我睡她的欲念越来越强烈。我的内心这么肮脏下流，我因此觉得很对不起她。

“陆弟，你在想啥？为啥愣在一边发呆？”她投来柔情蜜意的一瞥。

我回过神。“有个好朋友多次劝我，趁我和你相爱，叫我把你贞操摘了，说枪毙也值了。”

“你很流氓。你说的好朋友是简平吧，只有简平才会这样劝你。”

“我也觉得我很流氓。说实话，我和你一起时，特别到深夜，我就特别想困你，真的。万一我进监狱，却没困到你，我会觉得很亏。”

“你的想法真的很流氓。我原谅你。”她不想涉及这类话题，支开说，“陆弟，我刚下乡时，你为啥不理睬我，还是我先搭上了话。”

“我出身不好，从小胆小怕事，即便这样，我仍被诬陷。你是女的，我和你搭话，我怕会被吃‘笃耳光’。”

“啥‘笃耳光’？”

我笑了。不好意思说：“这和手抄本《少女之心》有关。”

“啥《少女之心》？”

“一本黄色手抄本。你不懂，我不能说。”

“我不懂才问你啊。”

“我说了，你不要说我流氓啊。”

她忍俊不禁。“你是假流氓。你如果是真流氓，我会和你在一起吗？”

“《少女之心》是简平弄来的黄色手抄本，写男女性爱，用钢笔抄在横条的学生作业本上。简平说，作者是个女的，查到后被枪毙了。说凡看这本黄书的人都会进学习班，以肃清流毒。那时，《少女之心》在村里悄悄传看。阿坤还偷偷抄下来。他爷爷为他介绍了新女友，他不喜欢，跑到外间，女友在房间里。他想起枕头边的黄书，跑回房间，女友已看完，脸红扑扑的，没有骂他。如果阿坤女友把《少女之心》交出去，村里年轻人就惨了。我们都松了口气。我们原以为女的看到这种黄书，会惊叫，会骂流氓，会刮‘笃耳光’，会和流氓男友分手，会举报。我们议论起来，最后有了统一看法，说，农村女青年经常看到猪啊羊啊牛啊交配，联想到男人女人这方面和动物差不多因此才见怪不怪……”

她的两颊粉嫩红润，她的微笑似乎鼓励我继续说下去。

“金兴说和女友最初碰头时，忍不住摸下女友的手，女友没有骂也没有推开他，他很惊喜，说最怕被骂流氓，被刮‘笃耳光’。农民把女性阴部叫‘笃’。‘笃耳光’是女人刮耳光前用手在裆部擦几下，然后给男的一记反抽耳光。都说和女人吵架时，看到女人擦裆部动作时要赶紧逃，说被刮了‘笃耳光’会灾祸不断。这动作很像磨刀，刀磨了砍出去更厉害。”

“被砍到的男人真会倒霉吗？”

“他们都说被女人刮了‘笃耳光’倒霉事会一连串。”

她咯咯咯笑起来：“你们男人怎么会有这种想法？”

“农民都这样说。估计有男人遇到过，后来倒霉了。金兴说约会时忍不住抱女友，女友没骂他。他高兴极了，当天告诉我们，他抱了女友，说女友不会骂。”

“你抱我时，我也没骂你啊。”

“是啊是啊。所以我们得出结论，女的都会假正经。”

“不是假正经。如果是男朋友，为啥要骂呢？梅姐之前对我们说，和男朋友一起，男朋友喜欢在小姑娘身上七摸八摸，说男的都这样。”

“是啊，男的喜欢摸小姑娘。闵蕙，和你一起，我敢说流氓话，我总想摸你，摸你全身，还想困你。但是总觉有人暗中盯着我看。我最怕突然我会变成强奸犯。”

“你东怕西怕，不像男人。如果你想，你今夜就不要走了。”

“闵蕙，你脸皮真厚啊，看我刮你脸蛋，难为情啊……”

“那你走，你走，快走，我不理你了！”

她含情脉脉直视我。我突然冲动，一把抱住她，把她压倒在床。

她又羞又恼在我怀里挣扎，用小拳头揍我身上，连连说恨你恨你。我笑着捉住她拳头又放开，说揍得舒服，谢谢她的拳头。她拒绝我鼓励，乖得很，停住手抱紧我，说你坏透了坏透了，世界上最坏的男人是你。我说我坏透了，无药可救了。她说就是你会说话。我刚想说，她的手按住我的口，不让我说下去。我的手不老实了，伸进她衣服中，摸索到她胸部。我喘着气。

“你摸我胸了……不怕我刮你耳光吗？”她瞟我一眼，双颊飞起红云。

“我不是摸，我在比较……”我在话中逃避。

她追问：“啥比较？”

我吐出一句：“我的胸比你的大许多。”

她竟接过话头：“是的，我比不过你。你胸肌二指半，我很平，和你相比差远了。”

“还是胸小胸平好，胸一大，会被人说成骚货。”

“是啊，姑娘都怕胸凸出来。胸大一点的姑娘，只能用胸罩把胸勒紧压扁压平，最怕凸出来，被人说闲话。”

我的手在她衣服中，摸索到她的乳头停住。“你的乳头比我大。闵蕙，我这话是不是很流氓？”

“不算流氓。你说的是真话。”

“闵蕙，我对你动手动脚，其实我很怕，啥辰光进监狱都不晓得。”

“你没有强奸我，怎么会进监狱？”

“我们只要相爱，我随时可能进监狱。他们只要想就能办到。”

“你啥都没做，凭啥进监狱？”

“啥都没做也会进监狱。根兴抱了抱亲了嘴，还是队长，是贫下中农，是退伍军人。我出身不好又是坏知青，起码十年官司。”

“你怎么不相信我？陆弟，你进监狱，我会救你。我会同他们辩理。”

“好好，我不说了。我这么抱你，算不算流氓？”

“不算。”

我的手在她胸部，轻轻摸了摸。“这算不算？”

“马马虎虎，不算吧。”她笑着说。

我的手向她下面伸去。

“你流氓了！”

我触电般停止手。“你不要吓我，还远着呢。我晓得，那是你禁区。”我吞吐说，“不过，我很想看禁区，可以吗？”我的话刚出口就后悔，脸上一阵燥，不知会不会冒犯她。

她的脸瞬时涨得通红。没有骂我。“那里难看死了，有啥好看的？”她盯着我眼睛，“如果你真想看……”

“不，不，我随便瞎说。”我紧张。身子轻微颤抖，好像有病一样。“闵蕙，和你一起，我啥话都敢说，啥流氓想法都敢提。”

“你冷吗？我看你在哆嗦。”

“我一紧张就会哆嗦。”

“你的手脚冰冷。”她腾出一手，把被子拉扯着，盖在我和她身上，然后把灯熄了。黑暗中，我睡她的欲念特别强烈，喘着气，抽出一手摸索到她裤腰，想脱她裤子。被她捉住手，拉回到她胸部，不让我动，手有力坚决，传来她声音。“不要动了，不早了，困吧。衣服都不要脱。不能发生关系。”

我们睡在一张小床上。她依偎在我怀里，我的手捂在她胸部上。她的手压在我手背上，似乎控制我不能乱动。今夜想睡她没戏了，除非强奸她。她是我最爱的人，我不能乱来。她的呼吸越来越平稳，很快，响起轻微的鼻声。她睡着了，她能睡得着？她不像装出来的。我抱着她不敢多动，怕惊动她。

我突然想起上次捉奸的事，紧张起来。耳朵警惕捕捉周围的细小声响。我在等天亮。

我稍有困倦时，小屋后杂乱的脚步声惊醒我，阿龙他们来了？心头一震，一阵紧张。我把头探出被子。脚步声经过屋后，渐远去。我松口气，估计是大队上夜班的人收工回家。

天终于亮了。她醒了，惊讶地说：“啊，你一夜没困着？”

“我困不着。抱着我最爱的姑娘，又不让动，我怎么能困得着？”

胆战心惊了一夜，我没有感到愉悦。因没出事，我松了口气。

七

金兴说工业组老杨打电话到大队，说我分配到方泰淀粉厂。

简平拿出一张手掌大的纸，说老杨写的便条，通知我拿了便条到淀粉厂报到。说皮鞋六厂接到你的信当天就回信，盖了公章，说有好几封信。说老杨接到信后不相信，怎么一会儿是坏人，一会儿是表扬信。打电话问皮鞋厂，确定两封人民来信是诬告信，当场写便条安排你。简平对老杨说，如果我和你不熟，公社和大队不都被诬告信欺骗了？陆弟因此背上一辈子黑锅？老杨说那没办法。

“老杨叫我转告你，叫你以后在生活中遇到小人要远离。”

我叫起来，小人躲在暗处写暗信，我怎么个远离法？退后一步，我怀疑谁写的，对方不承认，我又如何远离？

海龙说他被人写第一封举报信时，没被辞退。被写第二封举报信时，大队企业正在压缩人员，就把他辞退了。他说举报人只要花四分钱邮票，写举报信，就能搞到不喜欢的人。说上面收信后，总认为“无风不起浪”“如果好，不会有人民来信了”。他因此愤愤不平。

八

我要到淀粉厂报到。她执意把一床好被换给我。她拆洗床被，被子晒得喷香。把我的替换衣服整理出来清洗干净。

她进进出出忙碌，不时叮嘱几句。自行车停在门前，我在她的叮嘱中捆绑被盖。

我的海魂衫她结好了叫我试穿。用旧绒线衫拆了重结，她添了几两新的白绒线。说蓝白条纹的海魂衫现在流行，你穿上真好看。说到厂里，你把替换下的衣服打包回村她会洗。说在食堂吃饭不要节约，每天要吃点荤。钱不够对她说。

一股股温暖袭来，我眼睛湿润了。

我吞吐说，闵蕙，吃食堂要买饭菜票。你能给我几块钱吗？她惊讶，明白过来，赶紧从自制的布皮夹中，连零票都给我，有六元多。我抽取三元说够了。她要我全部拿走。我说你回家要车钱。还有这几天要花钱。她说会回家取钱，说十元补贴快发了。她是七四届知青，每月有补贴。

我们争执起来。她生气。我只得把六元多钱全拿走。她很像十几年前的母亲。母亲被划进四类分子后脾气才变坏。

九

淀粉厂宿舍床铺不够，我要早出晚归几天。

她回了次家，没钱也没熟菜。说爸妈整天板着脸，断了她经济来源。她以往每次回家为她准备的熟菜也没有了。她说十元知青补贴快要发了。我谎说厂里对新工人能预支十二元，我买了六元菜票，把六元钱还给她。米吃完了，她还有数十斤稻谷。我挑稻谷，她跟在后面到米厂碾了米。

上班后，我一日三餐在食堂吃。我没钱买菜，幸食堂有免费清汤，似是洗锅水。我一连几天吃白饭，不买菜，只喝免费清汤，被食堂师傅发现，说可以赊账，到年底分红时结账。这令我很高兴。十元知青补贴养不活我们，食堂能赊账，解决了我们的经济难题。

第二十一章　春天将来临

一

光明大队小学老师生小孩要代课教师。由各生产队推荐一人，闵蕙的毕业评语最好，光明学校选了她。

光明小学共三个老师，许校长和闵蕙，还有个老教师。小学设一年级到四年级班级。五六年级到陆巷读。闵蕙教三年级四年级。学生少，两个年级学生在同一教室上课，分坐教室左右两边，一个年级上课时另一年级做习题。除语文数学，还有体育、音乐和画画。许校长会风琴教音乐。许校长说等张村忠其华师大毕业回来教三四年级。说忠其来了，闵蕙进入正式教师编制。学校在申请幼儿园班。申请下来后，她去教幼儿园，更省力。目前，她同大队企业职工一样待遇。在大队食堂搭伙记账，年终结算时扣款。

她和许校长一见如故。在办公室，她们面对面坐。许校长谈两个儿子，谈老公小其。说和小其恋爱时，家人坚决反对，小其要人样没人样，穷得叮当，嘴油滑。后来小其当上大队长，把妻子调到大队先当教师后当校长。许校长感到特别幸福。而她谈和我认识到相恋的经过。许校长听说我们喜欢看书，说你去购些喜欢看的书，同时为图书馆配些书，可实报实销。说上面规定学校建图书馆，每年八百元额度，专款专用，以前用不了都退回了。许校长说和另一教师除上课外，业余时间都在忙自留地忙养猪副业，也没兴趣看书。

许校长开出学校购书证明。

她到嘉定新华书店，指定要法国小说。店员问，农村小学生能看懂外国书吗？她说老师看。店员说刚来《悲惨世界》一套四册，说书一来就卖光，你要随时来。她购了《悲惨世界》，还购了其他法国名著。

当她抱回一大包法国名著出现在我面前时，我特别惊喜。

二

我家聚餐日。兄弟们聚一起，大哥高兴，这次带来好酒。说国家形势在快速好转，整顿带来的变化深入人心。“阶级斗争为纲”除报刊广播仍在宣传外，现实生活中已退出。上次我家被抄没一间房，这次房管所重新分了一间，离家三十米，十几平方。分隔成前后二间。外间二哥卧室，里间给三哥作婚房。三哥四哥的婚姻大事正悄悄进行。不少姑娘看中大哥，媒人上门提亲，大哥都不中意。单位要大哥重写入党申请，重找居委审核。

我们聊晚了，大哥回市区公交车没有了，睡家里。以前大哥只有大年三十才留宿。

我到工农标准件厂宿舍睡觉。宿舍靠近解放街，是排平房。四哥长住宿舍。几个启东职工回乡探亲，空出床位。四哥关照晚些去，看那个同事不回来，四哥睡同事床，我睡四哥床。说起床后尽量保持原样，不要让人看出有人睡过。四哥起得早，起床后离开宿舍。

早晨，我在睡梦中，床边窗玻璃有敲窗声，把我吓一跳。以为被宿舍管理员发现有外人住夜。我惊起身。

窗玻璃上显出她的笑脸。“陆弟！陆弟！怎么还在困觉？我要进来了。”

我马上穿衣，刚下床。不知她怎么进来的。宿舍里幸没其他人。

她把我拉到窗前。“看见了吧，二楼小洋房。”

“这楼房是你家的？”

“我爸单位分的。我们分在二楼。我带你去看我的房间。”

“你爸妈不在吧？”

“不在。”

“你爸妈会不会突然返回来？”

“这里是困觉地方。起床后到邮局那边，晚饭后回来困觉。白天没人。跟我来吧。”

小楼紧靠工标厂宿舍。我们从小楼后门庭进入。

我随她走上窄小的楼梯。楼梯和木扶手破旧不堪。上楼梯踏步声很响。到二楼。靠东墙边有小床。她说，我回来睡这里。爸妈睡隔壁。爸妈睡着后会打很响的呼噜。

我想尽快离开。“你爸妈来了怎么办？”

“有我啊。”

“你爸如果打我呢？”

“不会。”

“你爸真要打的话，我可要还手的。”

“你会吗？你敢吗？算了，不和你开玩笑了。”

传来楼梯响，而且正往上走。“你爸来了？！”紧张，心怦怦跳。

“好婆说要见你，和你谈谈。”她去楼梯口接好婆。我来不及回应，好婆上了楼梯。她说过好婆许多往事。我第一次见到好婆。好婆身材高挑，鼻梁挺，大眼睛，皮肤白嫩细腻，头发雪白，活脱是个外国美女。不像中国人。

她陪好婆到小床边。“好婆，这是陆弟。陆弟，这是我外婆。”

“闵蕙，你去帮你妈分担些事。我和陆弟单独谈谈。”好婆带着浓重的宁波口音。

她向我挤挤眼睛，笑着跑下楼去。

好婆坐在小床上。“陆弟，闵蕙说了你很多，我一直想见见你。闵蕙很爱你，你们相爱，她都告诉我了。她爱你，是你有福气，你捡了大便宜，你要珍惜啊。”

我惊讶。听出话音，好婆支持我们相爱。怎么回事？

“闵蕙有心里话都对我悄悄说。我也是从小姑娘一路走来，如今老了。我和她外公是自由恋爱。当年我们一见钟情，现在回想起来仍令我心跳加快。闵蕙爸妈结婚由介绍人穿线搭桥，平平淡淡，他们没有这种体会，所以，他们会坚决反对。我有，我从来没有说过不字。闵蕙很聪明。你肯定有啥地方吸引她，使她不顾一切爱你。我相信她的眼光，相信你们相爱会幸福。她又是个心地善良的小姑娘。”

“闵蕙确实聪明能干，心地很善良。”

“她爱你是你福气，至少你将来不会饿肚子。我说两件事，你看看她多么聪明能干。她外公去世后，家境不再富裕。我家街对面是顺心堂药房。有一年贴出收购药草的布告，布告下有药草实样标本。那时她十来岁，看到布告后，在铁路边干涸的沟渠内找到大量车前草、蒲公英、野菊花、夏枯草。她找药草快，割草拔草快，半天时间把一大一小花袋装满了。她人小扛不动大花袋，就把大花袋藏到隐蔽的灌木丛中，自己背小花袋回家。等她爸爸下班后，她带爸爸去取大花袋。爸爸背起大花袋，搀着她手一起回家。她把药草晒干了卖给药店，每次好几元钱。你看，她从小就这样能干很讨人喜欢。”

“我和哥哥看到过药店布告，很兴奋。找来的药草给药店，都说不对。”

“当时镇上找药草的人很多，都找不对。”

“我们几次找不对，信心就没有了。我们赚不了这钱。”

“她十二岁上初中时，药店不收药草了。她妈妈从塑料加工场取来塑料木梳。机器加热成型后的产品，木梳上有多余的杂边，要人工刮去整修，每只木梳七分钱。大小木梳搭配。她除上学外，从早到晚刮木梳，一月能刮二十多元。有个月她刮了二十八元。她妈妈在居委，工资才二十多元，她比妈妈工资还高。镇上人都晓得她是刮木梳高手。她从小懂事。每天把全家人的替换衣服收拾到洗衣盆，端到自来水龙头搓洗。洗完一盆再洗一盆。小小年纪洗得手肿。尤其冬天，冻疮使她两手红肿得像大馒头。我和她妈心疼她。她妈妈还有顾虑，担心被人说虐待继女。也真有人偷偷问她，她说，她妈妈更忙更苦，吃剩饭菜，做最苦的活，她不帮着做的话，妈妈更来不及做。她从小做家务，带弟弟，手脚不会闲。她心善，总为他人着想。你和她在一起，如果只有一口饭，她一定让你先吃。在我们家，干家务的只有她和她妈妈。我只做一件事，照顾好我的小女儿，她眼睛瞎了。”

“我听闵蕙说，好婆留过学，能写一手好字。”

“字写得好有啥用。留学也没用。她妈妈上班后，没人烧饭，叫我学烧饭，我不会做，常把饭烧糊烧焦，她爸对我很有意见。她爸晓得她能干，长得好看，觉得你赚大了，所以不服气。她妹妹蕙英一次次来南翔，总诉苦，盯着苦难经历，好像都欠她的。姐妹俩同一爸妈生，性格差异却这么大。所以，爱心是后天养成的。她从小受她妈妈以身示范的影响，形成了善良的性格。”

“是啊，她刚插队时，曾陪要饭老太在村里一家家要饭。她真的善良。”

“我对闵蕙说，你想得到你的爱，就去大胆追求。我也是这样到了南翔。你外公在世时，我很幸福。陆弟，我今天找你，只希望你一生一世要待她好。”

“好婆，如果我能和她一起的话，我晓得该怎么做。”

楼梯上响起了脚步声。

好婆站起来说，闵蕙来了。我要走了。闵蕙迎上前，扶好婆。“陆弟，你在香花桥边等我，我送好婆到北面家后来找你。”

三

她还没来。

香花桥北桥堍，是人民街解放街的十字路口。

桥堍西边空地是我家动迁的旧址。现在，双塔边白墙上出现电影预告的粉彩画。画师正站在搭起的架子上，一笔笔在画。大多时候，电影明星的脸画得不太像，得看到演员表后对号入座才能辨认。但是大幅电影海报画的出现，为小镇中心增色不少。

南翔玲珑佛塔旧时为南翔一景，称“双塔晴霞”。双塔本属云翔寺古刹一部分。清嘉庆《南翔镇志》载：“两塔前人记载、题咏俱不来之及，不知建于何代？”“砖塔岿然双峙，千年物也。”

双塔前的空地上，匆匆行人。有数个老人坐在墙边的椅子上聊天。

站在香花桥边，勾起我的童年记忆。

狭窄的走马塘河穿过镇中心。河两岸鳞次栉比、重重叠叠挤压在一起的古老瓦房。“来船——松摇——”船民悠长、粗犷的声音在这幽邃、僻静的镇河的峡谷中回荡，久久不息。不远拐弯处同时露出半个船头。我们蹦跳着跑到石桥中央，扑在低矮桥栏上，俯下上半身，放开喉咙，用稚嫩的童声呼应：“乌九（沪语，即乌龟）——撑篙——”然后忍不住“咯咯咯”笑不停。“又是小赤佬，吃饱了饭没事做！”一条满装着西瓜的农船挤挤轧轧从峡谷中艰难爬行着。竹篙不停点触着两旁石壁，发出了“噼噼啪啪”的声音。

父亲说，曾出现一对很大的白鹤，背负阳光，穿越云层，在古佛塔上空盘旋一圈又一圈，柔和、深邃的目光俯视着破破烂烂的古塔，俯视芸芸众生的南翔镇。阳光下它们矫健的影子在古塔边画着一个又一个巨大问号。它们垂下头，鸣叫几声，叫声犹哭犹笑，犹喜犹愁，径直向南飞去。在它们身下飘飘忽忽落下两根洁白羽毛。羽毛一碰到砖塔顶，变成两棵葱绿的小树，盘根错节，十分苍老。

有个我小时场景很难忘：月辉。古砖塔剪影。塔顶，小树的倩影。玄虚，魅人，庄严，神圣，奥秘。古佛砖塔每层残败的塔壶小洞里，常有花的、虎皮猫咪出没，时隐时现，频频繁繁。夜里，常猝然响起一声声尖利、婉转似孩子惊哭的猫叫声。

阳光下，我和五哥靠在二楼后窗口，看砖塔黑灰色的残砖瓦片上，蜗牛缓慢摇动两支软而细的触角，懒洋洋向前游动，身后留下一条条淡色闪亮的痕印。

大哥说，吃了塔上的小树叶会长生不老。

小树叶真能治病吗？能，当然能！小树是白鹤种的吗？白鹤种的！是白鹤的羽毛变的！

小树沐浴在溶溶月辉里，遮上一层令人迷惑的神秘色彩，似在低声细语。

吃一片叶子能治病吗？能！吃半片呢？能！吃一丁点呢？如果吃针尖大的一丁点，能不能治病？能……那树枝能不能治病？……也能……

月亮羞羞答答从云层中闪出了身。世界豁然开朗了。

大人为什么不把它拔下治病呢？

谁只要一碰到小树，就会被忽闪和响雷打死。

小时的我曾静静仰望塔顶神秘的小树。这么多年过去，为什么小树总不见大？

佛塔在我家院中时，我家似乎受到佛塔的庇护，生活小康。自搬迁后，父母仍在家门前摆小摊卖种子。好像失去佛塔的庇护，我家命运急转直下。二百斤小白菜种子，使父母因“投机倒把”罪吃官司，戴上坏分子帽子。

我十岁那年，在大雪纷飞的小年夜，千年佛塔目睹我们三个南翔穷孩子的美好梦想，我的画家梦破碎了，北市梢的黄毛自杀了，仁仁写了血书去了黑龙江建设兵团。

四

她来了，把我拉回到现实。

“陆弟，好婆神神秘秘说要找你谈谈，说不能让我爸妈晓得。好婆对你说了些啥？”

“好婆讲了很多你的故事。我原以为你没经历过苦难，从小过着不愁吃穿的日子。好婆说你聪明能干，说你很小时会找药草，把大花袋藏起来等你爸爸来背。”

“那时找药草人多，都找不准。其实只要多找，多给药店看会找对。我爸背着大花袋，一手拉着我回家，现在想起，我感动得想哭。我爸太爱我了。”

“好婆说你是刮木梳高手，有时比你妈妈工资还高啊。”

“我妈到塑料工场结账，会给我几元钱零花。我有钱了，和同学一起买零食吃。几元钱能买很多零食。我和同学都很开心啊。”

“好婆说，你从小带弟弟，为你妈分担家务，说你是小大人了。”

“我和弟弟感情好。你不晓得男小囡顽皮，不到天黑，衣服就脏了，天天要换。”

一个十岁小女孩，在铁道线边深沟里挑药草，忘却了艰辛，留下父亲搀着她手回家的温情画面；一天到晚头也不抬刮木梳，没有怨言劳累，留下和同学分享零花钱时的快乐。

“闵蕙，我大哥说当年你爸带你在信诚厂锅炉房时，在尘灰煤渣中，声音嘈杂空气混杂，你爸在干活，你没有玩伴，只能自己玩。厂里职工很同情你们父女……”

“那年我七岁。我爸带我上下班。他干活，我在锅炉房边煤渣堆上，用手挖出沟。用爸的搪瓷杯盛了水，往小沟里浇水，看着水往下流，玩得真开心。”

好婆说得没错，苦难经历在她回忆中都变得很美好。她爸无奈拖着她在锅炉房，在她记忆中，充满父爱的温馨，亲情的享受。

“好婆还希望我一生一世要待你好。”

她脸红了。“陆弟，你要听好婆的话，一生一世要对我好啊。好婆和我吴县亲妈都是自由恋爱，都爱自己看中的人，她们都幸福。她们都是过来人。”

我问好婆有没有外国血统？她说好婆两个女儿不像好婆。说好婆出身宁波首富家庭，是天主教徒。“文革”前好婆会带瞎子阿姨到教堂做礼拜。大年三十夜里，邻居小孩被大人叫回家祭老祖宗。她那时很奇怪，问，我们为什么不祭老祖宗？好婆说天主教不祭老祖宗。记得我小时候，好婆一头黑发中夹有不少棕红色头发，头发有些卷曲。

我猜想，好婆长辈中曾有外国血统。

“闵蕙，如果现在让你选择的话，你选吴县亲妈还是南翔妈妈？”

“我选南翔妈妈。我妈善良，做啥都为他人着想。”

我发现，我和她的不同之处，我把人生经历的苦难留下来。她有感恩之心，苦难经历在她记忆中都会神奇地化成美好。所以，她觉得幸福，而我则满腹怨气，命运似乎永远亏欠我。

五

坐在香花桥低矮的栏杆上，我向她讲述我家和千年双塔的故事。

南翔双塔中的西砖塔原来坐落在我家小院里，塔身一半镶嵌在院墙内，一半露裸院中。我家两层阁楼。底楼堆货物吃饭及做小生意，楼上困觉。我家开种子店。对门是肉庄。西隔壁是小弟家切面店。东隔壁是瘌子的牛肉锅贴店。

这里有对千年古井，我小时候，西边的古井在瘌子做牛肉锅贴的桌台下。夏天，瘌子把牛肉锅贴馅吊入古井中，冻成肉冻，包在锅贴中。瘌子煎锅贴时，看到人多时，会向滚烫油锅撒出一把洋葱等香料碎片，顿时香花桥区域的人会忍不住吸气赞叹，一股极好闻的葱香肉味。这是瘌子煎锅贴的活广告。

晚上我们四兄弟趴在桌边，桌中有煤油灯。三哥拿起玻璃灯罩，和四哥五哥用手指慢慢划过燃着的灯芯。我不敢。听到背后有声响，邻居小弟偷摸堆在墙边麻袋中的杭州小核桃。我们合力将小弟口袋中小核桃倒出后放了小弟。二楼地板上，腐朽处有许多漏洞。我常和五哥蹲在地板上小便，拉一点点，看小便流到楼板下。父亲上楼问谁拉的。我们不敢回答。

她忍不住笑了。

我们趴在二楼后窗口，看一楼房顶层层瓦片上蜗牛爬行。瓦片上留下一条条淡色闪亮的痕印。

南翔双塔在镇中心，塔前小块空地是南翔镇的政治文化中心。

“文革”中，镇上和市区来的造反派都在这里贴大字报，发传单，传递造反有理的革命思想。

空地上，聚集着等候传单的镇上人。我每天来，仰着头，看全国各地造反革命的最新内容。有人拿着传单一进入空地，我们一哄而上，争抢起传单。

我初中毕业后，学生闹革命，大多数人闲荡在家没事干。我每天去佛塔前，一待大半天。这里有传单有大字报可看，有文艺宣传队演唱革命红歌，跳造反舞。我每天能抢到一厚叠五颜六色的油印传单。佛塔背靠的墙上贴满大字报。新大字报覆盖过时大字报，一层又一层。有则消息说根据科学家研究，伟大领袖毛主席能活到二百四十多岁。刚贴上，被革命群众斥责反动，一把撕下。毛主席万寿无疆，怎么才活二百四十多岁？镇文化馆馆长钱乃之的大字报刷新速度最快，他会把毛主席最新最高指示在第一时间贴出来，他还抄录全国各地造反派的信息。最引人注目的是钱馆长写得一手漂亮的颜体字。听母亲说钱馆长二十来岁随解放大军进入南翔镇，走过香花桥时，腰间别着手枪，人非常英俊，就像电影明星一样。

这里是造反派的辩论中心。有青年学生站长凳上演说“老子英雄儿好汉，老子反动儿混蛋！”的正确性。一个镇上有名的造反派叫阿宝，以前全家要饭到南翔，住在自搭的棚户区，属无产阶级无疑，公认是“好汉”儿子。阿宝向青年学生斥问，要求学生说出身。学生说父母出身，说爷爷奶奶的出身。阿宝追问学生外公外婆什么成分时，学生被卡住了，声音低下去，哑了，当场被轰出去。从此，辩论前先自报父母出身，再报爷爷奶奶外公外婆出身，经革命群众当场审核通过才能参加辩论。

到傍晚，佛塔前小空地的人多得像集市。

随着知青上山下乡后，佛塔前的小空地顿时冷清下来。没有传单没有大字报，也没有文艺宣传队演出。渐渐出现外省农村要饭的聚集到塔下。冬天，他们背靠塔下的墙边，坐在地上，手里拿着大葱晒太阳。他们有村里开出的要饭介绍信，证明贫下中农农闲出来要饭。大多在农忙时回家乡，大忙一过又回双塔前，就像候鸟。

没人敢驱逐贫下中农。

她母校是苏民中学，说往北不远，我们去看看。

经过救火会，一个白色大胡子老头坐门前，长长的黄色指甲卷曲起来。说你是毛阿姨的女儿。她叫声伯伯。我指着一座破屋，门上有“光荣人家”的贴纸，说这是花神庙，小祟明家。她说知道，他儿子当兵后翻身了。

经过翔公操场。我说小时和邻居小孩，每到黄昏，在操场上看云彩变化，像牛，像龙，像棉花糖，我们兴奋叫喊着；在操场主席台上，我们面对面抱着，喊一二三，谁把谁摔在地压身下是赢家；我们说童谣“侬姓啥，我姓王，啥个王，三画王，啥个三，高山，啥个高，年糕”；我父亲说王良环在卫星浜水底下伏三天三夜，一冒出来，被解放军抓住，在翔公操场枪决，打了好几枪。操场西有个荒地，呈铁锈色，垃圾很多，说是枪决王良环的地方。说我曾看到被枪决的尸体没抬走，靠着梿浦河。

往北，是苏民中学。说我们常把许苏民的墓当滑滑梯。墓像个青色法式面包，光滑得很。其他小孩爬上滑下来很开心，我人小爬不上去。她说她在苏民中学遇到过许多好老师。

这天下午，我试着像她一样把往事变成美好，仍觉得生硬困难。

是不是她真心觉得往事美好，而我在努力觉得往事美好?

六

说好回村前，我们各自先回家一次。

我离家近了，家门前聚集许多人。

汪家阿婆站在街中心，挥动着一叠欠条，大声控诉：“美丽牌欠钱不还，坏分子就是坏。美丽牌小孩多，生活困难，我借钱给她，想不到只借不还。我有借条，有美丽牌签名和手印。美丽牌，你想赖账吗？你赖得掉吗？你这个坏分子，想翻天啊？四类分子美丽牌欠债不还！我要告到居委去，发动人民群众批斗美丽牌，看美丽牌老实不老实……”

母亲站在家门口，声音很低：“汪家阿婆在瞎说，我都还了。我不欠汪家阿婆钱。”她是坏分子，先理亏。汪家阿婆手中有很多她的借条，她更加理亏。她经常面对这种情况，只能隐忍少说话。当年二哥因为不隐忍，招来镇上的最早抄家。

看热闹的人，都指责母亲欠债不还。也有指责汪家阿婆的阶级立场，为什么借钱给四类分子？因汪家阿婆和邻居相处不好，有人说是狗咬狗。康师母和毛头在看热闹。康强和小四被抓后，她们不像以前积极冲在前头了。

我上前问：“汪家阿婆，是我妈妈的借条吗？”

汪家阿婆暂停骂人，取出借条说：“阿六，你看看，是不是你妈妈签的名。还有手印，你妈妈大拇指按的，印泥是你家的。你看看是不是？”

我想接过看，她不允许。“你就这样看，能看清。”

没错，是母亲签名。母亲是文盲。四类分子每星期思想汇报要她签名。母亲笔拿不好，一字一画学起签名，“朱阿妹”签得歪歪扭扭，但能认得出。我沉默。回到家门口。“妈妈，汪家阿婆手里的借条是不是假的？”

“不清楚。但是，我不欠她的钱。”

有人在喊，欠债还钱。朱阿妹借钱不还，汪家阿婆，你告到居委和派出所，他们会和朱阿妹儿子单位联系，从她儿子每月工资中扣钱还债。

群众建议使汪家阿婆受到鼓励，大声喊：“走，朱阿妹，我们到居委去，让居委评评理。”

“我不欠你钱，为啥要去？”

“你不敢去。你理亏！”

居委主任突然出现。“不要吵了，吵下去不会有结果。汪家阿婆，你不要响。朱阿妹，到居委去解决。欠债还钱天经地义。”

母亲和汪家阿婆跟主任去居委。许多人跟去看热闹。街上人陆续散去。

近几年，三哥四哥五哥都成了正式职工，把工资大头给母亲。大哥每月给母亲四十元。我和妹妹插队，分红虽少，仍把八成以上分红给母亲。二哥偶有临时工，也把大头给母亲。但是在大哥回家日，债主会来等候要债。母亲一见会急着将双手在饭单上擦一擦，到债主前，低声下气说等大儿子离家，马上还钱，请他们离开。母亲要面子。债主不知道大儿子四十元不够还债，离开会拿不到。我们问母亲怎么会欠这么多债？母亲支支吾吾强调没乱花。如继续追问，母亲会突然发怒。我们都疑惑不解。

七

母亲回家了，喜形于色。我急问事情经过。

“汪家阿婆说我欠她钱，拿出一大沓欠条。我说欠条是许多年积累起来的。我借七元，借条写十元。大儿子回家，还她十元钱后就没钱了，只能再借。后来，她给两元，重写一张十元借条。用不了几天还要借。主任问你还了钱，她没有还你借条？我说她说会撕掉，说以本月借条为凭证。我就信了她。主任说汪家阿婆，据我们了解，你家境并不好，老公死得早，你没有工资收入，独自把儿子养大，你哪来这么多钱借给朱阿妹？汪家阿婆说是解放前留下来的。主任说你解放前是地主？汪家阿婆被吓住了，说不是解放前留下来的，说有些还钱后借条没给朱阿妹。主任说朱阿妹还了你钱，你旧借条没还她，叫她重写新借条，才有这么多借条。如果你有借条上这么多钱就有问题了。朱阿妹能有这么多钱，也用不着借钱了！汪家阿婆理亏，怕了，不敢吭声。主任说汪家阿婆，你放高利贷，趁机敲诈，罪行严重，要不要把你送派出所，给你戴顶坏分子帽子？汪家阿婆说不要不要！我错了，主任，我财迷心窍。我错了……”

母亲“咯咯咯”大笑：“新来的居委主任讲理，是有知识的人！”

从我十岁起，第一次看到母亲如此畅怀大笑。“妈妈，后来主任怎么处理？”

“主任说朱阿妹，你以后不要借高利贷。啥人放高利贷，你举报。汪家阿婆的借条全部没收。主任说汪家阿婆，居委考虑你年龄大，你就在这里写交代，放高利贷，想敲诈。你交代写不深刻，居委报派出所立案。主任说，朱阿妹，你没事，可以走了。”母亲又大笑，“汪家阿婆满头满脸是汗，说主任，我交代我交代。不要报派出所，我财迷心窍，我不是人我不是人！汪家阿婆去的时候喉咙震天响，想不到这一回输了！新主任是个讲道理的好人！”

我小时和妹妹出去借钱就像乞丐，借两元，给一元六角。都是老邻居，都在放高利贷。这次新主任帮助母亲解脱母亲长期以来被敲诈的境地，我感谢新主任。我心里明白，国家把经济工作渐渐放到首位后，基层干部在频繁换人。母亲交代汇报材料不写了，不用扫街了。想不到这次，新主任为四类分子的母亲伸张了正义。

“妈妈，你外面还有欠债吗？”

“其他人都是小数字。就她最坏。这些年我给她的钱不知多少，她还想敲诈，太坏了！”

近些年，我家生活条件大改善，但是母亲的钱为什么永远不够花。今天，疑惑解开了。我同情母亲，理解母亲的艰难。

母亲来到街中心，对众邻居笑谈今天遇到的喜事。

望着母亲，我眼睛湿润了。回想起不少有关母亲的美好回忆。小时候过年，镇中心卖年画、香烟招牌等小玩具。母亲会给我三角压岁钱。母亲喜欢看锡剧、沪剧、越剧。我从篱笆墙洞中钻进南翔影剧院。正演越剧《僵尸拜月》。舞台上，白衣女人从棺材中慢慢探出，趴出棺材，边唱边拜月。我站在最前面，挡住后面观众的视线，被人拉到座位上，是母亲。母亲问害怕吗？我说不害怕，好看，一轮月亮，深蓝的天空，一具棺材，一个长发白衣女子，脸遮住了脸，长长的指甲，走路不同常人一跳一跳；还有我学跳绳，从香花桥到翔公操场来回跳了一下午。第二天不能走路了。母亲带我到南翔诊所，和医生说话时，我嘴一张要插话，温度表从嘴里掉出，母亲赔了一元钱。母亲每天陪我看病，看了一个月，我的脚才好了。

母亲的声音正传来："我高兴啊，这些年，高利贷压得我透不过气。今天，终于出头了……"

许多年来，居委主任第一次为四类分子作主，为母亲解脱高利贷者的长期勒索。

相信母亲从此对居委干部会有全新的认识。没有高利贷，我家的日子会越过越好！

第二十二章　忽如一夜春风来

一

方泰淀粉厂厂长说我力气大，安排我全厂最累最脏的工作，轧山芋干。每天我要把一百多麻袋山芋干倒进绞龙，山芋干混合着水轧成山芋浆。一天下来尘土满身，两眼干涩，咳嗽不止。绞龙三班倒。三人轮班，除了我，还有两个党员，曾经是生产队长。厂里知青大多分配在离心机上发水，掘出一块块淀粉装袋，送到马陆油脂厂。有的当机修工，更省力。不过，我很满足。一个四类分子出身的坏知青，能进企业不错了。

厂里来了货，要卸货。从运输船上把山芋干麻袋上肩，走上长长挑板，走到山芋干堆的最高处，头和肩一仄，把麻袋包扔下。我走下挑板时，海龙在等我。

他说到方泰粮站卖稻谷，稻谷卸完后，等检验报告出来有几小时。说广播里最近连续播送吴德讲话，邓小平被撤职，群众愤怒声讨。他和村里其他人想听我对国家形势的分析。我说下班后回村聊。

淀粉厂离张村十多里路，又是三班倒，我不能天天回村。

二

屋里多出一叠新书。她说嘉定新华书店的法国小说都被她买来了。现在，扩大到凡中外文学名著，她都会买。书多了，吴红、家华等常来借阅。

知青屋前空地边，她种下的一排向日葵，长成半人高了。

她说现在北京鸭每天下鸭蛋，不用操心。说每次回南翔，她把管理鸭窝的事托给褚妈妈。说这次回村时，鸭蛋很少。褚妈妈说“轧米机”夜里到鸭窝摸去了鸭蛋。“轧米机”说小姑娘不在，摸几个鸭蛋吃吃。她笑着说老太是五保户，让老太吃吧。

傍晚，环村小河拐弯处，大群鸭子觅食回村游进村河中。

村民拿起竹竿，赶自家鸭子上岸进鸭窝。她当代课老师后，村民都叫她闵老师。说闵老师的鸭是领头鸭，很懂事，张村田里不去，专跑邻村寻食。

她等鸭子进鸭窝后，用小木板把鸭洞抵住，压上块砖不让小木板倒下。

晚饭是菜饭。蘑菇鸡蛋青菜汤，因加了猪油番茄酱，美味鲜香。

我端起热腾腾的菜饭，狼吞虎咽吃起来。吃饱了很舒服。我除了南翔会餐日外，在皮鞋厂吃不饱，在淀粉厂四两蒸饭，巴掌大饭块，一个酱蛋几筷青菜，收一角多菜票。我倒一天山芋干，饿得人虚弱。只有她在，我才能吃饱。她说她爸妈曾疑惑，分的稻谷怎么连自己吃都不够，现在爸妈知道你在帮我吃。

她说，吃饱了吗？你多吃一些。她吃饭慢，等我吃剩下饭菜。使我想起她生母说的收拾剩饭的闵家媳妇。我说我们一起吃，说也没用。说多了她不开心。她已养成习惯。

她说天没亮，她挑稻谷到碾米厂轧好了米。说绒线衫结好了，用淀粉厂发的白手套拆洗后加了旧绒线，染了色。说不合适拆了重结。说你的衣服洗了补好了，回厂时带去。说今年村里分红算出来了：六角七分。

简平、海龙、贤兴好像约好一样一起来了。

北京发生“天安门事件”，邓小平被撤销党内外一切职务。说前一阵传知青要上调回城，也包括投亲靠友知青。说前一阵干部调动多，县委书记公社党委书记都换了人。说现在邓小平被打倒，国家形势会不会重新变化?

海龙说，陆弟，我想抓住这次邓小平被打倒机会，成立“批邓、反击右倾翻案风”战斗队。你帮帮我，我想当干部。我说，邓小平复出后，把发展国民经济放在首位，经济形势变好，已经深得民心。你想成立“批邓、反击右倾翻案风”战斗队，会被大多数人看不起，会被人恨。再说邓小平没被开除党籍。以前打倒过邓小平，后来出来了。事情是人做的，可以开除也可以恢复。海龙说，这次邓小平想要起来不可能。开除邓小平一切职务是毛主席批准的。

贤兴说：“陆弟，你这种话一旦外传，不得了，你会被抓起来。”

简平说：“不要说了，我们小老百姓不懂政治。”扯开话题，“明天方泰公社开职工‘批邓、反击右倾翻案风’声讨大会，可以停工休息半天。”

贤兴说：“大队也要开声讨大会，我还要发言。怎么发言，陆弟，你给个建议。”

我说：“照报纸上读读就可以了。”

闵蕙在烧糯米小圆子。她听大家议论，从不参与。她在小圆子中放了糖，端到各人手中，说，一人一碗。

他们陆续离开。简平最后走，提醒说，陆弟，你刚才说邓小平的话，如果被贤兴举报，又要倒霉了。我说他不可能举报我。是我向金兴推荐他当队长。徐组长要我在海龙和贤兴中推荐一人当队长。我和海龙关系好，却提名贤兴，为啥？为生产队。他俩能力差不多，但在村里，贤兴亲属多势力大，便于落实生产。

夜深了，闵蕙去荷娣家睡觉。荷娣丈夫是泥水匠，经常不回家。荷娣常请闵蕙陪她睡。

三

夕阳西下，平时准时回村的群鸭没有回来。

她和养鸭村民跑出村，分头找鸭，没找到。鸭子跑什么地方去了呢？

有人跑进村大叫，鸭被毒死了！养鸭村民闻声，纷纷到农田寻找。果然，和金家村交界田埂上，零散躺着大大小小几十只死鸭，还散落着浸泡大的米粒。

被金家村用浸泡毒药的白米毒死的！

金家村农田种着水稻。张村鸭子跑到金家村田里觅食是理亏，被毒死也发不了火。各找自家死鸭拎回家。

北京鸭的白颜色在鸭群中好找。她在田埂、埂边沟里拾到四只。领头鸭找不到，可能被金家村人拾走了。村民说死鸭和死猪一样扔了可惜，都把死鸭用沸水泡了拔毛，内脏扔掉，剩下腌制咸鸭肉。

她很伤心。鸭都死了，不能下鸭蛋了。

天黑下来了。她处理死鸭时，听见熟悉的鸭叫。她扔下死鸭，向村口河边跑去。七八只鸭正游回来，领队的正是最大的北京鸭。

“你没死！你没死！”她激动地叫起来，“领头鸭没死，它回来了！它带领七八个小兵回来了！”

村民闻声跑出门。

小河尽头在村中，是个坡岸。北京鸭带领零星鸭子一上岸，各家拿着竹竿驱赶自家鸭。它们见到同伴的死，变胆小了，不从驱赶，躲闪着，始终紧跟领头鸭。

我不开伙食，鸭窝建在我的知青屋里。门边墙有个鸭洞。鸭子自进鸭洞，直通屋里一平方左右鸭窝。鸭窝用砖块砌起，上有木盖。

她说：“不要赶了，等会儿归窝后，我还给大家。”跟着领头鸭回知青屋前。等众鸭随领头鸭进入鸭窝。把鸭窝门关上。进入里间，把鸭一只只捉出来，还给等候的村民。

她的四只鸭死了，唯领头鸭活了下来。

四

老队长在半夜一时左右，身体突然抖动几下后没醒来。

家华来淀粉厂，说找不到丈人照片，希望我为老队长画遗像。我说不会画肖像画。家华是张村唯一正宗大学生，考入合肥大学。老队长有一子一女。女儿吉英长得好看，和人说话时脸上会泛起娇柔红，说话低声细语充满女人味。家华父亲在市属厂，条件好。家华毕业后分到合肥。上门介绍人很多，他都不要。逼急了说出他心中所爱是吉英。

老队长六十岁不到去世的消息惊动了大队。隔壁金家村原定放露天电影，因此延后。

老队长大殓日除亲戚外，张村每户一人吃豆腐饭。张村知青，除黄翔通知不到外都来吃豆腐饭。闵蕙当代课老师后，吴红看到希望已很少回家。

村里凡遇“吃杠其”“相帮”或婚丧喜事，来喝酒的村民从中午起饿着肚子，准备为自己上一层大鱼大肉的油水。

客堂成了老队长灵堂。没有遗像。女戚们围在灵堂前哭泣。

屋内外摆放数十桌。我和简平等好友坐在厢房。闵蕙没和妇女坐一起，定要和我坐，说监督我少喝酒。以往我们聚一起喜欢谈女人，因她在，都自觉避开谈女人。

吃老队长豆腐饭，自然谈老队长往事。

我说当年到大场挑粪。冬天水浅遇退潮，船搁浅了。搁浅的粪船排得很长。老队长第一个跳下船。天寒地冻河面结冰，野地里，西北风吹得那个冷啊。老队长这么大年纪下河，我不能不跳河。河水漫过膝盖，碎冰划得痛啊。这是我插队后，贫下中农给我上的第一课。我轮到瓜棚第一次值班。天黑后，老队长和我去瓜棚，问手枪带了没有？我问什么手枪？老队长掏出长柄调羹。我说带了。老队长说看夜吃瓜没关系，不要浪费。看瓜没有工分是义务，瓜棚蚊子多，不让吃瓜谁会来？说你去采一个，不要踩到瓜。明天拉屎不要拉马桶里，到田里拉。西瓜还没采摘，妇女们倒马桶发现你马桶里有瓜籽不太好。

简平说，以前年终评工分，我们青年总被压低一档，说技术差。农活中大头是开船、开沟、挑担、罱泥，都凭体力。我们意见很大。金兴当队长后，把能承包的活都承包了，积极性就调动起来。海龙说，给金兴倒酒倒酒！说原来张村在公社分红最差，三角五分。今年分红六角多。金兴说，不算特别好，不过，在公社属中等水平也很不容易。

简平说，根兴刑满后分到监狱工厂，回村招摇过市招人眼红，有人向公社举报，公社写信给上海劳改局，要求根兴回农村。劳改厂头头说像根兴这样分在工厂被叫回村的事从没碰到过。听说公社准备一顶“坏分子”帽子给根兴戴，还准备开批斗大会。

阿坤说，不去管他，我们喝酒喝酒！倒酒！倒酒！

五

我家热闹起来了，街坊邻居时不时来串门，十多年前从不来往的老邻居也来看母亲了。

镇上传朱阿妹七个光棍儿子中两个要结婚了。说阿三结婚后第二天阿四结婚。连阿五都有女朋友了。这段时间，我家忙着操办婚事，大扫除，准备菜肴，腾出杂物以放下饭桌。清洗租来的桌子凳子碗筷。忙到半夜才吃上晚饭，继续忙到三哥结婚日的凌晨二时多。我和弟弟到工标厂宿舍睡觉，路上被雨淋得湿透。

三哥婚房里，用红线毯子做的单人沙发在镇上是稀罕物，引来不少人参观沙发。工标厂重视抓生产的车间主任，借房供四哥结婚，保证以后一有房先分配给四哥。

十多年没回家的父亲也回家了，所以，这是我家的一次真正大团聚。

闵蕙带来几十个鸭蛋，是她北京鸭下的蛋，说吃不完可以腌咸蛋。母亲烧饭，她帮助拣菜装盆端菜。母亲心情越来越好，没人叫她“美丽牌”“四类分子”。闵蕙向她妈要来煤球票给母亲，母亲知道冤家给的，也无言接受。自从居委主任为她讨回公道后，她对居委干部的态度有了明显变化。

门前空地上放着好几条长凳。不用时悬吊在屋前走廊的上方，不占地方。债主消失了。都是串门的街坊邻居。走廊靠墙角有简易炉灶。聚餐时炉灶煤炉一起用。

父亲坐在门口小竹椅上。全家都忙，他不忙。他用自制的小木盒做香烟。

父亲在我记忆中只有短短几个温馨的片段。我家住镇中心时，父亲从二楼指着几盒玻璃弹子和香烟招牌，问谁的？没人承认。父亲从窗口往下扔。我跑下楼，在台阶路上和众小孩疯抢。玻璃弹子大都摔碎了。他们都羡慕我大哥怎么能赢到这么多的玻璃弹子和香烟招牌；有一天，楼梯口出现条黄狗，被父亲痛骂后，二哥只得把狗送出去；我童年很幸福，家中常备五花肉。我把精肉吃掉，肥肉偷偷扔门背后。父亲问谁丢的？我没扔这么多，估猜其他哥哥也不喜欢肥肉，也扔过；家里吃不完的粥馊了，长出绿毛，有股酸味，父亲说煮一下可以吃，被他全吃了没出现异常；每逢过年，母亲会蒸糕，能吃到正月半。蒸糕放桌上，我们喜欢手指抠着偷吃。糕面坑坑洼洼，样子难看。母亲唠叨，好好的蒸糕蒸了不吃，非要挖。父亲把糕切开晒干，硬得像砖块咬不动，吃时放粥里或饭上蒸软；父亲说在临安采购小核桃，住在客栈里，半夜听到虎叫，不敢出门，说农民有虎肉虎骨卖；有一次，父亲喜悦地说家里积起两千多元；父亲刑满后成为农场职工，工资虽低，但是他省吃俭用寄钱回家。他同大哥一样关心儿子们的读书。

父亲旁边的方凳上放着烟丝和裁好的小白纸。他手指蘸点口水，涂一下白纸边，把纸放进开放的小木盒内，抓一点烟丝放纸上，手扭转木盒上木按钮。一支香烟卷成功，跳出来，如同香烟厂生产的一样。

她好奇地问："爸爸，制香烟的盒子你做的？"

"在农场时没有烟抽，用小刀做了这个。买不起烟丝时，用树叶替代也一样。"

"爸爸，你两节手指没有了？"

"在农场铡牛料时不小心被铡刀裁掉了。"

"疼吗？"

"刚铡掉时不痛，时间一长就痛了。"父亲突然站起来，是小叔来了。

我家兄弟进学校进单位填表格时，在父母亲属栏中，填贫下中农的舅舅，填"政治面貌"共产党员的小叔，觉得耀眼，我家也有红五类的亲戚。小叔是南翔管龙大队管家村生产队队长。管家村是大村，占全大队一半土地和人口。我家成四类分子后，小叔不敢上我家。在我家最困难时，小叔在路上给四哥一瓶菜油，转身就离开。现在，小叔终于敢来我家门口坐坐了。

小叔说："你十多年没有回家了。"

"场里领导说，一起吃官司的人刑满释放回家，找不到工作，要么自杀要么戴帽子。有人摘了帽仍是'摘帽分子'，回家添张嘴。领导说你不要回去了。最近，农场领导说现在安全了，你可以回家看看，我就回家了。"

小叔说："你回来一家团聚了，真好。"

"阿三阿四结婚了，阿五阿六都有女朋友了。阿大阿四要入党了。阿四是车间主任。阿四阿五都是单位先进个人。阿六也被评为淀粉厂五好职工。现在我们全家都蛮好。"

小叔说："侄子都活得像模像样，真不容易啊。"

父亲笑着说："前些年，苦是苦了点，但是，比起解放前不停打仗和逃难，好多了。"

逃难是父辈这代人最深一道伤疤，以致父亲吃了多年冤枉官司回家了，心态仍很平静。

解放前战乱不断，老百姓颠沛流离。日本人把南翔镇炸光，把管家村炸光。父亲前后有两次逃难，说路边常见饿死病死炸死的死人。后来听说解放军打来了，也逃难。父亲挑了一对箩筐，装着老四老五，到管家村避难。很快传来消息，说留在镇上的商家发了财，说解放军对老百姓很客气，采购量大，都付钱。逃难出去的人都赶紧回镇上。说解放军真多啊，队伍几天几夜经过镇中心，有的骑着马，马比人还高。父亲说夜里听到敲门，进来许多解放军。原来是他小时的玩伴，身边有警卫，当了官。玩伴说经过镇上，顺道来看父亲。说玩伴对包办婚姻不满，跑了出去，想不到当了解放军。说塔桥盐店有个二十来岁小伙计，会识字，平时为老板外出收账，这次给解放军带路后就没回来，也当兵去了。

小叔看到忙碌的闵蕙，问："这是啥人？"

"阿六女朋友。"

"我听说过，是解放居委毛阿姨的女儿。很不容易。"

父亲说："你在这里吃饭吧。"

"我还有事。我以后会常来。自家人不用客气。"

小叔走后，父亲耐心卷着烟。把卷好的烟整理在一起，放进旁边小木盒中。

母亲从屋里跑出，迎上前。"你来了！"

七十多岁老态龙钟、走路颤颤悠悠的舅舅出现在门前，嘴里咕哝着，一句也听不清。粗看，还以为要饭的。

我和五哥出门迎接。

闵蕙问，他是啥人？我说，是我舅舅。他从上海县纪皇庙走来，十几里路走好几个小时，一路走走停停。五哥端过凳子让舅舅坐下。

母亲说："阿五，让神经娘舅先吃，他要到南翔茶馆喝茶去。"

"他叫神经娘舅？他是精神病？"她低声问。

"舅舅是五保户。老婆跑了，变成了精神病。我们最苦的时候，亲戚都断绝了关系，他仍经常来，背着的花袋里有农产品。我们几个小孩一哄而上，萝卜直接吃。有时是卷心菜。他关照我们菜根不要丢，可以吃。有一次带来几个稻谷壳做的糠饼。那时我饿得眼发花，抢过后咬一口却吞不下，就像玻璃碴。民主东街有人吃这种稻壳糠饼，硬吞下不消化胀死了。”

母亲打了饭菜，放小桌上。“还没有开饭，你先吃吧，吃了上茶馆去。”

舅舅慢慢吃饭。母亲拿出一包熟菜，大哥拿出两元钱。舅舅把钱藏口袋中，把熟菜放进布袋。舅舅饭后站起来，满意地扫一眼众多外甥。“都长大了，好，好，出头了，出头了。”咕哝着，一步一步离开，走到街沿边，站住，回头对母亲说：“我老了，越来越走不动了。”慢吞吞离开。

她问：“舅舅到啥地方去？”

“八字桥北桥堍有个茶馆。他去喝茶。每逢我大哥回家或逢年过节，他都会来。妈妈给他准备些菜，让他带回去。”

第二天四哥结婚。

四哥自由恋爱，不要排场。新婚妻子素萍抱了两床新被子过来就算嫁来了。

六

我早晨五时到自留地削地，削地回来烧早饭。她昨夜陪荷娣睡，从老郁家出来。

床头有我日记。她打开笔记本，最近每天只写几个字：

十六日　叠山芋干。

间隔好几天没写。日记越来越懒散。

二十三日　厂两只发水机竞赛，我发了八点八吨。

笔记本空白处，抄写的莱蒙托夫诗句：

仿佛是按照自由的意志——在碧绿的大海上，飘行着一叶叶的小船，白帆的小船；

我那时将对大海致敬，把身子俯得低低的："不要把我的小艇弄沉哪，你这可诅咒的海！"；

我的小艇正在装运，贵重的东西，是大胆的亡命徒，在黑夜里驾驶着它。

……

"陆弟，你日记不记了？"

"日记不重要了。"

我拎起水桶去吊水。把水缸盛满水后去淀粉厂上班。

七

一九七六年十月十七日。我家每月一次聚餐日。

毛头打着毛线进屋，招呼："唷，朱阿妹全家都在？"没人理她，她有些没趣，走到外面绿化空地上，看到坐在小凳上的闵蕙。"闵蕙，南翔镇人都晓得，说朱阿妹家阿六有本事，你是朱阿妹家媳妇中长得最好看的。听说你比阿六小六岁？"

"三哥的妻子小十二岁，其他女朋友都是小六岁。"

"朱阿妹现在翻身了。"毛头的话酸溜溜的，"前几年被人嘲笑的光棍一大家，一个个找到女朋友，而且个个长得好看。听说阿五女朋友是市属厂，上海人。不知看中阿五啥？"

她笑着说："五哥小白脸，身体好，快活人。"

"闵蕙，你看中阿六啥啊？"

“他人好。”

“闵蕙，你来一下。”小弟妈叫她，低声说：“闵蕙，阿六家被抄两次家都是毛头发动。抄家时，阿六妈被毛头福根押着游街到居委。阿六和阿七跟在后面，不要太作孽啊。你还要去睬她？福根当过造反派头头，现在当工人，就在阿四车间里。阿四车间是全厂盈利车间。阿四这个车间主任靠脚踏实地干出来。福根想讨好阿四，但两次抄家的事怎么能忘呢，你说是不是？福根白相了毛头，两人早崩了，现在是冤家。毛头不要脸，这些日子，常来找阿七，找阿六妈聊天。”

小弟爸妈不生育，从小领养两个男孩。大儿子长大后和福根姐姐相爱，搬到福根家，和养父母一刀两断。两家从亲家变成冤家。

中午开饭了。屋里只能摆一张八仙桌，坐着父亲和我们兄弟七人。其他人到屋前空地饭桌上就餐。大哥从包里取出一瓶酒，说是外国酒，几十元买来的抄家物，说原价高得惊人，他收藏着，不舍得吃。这些日子高兴，说全家一起尝尝外国的高级酒。

我们边喝酒边聊几个月来发生的唐山大地震、毛主席去世和粉碎“四人帮”等相关消息。

父亲不说话，看着儿子们，笑眯眯品着酒，享受十多年来没有过的亲情。

大哥说：“上海大马路上交通阻塞，市民涌上街头，三五成群在议论，街头的大字报大标语，矛头都指向市委。全国人民内心拥护粉碎‘四人帮’，内战可能性没有了，全国稳定了。四人帮极‘左’思潮害得人民不得安宁。”

我说：“八月二十日下午开会，传达方泰公社紧急会议，说扬州要发生地震会波及上海，要作准备。我和知青小丁、淀粉厂书记三人值夜班。书记说唐山一百二三十万人，死了一百万，活下来二三十万也是残疾，说大地震损失我国两年工业收入。小丁他哥在四川，他哥来信说八月十六日，大地震前三天，四川下了三天雪，说今年是灾年。那时，各种消息都使人紧张。”

三哥说：“九月九日下午四时左右，有人说毛主席逝世，都不敢相信，都在担心中国前途，私下里议论‘四人帮’日子一定不会好过，想不到这么快就倒台了。”

我说：“十月十一日，方泰公社贴出华国锋同志任中共中央主席军委主席的决定。不知为什么，贴了又被覆盖，好像有啥事体要发生。都在议论纷纷。晚上公社开党员大会，传达中共中央打招呼与粉碎‘四人帮’经过。说外地传达的时间长，上海好像在隐瞒啥。淀粉厂职工兴奋得集中起队伍，开声讨‘四人帮’大会，还到周围村去游行。”

大哥说：“上海南京路上刷出了打倒姚文元、打倒江青、打倒王洪文和张春桥的大幅标语，是上海几所大学贴出来的。看的人非常吃惊，不知中央出了啥事体。粉碎‘四人帮’后，人人关心国家政策变化，国家前途，领导人的人事调动，知青回调，工人加工资，太多的事集中而来。自从邓小平七五年全面主持中央党政工作后，强调把经济搞上去，全面整顿措施使国民经济上去了，反映人民的愿望，因此深得人心。”

康师母探着头。“朱阿妹，今天全家都到齐了啊？”走进屋，“啊，都来了。”看到弟弟，“阿八，你记不记得小时候偷吃饭的事。你妈妈不在。家里蒸的饭，每人一个碗。我在窗口，看到你用调羹把蒸饭下面的挖出来偷吃。后来你妈妈回来，发现被偷吃，问你，你说是妹妹偷吃，妹妹用调羹一点点挖出来。妹妹被朱阿妹骂得哭起来。我说，朱阿妹，我看到阿八在偷吃。这件事，你忘了吧？”

弟弟笑着说：“记不得了。我听说过，那时我三四岁吧。”

想起康师母批斗母亲，我和妹妹被陪斗。我不想理她。她儿子康强被抓后，她常来看母亲，有时端碗馄饨来，已渐渐和母亲恢复了来往。康强等四人议论江青被抓后，给四家涉案邻居打击特别大。现在四人帮被粉碎了，他们可能马上会放出来。

有人走进屋。母亲见状，放下活。“主任来了！”

“朱阿姨，今天一家团聚了？”

“是啊是啊。”

“全家大团圆，儿子都在吗？”

“一个不漏。”

主任奇怪：“你家没人去外地？夏师母两个子女，儿子在郊区插队，女儿去云南农场。你八个子女没人去外地，很少见。朱阿妹，这是你的福气啊。”

母亲笑了：“主任不说，我还没有注意到。”

主任看到端菜的她。“这是毛阿姨女儿吗？”

“是的。你们认识？”

“镇上人都晓得毛阿姨女儿和你家阿六谈恋爱。小姑娘长得好看，阿六有福气。”

母亲说：“成不成还是个问题呢。”

主任关切地问：“汪家阿婆事后找过你麻烦吗？”

“她被主任训斥后，现在经过我家时，总远远躲着走。”

“那就好。朱阿妹，我经过这里，看到热闹，进来看看。你们慢慢吃。”出门时，走廊墙角简陋的破箩筐里有小鸭在叫。“朱阿妹，这几只小鸭怎么回事？镇里有规定，居民不能养鸭。这不是针对你个人啊。养鸭弄得很臭，破坏环境卫生。你要尽快处理掉。”

母亲跑到走廊。“前天有人挑担卖小鸭，我买了三只。居民不能养，这么小的鸭，也没人要，我会扔了。”

闵蕙说：“妈妈，你不要扔，我把鸭送到张村去插队落户。养大生鸭蛋，我送鸭蛋来。”

主任笑了：“毛阿姨女儿聪明。这样安排可以。这两天尽快处理掉。”

主任离开后，母亲说主任经过时，常进来问这问那，不像以前的主任。说现在的主任有知识讲道理。

主任刚才提到的我家现象，引起我们的关注：兄弟姐妹八人都在上海，没人去外地。

闵蕙说："确实奇怪。我家邻居中都有去外地的。梅姐的大姐分到新疆，想回回不来。子女八人没人去外地，少见啊。"

我说："那时民办中学动员去新疆，说新疆好，哈密瓜葡萄随你吃，有冬不拉，有会跳舞的美丽女人。《边疆处处赛江南》的歌每天在学校广播里播放。人人都想去。新疆、黑龙江因是边境，我们出身不好，不能报名去。"

父亲喝了酒，话多起来："我们出身原来也好的。解放初，我们是贫农，有土地证。分我们土地，我们不要，说人都到镇上了，分了没人种。他们分给我们抄没地主的衣服和米。我们划入了'城市贫民'，也是好出身。"

大哥说："最初我填成分时，嫌'城市贫民'中'贫'不好听，换了'摊贩'，想想'摊贩'也属于'城市贫民'。"

母亲说："当年动员我们去安徽农村，居委干部天天坐在家里动员，说居委有额度。我吃过亏，不相信他们。民主东街上，赵家去了安徽。"说到这里，她咯咯咯笑起来，"后来赵家人来南翔，一个个活得像叫花子，还有人死了。还有，上标七厂要阿五到河北内迁厂，一次次动员，我不相信他们。后来也是其他人去了。"

大哥说："居委了解到我的工资是家里生活的唯一来源。居委联系珊瑚厂，要切断我给家里的生活费，逼着一家迁到安徽农村。这怎么行啊。"

父亲说："说来说去，都是她脾气不好去得罪了老吴……"

母亲生气地说："老头子乱说，我脾气好的话，全家现在都在安徽农村了。"

大哥说："那时我二十一岁，老吴在街上看到我，问你妈妈呢?我说不晓得。老吴昂起头说，你妈妈在派出所态度恶劣，派出所把你爸妈送到嘉定看守所了。你马上送两床被到看守所去。妈妈不在，弟弟还要喂奶。我叫阿三抱了弟弟，我抱了两床被子到看守所，说我妈妈刚生孩子身体不好，你们把那条厚被给我妈妈。看守所看到十五岁的阿三抱着喂奶的小孩，商量了下，当天就放妈妈回了家。"

我问："老吴是伪警察吗？"

母亲说："我们这一辈人都知道他是伪警察。所以他心虚，担心被人搞倒，对普通老百姓特别狠。我们就是被老吴搞的。"

父亲责怪母亲脾气不好，使老吴面子下不来。吃官司戴帽子因为母亲冲撞老吴引出的。

母亲和父亲吵了起来。

大哥笑着说："不要怪来怪去，妈妈因祸得福，为全家留在上海立了一大功。"

闵蕙说："陆弟，我盯着妈妈看，越看越佩服。一个人硬把七个儿子一个女儿拉扯大。一个个长得像模像样。你妈妈太伟大了！"

我脱口而出："我妈当年把我们当猪一样养着。"当看到闵蕙惊讶的眼光，马上补救，"我们七个儿子和一个女儿都是幸福的猪……"

第二十三章　甜酸苦辣情欲如火

一

“好婆说，我们在南翔一举一动，我爸妈都晓得。说我们有说有笑在镇中心散步，经过家却不进去；说我参加三哥四哥婚宴，说你家每月聚餐，我都不缺席；说我回南翔就往你家跑。街坊邻居劝我爸妈，说女儿长大了管不住，你不认，她照样往他家跑，把她逼急了往苏州跑。现在时机成熟了，陆弟，准备一下，上我家去。”

我以为听错。“你说啥？”

“好婆说，叫陆弟来家里，来得次数多了，你爸妈就会习惯。”

“我不敢去。东街一个女知青带男友上门，被准丈母娘打出门，礼品扔了一街，小姑娘在哭，男友不知所措。准丈人丈母站在街边痛骂女儿和男友。被街坊邻居看笑话。”

“你不带礼物他们扔啥？现在你不是上门，是你约我一起回村。”

我不想去，不敢去。转移话题：“闵蕙，我带你附近转转，蛮有意思。”匆匆向前，她只得跟后面。插过弄堂，到横沥河水桥边。水桥西是康师母家的院子。

“我十来岁时，到水桥洗脚。五哥说下面没台阶了，不要下去。我说有，一脚踏空。那时我不会游泳，眼前一片黄色浑沌，我不觉得痛苦。我被五哥拉了上来；夏天，我们在横沥河游泳，狗爬式，喜欢抓着木盆或一块板。河里年年淹死人。大人说找到替死鬼才能投生。

我们捉迷藏。阿木抓住腿，以为捉到人，拉出水，是条雪白的腿。马上扔下。河里的人一下子逃上岸。小孩妈妈正找孩子，明白了，哭着冲下河被拖住。河岸上人都在斥责阿木，叫他快把孩子捞起来。阿木只得下河把尸体拉到河边，阿木吓得全身发抖。每次死人后，河里会冷静几天，但是，很快会恢复热闹……”

“你说完了吗？我不想听。”她打断我的话，“陆弟，你去得多了，我爸妈会习惯成自然。”

我匆匆向前，说我们向东走。经过黄泥泾桥、煤球店和南翔合作社杂货店。左是大德寺桥。她跟在我身后，嘲笑。“我替你说吧，往东走是御驾桥，一座很小拱桥。桥两边是围墙，里面住着人家。我们走过好多次了。你站住！你听好，我请你到我家去，现在就去！”

我只得站住。“万一我被你爸妈痛骂或赶走，会围观大批的街坊邻居……”

“我爸妈不是这样的人。看你心事重重的样子，真是好笑……”

二

我第一次走进临街的那扇小门，一条室内小弄堂。弄堂铺有地板，两边是邻居，有的门开着。看到我们时，特别惊讶。穿过弄堂，是院子。邻居正各忙各的活，看到我们时，顿露惊讶神色。

他们曾劝说她，她今天竟然把我带进家了。

一个胖子问：“闵蕙，这是陆弟吗？”

“是的。陆弟，这是南翔镇画家吴雁平。”

我点头招呼。批斗上海大画家时，我见过他。

她妈看到我，避开眼光。“你怎么把他带来了？”

“等会儿，我们一起回村。”

“你爸看到会气死的。”

“不会的吧……”她端过两只小竹椅，“坐吧。我爸很快下班了。”拎出木盒子，里面装着没加工过的塑料木梳。取出刮刀飞快刮起来。想起什么，停下，拿出一套刮木梳工具，“你学我的样刮木梳。”

我坐在小竹椅上。竹椅吱吱响。我用刀笨拙地刮木梳。

她妈在烧晚饭，出来，拿起我刮的木梳说：“这样刮，通不过的。”

“妈，他刮的木梳，我等会儿会重新加工。”

她妈不再吭声。

她悄悄说：“看，我会保护你。等会儿我爸回来，你也不要怕，有我呢。”

好婆从瞎子阿姨住的小房间闻声出来。“陆弟，你来了。”

我叫了声：“好婆。”

一个戴眼镜的年轻女子进院子。“闵蕙，你回来了？”看到我时，特别惊讶。“啊，这是陆弟吗？”

“陆弟约我一起回村。陆弟，这是梅姐。”

我想起梅姐信中“癞蛤蟆想吃天鹅肉”的话。我淡淡一笑，低着头。

她突然站起：“我爸回来了。爸！”她叫唤。

她爸看到我时，一愣，虎着脸，生气地进了屋。

我低声问：“你爸会不会回屋找棍棒啥的打我？”

“不会。”她笑了，轻声说，“我爸要面子，他要打你，晓得我会保护你，会打在我身上。我爸肯定在屋里生闷气。我们不去管他。”

她妈端出一脚盆衣服说：“闵蕙，你木梳放一下，把衣服洗了回方泰去。”

“好的。”她放下木梳。

我一惊，轻声说：“你妈把你支开把我留这里，你不在，你爸可以打我了？”

“不会。我妈不好意思和邻居抢水龙头，所以，都由我去洗。你陪我去洗衣，在我身边，你就不会怕，对吗？这脚盆衣服你帮我端着，跟着我。”

我们离开院子时，好婆正偷看我们，满意地微笑。

露天公共自来水龙头在小院南面弄堂口。

许多人围着龙头洗东西。看到她身后端着一脚盆衣服的我，明白过来，问他是陆弟吗？她说是的，回答时很幸福。我从邻居眼里读出了“可惜”二字。

“你过来啊……”她在水龙头下占了地方。“我洗衣时你当帮手，你手劲大，把洗好的衣服扭干水。”我照办。我想尽快离开这里。我很不安。万一她爸忍受不了刺激冲来对我破口大骂，怎么办？

她笑着说：“陆弟，我晓得你在担心，但是你总归要来我家啊。来了一次，以后再来，慢慢习惯了。有我在，没人敢欺侮你。”她说话根本不避水龙头边的众邻居，不担心他们传话。众邻居抬头笑着望我，似乎等待看笑话。

我叫饶说：“现在我们可以走了吧？”

“你把这盆洗好的衣服端回去，等我妈去晾。我们可以回村了。”

他们目送我们离开，在窃窃私语。他们一定会把她刚才的话传给她爸妈听。

我和她离开时，她爸在屋里始终没有出来。

我们出门不远，她欢呼起来：“陆弟，我们胜利了！有一次会有二次三次。你以后要常来。这样，我可以帮家里多刮些木梳多做些家务。”

我也高兴起来。第一次上她家，没有发生我被打骂被侮辱。竟能平静度过。

三

简平来到淀粉厂。他在公社办厂名声大，厂长书记争相和他打招呼。

他说我们要好好聊聊，说村里有闵蕙和刘梅在，许多话不方便说。

我请假陪他。淀粉厂和隔壁牧场共用一个食堂。牧场饲养奶牛。小牛生下如是雄性，牧场活杀了送给食堂。刚出生的小奶牛烧好后肉太嫩，大多数人不习惯吃，食堂仅收取加工费，几块钱一大盆，还可免费添加。简平说不忌讳小牛肉。我购了大盆白切肉，倒些酱油，在牧场杂货店买了黄酒和花生米。

淀粉厂宿舍是大统间，住着十来个知青。上班时间没人。我们边喝酒边聊。

简平说嘉定县委书记下来了，方泰公社党委书记换人了，阿龙调到社办企业当了职工。说金兴原定公社党委接班人，现在不提了，其实黄了。他听老杨说金兴将调到公社电器厂当支部副书记。说副书记每天要干活，其实就是职工。

我们都觉得国家政治和经济形势变化特快，一切都在向好。

他问我和闵蕙的事。我说仍老样子。

“你困过她吗？”

“没有。”

他惊讶说：“陆弟，形势变了。现在没人关心男女屁事。你不想困她？你身体有毛病？”

“我正常得很。你不晓得我在梦里和她困过多少次？你说得没错，现在出身好坏不谈了，对男女关系放松了。阿龙下来了，月仙出嫁了，黄翔不在村。困她很安全。但是，我总要洗个澡，买些东西，休息好，养精蓄锐，我明天回村！”

“那我今天回村通知闵蕙，说陆弟明天下班后回村，让她好好准备一下。”

“你不要说我明天回村困她啊。”

“我晓得。我对刘梅也不会说，她们会说我们满脑子流氓想法。陆弟，尝过女人味后人像毒瘾一样离不开。刘梅白天干活洗衣烧饭，夜里我们抱在一起快活，这是神仙过的日子。我在外面跑业务时，老想回村……”

四

“陆弟，你好像换了个人。你新剃了头发，你还抹了油？”她很惊讶。

“油是剃头师傅抹的。”

“你的脸好像白嫩了许多。”她在我身上闻了闻，“还有肥皂味，今天刚洗的？”

“干活出了许多汗，顺便洗了澡。衣服换了。”

“你今天看上去清清爽爽的。”

“我带来些熟菜，方泰镇上买的。”我拿出猪头肉、花生米和豆腐干，又拿出酒。“你不喜欢喝黄酒。我买了葡萄酒。”

“你发钱了？”

“没有。今天心情好。向厂会计预支了十元钱。”

她说，简平说你今天回村。她准备了菜。说北京鸭下的蛋来不及吃，她腌制成咸鸭蛋，回南翔时，两家各一份。说今天拿蘑菇时，菇房说账本找不到，菇房说丢账本好，让你白吃大半年。菇房怀疑大队干部故意弄丢账本，因为除她外，都是干部在拿，量很大，送人啊办婚丧喜事啊，现在都一笔勾销了。

傍晚，吴红回村了，身边有个清瘦高挑的男青年，有双忧郁的眼睛。

她轻声说是吴红男友。说吴红和男友青梅竹马。双方父母是机床厂同事。男友前些年查出胃癌晚期，吴红父母不同意吴红谈下去，说会成寡妇。不过，他们仍偷偷约会。

吴红来，说带来一本《郭沫若文集》给我看。说男友来了，她要回屋给男友烧菜。

这次回村，我有强烈目的性。我心神不定等待。等到大多数村民熄灯后可以困她了。

她说天黑了，看样子吴红男友回不去了。说吴红晓得男友活不了多久，留他过夜，把贞操献给男友。说男友爸妈晓得儿子在吴红这里，否则，不会让患绝症的儿子在外随便过夜。

“吴红男友困了心爱女人就死而无憾了。闵蕙，你说吴红男友第一次尝女人味？”

她听出言外之意：“你又不敢，提吴红男友有啥用？”

她被我的话套上了钩。“我敢，说好今夜，你愿意吗？”

“你拉个小提琴吧。”

“今夜的事，我敢，你愿意吗？”我追问。

“你拉得好，我就答应。”

想借口拒绝我？不太会吧。我拿起小提琴，用校音器校音，其实什么都不懂。我看人家拉提琴有校音。我装做校音动作。试着拉起来。

“你在拉啥？”

“你认真听。”

“听不出……像锯木声。”

“你再听听。”

“还是听不出……仍是锯木声。陆弟，你拉啥曲子？”

“我拉的是《白毛女》中的《北风吹》。”

“你拉，我再认真听。”

我认真拉着《北风吹》。她送我小提琴后，我对照《小提琴演奏法》里音符位置，却不知在琴弦上如何找准位置。我买来校音器，不会校。听琴声越听越糊涂，总感到走音。我知道，她送我提琴，总有一天会叫我拉。我只能凭感觉拉，认真，但不自信。我只拉四句《北风吹》，其他不会。自己认真听，也是四句噪音而不是音乐。

“好像有一点点像。不过，难听得很。”

“仁仁说小提琴没有老师学不会。”我找理由。

“你不要拉了，隔壁吴红的菜烧得再精致，听到锯木声，会把吃下的饭菜呕吐出来。”她咯咯笑起来。

“这是你的爱情信物，我会一辈子保存。北风吹，说杨白劳躲债时和喜儿相遇，父女俩多苦啊。我拉不出来，才证明我们爱情前途很吉利啊。”

“你拉不出来算了。我从苏州回来，啥都没要，就为你带来这把小提琴……”

“你对我的情义，我这辈子怎么报都无法报答了。”

“我不要你啥报答，只求我们永远在一起。”

“闵蕙，今夜的事，你愿意吗？”我重提。

“我早就看出，你今天洗了澡，换了衣，剃了发还抹了油，买了许多小菜，都在为今夜的事。”

“被你看出来了？今夜，我想做最流氓的事，你愿意吗？”

“我说过我爱你。你想要，我就愿意。”

“那，那，今夜是我们洞房花烛夜？”得到了确认，我很激动。

“你计划好今夜做流氓坏事，还来问我。我们喝酒吧，庆祝我们的洞房花烛夜。”

“看不出啊，原来你也一心想和我洞房花烛。”

“你坏。我是顺你说的啊。”

“我之前想，却不敢做。今夜吴红和男友困一张床，增强我的勇气。我开口了，你愿意了。今夜我可以做回活神仙了。”

“啪嗒”，传来隔壁拉断电线开关的声音。

“他们关灯了。”她说。

“啥意思？我不懂。你的意思……他们关灯了，脱衣服抱一起了？”

“你很坏，总逼我说话。”

“你的邻居梅姐说谈朋友时，男的要干啥？”

“说男的喜欢七摸八摸小姑娘，说都可以，但是最后防线不能丢。”

“我是男的吧？”

“我听出来，你又在套我话。”

“我想七摸八摸了，今夜想进入你最后防线。这算不算我流氓？”现在重提“流氓”二字好像变成了玩笑。

“梅姐说过最后防线，我没有说。在你面前，我没有防线。”

“那你答应了，我要流氓了？”

“你的话怎么这么多啊。我要生气了。你想做就做，不要啥事体都要我说出来。”她仍以为我胆小恐惧不敢爱。摸着我脸说：“我来把话全部说尽。陆弟，我是流氓，是贱货，我倒贴追你，今夜，我想和你困觉，你是正人君子，这可以吧？听起来，有些怪怪的，我怎么好像是男的，你是女的。你被动，我变成主动了？”

“啥话都不要说了。”我一把抱紧了她。

她喘着气说：“你抱得太紧了，我喘不过气了。”

我放松了。轻轻咬着她耳朵说：“闵蕙，我从来没有这样爱过你。社会环境变了。我没有后顾之忧了。”

我们紧抱在一起。我强烈想占有她。她说不要动，就这样。我想她可能没准备好。我强压着情欲等待。等待很难受。她响起了平稳的鼻声。

“你困着了。”我轻轻问。

“没有。现在好了。我可以了。”她小声说。

她发出同意我进入的指令。我兴奋起来：“我要脱你的衣服了？”

“我自己来吧。”她坐起来，脸通红通红，羞涩得不敢望我。脱剩下最后小汗衫和花短裤时，她停下来，用手突然蒙着脸哭起来。

我吓一跳。“你为啥哭了？你心里不愿意？如果不愿意的话，我不要了。你不要哭好吗？”

“我爸妈晓得我现在这样子，不知如何伤心啊，要打死我了。”

“闵蕙，我晓得，你承受的压力不比我差。”我感动得想流泪。“你行吗？你愿意吗？我不会伤害你。”

“你怎么哭了？你是大男人，不哭。”她为我擦眼泪，像哄小孩，“不哭不哭，我不会离开你。我愿意，愿意的。最后的衣服你帮我脱吧。我难为情，真的难为情。你慢一点，我有些怕。你手脚轻点好吗？我怕，但是，我愿意。”

我轻轻为她脱去最后小汗衫。她突然双手护住胸部，又突然张开双手抱住我。我把她短裤拉下时，她双手蒙住眼睛，说丑死了丑死了，一把抓住电灯线，把灯拉熄，又抱紧我。

我们紧紧抱在一起。我们在晕眩迷醉的黑暗中进行。我们挤在一公尺宽的单人小木床上，随时会翻下床。被子推翻到一边，掉落到地上。小床发出“吱嘎吱嘎”声，似乎随时倒塌。

“闵蕙，如果此时来人捉奸，一捉就准。”

“你怎么尽说伤心的话，不要说话。”

我们坠入到火山爆发前令人心惊肉跳的沉默中。只有呼吸忙碌不堪。我们创造了属于我们的甜蜜语言，为酝酿出醇厚馥郁的美酒，体验沉醉不醒的感受。当我们从湖底浮起时，天空变得无比空旷透明。我们像烟雾一样腾起，飘浮在空中。湖面光洁得像面镜子，毫无羞涩地倒映出一钩温情脉脉的月亮，倒映出我们合二而一的湿润影子。

潮汐退下去了，海滩恢复了它的恬静幽寂，恍若纯美清雅的画作。月光依旧。

她的身体那样火热。她是那样善解人意。我能感觉到她向我奋不顾身地献身。我们因竭尽全力而汗水漉漉。喘着气享受浓烈的情爱。

我感到从来没有过的心旷神怡。

她依偎在我怀里，头枕着我手臂，发出平稳的呼吸。她睡着了。

五

我有些疲倦。静静躺着。

在激情释放过程中，我没有看到她的美妙裸体。之前，她在屋里换衣擦身时从不避我，她会躲到半透明的蚊帐后，说想看可以来蚊帐后看。我没有去，担心无法控制自己，所以，之前我看到的都是隔着蚊帐的朦朦胧胧的裸体。

我轻手轻脚伸出手，拉亮了灯。

朦胧灯光下，她一丝不挂展现女性的全部秘密，优美绝伦，有仙女般的纯净圣洁，有着强大的神圣光彩。激情过后，情欲消除了，留下人性中最深沉的爱，就像纯净的孩童。我抚摸她的手。闵蕙，我爱你，我轻声细语，唯恐惊碎眼前的神圣画面。我感到中国语词的笨拙贫乏。我充满对她无限敬意的爱。感觉我在梦幻中。

带着深挚虔诚的心情，我阅读她，一遍又一遍，不会倦怠，每一分钟都有新发现新认识。她如同一支缠绵圆润的小夜曲，一根优雅起伏的丝线，一片缥缈虚无的月光。

之前我曾做过许多春梦，在梦中与她有过销魂的激情。梦中的她从来都是朦朦胧胧，不甚清楚。我没见过女性下体，那是个神秘入口，只要瞄一眼，心会激烈跳动。

她醒了，看到我的眼睛落在她腹部下，本能用手挡了下，马上移开。“难看死了，是吗？”

我羞涩。“我第一次看到。”

“它……很难看是吗？一定难看死了，很丑，是吗？”她惴惴不安解释，“女人都长这样。”

“不丑也不美，太神秘了，看一眼心会怦跳，会担心控制不住伤害你。”

她笑了。不再难为情，抱住了我。

我开玩笑说：“我看了你，你要看我的吧？”

“我不要看！……盖上被子困觉吧。”

“我们穿好衣服困觉吧……这样不太好……”我潜意识中的防备意识浮了出来。

“你又担心了？吴红和她男友也在。有两对男女。你担心啥呢？”

是啊，一捉奸就是两对。如把吴红男友绑到公社，用不着一天就会死。

“又怎么啦？”她有些不高兴。

“我不能困在这里。”我很傻，被抓的话，衣服穿和不穿其实都一样。我越想越不安，想坐起来。

“这么晚了，你上哪里去。”她抱住我不放。“你屋里没有床和被子。灯都坏了，你怎么困觉？”

“我回厂。”

“回厂？十多里路，都半夜了。如果你一定要这样，还是我起床去敲门。我去和荷娣困……”她坐起来，抓过衣服要穿。她很不开心。“你做都做了，不要假正经了。”

我心软了。“你不要走，我也不走，就听你的。”抱着她。“闵蕙，我不是假正经。我是担心……”

她真生气了。“担心担心。如果你进监狱，我去监狱我说我愿意。说你不是强奸不是诱奸，是我强奸你诱奸你。一切责任在我身上。”

“不要说了。”

“陆弟，你再也不要七想八想顾虑重重。”她把头紧贴在我身上。拉过我胳膊。“让我枕在你胳膊上。我一直梦想，有一天在你的胳膊弯里，你抱着我，让我安安静静困上一整夜。”

我把胳膊伸过去枕住她。她蜷缩身子躺在我怀里，眼泪流了出来。

“你哭了。”

“我很开心，你终于不怕了。你没有走。我枕在你怀里，你不要动，一点也不要动。就这样，我们静悄悄困到天亮好吗？”

我感动。抱紧了她。她配合地往我怀里紧了下身子。

我的情欲释放了，又看到她那疲倦慵懒的裸体，我满足了。她在我面前已没有任何秘密。她是我最爱的人，一个对我百依百顺，所有责任揽在身的姑娘。我终生感谢她。

响起她低微平和的呼吸声，她睡着了。她难道不怕被抓吗？不怕半夜突然敲门吗？我相信，如真出现，她会豁出命来护着我。

我努力捕捉屋外细微的声音，充满了警惕。莫名担心。

屋后杂乱的脚步声。

我紧张得微微颤抖。

脚步声渐远去，估猜大队小工厂职工中班下班经过。

她突然抽泣起来，声音越来越大。

我开灯，推醒她。“你怎么啦？”

她醒了，明白过来，很不好意思。“刚才做了个梦，爸妈在骂我打我……”好像做错什么，“我吵醒了你？”

“没有。”我为她擦泪水。自我们恋爱以来，是她独自承受家庭和社会的各方压力。

“我没事，你不要管我。”她伸出手把灯线拉熄。“困吧，我没事，我真没事。”

我的胳膊肘弯紧抱住她，我要让她安安静静睡上一整夜。

六

公鸡叫。她醒了，惊讶地说：“你一夜没困着？”

“我抱着你怎么困得着？起床吧。我的胳膊酸得很。”

“我马上起来，给你烧早饭。”她穿着衣服，“等会儿，我给你烧两个水煮蛋补补身体。”

“给我补身子？对啊，昨夜我释放营养，两个水煮蛋为我们下一次吧？”

“你在乱想。”她红了脸说，“你现在说话越来越流氓了。你变坏了。”

“是吗？我流氓了吗？我变坏了吗？我怎么没感觉到啊。”

我们拥抱在一起，没忘记拥抱时凝视对方。时间流逝悄无声息。难舍难分。

“陆弟，我们有明天还有后天。这种日子会伴随着我们的生命终结。”

“你说得真好。”

她推开我，下了床。我也起床了。

她把牙刷和杯子递给我。牙膏已挤在牙刷上。杯子里水倒好了。“快去刷牙吧。”

我拿着水杯，出门到屋前刷牙。

吴红和男友相挽着出门，很亲昵，看到我放开了手。

吴红不好意思地问：“闵蕙昨夜也没走？”

闵蕙正出门，三人相视而笑。

太阳刚刚露出脸。

吴红男友对着太阳在做深呼吸，清瘦的脸，一双忧郁的眼睛。

吴红同样递给男友挤好牙膏的牙刷和盛满水的杯子。

闵蕙叫了起来：“陆弟，你看啊，向日葵也真奇怪，真的会向着太阳方向转。”

可不是，知青屋前一排向日葵，齐刷刷地面向着太阳的方向。

她走到鸭窝前，鸭窝里的鸭子闻声急切地“呱呱”叫个不停。她打开鸭窝小门。

鸭子从小洞门纷纷挤出身，自由了，宽松了，拍扇着翅膀，向前冲着，一路欢叫，向村河跑去。村里的其他鸭子差不多此时也放了出来，于是汇成了一群鸭。领队的仍是她养的那只北京鸭，身后跟着四只她新购的北京鸭，还有她从南翔带来插队的三只，共八只鸭子，汇集起全村的群鸭冲向村里的小河。

她掀开鸭窝上木板盖，拾起一只只鸭蛋，清理窝里的脏稻草，换上干稻草。

这是平常一天，但是，对于我却是不平常的一天。

七

最后五天日记：

十一月二日　轧山芋干。

十一月三日　轧山芋干。加班到夜八点钟。

十一月四日　轧山芋干。加班挖泥。

（中间相隔八天空白）

十一月十二日　马陆食物油厂书记到方泰，找到两位党委书记，方泰派出的临时工中有四人表现不好，赶回农村。派我去马陆食物油厂。

十一月十三日　天冷。轧山芋干。

日记结束。我们的恋爱走出了“非常时期”，爱情不再以“阶级”为属性，恢复了男女爱情的正常化。所以，“一场轰轰烈烈的恋爱”为主题的故事到此结束。

当年，令我无法控制的冷汗淋漓、全身颤抖的“冷热病”突然出现。在我以后人生中曾多次遇到过极大愤怒或恐惧的事。但是，就在此后，我的“冷热病”神奇地消失了。

第二十四章　爱情梦想

一

一九七八年十月，老三届知青全部分配，我分到嘉定钢厂，当汽车装卸工。轮到七四届知青分配，钢厂不招工。她要求离钢厂最近单位。嘉丰纱厂在嘉定西门候黄桥堍南，钢厂在桥堍北，两厂隔岸相望。她如愿到了嘉丰纱厂。她除上班外，每天来钢厂男宿舍或在运输组办公室。如果我出车，她会等我。节假日一起回南翔。我们整天影形不离。

结婚要婚房。钢厂效益不好无房可分，嘉丰厂凭结婚证排队分房。一个沉闷的雨天我们领了证。嘉丰纱厂财大气粗，为她分了房，在嘉定孔庙和汇龙潭边南大街上。结婚要家具。知青上调前，我们在知青小屋里，借来木工工具，买来废旧木模板，她负责为废板起铁钉刮干净木板上旧漆和磨刨花刀片。我先试做大碗橱，上油漆刻花纹。试做成功后，做了套八十年代初流行的捷克式家具。我们上调回城后，家具暂存钢厂宿舍。有婚房后，为新房做水泥彩色地坪，粉刷墙壁，油漆窗户。最后把家具搬到新房，油漆家具。

我们恋爱七年多，准备结婚了。

她请她爸妈五月一日来吃饭。她爸说，你叫他来家吧。这是她爸第一次开口请女婿上门。我很紧张。她买了上门礼物递到我手里，说她来安排。

我和丈人面对面坐着。

“陆弟，过去对你和你的家庭有看法，那是时代造成的。现在过去了，我们不会再提。你不要放心上。”

我点点头。

她爸站起来说：“吃饭吧。”

就这么两句话结束了？两句话能一扫七年多的怨气？

我低头吃饭。她爸妈见她不停为我挟菜而面露不快。

二

她爸说婚姻自由，他们不干扰，但是不参加我们的婚礼。

她爸妈不提我的坏出身，不提我是坏知青。他们耿耿于怀我太穷，穷到什么都没有。女儿本可嫁空军军官，却嫁了年龄大六岁，相貌平平，文化初中的穷光蛋。嘉定钢厂是县集体，嘉丰纱厂是周恩来多次点名的全国著名部属单位，相差好几档次。女婿工资三十六元，每月还补贴母亲八元，只剩二十八元，效益不好没有奖金。女儿工资四十五元，有奖金福利。最令他们气不过，婚房都是女儿单位分的，将来有小孩，钢厂没有幼儿园托儿所，仍要靠女儿。婚后的开支，女儿占三分之二以上大头。女儿太亏了。

她安慰说：“我爸妈不来。好婆、瞎子阿姨和弟弟会来。”

听到她爸妈不参加婚礼，我母亲以同样规格派代表来。

双方父母不来不像婚宴，只能算聚餐。我们决定旅行结婚。我们喜欢旅游。我们进厂后，每年的劳动节和国庆节假期，工资收入都用于上海周边旅游，没有积蓄。我们结婚，我大哥送了三百元礼金。在每月工资四十来元情况下，这是笔巨款，可以旅游十天半月。我们把聚餐时间提前到四月三十日。五月一日出发旅游。因提前一天，我们通宵为家具油漆。

聚餐早晨，我在大橱边拿着漆刷睡着了，被早来的弟弟叫醒。

双方家庭代表，加单位同事好友，聚餐共两桌人。

好婆酒喝多了，拉着我手说，陆弟，你爸妈出事后，我知道你家日子过得很苦。现在都好起来了。其实，人活着如果遇上国家打仗才是真正的苦难。解放到现在三十多年，国家没打过仗是我们的福气。我出生后，国家一直在打仗，我们要活命，只能逃难。逃难路上，我，一个大小姐，也会在死人堆里摸死人口袋，摸到几个铜板就能活下去。

闵蕙说，好婆，你喝多了！

好婆的脸红红的，说，今天我喝你们喜酒，心里开心。闵蕙，陆弟，我是过来人，希望你们相亲相爱，希望国家永远不打仗，这样，你们一生就够福气的了。

三

我把上海市粮票换成全国粮票。钢厂开出了去外省的住宿介绍信，注明“旅行结婚”，有效期半个月。我们精选的旅游线路，有名山、名城、古迹和佛教名胜，还坐上轮船看长江：上海—黄山—九华山—庐山—南京—南京坐长江轮—上海十六铺码头。

我们坐上长途汽车，十三个半小时直达黄山。黄山游人不多，门票五角。

黄山脚下有温泉游泳池。游客不到十人，冷冷清清。温泉票两角，有免费泳衣。我下水后觉得水太凉了。问，温泉怎么会这样凉？工作人员说如果要烫，用锅炉烧，那叫浴室了。

她不会游泳也要下池，人一到水中站不稳就惊叫起来。我抱住了她。我们抱在一起，她很享受。我说公共场合这样抱着难看，抱着不游泳水太凉会感冒。她放开我上去，说坐在上面看我游泳。我说那我也上去。

“我很开心。你开心吗？”

我说：“我有同感，很开心。”

来前，我们打听去过黄山的人，说天都峰鲫鱼背危险得吓死人。我们在登天都峰途中一路问，鲫鱼背到了吗？有人说你们脚下就是鲫鱼背啊。是吗？鲫鱼背两边虽是悬崖，但有简便栏杆铁链。我们没觉得危险。

铁链上挂着零零散散的小铜锁。

我问："这干啥用？"

鲫鱼背卖锁人说："铜芯锁就是同心锁，锁在铁链上，象征你们爱情永恒。"

她听到"爱情永恒"后一定要买。一角五分一把小铜锁。她认认真真扣在铁链上。把钥匙扔向悬崖下后，突然扑上来抱我。在鲫鱼背上，她的粗暴动作把我和周围人吓得够呛。我如果站立不稳，我和她将滚下悬崖。

卖锁人说："真不要命了！"

莲花峰四周是悬崖，没有开发，没有路也没有栏杆，都是光溜溜大石头，也没有小树之类能支撑的点。没人敢上。她要上去，我不放她去。她执意要上。我挡不住她。

她双脚双手并用，好几次踏空，把我和周围不多的游客吓得半死。

她爬到莲花峰山顶，摇摇晃晃站起来，大喊："陆弟……你上来啊，上来啊……"

我苦笑。她不下来，催促我上去。我战战兢兢上去。

我领教过她胆大。插队时，大队新开河造桥，河中架了两根圆木，没有扶手绳子，造桥师傅专用。谁都不敢走，唯她每天拎了饭盒热水瓶从大队食堂回村，说抄近路。造桥师傅以为她会游泳，她说不会。师傅说你不要命啊。她笑笑。

四

黄山到九华山有长途车。司机常停车，让沿路村民上下客。

天气从阴转为零星小雨。傍晚，天暗下来，马上要下雨了。车到九华山全部下车。有对刚从九华山下来的上海游客在等候上车。男的是胖子，他们也是旅行结婚。

她问："九华山好白相吗？"

胖子说："九华山没啥好白相。我们听说是佛教名山才来。山上人很少，啥也没有。"

她问："我们是旅游结婚。山上有夫妻房吗？"

"没夫妻房，只能住庙里，困通铺。很早叫醒，赶你动身。九华山真没啥好白相。"

我们带了结婚证和"旅游结婚"介绍信，出来后没住过双人房，大都睡大通铺，有时还睡过道和走廊，收取同样的住宿费。

九华山游人稀少。没有旅馆，只能住庙里。五角钱宿一夜。

一排排曾经给和尚睡的通铺。一公尺左右宽的单人棕棚木床。木床架泛着油亮的棕黄色，有些年份了。每人领条簿被。男女分住各个厅堂。门都开着，男女可以走通。我睡的客堂数十个床位几乎全空着。

夜里，没有月光，没有灯火，伸手不见五指，周围静极了。睡到半夜，响起淅沥雨声，知道下雨了。天刚蒙蒙亮，我们被和尚叫醒，催我们快离开。

我们冒着小雨，撑着伞。游人少，偶尔遇到人就问路。

我们来到肉身宝殿。我把伞收拢。

肉身宝殿门口一侧有个小的博物橱窗柜，说是九华山保留下来的文物。

宝殿除我们，另有两个游客在跪拜。

"陆弟，我们要不要拜拜菩萨？"

博物橱窗柜边，一位三十来岁女子闻言，说到九华山就要烧香，递上一把香，说两角钱。

叫我们烧香为卖香吧？我转身说走吧走吧，跨出寺院门槛。我边撑开伞，边笑着说："我是彻底唯物主义。拜菩萨是迷信，我从来不信。”话刚落，一阵风夹着密集雨丝刮来，使刚撑开的伞，瞬间萎缩成一团落到我手上。我想重新打开，好像夹住什么，打不开。经查，伞骨全断了！我大惊失色，联想到刚才的话。

她不客气地责怪：“叫你多嘴。你看你看，一顶上海名牌伞一次没用就坏了。”

我默然。出发前考虑到出门有许多不便，购了把上海名牌伞。上海产品在全国有名。现在伞骨都断了，伞已报废。我情绪复杂，匆匆拉着她逃离肉身宝殿。我们冒着小雨，踏着泥泞山路前行。

雨越下越大。没有游人。前面有一座破庙。先躲雨要紧。

我们来到庙门前，一清瘦的和尚在门口迎上来。

她从门口向里张望，庙内昏暗，破破烂烂。“没啥可看的，我们走吧。”

“这么大的雨，你们怎么走得了？快进来躲躲雨吧。”和尚亲切地说。

我们站在门口，大雨此时“哗哗”成了暴雨，根本别想出行。屋檐水帘在我们面前密集挂滴着。我们只能跟和尚进庙内躲雨。

她低声关照我：“对佛教不可不信，不可全信。你不信佛，到庙里不要说怪话，不要招惹佛菩萨。”

“我晓得了。”

和尚自我介绍，法号大兴。我们听到“大兴”，很好笑。什么名不好取，偏偏取个“大兴”名。“大兴”在上海话中是贬义词，是骗、假、次的意思。“你开我大兴”就是“你骗了我”的意思。“大兴货”就是假货。我和她互相会意一笑。

我说我们是旅游结婚，从上海来，先到黄山，再到九华山。

“跟我来吧。”大兴和尚说。

我们跟着大兴和尚走到一尊菩萨前。大兴和尚点燃起香火，跪拜。起身。对我说：“你照我刚才一样，点燃香火，向菩萨跪拜。”

因为有上海名牌雨伞报废的教训，我不敢多嘴。下跪，双手撑在地上。

大兴和尚站在我身旁。“你的手心应该向上。”

“为什么？”

“来世不会投畜牲。”

“这手心向上和畜牲有什么联系？”

“畜牲的掌心都是向地的。”

我把手心向上了。

“你向菩萨许个愿吧。”

听到“许愿”二字，她感动了。“陆弟，我们向菩萨许愿，求菩萨保佑我们此生‘如影随形长相守’。”

是啊，“如影随形长相守”是我们的人生梦想，是实实在在的美好。我在大兴和尚指导下恭恭敬敬磕了头，双手合十，默默许愿：“菩萨保佑陆弟和闵蕙此生‘如影随形长相守’。”

我跪拜后起身，大兴和尚招呼她。她认认真真跪拜许了愿。

大兴和尚说：“所谓‘百年修得同船渡，千年修得共枕眠’。你们成为夫妻是缘分。愿你们夫妻恩爱一生白头偕老。”

我低声对她说：“我们结婚没人祝福，却有九华山和尚为我们主持，是不是很特别？”

她忍不住笑了。

大兴和尚对我说：“你跟我来。”

走到靠墙的深黑色木制长榻边，大兴和尚整了整衣衫，盘腿坐到长榻上。嘱我与他面对面同样盘腿坐下。我照办。她看到从不迷信的我变得老老实实，跟和尚一步步照办，在一边抿嘴笑。

“你和佛是有缘的。”大兴和尚说。

大兴和尚迎我们进庙，认真教我们跪拜许愿，又把我叫到长榻上同样盘腿坐下，一开口就用“你和佛是有缘的”，是要动员我出家？

她也感觉到异常。“师傅，我们已经结婚。他不会当和尚的。”

大兴和尚笑了：“心中有佛，不出家也一样。”

她急切想离开。她喜欢和我在一起。走到庙门口，外面风雨交加，走不了。

我说："师傅，我不信佛。如果有佛，佛应该神通广大。文化大革命破四旧时，九华山的菩萨难道没有被红卫兵砸烂？"

"同样免不了。全国到处都一样。红卫兵命令和尚将菩萨抬出，一把大火烧起来。"

"'文革'初期，我家不远有个杨爷庙。红卫兵将菩萨搬出扔在街中心，一把火焚烧。黑夜中，浓密的烟雾旋转着向天空升腾，一尊尊菩萨被烧了。当时我很惊恐。我期待菩萨引来一场大雨将火瞬间浇灭。菩萨遭受奇耻大辱必定会出招。我妈妈信佛，说他们会得到报应。后来他们都安然无恙，没有报应。所以，我认为菩萨只是木制品和布料制成的木偶，一把火可以烧掉，什么反应也没有。"

"你说得很对，烧掉的就是木制品和布料制成的木偶，不是菩萨。菩萨在心中。菩萨的大慈悲和普度众生没有任何前提条件。菩萨不会报复。报复是世俗的想法。佛讲因果，我们不能用世俗想法看因果关系。"

大兴和尚在诡辩。我心想。

"你们到九华山来，我给你们说说九华山的无瑕肉身菩萨。无瑕肉身菩萨法名海玉，在五台山修行，后来到九华山。有人发现山里夜间放出光亮，一路寻找，在一个山洞里，发现无瑕菩萨的肉身。身上袈裟褴褛破旧，真身完好无损。他咬破舌头用舌血调着朱砂书写佛经，把他的经历和血写的佛经放身边，双手合十双腿盘拢而坐圆寂了。"

"陆弟，什么叫圆寂？"她问我。

"就是去世。"

"后来呢？"她问。

"无瑕肉身菩萨是地藏菩萨转世。皇帝敕封他为'应身菩萨'，肉身涂金粉护身。皇帝下旨建寺供奉，赐名百岁宫。有一次寺中前殿失火，火势越烧越旺，和尚们慌了手脚。方丈想起后殿供奉的无瑕和尚肉身，将肉身抬到前殿。只见无瑕和尚原来合十的双手舞动起来，火势减弱熄灭了。"

“这是真的吗？”她问。

“是真的。”大兴和尚说。

看庙内，无瑕和尚肉身被一个长方形大玻璃罩子罩着，比一般人明显小许多，可能因身体没有水分吧。“师傅，无瑕和尚不腐，从科学说，像古埃及留下的木乃伊。”

他淡淡一笑：“木乃伊和九华山肉身是两回事。木乃伊是人工制作的。人死后，从尸体里取出内脏油脂容易腐烂的东西，洗干净，浸泡在浓盐水中腌制一个多月。尸体晾干后，在腹腔里填进防腐香料，皮肤外涂上一层层树胶，和空气隔断了，细菌进不去。最后用布把尸体一层层包起来。这是木乃伊的制作过程。”

我惊讶，大山里的和尚竟熟知古埃及木乃伊的制作过程，比我更懂木乃伊。

“木乃伊像我们这里农村制作的风干腊肉。当然，木乃伊制作更加繁杂精细。九华山肉身不是人工制作出来的。”

我不太服气，咕哝一句：“我看差不多……”

她听不进了，不满地说：“陆弟，你为什么要和师傅较劲啊？”

大兴和尚笑了：“有疑问说出来好。”

大兴和尚很和善，我不应和他较真。“文化大革命中，红卫兵怎么没把无瑕和尚肉身烧了？”

“世事无常，三百年后，破四旧运动来了。九华山同样受到打砸烧。红卫兵要烧掉毁掉一切。在一个深夜，我们四位老和尚在山里僻静处挖了个土坑，偷偷将肉身放进荷花缸，把缸放入坑中，上面搭了些树枝铁管支撑，盖上油毛毡草席，最后加土，草草埋下。十年后，国家想起九华山肉身菩萨，中央有关部门派人来调查，他们打听到肉身被我们偷偷藏了起来，找我们做思想工作，说无瑕和尚肉身是九华山国宝，国家要保护，国家要开发九华山旅游，要振兴佛教。”

“师傅，‘文革’对九华山伤害太重了，你们怎么会相信呢？”

“我们看到来人诚恳，说要重修寺庙，不像骗我们。我们来到掩埋肉身的土坑前，心里也没有底。九华山潮湿，肉身不处理匆匆埋地下，十年可能早烂了。我们扒开土，盖在荷花缸上面的油毛毡草席烂了。小心扒开后，惊喜地发现，无瑕和尚肉身没有损毁腐蚀，容颜没变，端坐在荷花缸里。肉身下支撑的四根铁棒全部烂了。肉身同当年埋下时一样。你说九华山肉身和木乃伊差不多吗？”

我不得不承认，木乃伊的形成可用科学解释。九华山地处长江中下游地区，潮湿多雨，埋地下不用一月就腐烂。无瑕菩萨肉身埋地下十年，其他都烂，唯肉身不腐，确实不可思议。我承认无瑕和尚肉身是奇迹。“后来呢？”

“无瑕和尚肉身被请回，重新涂金粉保护起来。”

在幽暗的天色和风雨交加声中，大兴和尚不紧不慢讲述和解答我的疑问。

“师傅，你们靠什么生活？”

“有关方面发给我们生活费，每月十几元。”他站起来，“你们跟我来。”

我们随大兴和尚走进相连的一间小屋。一个用墨汁描边的农村常见的白色灶台。灶前有扇小窗户，望出去，外面还在下大雨。大兴和尚揭起锅盖，铁锅中有稀饭，早凉了。灶台上叠放着几个白色蓝边的粗瓷碗。生活相当艰辛。

我和她默立。

我问：“师傅，你每月十几元，够生活吗？”

“足够了。你们跟我来。”

我们跟着大兴和尚回到寺庙，大兴和尚拿出一叠信。“都是写给我的。你和佛有缘……”

她再次警觉：“师傅，我们结婚了，他不能做和尚。”

“只要心中有佛，你们在家也一样。”

大雨下了三个多小时慢慢停下。已近傍晚。她催着要走。

大兴和尚把我们送出庙门。“你们以后有事一定要写信给我。地址写九华山大兴和尚收。我可以收到。”

注：许多年后，有报社得知我们和大兴和尚有过一席之谈，约我写篇千字小文。我想起那个风雨交加的下午，以《新婚奇遇》为标题，发表在当年报纸副刊上。

尾声

一

这本书写的是我与闵蕙的真实故事。

我们婚后第二年有了女儿。我们都在上班，因无人带女儿，有一人要辞职。当她从全国著名的嘉丰纱厂辞职时，谁都不敢相信。据说她是嘉定县辞职第一人。单位怕她反悔，要父母签字同意、丈夫签字同意，还要丈夫单位签字同意。

她爸把我叫去问话："为啥你不辞职，叫闵蕙辞职？"

"她三班倒太辛苦。我工作清闲，除工作外，可以读书博文凭，有大学文凭可以加七元工资，三十六元工资加七元，幅度很大。我想，和她要过上好日子，只能靠自己。"

"你今后养不活她怎么办？"

"如果家里揭不开锅，全家首先饿死的是我。"

"是你说的？"

"我可以签字。"

在她爸和我严肃的对话中，她在旁边抿嘴笑。

二

陪伴是爱情的实在。爱情在生活奔波中消磨，会失去相伴意义。她梦想开个夫妻老婆店，我们可以长相守，如赚钱还可以旅游，门店的开和关由自己决定，我们能过上自由自在的生活。我们先后辞职，为实现我们一生“如影随形长相守”的梦想。

我辞职后，钢厂打电话通知去取我的档案。我奇怪，钢厂为什么不按规定直接送社保中心，叫我去取。几次来电话后，她去取回了档案。

她说她的档案薄薄的好像没装什么，可能就几张纸。而你的档案厚得像本书。

我瞬间明白，学习班教管当年说，会全部销毁举报材料是在骗我。或许学习班后，档案袋厚度仍在增加，比如冒充上海皮鞋六厂的材料等。这一次，如果钢厂按规矩把档案直接送往社保中心，我会被骗一辈子。我联想到，当年像我这样的全国另类分子，档案中一定仍存放着大量的诬陷材料，并同我一样，本人并不知道。

在我的档案袋中装满荒诞年月的诬陷材料，而独缺失我那一段苦难屈辱的人生经历。

档案封口封得极马虎。我猜想是钢厂的同事故意给我拆开档案清除诬陷材料的机会。我感恩钢厂。我动心过。但是，我辞职后已自由自在，不属任何单位管理。有这份原始档案存在，时时提醒我感恩改革开放的伟大年代，感恩在当年恶劣环境中，仍有善与爱，就像她。

档案在我家书橱里放了一段时间。

“闵蕙，你把档案送到社保中心去吧。”

三

她是我当年唯一的知音，在我们相爱后，她成了我一生的知音。

有个小插曲，她曾对地区小报上一篇小说赞不绝口。我自夸也能写。她塞给我纸和笔。小说的很快发表使我有了作家梦。

遇上了改革开放好时机，她实现了梦想，有了“如影随形长相守”的夫妻老婆店。

我曾有过画家梦、运动健将梦，先后破灭。遇上改革开放好时机，我实现了作家梦：我一九八七年起在权威刊物《收获》连续发表《冷火》等三个中篇小说，在全国各刊物发表数十个中篇小说。上海作协、《收获》等多家单位等为我召开了“陆棣小说作品研讨会”。一九八八年加入上海作家协会，一九九一年加入中国作家协会。我也拿到上海华东师大文凭。

我拿到第一笔中篇小说稿费，为她补上一枚迟到的结婚戒指；

我出版第一本书时，书的扉页上有：这本书献给我的妻子闵蕙。

为应对报社连载约稿，我写了第一个长篇纪实文学《与百万富翁同行》，以她为原型，讲述个体户经商中的曲折经历，在京津沪等地报刊纷纷连载。中国青年出版社将该书列为“九十年代长篇小说”重点书。在北京召开“陆棣与《与百万富翁同行》作品研讨会”。名列畅销书排行榜。中青社将《与百万富翁同行》书连印了多次。《人民日报》《光明日报》《中国青年报》《文艺报》等十几家中央大报纷纷作了报道评论，引起极大反响。《与百万富翁同行》书还被介绍到埃及，被埃及重点大学艾因·夏姆斯大学语言学院中文系列为博士生的研究课题，并将全文译成阿拉伯文在阿拉伯国家出版。

电视台争相要把《与百万富翁同行》改编成影视。一家上海媒体以“《与百万富翁同行》引起南北电视界竞争，上海电视台抢先一步”的标题发了新闻稿。由我独立编剧，改编成同名电视连续剧。此剧被定为上海市一九九五年指令性重点剧本。因众多制作社争相要剧本，上海电视台、上海市广电局公开招标，这是上海唯一的一次招标。开拓制作社一举中标，一炮打响，《与百万富翁同行》首播时，收视率高达百分之三十八。

磨难是检验爱情纯度的试金石。

她头撞南山不回头的执着爱情，使我相信世上有纯净不带丝毫杂质的真爱。她使我跨过苦难屈辱的分界线，一步步走向幸福。

四

她是我一生的宿命。

我相信她能化险为夷，离开她，我会重返苦难。正如我在一本书的自序中所写:“自从结识了她，我的命运一直在向‘好’的方向转变。是她令我产生了根深蒂固的宿命思想。”“她是颗福星。在我们婚后，我更是福星高照。”

在物质盛行年代，当《与百万富翁同行》电视连续剧上映后，有实权的高官和房产老板分别邀我开煤矿、做房地产等暴发产业。因生意场光怪陆离的环境会破坏我们“如影随形长相守”原则，我们选择了放弃。

我们没有大富大贵，却有一生的相伴、聊天、吃饭、旅游、散步。我们不分不离，自由自在，浓缩别人几辈子爱情的相守时间。

五

国家兴衰决定了个人或家庭的命运。

改革开放后，母亲遇动迁，她坚守原地，怕老邻居来看她时找不到地方。民主东街路拓宽了数倍，弹街路变成水泥路。民居混杂的平房变成了高楼。母亲坐在藤椅上，抱怨新盖的高楼上午十时起会遮住阳光。她身边放着各式空椅子。来看母亲的仍是康师母、毛头妈、小弟妈等老邻居。她们来了，会说朱阿妹有福气，儿子一个个有出息。母亲在乎政治上待遇，说几个儿子都入了党，当上车间主任，说小儿子是教授，阿六是作家。说居委主任来看她，陪她聊了多少时间。逢年过节，居委发给老人的桶油鸡蛋等，儿子们怕她吃不了，她不允许拿走，放在一边，她看着就感到幸福，再三强调是居委主任亲自送来的。

除我二哥在改革开放初，喝醉酒意外去世外，当年被称为一家的七个光棍，都结了婚。大哥还娶了个党委书记。我们从五十年代末每月聚餐。改革开放后，经济条件好了，各种富贵病陆续出现，聚餐只得减少，除了国定假，增加元宵节、清明与冬至。聚餐形式从家庭转移到酒店，再升级挑好的大酒店。兄弟姐妹轮流做东。每年大家庭外出旅游数天。

当年，被班主任当着全班同学面，怒喊“滚出去！”的弟弟，是上海农科院研究员。研究员分七级，一级院士，弟弟仅次院士，是二级研究员。他是获过多项奖的种子专家。因科学致富，住进千万豪宅。仅三个品种，据《新民晚报》报道：“在全国大棚设施推广面积达28.5万亩，瓜农产值24.06亿元人民币，新增总利润6.26亿元”“其中上海‘哈蜜红’成为国内设施栽培应用面积最大的哈密瓜类型品种。”

父母摆小摊因卖种子吃官司，到小儿子的种子在全国大规模开花结果，还登上神舟五号上了太空，连接起来，令人感慨。

六

张村知青上调后各奔东西。因都是大龄青年，忙工作忙结婚。

简平先搞供销，后转行当了酒店经理，忙碌不堪，听说每天吃喝打牌到半夜。刘梅是厂仓库管理员。我们搬到南翔后，很少联系了。闵蕙在嘉定办事时遇到刘梅，热切交流过，说刘梅仍然脾性平和，笑眯眯的；她还遇到过吴红，说吴红在有钱人家中做高级保姆，她母亲教她烧一手本帮好菜，派上了用场，收入不菲。我们原来的工作单位，嘉定钢厂和嘉丰纱厂被房地产商收去，成了大片商业住宅区。

蕙英在改革开放后，和丈夫到上海嘉定找到闵蕙。做生意有钱后，在苏州买了数套房。他们遇到了动迁，高景山下大片土地被划入苏州高新技术开发区。蕙英当年哭哭啼啼要划清界限的三个阶级敌人，在新区动迁中分得三份房产，全部给了蕙英。蕙英夫妇在上海嘉定做生意时，两个儿子长年和三个当年的阶级敌人生活，后来都成了大学生。

当年蕙英哭诉十多年的“火坑”，今天变成了不求回报的特大福利红包。

黄翔上调回城后，分在一个豆制品作坊。他一生未婚。

我在南翔镇上多次遇到过他。他牙齿几乎全部掉落，衰老得飞快。遇到我时，他会尽量避开。他多次找闵蕙，找毛阿姨，说张村如果动迁，知青可以拿到补偿，说听说马陆公社动迁，钱少的也有几千元。闵蕙和她妈答应有知青补偿消息会通知他。她们都说黄翔很可怜。

二〇一七年夏天，一个四十度的高温日子。

我和闵蕙晚饭后去散步。在南翔德华路人行道上看到一个穿洁白裙子的妖艳女人亲密地挽着一个男人手弯。大热天，那女人却不怕热，上半身依偎在男人怀中，一路撒娇发嗲，使过往行人纷纷侧目。待走近时，发现那个男人竟是小混堂。

我早听说黄翔妹妹和小混堂婚后关系不好。黄翔妹妹的同事说从不见他们一起外出。说黄翔妹妹提到小混堂就骂“这只出棺材”。同事都不明白，当年她，一个市属厂工人，怎么会嫁给小混堂里出来的男人，论相貌，她比他好看，论个子，他比她矮小，他又穷。

很多年前，黄翔妹妹突然瘫痪在床，使同事们产生深深怀疑。同事上门看她时，她眼泪汪汪，好像有话要说，此时却已经说不出来了。

毛头婚后嫌弃丈夫没本事离了婚，跟人到成都赚大钱，几年后回南翔说钱被那男人骗光了，变成无房无钱的女人，生活困难。前夫离婚后，为温州女老板打工被老板看上。女老板和毛头见面时，给个红包就是一万，还为毛头买了房。女老板和毛头前夫婚后，把厂给了毛头的女儿女婿，说汽车有好几辆。说目前毛头和女老板的关系好得就像亲姐妹。

福根当年参加造反派。造反派失势后，搞过三产。现退休，仍在南翔镇上，热衷于跳舞。

小弟是工农兵大学生，分配到嘉定二中，当上中层干部。他虽说是养子，却是孝子。母亲活到了九十多岁。不幸的他患上了脑中风，几乎全身瘫痪，每天坐轮椅，由妻子料理。

七

南翔镇遇上千年难逢的大发展。

古猗园面积扩大了三分之一以上，每天游人如织，是国家4A级景点

为展现千年古砖塔的旧貌，有关部门耗资三十万。塔基坐落在宋代地基上，离地面两米，游人参观需拾级而下。修复后的砖塔更加古朴灵动。对砖塔周围环境进行了整治，使佛塔完全裸露出来了。

佛塔成了南翔镇地标。一千五百年来，它俯瞰芸芸众生。它见证改革开放后的巨大变化。

许多年前，我陪朋友在佛塔前拍照，佛塔上空电线交错纵横，无论什么角度，找不到纯净的天空背景，很煞风景。如今，纵横交错的电线消失了，佛塔背景碧空一片。佛塔周围，不管白天黑夜，都是游人如织。

在改革初期，国家百废俱兴。生产在上去，环境在恶化。镇附近的化工厂染料厂的污水直接排入河道，流入横沥河，流过八字桥，也流过香花桥。河水腾起强烈刺鼻的药水味。双塔前香花桥下的走马塘河变得五光十色，纷繁斑斓。菜皮、破扫帚破席子、死猫、死小猪等小动物将那胀鼓鼓的染红肚皮露出水面。

如今，香花桥下走马塘的水质已变得清澈可人。

八

“一场轰轰烈烈的恋爱”后的第四十三年深秋季节，我们去寻觅当年插队的张村。

太阳西沉，天边是紊乱纷杂的五彩云霞。斗换星移。匆遽四十多年，许多人事被遗忘得一干二净。日新月异、目不暇接的巨大变化，挤去我大脑中对不愉快往事的记忆。张村曾经的情意绸缪、肝肠寸断、凄苦孤寂的恋爱，随改革开放后古树公园的出现而消失了。

张村分享了改革开放的成果，村民住进了宽敞明亮的别墅。

张村已成了上海“古树公园”的一部分。

她开着车，突然问，陆弟，记得好婆在三十五年前说，能一辈子生活在和平环境中，是人生最大福气。我说记得，说好婆和我父母这一代人经历过战争，他们常做逃难中的噩梦。他们特别珍惜和平。我说你八零后的女儿也感慨中国七十年没有战争，发展这么快，说活在当下的中国人非常幸运。

如今，我们老了。我们感恩国家七十年没打仗，感恩改革开放四十年的大发展，国家才变得如此强大。我们三代人对幸福的定义有着深刻的感悟。

停车后，我们走进古树公园。大门三开间歇山顶的传统中式建筑。门前粗大的银杏从他处移来。在园内新种了许多银杏树。公园占地数千平方米，有亲水平台、水榭、木栈桥、黄石叠水瀑布、银杏广场、花架亭榭等。具江南园林古朴、典雅的风味。

大树王高大挺拔，枝叶浓密繁茂，覆盖面巨大。

我们第一次看到对千年古银杏树的简介，它有一千两百余年历史。它高二十四点五米，树围六点五米，树根分布范围达数亩地，是全上海最古老的大树王，有“上海树王”之称，编号为“上海市0001号古树名木”。这棵被誉为“申城树王”的树有六个朝代的文献记载。史学家周谷城先生访此有诗曰：“六朝文物越千年，古寺禅林尽荡然。银杏一株今尚在，从知润物有渊源。”

因对大树王这些年的精心护理，它生机盎然，填平了四十多年前被金家村锯去的枝干缺口痕迹，尽显江南第一古树的沧桑美。

大树王的纷纷落叶在树下铺上了一层金色的地毯。

我们挽着手在园内散步，踏着金黄色的古树叶片。

后记　非常时期的非常爱情

我们的恋爱，反映改革初期冲破思想禁锢和新旧观念转变是如此艰难：恋爱早两年，社会绝不允许“敌对阶级”男女恋爱，我会被抓而中止故事；晚两年，恋爱正常化，失去非常时期的爱情独特性。

我们恋爱的时间段，承载改革初期承前启后鲜明的时代特色：从遭到全社会共同阻击到被接受，是个渐变过程。一个国家非常时期不多见，无论国运或个人命运，在非常时期都会表现得充分和完美。

我们的恋爱因处在时代大变革转折过程中而“轰轰烈烈”，是阶级爱情观年代末期到中国改革开放先声时期，个人命运和国运休戚相关的典型案例。我们是改革的最早受益者——实现了我们“如影随形长相守”的爱情梦想。

历史常被轻易忘却，或抹成淡淡一缕印痕，或淹没在历史烟尘中。

我原不想触碰那段苦涩的伤疤，想在若干年后，让它连同我一起化为虚无。一个偶然因素，激活我心灵深处这段耻辱卑贱的恋爱经历，我无法入眠。蓦然回首，发现我们的恋爱和国家改革征途紧扣一起。国家如此大的急剧变化，压缩在短短几年内完成，百年不遇。

非常时期的非常爱情不多见，恰被我遇上，触发了我写作灵感。

很少有人具备我这样的条件：当年，我是“坏知青”，父亲吃官司，母亲坏分子，家徒四壁。改革开放后，我又是能记录历史的作家。实话说，记录这段历史，需极大的个人勇气。我感谢上海市有关部门和上海文化发展基金会的支持，使《一场轰轰烈烈的恋爱》列入

“上海市重大文艺创作资助项目”。

我有幸成为历史见证人，见证时代大转折过程，见证旧的结束、新的开始。

我翻出当年日记、信件和照片，回忆恋爱过程和生活场景，回忆四十多年前上海南翔古镇及上海郊区农村的风貌，回忆人性的善恶表现和变化。

见证是反思，是我们这代人心灵记忆的历史档案。

虽然我的见证内容足够饱满，我仍保持节制冷静，使见证更具力量感、准确性。我愿为后人保存一份真实的历史记忆，以使我们珍惜今天来之不易的美好生活。

我心怀感恩地完成这作品，向伟大的改革开放致敬。

图书在版编目(CIP)数据

一场轰轰烈烈的恋爱 / 陆棣著. —上海：上海文化出版社，2025.1

ISBN 978-7-5535-2985-1

Ⅰ.①一… Ⅱ.①陆… Ⅲ.①长篇小说—中国—当代 Ⅳ.①I247.5

中国国家版本馆 CIP 数据核字(2024)第 096227 号

上海文化发展基金会市重大文艺创作资助项目

出 版 人　姜逸青
责任编辑　张悦阳
装帧设计　汤　靖

书　　名　一场轰轰烈烈的恋爱
著　　者　陆　棣
出　　版　上海世纪出版集团　上海文化出版社
地　　址　上海市闵行区号景路 159 弄 A 座 3 楼　201101
发　　行　上海文艺出版社发行中心
　　　　　上海市闵行区号景路 159 弄 A 座 2 楼 206 室　201101　www.ewen.co
印　　刷　上海新华印刷有限公司
开　　本　890×1240　1/32
印　　张　12.875
版　　次　2025 年 1 月第一版　2025 年 1 月第一次印刷
书　　号　ISBN 978-7-5535-2985-1/I.1156
定　　价　58.00 元
告 读 者　如发现本书有质量问题请与印刷厂质量科联系　T：021-56324200